EINE BETÖRENDE BRAUT

Buch 2 der "Vergoldetes Zeitalter"-Reihe

MARIE FORCE

HTJB, Inc.

ÜBER DAS BUCH

Der junge amerikanische Industrielle Aubrey Nelson hat seine
Freunde, den Duke und die Duchess of Westbrook, über den Sommer
auf das prächtige Anwesen seiner Familie in Newport eingeladen. Als
er zwei Wochen vor seinen Gästen eintrifft, muss er zu seinem
Entsetzen feststellen, dass das Haus alles andere als bereit ist für den
hohen Besuch.

Zusammen mit der bezaubernden irischen Haushälterin Maeve
Brown sorgt Aubrey dafür, dass alles noch rechtzeitig fertig wird.
Dabei kommen sich die beiden unwillkürlich näher – auch wenn
Aubrey spürt, dass die junge Irin ein Geheimnis hütet. Als Maeve von
ihrer Vergangenheit eingeholt wird, erkennt Aubrey, dass seine Gefühle
für sie sehr viel tiefer gehen, als er bisher vermutet hatte. Aber was
wird seine Mutter sagen, die für ihn von der Hochzeit mit einer
Adeligen träumt, wenn sie feststellen muss, dass ihr jüngster Sohn sein
Herz an ein Mädchen aus der Arbeiterklasse verloren hat ...?

Originaltitel: Deceived by Desire © 2019 Marie Force

Copyright für die deutsche Übersetzung: © 2019 Ivonne Senn

Lektorat: Ute-Christine Geiler, Birte Lilienthal, Agentur Libelli GmbH

Deutsche Erstausgabe

ISBN: 978-1950654567

Cover: Fiona Jade

Buchdesign und Satz: Holly Sullivan, E-book Formatting Fairies

KAPITEL 1

Newport, Rhode Island, Juni 1903

Als Erstes fiel ihm der verführerische Schwung ihres Nackens auf.
Die blasse Haut wirkte so elegant und zart und schien geradezu
dafür geschaffen, erkundet zu werden. Zum ersten Mal derart vom
Hals einer Frau hingerissen, blieb Aubrey einige Zeit in der Tür stehen,
bevor er sich räusperte, um auf seine Anwesenheit aufmerksam zu
machen.

Erschrocken wirbelte sie herum und schrie überrascht auf, während
der große Staubwedel laut klappernd auf den schmutzigen Marmorfuß-
boden fiel. Um alle Räume des Hauses von den vielen Lagen Staub zu
befreien, würde sie hundert Staubwedel, vielleicht sogar tausend benötigen. Wie hatte alles den Winter über nur so dreckig werden können?

Das war eines der Rätsel, mit denen er sich seit seiner Ankunft in
Paradis Trouvé vor einer halben Stunde konfrontiert sah. Der französische Name des Sommerhauses seiner Familie an Newports Bellevue
Avenue bedeutete »Gefundenes Paradies«. So war es von einem vorherigen Besitzer getauft worden, und unglücklicherweise hatten Aubreys
Eltern diese anmaßende Bezeichnung nach dem Erwerb des Anwesens
beibehalten.

Aubrey verfluchte sich dafür, die junge Frau beim Eintritt in einen weiteren übel zugerichteten Raum so erschreckt zu haben. Aber was zum Teufel war mit ihrem Haus seit der Abreise der Familie im letzten September passiert? »Entschuldigen Sie bitte.«

Argwöhnisch wich die junge Frau einen Schritt zurück. Ihre rotbraunen Haare hatte sie zu einem ordentlichen Dutt hochgesteckt, und ihr schlichtes, olivfarbenes Kleid – aus Musselin, wenn er sich nicht irrte – war, höflich ausgedrückt, praktisch, auch wenn es die verlockenden Kurven darunter nachzeichnete. Doch das wirklich Faszinierende an ihr war ihr Gesicht. Die Alabasterhaut erinnerte ihn an die Kameen-Brosche, die seine Großmutter immer getragen hatte – elfenbeinerne Perfektion mit einem Hauch von Sommersprossen auf der Nase, und dazu braune Augen, die ihn misstrauisch musterten.

»W-wer sind Sie?« Der irische Akzent drang wie Musik durch die staubgeschwängerte Luft.

Aubrey war so gebannt, dass er beinahe vergessen hätte, ihr zu antworten. »Ich entschuldige mich dafür, dass ich Sie erschreckt habe.«

»Sind Sie der neue Butler? Wird aber auch Zeit, dass Sie auftauchen.« Nun, da ihre Angst verflogen war, war sie kühl und geschäftsmäßig. Sie kam durch das Zimmer auf ihn zu und zog sich dabei die Handschuhe aus.

Er wollte sie eigentlich korrigieren, entschied dann jedoch aus einem Instinkt heraus, sie in dem Glauben zu belassen, er wäre ebenfalls ein Angestellter. Zumindest, bis er die Gelegenheit gehabt hatte, mehr über sie herauszufinden. Seine von der Reise zerknitterte Kleidung und die durch das ungewöhnlich warme Wetter schweißfeuchten Haare verrieten garantiert nicht, dass er ein Mitglied der Familie war, der diese Monstrosität am Meer mit vierzig Zimmern gehörte.

Sein Vater hatte die Villa vor sechs Jahren den Astors abgekauft. Unter normalen Umständen prunkte der Palazzo im Stil der italienischen Renaissance nur so mit Blattgold und Luxus, aber nun herrschten hier Schmutz und eine besorgniserregende Verwahrlosung vor.

Aubrey war von seiner Mutter hergeschickt worden, um die Vorbereitungen für den Empfang der illustren Gäste zu überwachen – namentlich der Duke und die Duchess of Westwood, die in drei

Wochen gemeinsam mit den anderen Freunden erwartet wurden, die Aubrey eingeladen hatte.

»Ich bin Maeve Brown, die Haushälterin. Ich habe keine Ahnung, was mit dem restlichen Personal passiert ist, doch Mrs Nelson wird in zwei Wochen eintreffen, und wie Sie sehen, befindet sich das Haus in einem völlig inakzeptablen Zustand. Hat die Agentur Sie darüber informiert, dass der Duke und die Duchess of Westwood uns diesen Sommer besuchen werden? Offenbar sind sie Freunde von Mr Aubrey, dem Sohn der Nelsons. Mrs Nelson ihrerseits ist die Tochter eines britischen Earls, es erübrigt sich also, zu erwähnen, dass sie gewisse Erwartungen hat, vor allem, wenn sie einen Herzog und seine Herzogin als Gäste begrüßen darf.« Maeve biss sich auf ihre volle Unterlippe, während sie darüber nachzudenken schien, ob sie noch mehr sagen sollte.

Aubrey verspürte den Drang, sie anzuflehen, weiterzureden, nur damit er ihre melodische Stimme hören konnte, die so kultiviert und gebildet klang, wie er es bei einer Haushälterin nie erwartet hätte.

»Soweit es mir zu Ohren gekommen ist, haben die bisherigen Angestellten aus Protest gegen die Behandlung durch Mrs Nelson gekündigt. Heutzutage gibt es viele andere Häuser, die ihre Angestellten besser behandeln. Jedenfalls habe ich gehört, dass neues Personal besorgt wurde, aber bisher ist niemand aufgetaucht.«

»Wenn Mrs Nelson so eine Schreckschraube ist, wieso sind Sie dann hier?«

Maeves Wangen röteten sich auf entzückende Weise. »Als ich in New York angekommen bin, war das hier die einzige noch verfügbare Stelle als Haushälterin für die Saison. Doch Mrs Nelson eilt ihr Ruf als anspruchsvolle Arbeitgeberin voraus, was vermutlich der Grund dafür ist, dass hier niemand erschienen ist. Wenn wir beide nicht ohne Anstellung und ohne Empfehlungsschreiben dastehen wollen, müssen wir jede Minute bis zu ihrer Ankunft nutzen, um alles fertig zu bekommen.«

»Ich scheue mich nicht vor harter Arbeit. Und Sie?«

»Ganz gewiss nicht.«

Er kannte sie erst seit zwei Minuten, und trotzdem wünschte er sich bereits, er könnte sich hinsetzen und stundenlang mit ihr reden, bis er alles wusste, was es über Miss Maeve Brown aus Irland zu wissen gab. Seine Mutter würde einen Schlaganfall bekommen, wenn sie ahnte, wie er über ihre neue Haushälterin dachte. Bei ihrem ständigen Gedrängel, er solle eine »angemessene Ehe« eingehen, wäre das Letzte, was sie wollte, dass er den verführerischen Schwung des Halses der irischen Haushälterin bewunderte – was nur ein Grund mehr war, das nicht gleich aufzugeben.

Da seine beiden älteren Brüder der Ehe abgeschworen hatten, fiel Aubrey die Pflicht zu, für den Fortbestand des Namens Nelson zu sorgen. Dieses Unterfangen war für seine Mutter wesentlich wichtiger geworden, seitdem die Familie so lächerlich reich geworden war. Davor hatte sie sich keinen Deut darum geschert. Doch es war schon in seiner Kindheit und Jugend eine von Aubreys Lieblingsbeschäftigungen gewesen, sich seiner Mutter zu widersetzen.

Und es war auch wirklich ein wunderschöner Hals. Vielleicht der schönste, den er je gesehen hatte – und er hatte einige herausragende Frauenhälse studiert, das letzte Mal vergangenes Jahr in London, wo er auf Wunsch seiner Mutter eine zweite Saison über sich hatte ergehen lassen. Die Vorstellung, dass er eine Braut aus dem englischen Adel heimführen könnte, hatte sie in höchste Verzückung versetzt. Doch daraus war nichts geworden, und er war fertig mit dieser Scharade.

Das Einzige, was verhindert hatte, dass die Zeit in England vollkommen unerträglich geworden war, war seine Freundschaft mit Derek Eagan, dem Duke of Westwood, sowie mit Dereks Cousin Simon und ihrem gemeinsamen Freund Justin Enderly, dem zweitgeborenen Sohn eines Earls. Derek und Simon hatten inzwischen geheiratet, und Justin mied die gute Gesellschaft komplett, deshalb hatte Aubrey sich in diesem Frühjahr rundheraus geweigert, nach London zurückzukehren. Das hatte seiner Mutter natürlich nicht gefallen, aber er war eisern geblieben.

Jetzt, mit der Aussicht auf einen gemeinsamen Sommer mit seiner Mutter, erwartete Aubrey eine weitere Scharade, die er über sich ergehen lassen musste. Zum Glück mochte er das Haus in Newport ausgesprochen gern, und trotz seiner Mutter und ihrer Ränke gab es keinen Ort, an dem er sich lieber aufhielte.

»Sir?«

Aubrey merkte verspätet, dass Miss Brown mit ihm sprach.

»Ich habe gefragt, ob ich Ihnen Ihr Zimmer zeigen soll, bevor Sie sich an die Arbeit machen.«

»Ja, bitte.« Aubrey wusste, er sollte dieses Missverständnis sofort aufklären, doch irgendetwas hielt ihn davon ab. Er konnte nicht sagen, was, aber anstatt zu gestehen, dass er nicht der neue Butler war, folgte er Miss Brown über die vertrauten Flure, die in Staub und Spinnweben zu ersticken drohten, zu einer kleinen Diele und der Treppe, die zu den Dienstbotenquartieren unter dem Dach führte. Auf dem Weg nach oben versuchte Aubrey, nicht auf den sanften Schwung von Miss Browns Hüften zu achten. Doch er versagte kläglich, denn ihr Po war beinahe so faszinierend wie ihr Hals.

»Ich habe das Zimmer gestern geputzt, nachdem ich von Ihrer bevorstehenden Ankunft gehört habe. Im Schrank liegen frische Handtücher. Das Badezimmer befindet sich am Ende des Ganges. Mr Nelson hat vor zwei Jahren sanitäre Anlagen installieren lassen, was wirklich wunderbar ist.«

Dem stimmte Aubrey zu. Sanitäre Anlagen im Haus waren fast so wunderbar wie sie. »Wie konnte das Haus bloß in diesen desolaten Zustand geraten?«, fragte er.

»Eine der anderen Haushälterinnen aus dem Ort hat mir erzählt, dass das verbliebene Personal letzten Herbst, nachdem Mrs Nelson abgereist war, alle Fenster geöffnet hat und dann gegangen ist. Als ich vor einer Woche eintraf, wimmelte es hier nur so von Ratten und allerlei anderem Ungeziefer sowie ganzen Möwenkolonien. Beinahe wäre ich nicht geblieben.«

Aubrey war so entsetzt, dass er nicht wusste, was er sagen sollte. Sie hatte sich ganz allein damit herumgeschlagen? Er schämte sich dafür, dass er schon vor Jahren aufgehört hatte, dem arroganten Benehmen seiner Mutter Beachtung zu schenken. Aber dass sie ihre Bediensteten so schlecht behandelte, dass diese zu derart drastischen Mitteln griffen, war ein Schock. Darüber würde er mit ihr reden müssen, sobald sie hier eintraf. Zum Glück blieben ihm bis zu dieser alles andere als herbeigesehnten Unterhaltung noch ein paar Wochen Zeit.

»Sind die Wasserleitungen nicht eingefroren?«

»Offenbar ist das Wasser vorher abgestellt worden, also nein. Dafür können wir wirklich dankbar sein.«

»In der Tat. Warum sind Sie geblieben?«

Sie verschränkte die Hände und senkte den Blick. »Ich brauche die Arbeit.«

Ihre ruhige Würde rührte ihn. Er wollte ihre Geschichte erfahren, wollte wissen, woher sie kam und was sie nach Amerika geführt hatte. »Ich werde mich darum kümmern, zusätzliche Dienstboten einzustellen.«

»Es bedarf eines Wunders, um dieses Haus rechtzeitig zum Eintreffen des Herzogs und der Herzogin herzurichten.«

»Zerbrechen Sie sich deswegen nicht den Kopf. Der Herzog und seine Frau legen keinen Wert auf Förmlichkeit.«

Sie zog ihre Augenbrauen auf ganz bezaubernde Weise zusammen. »Woher wollen Sie das wissen?«

Verdammt. Aubrey merkte zu spät, dass er sich beinahe verraten hätte. »In New York wird viel über sie geredet. Der Herzog genießt höchstes Ansehen, und von der Herzogin heißt es, sie sei sehr natürlich und unkonventionell.«

»In welchem Haushalt waren Sie in New York angestellt?«

Er musste sich schnell einen Namen überlegen, den sie kennen würde. »Bei den Smiths.« Zum Glück war er mit Adam Smith aufs Internat gegangen und kannte die Familie.

Maeves Augen weiteten sich vor Überraschung. »Das ist eine der reichsten Familien Amerikas.«

»Ja, allerdings.«

»Warum sind Sie dann jetzt bei den Nelsons?«

»Ich wollte nach Newport, und die Smiths verbringen ihre Sommer nicht hier. Mrs Smith verabscheut das Meer. Ihr Vater ist ertrunken, als er sie als Kind vor einer großen Welle retten wollte.«

»Wie schrecklich!«

»Sie hat es nie vergessen.«

»Wie könnte man auch?«

»Ja, es muss wirklich sehr tragisch gewesen sein.«

Sie betrachtete ihn genau, und er wünschte sich plötzlich, er hätte

Zeit gehabt, sich die Haare zu waschen und sich zu rasieren. »Sie sind sehr ...«

Aubrey hielt den Atem an. Er wollte unbedingt hören, was sie sagen würde.

»... *jung* für einen Butler.«

O ja, das stimmte – und zwar Jahrzehnte zu jung. »Während meiner Zeit bei den Smiths sind der Butler und der Unterbutler an Typhus gestorben. Ich war damals der oberste Lakai, und die Familie hat mich zum Butler befördert.« Wo kann denn dieser Unsinn her? Er ermahnte sich, damit aufzuhören und ihr die Wahrheit zu sagen, diese lächerliche Farce endlich zu beenden.

»Ach so. Möchten Sie etwas essen, bevor Sie mit der Arbeit beginnen?«

»Ja, bitte. Das wüsste ich nach der langen Reise wirklich zu schätzen.« Er ließ seine Tasche in dem ihm zugewiesenen Zimmer und folgte Maeve die Hintertreppe hinunter, wo sich die Kinder seiner Schwester immer vor ihren Gouvernanten versteckten.

Die Küche und der Speiseraum für das Personal lagen im Untergeschoss.

»Das ist unsere neue Köchin Mrs Allston. Mrs Allston, unser neuer Butler ...« Maeve drehte sich mit bezaubernd geröteten Wangen zu ihm um. »Es tut mir leid. Ich habe Ihren Namen gar nicht mitbekommen.«

»Jack. Jack Bancroft.« Das war der Name des Gutsverwalters des Herzogs, aber Aubrey fiel auf die Schnelle nichts Besseres ein.

»Sehr erfreut, Sie kennenzulernen, Mr Bancroft.« Die füllige Frau mit dem roten Gesicht und den ordentlich frisierten grauen Haaren stand vor einem Topf, in dem etwas köchelte, was ganz hervorragend duftete.

Aubreys Magen knurrte vernehmlich.

Maeve lachte, und dieser süße Klang durchzuckte ihn wie ein Blitz. Er wollte dieses Lachen wieder und wieder hören. Er wollte es in seinen Träumen hören und in jeder seiner wachen Stunden. Für einen Mann, der seine Freiheit und Unabhängigkeit schätzte, waren die Gefühle, die diese Frau in ihm weckte, gelinde gesagt besorgniserregend.

Aubrey warf ihr einen Blick zu. »Verzeihen Sie. Ich bin offensichtlich hungriger, als ich dachte.« Er war über Nacht mit dem Dampfschiff aus New York gekommen, auf dem man ihm einige Stunden vor dem Anlegen im Hafen von Newport ein ausgezeichnetes Frühstück serviert hatte.

Mrs Allston füllte Suppe in zwei Schüsseln und stellte sie zusammen mit einem Korb frisch gebackenen Brots auf den einfachen Holztisch. »Dann greifen Sie doch zu.«

Aubrey wartete, bis Maeve sich gesetzt hatte, bevor er sich auf der Bank ihr gegenüber niederließ. Der große Tisch bot bequem dreißig Personen Platz. Was ungefähr der Anzahl der Dienstboten entsprach, wenn alle Stellen besetzt waren.

Schweigend aßen sie die köstliche Erbsensuppe und das Brot, wobei Aubrey sich jeder Bewegung, jedes Atemzugs von Maeve überdeutlich bewusst war. In seinen gesamten zweiunddreißig Lebensjahren, in Hunderten von Stunden, die er in Londoner Ballsälen und Salons in New York verbracht hatte, in Konzertsälen und Opernhäusern, bei unzähligen Gesellschaftsdinners, bei Picknicks und privaten Feiern, hatte er noch nie so auf eine Frau reagiert wie auf sie.

Diese Reaktion entzog sich jeder Erklärung.

Entzog sich allem, woran er glaubte.

Und würde seine Mutter wütend machen.

Aubrey lächelte vor sich hin, als er sich ihre Reaktion vorstellte, wenn er ihr mitteilte, dass er endlich eine Frau gefunden hätte, die er heiraten wollte – und zwar die neue irische Haushälterin auf ihrem Anwesen in Newport.

Einst das Zentrum des Baumwoll-, Rum- und Sklavenhandels, war Newport nun der Ort dafür, zu sehen und gesehen zu werden, wenn im Juli und August der Großteil der New Yorker Gesellschaft in seine Häuser an der Küste umsiedelte. Die Neureichen strömten her, um alljährlich die Gastgeberinnen zu beeindrucken, die bestimmten, wer Mitglied in diesen erlauchten Kreisen sein durfte und wer nicht – und wenn man zu letzterer Gruppe gehörte, standen die Chancen sehr schlecht, jemals dazuzugehören.

Seine ehrgeizige Mutter kannte kein anderes Ziel, als die Sprossen der gesellschaftlichen Leiter in Newport zu erklimmen. Wenn er sich ausmalte, wie sie darauf reagieren würde, dass er sein Herz für die irische Haushälterin entdeckt hatte, konnte er sich nur zu gut vorstellen, wie sie einen Wutanfall bekam, von dem man noch Jahre sprechen würde. Er hatte schon früher erlebt, wie sie förmlich explodiert war, er selbst war bisher jedoch nie der Anlass gewesen.

Im Vergleich mit seinen wesentlich rebellischeren Geschwistern war Aubrey immer gehorsam und daher ihr Liebling gewesen, womit seine Brüder ihn ständig aufgezogen hatten. Vielleicht war es an der Zeit, dass er einmal über die Stränge schlug. Er hatte das Gefühl, dass Miss Maeve Brown aus Irland es wert sein würde, dass seine Mutter ihm die Hölle heißmachte.

Während er Maeve heimlich dabei beobachtete, wie sie ihre Suppe verzehrte, war er gefesselt von ihren Lippen und den Bewegungen ihrer Kehle, wenn sie schluckte. Wie konnte es sein, dass ein nüchterner Vorgang wie das Essen einer Suppe so unglaublich erotisch war? Hitze schoss in seinen Schritt, und er musste ein Stöhnen unterdrücken.

»Geht es Ihnen gut, Mr Bancroft?«

Diese Stimme. Ihr Klang war die süßeste Musik, die er je vernommen hatte. Er könnte ihr den ganzen Tag zuhören, ohne ihrer jemals müde zu werden. Es wäre nicht einmal wichtig, was sie sagte, solange sie nur nicht aufhörte, zu ihm zu sprechen. Unter größten Mühen erlangte Aubrey seine Fassung wieder, die ihm in dem Moment abhandengekommen zu sein schien, als sein Blick das erste Mal auf diesen zarten Hals gefallen war. Er nickte auf ihre Frage hin. »Mir geht es sehr gut, danke.«

»Und die Suppe ist nach Ihrem Geschmack?«

»Sie ist köstlich.«

»Ganz meine Meinung. Mrs Allston ist eine wunderbare Köchin. Wir können von Glück reden, dass wir sie haben, vor allem in Anbetracht des Rufs, den das Haus im Umgang mit Personal hat.«

Aubrey wischte sich den Mund mit einer Serviette ab, deren Leinenstoff wesentlich gröber war, als er es gewohnt war. »Dann sind wir im Moment also bloß zu dritt?«

»Ich fürchte ja. Zumindest bis die anderen kommen. Falls überhaupt welche kommen.«

»Und die vor uns liegende Aufgabe ist ...«

»Monumental. Warten Sie nur, bis Sie das Chaos sehen, das in Mrs Nelsons Zimmer herrscht.« Sie schüttelte sich. »Es ist eine Tragödie.«

»Wenn wir uns ein Zimmer nach dem anderen vornehmen, uns auf die Gesellschaftsräume und die von den Nelsons und ihren Gästen bewohnten Zimmer konzentrieren, könnten wir es rechtzeitig schaffen.«

»Wir haben noch zwei Wochen, bis Mrs Nelson, ihre Töchter und Enkelkinder eintreffen, und drei, bevor der Herzog und die Herzogin erwartet werden.«

»Schauen wir mal, was ich hinsichtlich weiterer Unterstützung erreichen kann. Es muss doch sicher Leute geben, die eine Stelle für den Sommer suchen.«

»Das hoffe ich, denn ich kann mir nicht vorstellen, wie wir ohne weitere Hilfe je mit allem fertig werden sollen. Ich fürchte mich ehrlich gesagt vor Mrs Nelsons berüchtigten Zornausbrüchen.«

»Zerbrechen Sie sich wegen Mrs Nelson nicht den Kopf. Wir werden alles für sie und ihre Gäste bereithaben.«

»Gott sei Dank, dass Sie hier sind.« Sie nippte an dem Tee, den sie ihnen beiden eingeschenkt hatte. »Ich hatte das Gefühl, ganz allein einen Berg erklimmen zu müssen, ohne eine Möglichkeit, den Gipfel rechtzeitig zu erreichen.«

»Gemeinsam schaffen wir es.« Während er die Worte aussprach, dachte er unwillkürlich an die Mehrdeutigkeit ihrer Bemerkung über das gemeinsame Erreichen des Gipfels. Ein Schauer der Lust durchlief ihn. Er dankte den Göttern, dass der Tisch seine offensichtliche Reaktion auf Maeve vor ihr verbarg.

»Sind Sie sicher, dass es Ihnen gut geht? Sie wirken ein wenig ... verwirrt.«

Verwirrt. Das war in der Tat ein gutes Wort dafür, wie er sich seit der ersten Begegnung mit ihr vorkam.

Er wollte gerade antworten, als ein Mann die Küche betrat. Er sah so reisemüde und staubig aus, wie Aubrey sich fühlte. Der Mann war älter, hatte mit silbrigen Strähnen durchzogenes dunkles Haar, und sein Gesicht verriet eine Menge Lebenserfahrung. Seine Augen waren vor Müdigkeit gerötet, blickten aber freundlich.

»Kann ich Ihnen helfen?«, fragte Maeve.

»Ich bin Joseph Plumber, der neue Butler. Die Agentur sagte mir, ich solle mich heute hier melden.«

Geschockt richtete Maeve ihre Augen auf Aubrey. »Wenn Mr Plumber der neue Butler ist, wer, bitte schön, sind dann Sie?«

KAPITEL 2

Aubrey saß in der Zwickmühle. Er beschloss, das einzig Ehrenhafte zu tun, was ihm übrig blieb. »Sie haben mich ertappt.«

Maeve stand auf, stemmte die Hände in die Hüften und funkelte ihn zornig an. *Großer Gott, sie ist atemberaubend.* »Was soll das heißen?«

»Ich bin Aubrey Nelson.«

Entsetzt wich sie zurück – es gab kein anderes Wort, um ihren Gesichtsausdruck zu beschreiben. Dann drehte sie sich um und eilte aus der Küche – die Schultern gestrafft, den Kopf hoch erhoben auf diesem bezaubernden Hals.

Aubrey fluchte unterdrückt. Er fühlte sich wie der letzte Schuft, weil er sie aufgebracht hatte.

Mr Plumber, den Hut in der Hand, verbeugte sich leicht. »Es ist mir eine Ehre, Sie kennenzulernen, Sir.«

Aubrey stand auf und ging um den Tisch herum, um dem Mann die Hand zu schütteln. »Danke. Bitte verzeihen Sie die Verwirrung, für die ich allein die Schuld trage. Miss Brown hat seit ihrer Ankunft hier ausgezeichnete Arbeit geleistet.«

»Ich kann nicht umhin, zu bemerken, dass sich das gesamte Anwesen in einem Zustand der ...«

»Verwahrlosung befindet?«, schlug Aubrey vor.

Mr Plumber wirkte erleichtert, dass Aubrey das Offensichtliche ausgesprochen hatte. »Ja, Sir.«

»Offenbar gab es nach dem letzten Sommer ein Problem mit den Hausangestellten. Angeblich wurden alle Türen und Fenster absichtlich offen gelassen, der Verwalter hat allem Anschein nach ebenso wie der Gärtner schon vor Längerem das Weite gesucht.«

Mr Plumber fielen beinahe die Augen aus dem Kopf. »Jemand hat die Fenster den gesamten Winter über offen gelassen?«

»Ich fürchte ja. Als Miss Brown eintraf, wimmelte es von Ratten und anderem Ungeziefer, Vögeln und dem damit einhergehenden Dreck.«

»Meine Güte! Und das ist mit Absicht geschehen?«

»Soweit ich hörte, ja.«

»Das ist ja kriminell! Verfügt das Haus über fließend Wasser?«

»Ja, allerdings wurde das immerhin abgestellt, sodass die Leitungen nicht eingefroren und geplatzt sind.«

»Nun, das ist eine Erleichterung. Warum sollte jemand das Haus so verwüsten wollen?«

Aubrey fuhr sich mit den Fingern durchs Haar und wünschte sich, er hätte sich erst frisch gemacht. Doch er hatte seine Chance, Zeit mit Miss Brown zu verbringen, nicht ungenutzt verstreichen lassen wollen. »Meine Mutter ... Sie ist ein ...« Er wollte »Monster« sagen, besann sich dann aber eines Besseren. »Sie ist sehr anspruchsvoll, und nach dem, was ich von Miss Brown gehört habe, handelte es sich um einen Protest der Dienstboten vom letzten Jahr.« Da er fürchtete, dass der Mann seine Entscheidung, hier den Haushalt zu leiten, überdenken könnte, fuhr Aubrey schnell fort: »Aber das wird sich so nicht wiederholen. Das Personal wird einzig und allein mir unterstehen. Ich werde dafür sorgen, dass sie ihrer Arbeit unbehelligt nachgehen können.«

Mr Plumber atmete erleichtert auf. »Gut, Sir. Wie auch immer, es ist nicht zu übersehen, dass es außer Miss Brown keine Bediensteten zu geben scheint.«

»Da ist noch Mrs Allston, die Köchin.«

»Sicher, aber wir brauchen Zimmermädchen, Hausdiener, Gärtner,

Stallburschen, Küchenhilfen ... Wir brauchen, nun ja, alles. Ein Haus von dieser Größe lässt sich nur mit ausreichend Personal führen.«

»Das verstehe ich, und ich werde schauen, was ich in dem Punkt erreichen kann.«

»Nun gut. Ich werde auf jede mir mögliche Weise helfen. Wenn ich recht informiert bin, werden der Duke und die Duchess of Westwood erwartet?«

»Genau. Sie sind enge persönliche Freunde von mir, und ich habe sie und weitere Bekannte aus England eingeladen, den Sommer bei uns zu verbringen.« Aubrey blickte zur Tür, durch die Maeve verschwunden war. Er konnte es nicht erwarten, zu ihr zu gehen und sie um Verzeihung zu bitten. »Wenn Sie mich jetzt entschuldigen wollen, ich muss Miss Brown finden, um ein Missverständnis aufzuklären.«

»Natürlich. Ich werde Mrs Allston bitten, mir mein Zimmer zu zeigen, und mich meinen Pflichten zuwenden, sobald ich die Gelegenheit hatte, mich frisch zu machen und umzuziehen.«

»Vielen Dank. Bitte, essen Sie doch auch etwas.«

»Danke, Sir, das werde ich tun.«

Aubrey verließ den Speiseraum und lief zur Hintertreppe, weil die näher lag. Zwei Stufen auf einmal nehmend, erreichte er den ersten Stock und begab sich auf die Suche nach Maeve. Schnell erkannte er, dass sie überall sein könnte, und wenn sie nicht gefunden werden wollte, konnte sie ihm in einem Haus dieser Größe sehr wirkungsvoll aus dem Weg gehen.

Sein Herz klopfte schneller. Er hatte sie gekränkt, und dafür schämte er sich. Was hatte er sich bloß dabei gedacht? Warum hatte er ihr nicht von Anfang an die Wahrheit gesagt? Er konnte es sich nicht erklären. Es war einfach so, dass er von seiner Reaktion auf sie überrascht gewesen war und sich die Möglichkeit, sie besser kennenzulernen, nicht dadurch hatte verbauen wollen, dass er sich als Mitglied der Familie zu erkennen gab, für die sie arbeitete.

Stattdessen hatte er alles ruiniert, indem er sie angelogen hatte. Dabei hätte er doch aus dem Dilemma lernen sollen, das Derek sich eingebrockt hatte. Derek hatte sich als Jack Bancroft, sein Gutsverwalter, ausgegeben, nachdem er Catherine getroffen und entdeckt hatte, dass sie die Aristokratie ganz allgemein verabscheute. Erst nach ihrer Hochzeit hatte sie erfahren, dass er in Wahrheit der Duke of Westwood war. Und Derek hatte sich an die schwierige Aufgabe machen müssen, seine Frau aufs Neue dazu zu bringen, sich in ihn zu verlieben – nur dieses Mal als Herzog. Am Ende war alles gut ausgegangen, allerdings erst, nachdem beide unnötig gelitten hatten.

Und was genau wollte er eigentlich von der bezaubernden Miss Brown, fragte Aubrey sich, während er das Haus methodisch absuchte und dabei feststellte, dass ein Raum schmutziger war als der davor. Und es waren verdammt viele Räume. Wofür benötigten sie so viel Platz? Als er das Haus nach dem Kauf durch seinen Vater das erste Mal gesehen hatte, war Aubrey innerlich zusammengezuckt. Nichts schrie mehr nach neuem Geld als eine Vierzig-Zimmer-Villa an der Küste, voller Prunk und kostbarer Antiquitäten.

Obwohl die Nelsons immer zur New Yorker Oberschicht gehört hatten, war Aubrey nicht mit dem Reichtum aufgewachsen, über den seine Familie verfügte, seit die Firma seines Vaters den Markt der Zulieferer für Eisenbahnwaggons dominierte. Nelson Industrial hatte ein Vermögen damit gemacht, Räder, Kupplungen und andere Teile anzufertigen, da die Nachfrage im Zuge des schnellen Ausbaus des Schienenverkehrs rasant gestiegen war.

Und die Gewinne waren förmlich explodiert, seit das Unternehmen begonnen hatte, in Konkurrenz mit Pullman hochwertige Waggons für Erste-Klasse-Passagiere sowie Gepäck-, Post-, Vieh- und – die neueste Errungenschaft – Kühlwaggons herzustellen. Die Nachfrage war so groß, dass sie kaum hinterherkamen. Im letzten Jahr, als das revolutionäre Förderband in den Fabriken installiert worden war, das Ransom Olds vor zwei Jahren zum ersten Mal zur Massenproduktion von Automobilen eingesetzt hatte, hatten sich die Kapazitäten von Nelson Industrial auf einen Schlag vervierfacht.

Das Vermögen ermöglichte der Familie einen luxuriösen Lebensstil, zu dem nun dieses monströse Haus im mondänen Newport gehörte. Trotz des Protzes liebte Aubrey Newport, den Strand, die Sommerfeste, seine Schaluppe, die im Hafen ankerte, und das generelle Gefühl der Harmonie, das er immer empfand, wenn er sich am Meer aufhielt.

Im ersten Stock waren jetzt nicht mehr viele Türen übrig, hinter denen sich Miss Brown noch verbergen konnte. »Wo zum Teufel steckt sie?«, murmelte er, als er den Ballsaal betrat, der im Winter ganz eindeutig der Lieblingsplatz der Möwen gewesen war. Beinahe jede Oberfläche war mit zähem weißen Vogelkot überzogen, und es gab mehr Federn, als er je in einem Ballsaal gesehen hatte – und das wollte nach zwei in London verbrachten Saisons etwas heißen.

Er schlenderte zum anderen Ende des riesigen Raums und öffnete die Türen, die auf eine weitläufige Veranda hinausgingen, von der aus man einen wunderschönen Blick auf das Meer hatte, das heute ruhig und funkelnd im Frühlingssonnenschein lag. An der Brüstung stand, die Arme um den Oberkörper geschlungen, den Kopf gebeugt, Maeve Brown. Ihre Haltung und das Beben ihrer Schultern verrieten ihm, dass sie weinte. Die Erkenntnis, dass er daran schuld war, traf ihn wie ein Schlag in die Magengrube.

»Miss Brown«, sprach Aubrey sie leise an, um sie nicht zu erschrecken, doch sie zuckte trotzdem zusammen.

Dann wirbelte sie herum, die Wangen gerötet und tränenfeucht.

»Es tut mir so leid, dass ich Sie angeflunkert habe.«

»Wie *konnten* Sie nur? Ich habe Ihnen gegenüber ganz offen und unverblümt über Ihre Mutter gesprochen!« Sie schluchzte auf und schlug sich die Hand vor den Mund, als wollte sie weitere Schluchzer zurückhalten.

»Alles, was Sie über meine Mutter gesagt haben, entspricht der Wahrheit.«

Den Zorn, der in ihren Augen aufblitzte, hatte er redlich verdient. »Sie ist meine Arbeitgeberin. Ich hatte den Eindruck, ich würde mit einem anderen Bediensteten reden und nicht mit einem Mitglied der Familie, bei der ich angestellt bin.«

»Das weiß ich, und ich entschuldige mich aus tiefstem Herzen dafür, Sie in die Irre geführt zu haben.«

»Warum haben Sie das getan?« Ihre Wut schien ein wenig nachzulassen, und zurück blieb eine kleinlaute Stimme, die, wie er bereits wusste, untypisch für sie war. Die Maeve, die er zuvor kennengelernt hatte, hatte kein Mitleid mit Dummköpfen – und er war wirklich ein Dummkopf gewesen, als er sie so getäuscht hatte.

»Ich ... ich mochte Sie.« Er schluckte trocken. »Und ich wollte Sie kennenlernen. Als Sie mich für den Butler hielten, erschien mir das wie *die* Gelegenheit, mich Ihnen als Gleichgestellter zu nähern. Das war falsch von mir, und es tut mir ehrlich leid, dass ich Ihnen einen falschen Eindruck vermittelt und Sie so aufgebracht habe. So etwas habe ich noch nie zuvor getan, und es hätte nicht geschehen dürfen. Ich hoffe, Sie nehmen meine aufrichtige Entschuldigung an.«

Für einen sehr langen, aufgeladenen Moment blickte sie ihn einfach nur an, dann erkundigte sie sich: »Was meinen Sie damit, Sie *mochten* mich?«

Er trat einen Schritt auf sie zu. »Ich meine, dass ich Sie *mochte*.«

Sie zuckte zurück, was nicht gerade die Reaktion war, auf die er gehofft hatte. »Wie können Sie mich mögen? Sie kennen mich doch gar nicht.«

»Ich möchte Sie aber kennenlernen.«

Sie schüttelte den Kopf. »Ich weiß nicht, was Sie hier für ein Spielchen spielen, Mr Nelson ...«

Er machte noch einen Schritt auf sie zu. »Aubrey.«

Wenn es möglich gewesen wäre, wäre sie noch weiter von ihm abgerückt, was die Brüstung verhinderte. »... doch ich bin nicht daran interessiert, dabei mitzuspielen«, fuhr sie, seinen Einwand ignorierend, fort. »Ich bin hier, um zu arbeiten. Ich bin Haushälterin. Ich lasse mich nicht mit Männern Ihres Standes ein.«

»Das verstehe und respektiere ich. Trotzdem mag ich Sie.«

Wieder verfärbten sich ihre Wangen ganz bezaubernd. »Hören Sie auf. Und sehen Sie mich nicht so an. So eine Frau bin ich nicht.«

»Das weiß ich. Es tut mir leid, ich möchte nicht, dass Sie sich unbehaglich fühlen. Es ist bloß ... Seit der ersten Sekunde, in der ich Sie erblickt habe ...« Er rieb sich mit der Hand über den flauen Magen – noch etwas, was er nie zuvor bei einer Frau erlebt hatte, mit der er geredet hatte.

»Was auch immer Sie vorbringen wollen, tun Sie es nicht. Sie wissen genauso gut wie ich, wie die Dinge in der Welt, in der wir leben, laufen. Ich bin hier, um meine Arbeit zu machen. Mehr nicht.«

Sprich weiter mit mir. Es war egal, was sie sagte, selbst Worte, die er nicht hören wollte, wenn sie nur nicht aufhörte zu reden.

»Mr Nelson! Hören Sie mir überhaupt zu?«

»Ja, Miss Brown. Definitiv.«

»Wenn Sie mich respektieren, wie Sie beteuern, dann sorgen Sie bitte dafür, dass zusätzliches Personal eingestellt wird, damit das Haus für die Ankunft von Mrs Nelson und ihren Gästen vorbereitet werden kann.« Sie keuchte auf, als ihr eine Erkenntnis kam. »Das sind ja *Ihre* Gäste.«

»Ja, richtig. Und trotz ihres Ranges sind es freundliche, großzügige, wundervolle Menschen. Sie werden sie sehr mögen.«

»Ob ich sie mag oder nicht, spielt keine Rolle. Meine Aufgabe besteht darin, alles für ihre Ankunft vorzubereiten und das Haus so herzurichten, dass sie sich hier wohlfühlen.« Sie zeigte auf den übel zugerichteten Ballsaal. »Und wie Sie sehen, haben wir da eine Menge Arbeit vor uns.«

»Das stimmt. Aber ich werde Ihnen helfen, und Mr Plumber und mögliche weitere Bedienstete, die ich hoffentlich anwerben kann, ebenfalls. Wir arbeiten gemeinsam, bis das Haus in seinem früheren Glanz erstrahlt.«

Vor Schreck wich ihr alle Farbe aus dem Gesicht. »Wir werden *zusammenarbeiten?*«

»Natürlich.«

»Nein. Das geht nicht. Das Haus gehört Ihnen.«

»Technisch betrachtet gehört es meinem Vater.«

»Was bedeutet, es gehört auch Ihnen.«

»Im Gegensatz zu dem, was Sie glauben, bin ich kein verhätschelter Prinz, der nicht in der Lage ist, tatkräftig mit anzupacken, wenn es notwendig ist, um das Chaos hier zu beseitigen und das Haus wieder bewohnbar zu machen. Ich versichere Ihnen, ich bin mehr als fähig und bereit, meinen Beitrag dazu zu leisten.«

Sie schüttelte den Kopf. »Das wäre nicht richtig.«

»Wer sagt das?«

»Alle. So funktioniert das einfach nicht.«

»Wer würde denn wissen, was ich hier tue? Wir beide, Mr Plumber und Mrs Allston. Ich denke, wir werden es schaffen, das für uns zu behalten.«

»Es ist schon schlimm genug, dass Sie mich angelogen haben, aber verschlimmern Sie es nicht noch weiter, indem Sie mich verspotten.«

Sie war einfach unglaublich. Es gab kein anderes Wort, das ihr gerecht wurde.

»Warum grinsen Sie so?«

»Wie denn?«

»Das wissen Sie genau. An dieser Situation ist nichts lustig. Sie haben mich mutwillig getäuscht, haben zugelassen, dass ich meine Arbeitgeberin – *Ihre Mutter* – vor Ihnen verunglimpfe ...«

»Sie haben meine Mutter sehr treffend beschrieben. Der Ruf als anspruchsvolle Hausherrin eilt ihr voraus. Dass ihre ehemaligen Bediensteten jedoch so weit gegangen sind wie hier, zeigt, was sie von ihr und ihrem Auftreten halten. Vielleicht sollten wir ihr Schlafzimmer einfach nicht sauber machen.«

Maeve zuckte schockiert zurück. »Ich werde ihr Schlafzimmer *nicht* im derzeitigen Zustand belassen, und wenn es nach mir geht, wird sie nie erfahren, was mich bei meiner Ankunft hier erwartet hat. Ich werde ohne Pause arbeiten, um dafür zu sorgen, dass kein einziges Staubflöckchen im Haus übrig ist, wenn sie hier eintrifft.«

Er legte den Kopf schief und musterte sie. »Warum?«

»Warum was?« Sie wand sich unbehaglich, als fände sie seine Aufmerksamkeit überwältigend.

Was hoffentlich stimmte. Er wollte nichts mehr, als sie auf die bestmögliche Weise zu überwältigen, auch wenn er wusste, dass das eine vollkommen unangebrachte Fantasie war. Er war immer stolz darauf gewesen, sich Frauen gegenüber stets wie ein Gentleman zu verhalten, und er würde nicht ausgerechnet bei ihr damit aufhören. »Warum sind Sie so darauf erpicht, alles perfekt für eine Frau herzurichten, die ihre Angestellten offensichtlich schlecht behandelt?«

»Mich hat sie nicht schlecht behandelt, und ich bin engagiert worden, um eine Aufgabe zu erledigen – eine Aufgabe, der ich mich jetzt wieder widmen werde. Könnten Sie mich bitte vorbeilassen, wenn's recht ist? Ich möchte mich wieder an die Arbeit begeben.«

»Es ist mir nicht recht.«

»Wie bitte?«

»Ich mache erst Platz, wenn Sie sich damit einverstanden erklären, dass ich Ihnen helfe. Ich bin stark und gesund und gewillt zu arbeiten. Sie brauchen mich, Maeve.« Es stand ihm nicht zu, sie mit ihrem

Vornamen anzusprechen, aber er konnte sich nicht zurückhalten. Alle Gründe, warum es falsch war, dass er so empfand, konnten den Drang nicht ersticken, mehr über sie zu erfahren und sie zu verstehen.

Wieder färbten sich ihre Wangen mit dem rosigen Schimmer, der sie ihm noch anziehender erscheinen ließ. »Sie nehmen sich Freiheiten heraus, zu denen Sie kein Recht haben, Mr Nelson.«

»Ich heiße Aubrey, und ich wünschte, ich könnte sagen, es tut mir leid, doch das tut es nicht. Lassen Sie sich von mir dabei helfen, das Haus auf Vordermann zu bringen. Sie brauchen diese Hilfe, also warum wollen Sie sie nicht annehmen?«

Sie musterte ihn misstrauisch. »Was springt für Sie dabei heraus, wenn ich darauf eingehe?«

»Nichts. Außer der Befriedigung, jemandem zu helfen, der Hilfe nötig hat.«

»Das ist alles?«

»Was sollte da noch sein?« Das langsame Heben ihrer linken Augenbraue würde in Aubreys persönliche Geschichte als das Erotischste eingehen, was er je gesehen hatte. »Wirklich, Miss Brown, ich bin schockiert.«

»Das bezweifle ich. Aber da ich tatsächlich dringend Unterstützung benötige, werde ich Ihr freundliches Angebot unter der Voraussetzung annehmen, dass es wirklich nur um das Herrichten des Hauses geht. Um mehr nicht.«

Die letzten drei Worte berührten ihn zutiefst, weil er darin Schmerz, Verrat und etwas unendlich Trauriges hörte. Er wollte so gerne mehr über sie wissen, und er schwor sich, die Zeit, in der sie zusammenarbeiten würden, zu nutzen, um herauszufinden, wer oder was sie so tief verletzt hatte. »Wo sollen wir anfangen?«

»Da Sie ja schlecht im Dienstbotentrakt wohnen können, sollten wir damit beginnen, ein Schlafzimmer für Sie herzurichten.«

Aubrey biss sich auf die Zunge, um sich die Bemerkung zu verkneifen, dass er sie nur zu gerne in seinem Schlafzimmer sehen würde. Der Gedanke amüsierte ihn, vor allem, wenn er sich ihre potenzielle Reaktion auf diese Worte vorstellte.

Hoch erhobenen Hauptes zwängte sie sich an ihm vorbei und ging voraus. »Welches der Zimmer hier ist Ihres?«

»Das dritte auf der rechten Seite.«

Mit wachsender Anspannung folgte er ihr aus dem Ballsaal und den Flur hinunter zu der geschlossenen Tür. Was für eine Katastrophe würde sie dahinter erwarten?

»In diesem Zimmer war ich bisher noch nicht, deshalb weiß ich nicht, in welchem Zustand es ist.« Maeve legte ihre Hand an die Tür und schaute ihn an. Ihre Miene verriet, dass sie seine Befürchtung teilte.

»Bringen wir es hinter uns.«

Sie öffnete und trat ein.

Aubrey folgte ihr – und fand das Zimmer genau so vor, wie er es verlassen hatte.

»Das ist dann einer der wenigen Räume im rückwärtigen Bereich des Hauses, die nicht verwüstet wurden.« Sie warf ihm einen Blick zu. »Das bedeutet, die ehemaligen Bediensteten haben viel von Ihnen gehalten.«

»Das hoffe ich. Ich habe mich immer bemüht, sie fair zu behandeln.«

Maeve durchquerte das Zimmer, zog die Vorhänge zurück und öffnete die Fenster, um die frische Frühlingsbrise hereinzulassen.

Abgesehen von einer feinen Staubschicht auf den Oberflächen befand sich das Zimmer in tadellosem Zustand. Aubrey krempelte die Ärmel hoch und warf seinen Mantel über einen der Louis-quatorze-Stühle, die beim Kauf des Hauses übernommen worden waren. Seine Mutter liebte diese Stühle. Er und seine Geschwister witzelten oft, dass sie ihre Möbel mehr zu lieben schien als ihre Kinder, und sie hatte bisher nicht protestiert. »Was kann ich tun?«

Maeve biss sich nachdenklich auf die Unterlippe.

»Ich kann alles, was nötig ist. Es mag Sie überraschen, zu erfahren, dass ich nicht als verhätschelter, privilegierter Sohn von unermesslich reichen Eltern aufgewachsen bin. Das große Geld kam erst später.«

»Das überrascht mich wirklich.«

Aubrey merkte, dass sie ihn aufzog, und er lachte. »Touché. Mein Vater hat sein Vermögen mit dem Ausbau des Schienenverkehrs gemacht. Vorher hat seine Firma Kirchenglocken hergestellt. Aber es gibt eine wesentlich höhere Nachfrage nach Bauteilen für Eisenbahnen als nach Kirchenglocken.«

»Das kann ich mir vorstellen.« Sie strich sich das Kleid glatt und reichte ihm einen Staubwedel, den sie aus einer Kammer geholt hatte.

Mit einem Gefühl des Triumphes nahm er ihn entgegen. Sie ließ ihn tatsächlich helfen.

»Ist Ihre Mutter nicht die Tochter eines britischen Earls?«

»Schon, doch als sie im heiratsfähigen Alter war, hatte mein Großvater den Großteil des Vermögens bereits verschleudert. Da sie über keine nennenswerte Mitgift mehr verfügte, musste sie sich mit einem ungehobelten Amerikaner zufriedengeben, der wesentlich mehr Potenzial als Besitztümer hatte.«

»Es ist also keine Liebesheirat gewesen?«

»Großer Gott, nein.« Aubrey lachte schnaubend. »Überhaupt nicht. Die beiden ertragen es kaum, sich im gleichen Raum aufzuhalten. Aber es war bisher eine sehr effektive Partnerschaft. Als mein Vater plötzlich so reich war, wusste meine Mutter zum Glück, wie man in den gesellschaftlichen Gewässern ihres neu gefundenen Reichtums navigierte. Daher auch das Haus in Newport, wo sich alle Menschen von Rang, Namen und Reichtum jeden Sommer einfinden. Offensichtlich hat sie jedoch noch viel zu lernen, was den pfleglichen Umgang mit Personal angeht.«

»Und dabei haben Sie noch nicht einmal das Schlachtfeld in ihrem Schlafzimmer gesehen.«

Aubrey verzog das Gesicht. »Ich kann es kaum erwarten.«

<h1 style="text-align:center">KAPITEL 3</h1>

Maeve wollte nicht von dem attraktiven Sohn ihrer berüchtigt schwierigen Arbeitgeberin fasziniert sein. Sie wollte sich weder von seiner Entschlossenheit, das Haus für die illustren Gäste fertig zu machen, einwickeln noch in die Geschichten über seine Kindheit in bescheideneren Umständen hineinziehen lassen.

Auf dem Weg zu der verwüsteten Suite seiner Mutter wollte sie nichts von alldem, trotzdem war sie von ihm eingenommen, fasziniert – und beunruhigt.

Erst vor einer guten Stunde hatte er das Haus betreten, und doch hatte er ihren Entschluss, alles, was mit ihrer neuen Position einherging, reserviert und unbeteiligt zu betrachten, komplett über den Haufen geworfen. Sie war hier, um ihre Arbeit zu erledigen, und nicht, um sich auf eine Affäre einzulassen. Denn das hatte ihr in der Vergangenheit schon einmal nichts als Scherereien gebracht, und sie wollte gerne von sich glauben, dass sie ihre Lektion gelernt hatte.

Aber der charmante Mr Nelson sorgte dafür, dass sie trotz ihres Entschlusses, Distanz zu wahren, an jedem seiner Worte hing und mehr über ihn in Erfahrung bringen wollte. Er sah viel zu gut aus – mit seidigen dunklen Haaren und warmen braunen Augen, in deren

Winkeln sich kleine Fältchen bildeten, wenn er lächelte. Und er lächelte oft.

Sie öffnete die Tür zur Suite der Hausherrin und trat beiseite, damit Aubrey vor ihr hineingehen konnte.

Bei dem Anblick, der sich ihm bot, blieb er jäh stehen. »Gütiger Gott.«

Die geflüsterten Worte fassten Maeves Reaktion auf das, was sie an ihrem ersten Tag hier vorgefunden hatte, perfekt zusammen. Danach hatte sie die Räume nicht mehr betreten, denn sie hatten ihr Albträume beschert.

Alles, was Maeve über das Führen eines Haushalts wusste, hatte sie von ihrer Mutter und Bridie – eigentlich Bridget –, der geliebten Haushälterin der Familie, gelernt. Auch wenn es sich bei ihrem Zuhause um ein wesentlich bescheideneres gehandelt hatte als bei diesem, hatte sich Maeve ausreichend darauf vorbereitet gefühlt, so zu tun, als hätte sie die notwendigen Fähigkeiten, um ein großes Anwesen zu leiten. Die Stelle hier hatte sie allerdings nur aus einem einzigen Grund bekommen: weil niemand anderes für Mrs Nelson arbeiten wollte. Doch nichts auf der Welt hätte sie auf den Albtraum von Mrs Nelsons Schlafzimmer vorbereiten können.

Maeve hielt sich das mit Lavendelduft besprühte Taschentuch vor den Mund, das sie seit diesem ersten Tag ständig bei sich trug. »Ich glaube, die ehemaligen Angestellten haben Lebensmittel ausgelegt, um das Ungeziefer einzuladen, sich hier häuslich niederzulassen.«

Mr Nelson blickte sich langsam um. In seiner Miene spiegelten sich Schock und Ekel.

»Zum Glück«, fuhr sie fort, »sind die Ratten verschwunden, sobald es keine Nahrung mehr gab, aber ihre Anwesenheit ist nicht spurlos an dem Raum vorübergegangen.«

»Das kann man wohl sagen. Wo sollen wir bloß anfangen?«

»Wenn ich einen Vorschlag machen darf ...«

»Bitte.«

»Ich würde alles Mobiliar entsorgen und den Raum komplett neu einrichten. Nichts von alldem ist noch zu retten.«

»Ich neige dazu, Ihnen zuzustimmen.« Aubrey holte sein Taschentuch hervor und hielt es sich ebenfalls über Mund und Nase. »Der Gestank ist ...«

»Ekelerregend.«

»In der Tat.« Als er sie anschaute, las sie in seinen Augen tiefes Mitgefühl. »Es tut mir so unendlich leid, dass Sie sich mit etwas derart Widerwärtigem herumschlagen müssen.«

»Ich würde gerne sagen, dass mir schon Schlimmeres untergekommen ist, doch in diesem Fall stimmt das nicht. Ich hätte vollstes Verständnis dafür, wenn Sie Ihr Hilfsangebot zurückziehen.«

»Ich würde niemals jemanden mit dem hier alleinlassen.« Er durchquerte den Raum und schaute aus dem Fenster in den Garten unten. »Wir werfen einfach alles aus dem Fenster und verbrennen es an Ort und Stelle.«

Diesen Plan konnte Maeve nur billigen, auch wenn sie weder daran gedacht hatte, Dinge aus dem Fenster zu werfen, noch daran, alles zu verbrennen. »Ich denke, das wäre vermutlich das Beste.«

»Ich mach das.«

»Ich helfe Ihnen.«

»Das ist nicht nötig.«

»Ich *helfe* Ihnen.«

Sie betrachtete ihn mit der störrischen Miene, die sie als Mädchen oft in Schwierigkeiten gebracht hatte – und später bei ihrem Ehemann. Doch daran durfte sie nicht denken. Und das würde sie auch nicht. Niemals wieder. Als sie das Schiff betreten hatte, das sie nach Amerika bringen sollte, hatte sie die Vergangenheit hinter sich gelassen, um einen Neuanfang in einem Land zu wagen, in dem niemand sie kannte. Sie betete jede Nacht, dass sie niemals gefunden werden würde. Denn ganz sicher wurde nach ihr gesucht.

Maeve spürte, dass Mr Nelson sie eindringlich musterte, und schüttelte die verstörenden Gedanken ab.

»Es geht schneller, wenn wir beide mit anpacken.«

»Wenn Sie darauf bestehen«, sagte er.

»Das tue ich.«

Maeve ging zur anderen Bettseite und öffnete die Fenster. Die frische Luft konnte den ranzigen Gestank nicht sofort vertreiben, aber sie ermöglichte es Maeve wenigstens, ihr Taschentuch in den Ärmel ihres Kleides zu stecken, damit sie beide Hände frei hatte. Beim Zusammenrollen der Decken durchzuckte ihre Hand der inzwischen vertraute Schmerz. Dann reichte sie das Wäschebündel Mr Nelson, der es aus dem Fenster warf.

»Die Matratze muss ebenfalls weg«, entschied er.

Beim Anblick der Flecken und bei dem Geruch, der aus der verfaulten Füllung stieg, musste Maeve schlucken, damit ihr nicht schlecht wurde. »Das sehe ich genauso.«

Gemeinsam hoben sie alles an, schafften es zum Fenster und schoben es hinaus. Maeve versuchte, nicht daran zu denken, was sie da gerade angefasst hatte.

Es dauerte über eine Stunde, bis sie alles, was sich entfernen ließ, in den Garten befördert hatten. Als sie fertig waren, standen nur noch der Bettrahmen, eine antike Kommode und der Frisiertisch. Mit einer gründlichen Reinigung waren diese Möbelstücke vermutlich zu retten. Und mit den verdreckten Einrichtungsgegenständen war auch der Gestank verschwunden.

»Ich hätte nicht gedacht, dass das überhaupt möglich wäre«, bemerkte Maeve. »Doch wir sind auf einem guten Weg, es wieder bewohnbar zu machen.«

»Die Wände müssen abgeschrubbt werden, und es müssen umgehend neue Matratzen, Bettdecken und Kissen besorgt werden, damit sie rechtzeitig zum Eintreffen meiner Mutter hier sind.«

»Darum kümmere ich mich. Der Haushalt hat Konten bei mehreren Händlern in der Stadt, die alles in der benötigten Qualität beschaffen können.«

»Danke.«

»Werden Sie Ihrer Mutter erzählen, was vorgefallen ist?«

»Ich schätze, das werde ich müssen, denn ihr wird nicht entgehen, dass ihre Räume komplett neu eingerichtet sind.«

»Ich muss zugeben, ich hatte Sorge, dass sie kommen könnte, bevor ich die Chance hatte, alles zu beseitigen.«

»Normalerweise wäre sie an meiner Stelle erschienen, aber mein Vater ist erkrankt. Sie konsultieren verschiedene Ärzte, um herauszufinden, was die Ursache seiner Beschwerden ist.«

»Es tut mir leid, das zu hören. Ist es etwas Ernstes?«

»Durchaus möglich.« Mr Nelsons grimmige Miene verriet seine Sorge. »Er leidet schon seit mehreren Monaten an hartnäckigem Husten.«

»Hoffentlich nicht die Schwindsucht?«

»Davon gehen die Ärzte bislang nicht aus, allerdings wissen sie auch nicht, was es sonst sein könnte. Es ist sehr besorgniserregend. Da meine Mutter also im Moment nicht abkömmlich ist, hat sie mich geschickt, damit ich dafür sorge, dass das Haus für die Ankunft meiner Gäste aus England fertig ist.«

»Sie waren kürzlich in England?«

»Ja. Zur Saison.« Das schien ihm beinahe peinlich zu sein. »Meine Mutter hatte die Vorstellung, dass ich in London eine adelige Braut finde.«

»Oh. Ich verstehe.« Sie begab sich in das angrenzende Badezimmer und kehrte mit einem Eimer Seifenlauge wieder, mit der sie dem verkrusteten Schmutz auf der kostbaren Kommode zu Leibe rückte. Sie schrubbte und war fest entschlossen, an andere Dinge zu denken als daran, wie der attraktive Mr Nelson mit englischen Debütantinnen flirtete. Er war bestimmt sehr beliebt gewesen.

»Nein, Sie verstehen nicht. Das war *ihr* Wunsch, nicht meiner. Ich habe ihr trotzdem die Freude gemacht und bin für zwei Saisons dageblieben.«

Maeve sagte sich, dass sie das alles nichts anging. Doch das hatte sie bisher auch nie aufgehalten. »Sind Sie nicht alt genug, um sich Ihre Ehefrau selbst auszusuchen?«

»Das sollte man meinen, bloß haben Sie meine Mutter noch nicht kennengelernt.«

Sie schaute sich in dem leeren Raum um. »Irgendwie denke ich das schon.«

Da ließ er wieder dieses Lächeln aufblitzen, bei dem ihr ganz warm und kribbelig wurde. Beim letzten Mal, als sie so für einen Mann empfunden hatte, hatte sie aus dem einzigen Zuhause weglaufen müssen, das sie je gekannt hatte. Scham und Kummer überwältigten sie, als sie sich an den furchterregenden Tag erinnerte, der ihr Leben für immer verändert hatte. Damals hatte sie sich geschworen, nie wieder zuzulassen, dass ein Mann Macht über sie hatte.

Als sie anfing zu zittern, schüttelte Maeve schnell den Kopf und schob solche verstörenden Gedanken energisch beiseite. Sie hatte einen Ozean überquert, um diesen Albtraum hinter sich zu lassen, aber es schien, als wäre ihr die Angst gefolgt.

»Miss Brown.« Mr Nelsons Stimme durchschnitt die Stille und riss Maeve aus ihrer Versunkenheit.

Sie zwang sich zu einem Lächeln und drehte sich zu ihm um. Das Mitleid in seiner Miene wollte sie nicht. Nicht von ihm. Und von niemandem.

»Geht es Ihnen gut?«

»Natürlich.«

»Ihre Hände zittern, und Sie sind ganz blass geworden.«

Er bemerkte zu viel, was ihn zu der bisher größten Bedrohung für ihr neues Leben machte. »Um diese Jahreszeit«, erklärte sie zögernd, »leide ich häufig unter Atembeschwerden. Wenn die Bäume zu blühen beginnen.«

»Einer meiner Schwestern ergeht es ähnlich.«

»Haben Sie viele Geschwister?«, nutzte Maeve die Gelegenheit, von sich abzulenken.

»Vier ältere Schwestern, die alle bereits verheiratet sind und Kinder haben. Und zwei ältere Brüder, von denen keiner verheiratet ist. Sie helfen meinem Vater bei der Leitung der Firma. So wie ich, wenn ich nicht den gesellschaftlichen Zirkus von London oder Newport mitmachen muss.«

»Dann sind Sie der Jüngste in Ihrer Familie.«

»Ja. Und das lassen sie mich auch nie vergessen. Meine Geschwister behaupten, ich wäre der Liebling meiner Mutter, doch ich glaube, das ist mein Bruder Anderson.«

»Haben Sie alle Namen, die mit A anfangen?«

Er verzog das Gesicht. »Unglücklicherweise ja: Anderson, Alfie, Aurora, Audrey, Adele, Alora und meine Wenigkeit.« Er verbeugte sich dramatisch. »Aubrey.«

»Wie schön.«

»Es freut mich, dass Sie das finden. Als Kinder mussten wir wegen der A-Namen viel Spott über uns ergehen lassen. Was ist mit Ihnen? Haben Sie Geschwister?«

»Drei jüngere Schwestern.« Kurz wallte Traurigkeit in ihr auf. Sie zu verlassen war ihr unfassbar schwergefallen, aber sie hatte keine andere Wahl gehabt. Maeve hoffte, dass ihre Schwestern das wussten. Es war leider unerlässlich gewesen, jeglichen Kontakt zu ihrer Familie abzubrechen.

Wenn Mr Nelson je dahinterkäme, was sie getan hatte ...

Nein. Er würde es nie erfahren. Hier kannte sie niemand, und ihre Vergangenheit auch nicht. Bei der Vorstellung, jemand könnte etwas darüber herausfinden, zog sich ihr Magen schmerzhaft zusammen. Das durfte auf keinen Fall passieren.

»Miss Brown?«

Erschreckt merkte sie, dass sie seinen letzten Satz nicht gehört hatte. »Wie bitte?«

»Ich habe gefragt, wie Ihre Schwestern heißen.«

»Bridget, Aoife und Niamh.«

»Das sind ebenfalls schöne Namen. Genau wie Maeve.«

»Danke.«

»Maeve ist gälisch, oder? Was bedeutet es?«

Ihre Wangen wurden ganz heiß. »Es bedeutet ›die Berauschende‹.«

Mr Nelson räusperte sich. »Nun, der Name passt zu Ihnen.«

Sie brachte es nicht über sich, ihn anzuschauen, auch wenn sie es gerne wollte. Stattdessen begann sie, den Vogelkot von der Seidentapete zu schrubben. Das war leichter, als sich der Sehnsucht zu stellen, die Mr Nelson in ihr wachrief. Nicht zum ersten Mal fürchtete Maeve, dass mit ihr etwas nicht stimmte. Warum nahm sie Gefühle so extrem wahr? Warum verriet ihr Körper sie, indem er Dinge wollte, die schlecht oder falsch waren und ihr nur Probleme bereiten konnten?

So war es schon immer gewesen. Seit der Zeit, als sie ein junges Mädchen gewesen war und die gedankenlosen Sticheleien anderer Kinder sie tief getroffen hatten. Kinder konnten sehr grausam sein, und während andere diese Gemeinheiten an sich abprallen ließen, hatte Maeve manches bis zum heutigen Tag nicht verwunden. Ihre Neigung, alles so intensiv zu fühlen, barg das Potenzial, dieses neue

Leben, das sie sich gerade aufbaute, zu zerstören. Das durfte sie nicht zulassen. Sie war hier, um zu arbeiten, mehr nicht.

Wenn sie sich das oft genug einredete, könnte sie vielleicht wirklich das erneute Abrutschen in emotionale Turbulenzen unterbinden. Sie hatte einfach nicht die Kraft, so etwas noch einmal durchzumachen. Nicht jetzt, nachdem sie alles aufs Spiel gesetzt hatte, um in Amerika von vorn anzufangen – weit weg vom Schmerz der Vergangenheit.

»Miss Brown?«

Wieder wurde sie aus ihren Gedanken gerissen. Sie schaute auf und bemerkte, dass Mr Nelson sie mit besorgter Miene musterte. Schauer liefen ihr über den Rücken. Das war nicht gut. Gar nicht gut. »Ja?«, fragte sie mit zitternder Stimme.

»Sie schrubben gleich ein Loch in die Tapete.«

Ihr Blick glitt zu der Stelle, die sie bearbeitet hatte, während sie über all die Gründe nachgedacht hatte, warum sie dem Charme dieses Mannes nicht erliegen durfte. Und richtig, der Vogeldreck war längst weg, und beinahe hätte sie es geschafft, die kostbare Tapete irreparabel zu beschädigen. »Entschuldigen Sie bitte.«

»Kein Grund, sich zu entschuldigen. Ich bewundere Ihre Hingabe.«

Sie versuchte, das charmante Lächeln zu ignorieren, das dieses Kompliment begleitete, doch das aufgeregte Flattern in ihrem Magen ließ sich nicht ignorieren.

»Ich kann gerne hier weitermachen, während Sie sich den Räumen Ihres Vaters widmen. Dort sieht es nicht viel besser aus.«

»Dann werde ich auch dort alles ausräumen, was später im Garten verbrannt werden muss. Danach gehe ich in die Stadt, um zu schauen, ob ich weitere Hilfe für uns auftreiben kann.«

»Sehr gut. Vielen Dank für Ihre Unterstützung.«

»Ich freue mich, Ihnen helfen zu können, Miss Brown.«

Die Art, wie er ihren Namen aussprach, sandte ihr einen neuen Schauer über den Rücken.

Das hier schien sich leider überhaupt nicht gut zu entwickeln.

NACHDEM ER DAS BETTZEUG UND DIE MÖBEL AUS DEM ZIMMER seines Vaters auf den rasch wachsenden Haufen im Garten geworfen hatte, zog sich Aubrey zurück, um zu baden und sich umzuziehen. Das lauwarme Wasser war eine Wohltat für seinen überhitzten Körper. Putzen war harte Arbeit, vor allem, wenn alles so stark verschmutzt war wie momentan in Paradis Trouvé. Dieser Name ... Aubrey und seine Geschwister hatten versucht, ihre Eltern davon zu überzeugen, das Haus umzubenennen.

Aber die älteren Nelsons liebten den französischen Namen, der dem Haus von Richard Morris Hunt verliehen worden war, und hatten das Ansinnen ihrer Kinder rundweg abgelehnt. Der berühmte Architekt hatte nicht nur dieses, sondern auch die meisten anderen der hochherrschaftlichen Anwesen entworfen, die die Bellevue Avenue säumten und die fast alle im Stil europäischer Prunkbauten gehalten waren.

Das Haus der Nelsons war, wie die Villen der Nachbarschaft, mit Aubusson-Teppichen, kostbaren Kunstwerken aus Frankreich und Italien, Gemälden von alten Meistern und Louis-quatorze-Stühlen eingerichtet, die so zierlich waren, dass man sein Leben riskierte, wenn man sich daraufsetzte. Im letzten Sommer hatte ein Gast es vorgezogen, sich auf den Ofen zu setzen, anstatt das Risiko einzugehen, eines der teuren Möbelstücke zu zerstören.

Aubrey lehnte seinen Kopf gegen den Rand der gusseisernen Wanne. Seitdem sein Vater begonnen hatte, Nelson Industrial auf den Eisenbahnbau auszurichten, hatte sich so viel verändert. Er erkannte sein Leben kaum wieder, und er wusste, dass es seinen Geschwistern ganz ähnlich erging. Aus der relativen Anonymität waren sie in die High Society und zu den Erwartungen, die dort an enormen Reichtum gestellt wurden, aufgestiegen. So viele Anforderungen, Traditionen und Regeln – und die Gesellschaften! Ein endloser Reigen aus Bällen, Soireen, Hauspartys, Gartenpartys, Dinnergesellschaften, Clubbesuchen.

Das einzig Gute daran waren die Freundschaften, die er neu geknüpft hatte, vor allem in London, und er freute sich sehr darauf, Derek, Catherine, Simon, Madeleine und Justin wiederzusehen.

An seine Freunde und seine gesellschaftlichen Verpflichtungen zu denken hielt ihn davon ab, sich Gedanken über seine ungewöhnliche Reaktion auf Miss Maeve Brown zu machen.

Seine Mutter würde einen Anfall erleiden, wenn sie Wind davon bekam, wie sehr ihn die Haushälterin faszinierte. Sie würde dafür sorgen, dass er die entzückende Miss Brown nie wiedersähe, also durfte er sich unter keinen Umständen anmerken lassen, was er für sie empfand. Seine Mutter würde sie so schnell nach Sibirien verschiffen, dass ihm – und Maeve – der Kopf schwirren würde.

Nein, er würde sehr vorsichtig sein müssen. Er hatte seine Eltern bereits damit enttäuscht, dass er in London keine adelige Braut gefunden hatte. Aubrey war sich vollauf bewusst, dass sie sich zu sorgen begannen, was aus ihm und dem Vermächtnis der Nelsons werden sollte, wenn keiner ihrer drei Söhne vorhatte, zu heiraten und den Fortbestand des Namens zu sichern.

Seine älteren Brüder hatten offenbar nicht das geringste Interesse an einer Ehe, weswegen alle diesbezüglichen Hoffnungen seiner Eltern auf ihm ruhten. Trotz dieses immensen Drucks hatte er keinen Zweifel daran gelassen, dass er nur aus Liebe heiraten würde. Sein Vater hatte ihm vorgeworfen, ein Dummkopf zu sein. »In der Ehe geht es nicht um Liebe«, hatte er verächtlich erklärt. »Es geht um Macht.«

Aubrey hatte allerdings keinerlei Interesse daran, Macht zu erlangen oder eine Frau zu heiraten, die er nicht liebte oder nicht einmal mochte. Er hatte die ganze Zeit gehofft, jemanden zu treffen, für den er etwas empfinden würde. Er hatte gesehen, wie sich Derek bis über beide Ohren in Catherine McCabe und sein Cousin Simon in deren Schwester Madeleine verliebt hatte. Seine eigenen Schwestern waren glücklich mit Männern verheiratet, die sie wirklich zu mögen, wenn nicht sogar zu lieben schienen. Da war es doch sicher nicht zu viel verlangt, wenn er sich das auch für sich wünschte.

Leider hatte er in seinen zweiunddreißig Jahren bisher erst einmal etwas derart Lebensveränderndes für eine Frau empfunden – und zwar für die, die er vorhin kennengelernt hatte. Die Frau, die für ihn aus mehr Gründen, als er Zeit hatte, aufzulisten, tabu war.

Der Skandal wäre episch. Männer seines Standes heirateten keine irischen Haushälterinnen, egal, wie bezaubernd deren Nacken sein mochte. Es wäre besser, diese seltsamen Gefühle der Reisemüdigkeit zuzuschreiben, und dem Schock über das, was er hier vorgefunden hatte. Ja, das musste es sein.

Er stieg aus der Wanne, trocknete sich ab und entschied sich für Kleidung, die einem wohlhabenden Mann angemessen war – graue Drillichhose, eine dazu passende Weste, ein gestärktes weißes Hemd, das von seinem Kammerdiener in New York gebügelt worden war, eine Halsbinde und ein grau gestreifter Überrock, der für die herrschenden Temperaturen viel zu warm war. Wenn er das Personal finden wollte, das sie so dringend benötigten, musste er entsprechend gekleidet sein.

Da der Himmel wolkenlos war, beschloss Aubrey, den kurzen Weg in die Stadt zu Fuß zurückzulegen. Dort würde er zuerst im Newport Casino vorbeischauen, einem exklusiven Club, den James Gordon Bennett Jr. gegründet hatte, der berüchtigte Verleger des *New York Herald*.

Es hieß, Bennetts Freund Captain Henry Augustus »Sugar« Candy sei einst – wegen einer Wette mit Bennett – mit einem Pferd in die exklusiven Räume des Newport Reading Room geritten. Candy war postwendend aus dem Club geworfen worden, und Bennett hatte in seinem Zorn als Konkurrenz das Casino gegründet. Das war der gleiche Mann, der einst auf einer Party im Haus der Eltern seiner Verlobten an der Fifth Avenue betrunken in den Kamin uriniert hatte. Das hatte sowohl das Ende seiner Verlobung als auch seinen Ausschluss aus der guten Gesellschaft besiegelt.

Die Geschichten über Bennett waren Stoff für Legenden, und Aubrey hoffte sehr, eines Tages den Mann kennenzulernen, der nicht bereit war, sich von den Erwartungen der Gesellschaft Einschränkungen auferlegen zu lassen, sondern stets seinem eigenen Weg folgte, egal, wohin der führen mochte.

Selbst wenn Aubrey sich nicht vorstellen konnte, sich je derart zu vergessen, wie Bennett es getan hatte, wünschte er, er hätte nur einen Bruchteil von dessen Mumm. Außerdem wünschte er, er wäre ein Mann, der endlich eine Frau fände, die ihn interessierte. Und der dieser Anziehung nachginge, ohne sich um den Skandal zu scheren, der garantiert folgen würde, und ohne Rücksicht auf die Einwände seiner Familie.

Hier stand er nun mit zweiunddreißig Jahren und machte sich

immer noch Gedanken darum, was seine Mutter sagen oder tun könnte. Nun, nach der Verwüstung, die die ehemaligen Dienstboten mutwillig herbeigeführt hatten, würden sich einige Dinge ändern müssen. Zum Beispiel ihr Auftreten dem Personal gegenüber. Es war höchste Zeit, ihr Einhalt zu gebieten – auch was ihre Einmischung in sein Leben betraf.

Voller Entschlossenheit betrat Aubrey den Club, der in einem mit Schindeln verkleideten Gebäude lag, das diese Bauweise in Mode gebracht hatte. Da er eine Weile nicht dort gewesen war, rechnete er eigentlich damit, seinen Mitgliedsausweis vorzeigen zu müssen, wurde am Empfang jedoch zu seiner Überraschung namentlich begrüßt.

»Willkommen zurück, Mr Nelson. Es ist schön, Sie wiederzusehen.«

Aubrey reichte dem Mann seinen Hut. »Danke, Frederick. Ich freue mich auch, wieder in Newport zu sein.«

»Darf ich Ihnen eine Erfrischung anbieten?«

»Ich hätte gerne einen Bourbon mit Soda und einem Stück Zitronenschale.«

»Kommt sofort. Ich denke, Sie finden Ihre Freunde im Billardsalon.«

»Vielen Dank.«

Aubrey durchquerte den weiträumigen Club, der von dem berühmten Architekten Stanford White entworfen worden war und abgeschiedene Ecken für private Unterhaltungen sowie offene Räume für größere Versammlungen bot. Während der Saison fanden hier verschiedene Veranstaltungen statt, darunter Tennisturniere auf den Rasenplätzen, und außerdem diente der Club als Treffpunkt für die Bewohner der eleganten Bellevue Avenue.

Im Billardsalon entdeckte Aubrey mehrere bekannte Gesichter, darunter Matthew »Mutt« Jarvis, der mit ihm in Yale studiert hatte. Den Namen »Mutt« – Köter – hatte er sich verdient, nachdem eine streunende Hündin auf dem Uni-Campus einen Narren an ihm gefressen hatte. Das Tier war ihm mit unverhohlener Bewunderung auf Schritt und Tritt so lange gefolgt, bis »Mutt« sich schließlich seiner erbarmt hatte.

Aubrey schüttelte seinem alten Freund die Hand.

»Schau an, wen haben wir denn da?«, bemerkte Mutt, der seit der Collegezeit gute zwanzig Pfund zugelegt hatte und zudem das rötliche Gesicht eines Mannes aufwies, der übermäßig dem Alkohol zugeneigt war.

»Schön, dich zu sehen, Mutt.«

Der andere zog die Augenbrauen zusammen. »Hier kennt man mich als Matthew.«

»Natürlich. Entschuldige bitte. Wie geht es deinem Hund?«

Sofort wurden Matthews Gesichtszüge ganz weich. »Sie ist vor einem Jahr gestorben, möge sie in Frieden ruhen. Das alte Mädchen war beinahe zwanzig. Es hat mir das Herz gebrochen, sie zu verlieren.«

»Das kann ich mir vorstellen. Tut mir aufrichtig leid.«

»Danke. Ich habe gehört, dass du illustren Besuch erwartest.«

»Das stimmt. Aber das einzig Illustre an ihnen ist ihr Titel. Ansonsten sind sie wie du und ich. Du wirst sie mögen.«

»Hoffentlich sind sie mehr wie du als wie ich.«

Aubrey lachte. »Dann bist du immer noch viel beschäftigt?«

»So viel, wie man das als Sohn eines ortsansässigen Rechtsanwalts nur sein kann. Mein Vater erwartet, dass ich seine Kanzlei eines Tages übernehme, ob ich das will oder nicht. Ich hatte eigentlich nicht vor, mein gesamtes Leben in Newport zu verbringen, denn außerhalb der Saison ist es hier nicht halb so aufregend wie im Sommer. Ehrlich gesagt ist es sogar richtig langweilig.«

»Ach Matty«, warf einer der anderen Männer ein. »Unterhalten wir dich nicht gut genug?«

Matthew betrachtete ihn grimmig. »Du bist nicht die Art Unterhaltung, die ich meine.« An Aubrey gewandt ergänzte er: »Hast du zufällig noch irgendwelche ledigen Schwestern?«

»Nein, leider nicht. Sie sind alle verheiratet und versorgen mich mit alarmierender Schlagzahl mit Nichten und Neffen.«

»Ein Jammer. Wenn ich mich recht entsinne, waren die Zwillinge ziemlich ansehnlich.«

Am liebsten hätte Aubrey sich derart abfällige Bemerkungen verbeten und seinem ehemaligen Freund einen Kinnhaken verpasst, er entschied sich dann aber lieber dafür, das Thema zu wechseln. »Darf ich dir einen Drink ausgeben?«

Matthew reichte einem anderen seinen Billard-Queue und bat ihn, das Spiel für ihn zu beenden. »Einem Drink bin nie abgeneigt.«

Frederick betrat den Salon, in der Hand ein Tablett mit Aubreys Getränk.

»Ich nehme das Gleiche«, verkündete Matthew, bevor sie einen Raum weiter gingen, um sich ein gemütliches Plätzchen zu suchen.

Sie fanden eine freie Ecke und ließen sich in den dicken Ledersesseln nieder. Matthew streckte die Beine aus und nahm sich einfach Aubreys Drink. Bevor Aubrey protestieren konnte, war das Glas schon halb leer. In dem Moment kehrte Frederick mit dem zweiten Drink zurück, den er Aubrey reichte.

Als sie wieder unter sich waren, richtete Aubrey seinen Blick auf Matthew. »Ich muss dich um einen Gefallen bitten.«

»Gern. Was kann ich für dich tun?«

»Ich brauche sofort Personal, um Paradis Trouvé für die Ankunft des Herzogs und der Herzogin vorzubereiten.«

»Also stimmt es, dass die gesamte Dienerschaft am Ende der letzten Saison gekündigt hat?«

»Ja, leider«, gab Aubrey seufzend zu. »Und sie sind nicht einfach nur gegangen.« Er beschrieb die Katastrophe, die er bei seinem Eintreffen vorgefunden hatte.

Matthew starrte ihn fassungslos an. »Sie haben die Fenster offen gelassen? Den ganzen Winter lang?«

»Ja. Und das Chaos ist ... Nun, es entzieht sich jeder Beschreibung. Mein Vater ist krank, also hat meine Mutter mich geschickt, damit ich dafür sorge, dass alles bereit ist. Und nun stehe ich da und habe nicht die geringste Chance, vor Ankunft der Gäste mit der Behebung der Schäden fertig zu werden, wenn ich nicht weitere Leute finde, die uns helfen. Ich möchte anfügen: *Ich* stelle die Leute ein, und *ich* bin es, mit dem sie zu tun haben werden. Meine Mutter wird keinerlei Mitspracherecht oder Weisungsbefugnisse haben.«

Matthew zog die Augenbrauen in die Höhe. »Weiß sie das schon?«

»Verdammt, nein.«

Sein Freund lachte so sehr, dass ihm die Tränen kamen. »In Ordnung, ich werde streuen, dass du Hilfe brauchst. Ich sage, die

Leute sollen sich am Dienstboteneingang melden, wenn sie Interesse haben. Ist dir das recht?«

»Das wäre fabelhaft. Danke.«

»Ich helfe dir gerne, allerdings will ich im Gegenzug dein Versprechen, dass du mir erzählst, wie deine Mutter reagiert, wenn sie erfährt, dass du sie ihrer Pflichten entbunden hast.«

»Abgemacht.«

KAPITEL 4

Nach dem Essen schaffte Aubrey mit Mr Plumbers Hilfe die Gegenstände, die er und Maeve aus den Fenstern geworfen hatten, weit genug vom Haus weg, dass der Funkenflug keine größere Katastrophe anrichten konnte. Das Feuer im Jahr 1892, das die ursprüngliche Villa der Vanderbilts zerstört hatte, war allen Bewohnern von Newport noch lebhaft in Erinnerung.

»Man sollte die ehemaligen Angestellten dafür vor Gericht stellen, dass sie solchen Schaden angerichtet haben«, empörte sich Mr Plumber.

»Ja, vielleicht«, antwortete Aubrey. »Aber dann müsste öffentlich über den Grund für ihr Verhalten gesprochen werden.«

»Wenn ich das fragen darf, Sir, was kann jemanden dazu treiben, so etwas zu tun?«

»Meine Mutter hat ein extrem sprunghaftes Wesen und neigt zu Stimmungsumschwüngen. Sie regt sich sehr schnell auf und denkt oft nicht nach, bevor sie spricht. Ich muss gestehen, dass mir während meines Aufenthalts im letzten Sommer keine Probleme mit den Bediensteten aufgefallen sind. Andererseits war ich auch nur an den Wochenenden hier und habe nicht wirklich darauf geachtet.«

»Ich verstehe.« Plumber hielt inne. »Wenn ich offen sprechen darf, Sir.«

»Ich bitte darum.«

»Unter den gegebenen Umständen fürchte ich, wir werden nicht alles rechtzeitig herrichten können, um den Herzog und die Herzogin angemessen empfangen zu können.«

»Sie sind meine engsten Freunde, und ich kann Ihnen versichern, dass sie nicht anspruchsvoll sind. Mit einem sauberen Bett und drei Mahlzeiten am Tag werden sie vollauf zufrieden sein.«

»Es sind *Aristokraten*, Mr Nelson.«

»Dessen bin ich mir durchaus bewusst. Zur Not erkläre ich einfach, was passiert ist. Sollte irgendetwas nicht reibungslos funktionieren, bitte ich sie schlicht, es zu ignorieren.«

Diese Einstellung schien Mr Plumber noch mehr zu entsetzen als die fauligen Matratzen. »Es sind ein *Herzog* und eine *Herzogin*.«

»Sie sind ganz normale Menschen.«

»Das mag sein, aber trotzdem ist er ein Herzog, und als solcher erwartet er gewisse Annehmlichkeiten.«

Aubrey merkte, dass er Mr Plumber nicht davon würde überzeugen können, dass Derek weder auf Formalitäten bestand noch erwartete, wegen seines Titels in den Genuss einer Sonderbehandlung zu kommen. Mr Plumber würde ihn kennenlernen und sich selbst davon überzeugen müssen, was für ein Mann Derek war. »Ich denke, wir können jetzt alles anstecken.«

Im Keller hatte er etwas Petroleum gefunden, das er nun großzügig über die leicht brennbaren Gegenstände verteilte. Als er sich umschaute, um sich zu vergewissern, dass Mr Plumber weit genug entfernt war, sah er, dass Miss Brown auf der steinernen Terrasse stand und die Arme um ihre Taille geschlungen hatte, als müsse sie sich vor drohendem Unheil schützen.

Aubrey hatte keine Ahnung, weshalb er diesen Eindruck hatte. Es war einfach das, was ihm bei ihrem Anblick durch den Kopf schoss. »Los geht's.« Er riss ein Streichholz an und warf es auf den Haufen. Sofort fing das Petroleum Feuer, und er trat einen Schritt zurück. Während die Flammen hoch aufloderten, beobachtete er Miss Brown. Der sehnsüchtige Ausdruck in ihrem Gesicht, das vom rosigen Schein des Feuers beleuchtet wurde, faszinierte ihn. Woran dachte sie gerade? Das würde er wohl nie erfahren.

»Ich glaube, ich werde mich jetzt zurückziehen«, erklärte Mr Plumber, als das Feuer größtenteils heruntergebrannt war.

»Bitte, tun Sie das. Ich werde aufbleiben und dafür sorgen, dass die Flammen vollständig gelöscht sind.«

»Gute Nacht, Mr Nelson.«

»Gute Nacht.«

Aubrey hörte, wie Mr Plumber auch Miss Brown eine gute Nacht wünschte. Sobald sie allein waren, winkte er Miss Brown zu sich. Zu seiner Überraschung kam sie tatsächlich. Er hatte erwartet, dass sie ablehnen würde.

»Eine ausgezeichnete Idee von Ihnen, alles zu verbrennen.«

»Das war die einzige Möglichkeit. Nichts davon wäre zu retten gewesen.«

»Allerdings.«

»Sie wirken sehr nachdenklich. Ist alles in Ordnung?«

»Wir haben früher manchmal zu Hause im Garten so große Feuer gemacht. Mein Vater hat den Haufen über Monate aufgeschichtet und dann die erweiterte Familie und Freunde eingeladen, um es gemeinsam zu entzünden.«

»Ihre Familie scheint Ihnen sehr zu fehlen.«

»Ja.« Offenbar wurde ihr plötzlich bewusst, dass sie ihm etwas erzählt hatte, was sie hatte für sich behalten wollen. »Es ist schon spät. Ich muss mich jetzt hinlegen. Morgen früh beginnt bei Sonnenaufgang ein weiterer geschäftiger Tag.«

»Bevor Sie gehen, noch einmal meinen aufrichtigen Dank für die harte Arbeit, die Sie hier seit Ihrer Ankunft geleistet haben.«

»Ich habe nicht annähernd genug getan.«

»Sie haben mehr getan, als man erwarten kann. Und das rechne ich Ihnen hoch an.«

Sie schenkte ihm ein kleines Lächeln und nickte. »Dann gute Nacht.«

»Gute Nacht, Miss Brown. Wir sehen uns morgen früh.« Er blickte ihr nach, als sie ging, und wünschte sich zum ersten Mal in seinem Leben, dass seine Familie weniger begütert wäre. Und dass es eine

Familie wäre, die seine Zuneigung für eine Frau wie Miss Brown verstehen und unterstützen würde. Er wünschte, er hätte das Recht, sie zu bitten, noch eine Weile zu bleiben und sich mit ihm zu unterhalten.

Doch da das Wunschdenken war, ließ er sie gehen und starrte in die schwelende Glut. Er fühlte sich so einsam wie seit sehr, sehr langer Zeit nicht mehr.

Spät am nächsten Morgen machte Aubrey sich auf die Suche nach Miss Brown und fand sie zu seinem Entsetzen auf der obersten Sprosse einer hohen Leiter, wo sie versuchte, die Spinnweben von dem großen Kronleuchter im Ballsaal zu entfernen.

»Miss Brown!«, entfuhr es ihm.

Das erschreckte sie, und die Leiter begann zu wackeln. Der Sturz war unvermeidbar.

Aubrey dachte nicht nach, sondern rannte in die Mitte des großen Saals und erreichte sie gerade noch rechtzeitig, um Maeve aufzufangen.

Allerdings konnte er nicht verhindern, dass er mit ihr auf den Armen selbst aus dem Gleichgewicht geriet, und so landeten sie in einem Durcheinander aus Gliedmaßen auf dem Boden, wobei Maeve auf ihm zu liegen kam. Ihre Brüste pressten sich gegen seinen Ober-körper, seine Beine verfingen sich in ihrem langen Rock. Sie brauchte eine Sekunde, um wieder zu Atem zu kommen, aber dann begann sie sich zu wehren, trat und schlug um sich und traf ihn mit dem Knie direkt im Schritt.

Aubrey keuchte vor Schmerz auf.

»O nein, Mr Nelson. Geht es Ihnen gut?«

Aubrey konnte nur daliegen und sich bemühen, seinen Mageninhalt nicht auf dem Parkett zu verteilen.

Maeve krabbelte von ihm herunter und setzte sich neben ihn. »Was haben Sie sich dabei gedacht, mich so zu erschrecken?«

»Ich habe mir gedacht, dass ich Sie vor einem üblen Sturz bewahren will«, stieß er durch zusammengebissene Zähne aus.

»Sie haben ihn doch überhaupt erst verursacht!«

Er hoffte, dass er immer noch irgendwann Kinder zeugen konnte. Die Galle brannte in seiner Kehle, und er schluckte schwer. »Entschuldigen Sie bitte, dass ich versucht habe, Sie vor einer ernsthaften Verletzung zu bewahren. Was haben Sie sich dabei gedacht, da raufzusteigen?«

»Ich dachte: Ich möchte den Kronleuchter von Spinnweben befreien.«

»Das hätten Sie nicht ohne jemanden tun sollen, der Ihnen die Leiter hält.«

»Und Sie hätten mich nicht erschrecken dürfen. Es lief alles ganz wunderbar, bis Sie aufgetaucht sind.«

Noch nie hatte er jemanden wie sie kennengelernt – jemanden, der so temperamentvoll und geradeheraus war. Sie hatte nichts gemeinsam mit den einfältigen, sittsamen Frauen, die er aus New York kannte oder die er in den Ballsälen Londons getroffen hatte. Diese Frauen waren nur darauf aus, ihm zu Gefallen zu sein, in der Hoffnung, dass er beschlösse, sie zu heiraten. Diese Frau hier hingegen reizte ihn, und das fand er wesentlich anziehender als Sittsamkeit.

Unter Mühen setzte Aubrey sich auf, atmete durch den Schmerz hindurch und konzentrierte sich. »Ich entschuldige mich dafür, Sie erschreckt zu haben, bleibe aber bei meiner Meinung, dass Sie auf dieser Leiter nichts verloren hatten ohne jemanden in der Nähe, der Sie auffangen kann.«

»Mr Nelson, wenn ich immer darauf warten würde, dass ein Mann da ist, um mich aufzufangen, würde ich niemals etwas zustande bringen.«

Herrlich. Vor allem, wenn ihre Wangen so gerötet waren wie im Moment. »Warum schauen Sie mich so an?«

»Weil ich Sie überaus reizend finde. Vor allem, wenn Sie sauer auf mich sind.«

»In diesen Genuss kommen Sie ja durchaus häufig.«

Lachend ließ Aubrey sich auf die Ellbogen zurücksinken und wünschte sich, er hätte nichts Besseres zu tun, als mit ihr am Strand im warmen Frühlingssonnenschein zu picknicken. Heute war leider keine Zeit dafür, doch er schwor sich, das so bald wie möglich nachzuholen.

Sie erhob sich und zog die Baumwollhandschuhe aus, die sie bei der

Arbeit getragen hatte. »Ich dachte, Sie wollten gestern nach Newport, um weiteres Personal für uns zu beschaffen.«

»Das habe ich auch getan. Ich habe verlauten lassen, dass jeder, der Arbeit sucht, sich hier am Dienstboteneingang melden soll.«

»Großer Gott. Woher sollen wir wissen, ob wir die Leute, die kommen, anstellen sollen?«

»Wenn sie zwei funktionierende Arme und Beine haben, sind sie dabei.«

»Das ist wohl kaum der Standard, der für ein so großes Haus wie dieses gelten sollte.«

»Das ist der einzige Standard, den wir haben. Denn wir sind verzweifelt.«

Maeve kaute auf ihrem Daumennagel – das schien sie immer zu tun, wenn sie angespannt war.

»Alles wird gut. Dessen bin ich mir sicher.«

Sie bedachte ihn mit einem vernichtenden Blick. »Das können Sie unmöglich wissen.«

»Ich merke, dass Ihr Nervenkostüm angegriffen ist. Gönnen wir uns zur Erholung ein kleines Picknick am Strand.« Warum etwas aufschieben, das man genauso gut sofort erledigen konnte?

Sie starrte ihn an, als wären ihm zwei – oder sogar drei – Köpfe gewachsen. »Weder habe ich Zeit für ein Picknick am Strand, noch sollte ich solche Dinge mit Ihnen gemeinsam unternehmen.«

»Ich bin Ihr Arbeitgeber und biete Ihnen nicht nur Freizeit, sondern auch das Vergnügen meiner Gesellschaft an, sofern Sie mir die Ehre erweisen.«

Sie wollte es. Das sah er so genau wie die kecke Stupsnase in ihrem Gesicht.

»Ich fürchte, ich muss darauf bestehen, dass Sie eine wohlverdiente Pause einlegen, damit Sie nicht krank werden, bevor diese monumentale Aufgabe, die vor uns liegt, in der kurzen Zeit, die uns bleibt, vollendet ist.«

»Das ergibt überhaupt keinen Sinn. Sie geben zu, dass die Aufgabe monumental und die Zeit knapp ist, und trotzdem wollen Sie mich von der Arbeit entführen. Sind Sie wirklich so töricht?«

Vermutlich ja, dachte er, denn wenn er sie so anschaute, verspürte er bloß die Freude darüber, am Leben zu sein. Die Freude über diese schicksalhaften Umstände, die ihn früher nach Newport geführt hatten, selbst wenn er über die Krankheit seines Vaters natürlich nicht glücklich war.

»Mr Nelson? Was starren Sie mich so an?«

Sie errötete so stark, dass die leichten Sommersprossen auf ihrem Nasenrücken beinahe unsichtbar wurden. War es möglich, sich in die Nase eines anderen Menschen zu verlieben? Falls ja, dann liebte er Miss Browns Nase. »Ja, ein Picknick wäre genau das Richtige. Ich werde Mrs Allston bitten, uns etwas zusammenzupacken. Wir beide treffen uns dann in einer halben Stunde auf der hinteren Veranda. Kommen Sie nicht zu spät.«

～

E R WAR VERSCHWUNDEN, BEVOR M AEVE EINEN P ROTEST formulieren konnte. Dieser Mann war eindeutig verrückt, wenn er sich nichts dabei dachte, seine Haushälterin für ein Picknick am Strand von der Arbeit wegzulocken. Wer tat so etwas? Und warum schwoll ihr Herz vor Sehnsucht nach dem Leben, das sie geführt hatte, bevor alles so fürchterlich schiefgegangen war?

Sie war nicht länger eine Frau, die Zeit für Picknicks oder andere Vergnügungen hatte. Und sie hatte keine Zeit zu vergeuden. Aber ihr Arbeitgeber hatte ihr eine Anweisung gegeben, und die durfte sie nicht ignorieren, oder? Natürlich könnte sie sich dafür entscheiden, nicht zum vereinbarten Zeitpunkt aufzutauchen, doch dann würde er sie suchen, das wusste sie. Denn er war auf jeden Fall hartnäckig.

Sie musste wohl oder übel zu diesem lächerlichen Picknick, daher lief sie die Hintertreppe hinauf, um Handschuhe und Hut aus ihrem Zimmer zu holen. Dabei war sie immer noch wütend über Mr Nelsons Torheit. Die Spinnweben an den Kronleuchtern würden sich nicht von selbst entfernen, und das war nur eine von hundert Aufgaben, die erledigt werden mussten, bevor seine Mutter am Freitag nächster Woche eintreffen würde.

Wenn sie bis dahin Tag und Nacht schufteten, würden sie es vielleicht gerade mit Müh und Not schaffen, und er wollte *ein Picknick* machen? Nun gut, sie würde für diese Schnapsidee ein paar Minuten ihrer wertvollen Zeit opfern, aber bloß, weil sie ohnehin etwas essen musste.

Bis auf die Spinnweben am Kronleuchter ließ der Ballsaal langsam wieder seine alte Pracht erahnen. Als Nächstes würde sie sich um den großen Salon kümmern, in dem die Gäste während ihres Aufenthalts die meiste Zeit verbringen würden. Über ihren Schlachtplan nachzudenken half ihr, sodass sie sich nicht mehr ganz so schlecht fühlte, weil sie eine Pause einlegen würde.

Unten angekommen trat sie in den warmen, sonnigen Tag hinaus, und ihr Herz machte einen kleinen Satz. Die duftende Meeresluft, das Rauschen der Brandung an den Felsen unterhalb des Anwesens und der Anblick der in voller Blüte stehenden Büsche waren beinahe überwältigend. Wie lange war es her, dass sie hier draußen gewesen war? Vor sieben Tagen war sie in einen Albtraum geraten, und seitdem hatte sie in jeder wachen Stunde hart gearbeitet, ohne wirklich großen Fortschritt zu sehen. Das gestern am Lagerfeuer war ihr bisher einziger Ausflug nach draußen gewesen.

Mr Nelson stand an dem Pfad, der zum Strand führte. In einer Hand hielt er einen geflochtenen Picknickkorb, über dem anderen Arm hing eine karierte Decke. Er sah aus, als hätte er alle Zeit der Welt und wollte sie mit ihr verbringen.

Ein unbehagliches Gefühl beschlich sie. Beobachteten die Köchin und der Butler sie und zogen ihre eigenen Schlüsse darüber, was für eine Art Frau sie war? Das durfte nicht passieren. »Mr Nelson, ich kann Sie unmöglich begleiten. Aber ich hoffe sehr, dass Sie Ihr Picknick auch ohne mich genießen.«

Enttäuschung breitete sich auf seinem attraktiven Gesicht aus, und sofort fühlte sie sich schlecht, weil sie so unfreundlich war, obwohl er ihr doch nur etwas Gutes tun wollte. »Mrs Allston hat den Korb bis oben hin vollgepackt, nachdem ich ihr gesagt hatte, dass ich Sie nach Tagen harter Arbeit zu einem dringend benötigten Ausflug entführe.«

Verblüfft und wütend starrte Maeve ihn an. »Sie haben ihr *gesagt*, dass Sie mit mir ein Picknick machen wollen?«

»Natürlich habe ich das. Wie hätte sie sonst wissen sollen, dass sie genug für zwei einpacken sollte?«

»Was muss sie bloß von mir denken!«

»Sie hält es für eine hervorragende Idee, da Sie seit Ihrer Ankunft das Haus nicht verlassen haben.«

»Das ... das hat sie gesagt?«

»In der Tat. Fragen Sie sie gerne selbst, wenn Sie mir nicht glauben.«

Hin- und hergerissen zwischen dem Wunsch, zu hören, dass die Köchin dieses Vorhaben wirklich guthieß, und dem Bestreben, nicht misstrauisch zu wirken, schaute sie kurz zum Haus und dann wieder zu ihm. Er schien ganz entspannt darauf zu warten, dass sie eine Entscheidung traf. »Das wird nicht nötig sein.« Sie würde noch früh genug herausfinden, ob die Köchin weniger von ihr hielt, weil sie mit Mr Nelson zum Picknicken ans Meer gegangen war.

»Dann wollen wir mal los.« Er bot ihr seinen Arm.

Maeve schüttelte den Kopf.

Er ließ den Arm sinken und begann, den ausgetretenen Pfad hinunterzugehen, der zum Strand führte. Dabei schaute er sich hin und wieder um, um sich zu vergewissern, dass sie ihm folgte.

Maeve verschränkte die Hände und hielt beim Laufen den Kopf gesenkt. Sie war entschlossen, das hier so schnell wie möglich hinter sich zu bringen, damit sie wieder dorthin zurückkehren konnte, wo sie hingehörte. Die Zeiten, in denen sie mitten am Tag einfach ein Picknick mit einem attraktiven Mann hatte genießen können, lagen weit zurück in der Vergangenheit. Heutzutage drehte sich für sie alles um Arbeit, Arbeit und noch mehr Arbeit. Das war allerdings ein kleiner Preis für die Freiheit und die Sicherheit, die sie in Amerika gefunden hatte, und nicht einmal der charmante Mr Nelson würde es schaffen, sie vergessen zu machen, wie weit sie gereist war, um ein neues Leben zu finden. Ein neues Leben, das sie unter keinen Umständen gefährden würde.

Mr Nelson bestand darauf, ihre Hand zu nehmen, um ihr die Treppe hinunterzuhelfen, an deren Ende der feinsandige Strand begann.

Maeve versuchte, in seine Höflichkeit nicht zu viel hineinzuinterpretieren. Er tat, was er für jede Frau getan hätte.

»Das hier ist doch ein schönes Fleckchen.« Er ließ ihre Hand los, breitete die Decke aus und stellte den Korb auf eine der Ecken. »Ich weiß nicht, wie es Ihnen geht, aber ich könnte ein ganzes Pferd verspeisen. Mal sehen, was Mrs Allston uns mitgegeben hat.« Nach und nach holte er die in Leinentücher gewickelten Speisen heraus. »Gebratenes Huhn, Kartoffelsalat, Obstsalat, Brot, Käse und Kuchen.«

Maeve lief das Wasser im Mund zusammen. Ihr Frühstück lag viele Stunden zurück, und seitdem hatte sie ohne Pause gearbeitet. Der Duft des gebratenen Hähnchens brachte sie dazu, den angebotenen Platz auf der Decke ein- und den Teller entgegenzunehmen, den Mr Nelson ihr reichte.

»Das ist falsch.«

»Was ist falsch?«

»Dass Sie mich bedienen. Es sollte andersherum sein.«

»Sagt wer?«

Sie bedachte ihn mit einem vernichtenden Blick. »Ich bin eine Angestellte Ihrer Familie. Ich sollte Sie bedienen.«

»Können wir nicht für einen Moment vergessen, dass wir Arbeitgeber und Angestellte sind, und einfach nur zwei Freunde sein, die einen zauberhaften Tag bei einem köstlichen Picknick und dieser unglaublichen Aussicht aufs Meer genießen?«

»*Freunde?* Sie sind wirklich nicht ganz richtig im Kopf, wenn Sie das glauben.«

»Miss Brown, sind wir nicht zwei Menschen, die beide um diese Tageszeit etwas essen müssen, und haben wir uns nicht eine Pause von der Plackerei im Haus verdient?«

»Wir sind zwei Menschen, das gebe ich gerne zu.«

Er ließ ein Grinsen aufblitzen, als würde ihm ihre schlagfertige Erwiderung gefallen. »Essen Sie.«

Sie biss ein kleines Stück von ihrem Hähnchenschenkel ab.

Aubrey machte es sich auf der Decke bequem und verputzte zwei Hähnchenschenkel in der Zeit, die sie für einen brauchte. »Von wo in Irland stammen Sie?«

»Aus Dingle. Das ist ein kleines Fischerdorf an der Westküste.«

»Wie ist es dort so?«

»Ehrlich gesagt unterscheidet es sich nicht so sehr von Newport. Deshalb wollte ich auch hierher. Es erinnert mich an meine Heimat.«

»Leben Ihre Schwestern noch dort?«

Sie nickte und senkte den Blick auf ihren Teller, der noch fast voll war.

»Sind sie verheiratet?«

»Zwei von ihnen ja. Die dritte geht zur Schule.«

»Haben Sie Nichten oder Neffen?«

»Zwei bezaubernde Neffen. Jack und Hughie. Sie sind drei und vier, und ein weiteres Baby ist unterwegs.« Würde sie je erfahren, ob sie eine Nichte oder einen Neffen dazubekommen hatte? Der Gedanke schmerzte sie.

»Schreiben Sie einander?«

Die Lippen fest aufeinandergepresst, schüttelte sie den Kopf.

»Haben Sie Fotos von Ihrer Familie?«

»Eins.«

»Zeigen Sie es mir eines Tages mal?«

Sie schaute ihn an, als hielte sie ihn für verrückt. »Warum sollten Sie das wollen?«

»Weil diese Menschen Ihnen am Herzen liegen, und wie ich zuvor schon erwähnte, würde ich Sie gerne besser kennenlernen.«

»Warum?«

Er seufzte. »Ich wünschte, ich wüsste die Antwort darauf. Doch ich möchte es, seit ich Sie das erste Mal gesehen habe.«

»Mr Nelson, verzeihen Sie, wenn ich unhöflich bin, aber ich bin mir nicht sicher, was für ein Spiel Sie spielen. Ein Mann mit Ihrem familiären Hintergrund und Ihrem Aussehen hat sicher freie Auswahl unter den Debütantinnen von New York oder London. Ganz gewiss werden Sie keine Schwierigkeiten haben, jemanden aus Ihrer Welt von Ihren Qualitäten zu überzeugen.«

Nie hatte er mehr Freude an einer Frau gehabt als an ihr in diesem Moment. »Da haben Sie durchaus recht.«

»Wo liegt dann das Problem?«

»Dass ich diese Frauen nicht mag. Oder zumindest nicht genug. Sie sind meist albern und manchmal verzweifelt und ab und zu erschreckend aufdringlich. Sie haben keine *Substanz*.«

»Dann haben Sie bisher einfach nicht die Richtige getroffen. Ich bin mir sicher, in diesem Sommer werden Sie jede Menge Gelegenheiten erhalten, bezaubernde junge Damen kennenzulernen.«

»Das wird nur immer wieder das Gleiche sein.«

»Wenn Sie so denken, werden Sie nie eine finden.«

»Ich will jemanden wie Sie. Jemanden mit Feuer und Leidenschaft und der Fähigkeit, alles mit Anmut und Gelassenheit hinzunehmen, was das Leben einem vor die Füße wirft.«

Sie starrte ihn fassungslos an. »Aber das bin ich nicht. Nichts davon trifft auf mich zu.«

»O doch, Sie sind all das und noch viel mehr. Ich habe das in dem Moment erkannt, als ich gesehen habe, wie Sie dem Chaos allein zu Leibe rücken wollten. Die Frauen, die ich in den Ballsälen New Yorks und Londons getroffen habe, hätten eher das Haus in Brand gesetzt, als zu versuchen, es wiederherzurichten.«

»Sie kennen mich doch praktisch gar nicht.« Ihre Stimme war nur mehr ein Flüstern. »Und ich kenne Sie nicht.«

»Ich würde Ihnen alles erzählen, was Sie wissen wollen.«

»Mr Nelson ...«

»Aubrey.«

»Mr Nelson, ich weiß es durchaus zu schätzen, dass Sie etwas Besonderes in mir sehen. Das ist das netteste Kompliment, das ich seit Langem erhalten habe, aber wenn Sie weiter darauf beharren, dass da mehr zwischen uns sein könnte, werde ich mir eine andere Stelle suchen müssen.«

»Bitte tun Sie das nicht. Ich würde niemals etwas unternehmen, das Sie oder Ihre Position gefährdet.«

»Das haben Sie bereits, indem Sie mich zu einem Picknick am Strand eingeladen haben. Stellen Sie sich bloß die Unterhaltung vor, die Mr Plumber und Mrs Allston beim Mittagessen im Speisezimmer des Personals führen – an dem Ort, an dem ich jetzt auch sein sollte.«

»Ich entschuldige mich. Ich wollte Ihnen nur die Gelegenheit geben, ein wenig frische Luft zu schnappen. Und ich wollte uns die Gelegenheit geben, mehr übereinander zu erfahren.« Er fing an, das Picknick einzupacken, und schaute überrascht auf, als eine Hand auf seinem Arm ihn zurückhielt.

»Der Schaden ist bereits angerichtet. Ich schätze, das Picknick in Ruhe zu beenden macht es auch nicht schlimmer. Wenn ich mich recht erinnere, sagten Sie, Mrs Allston hätte einen Kuchen eingepackt?«

Aubrey versuchte, seine Freude zu verbergen. »Das hat sie.« Er schnitt ihr ein großes Stück von der Kokosnusstorte mit Vanille-Guss ab und nahm sich selbst ebenfalls eins.

Bei ihrem leisen genüsslichen Stöhnen strömte ihm Hitze direkt in den Schritt, sodass er sich anders hinsetzen musste, damit sie nicht sah, was sie mit ihm anstellte.

»Das ist das Köstlichste, was ich seit dem Verlassen meiner Heimat gegessen habe. Vielleicht hat es doch seine Vorteile, einen ›Freund‹ mit guten Verbindungen zur Küche zu haben.«

»Sind Sie eine kleine Naschkatze, Miss Brown?«

»Ja, leider, fürchte ich.«

Diese Information prägte sich Aubrey für später ein. Nachdem sie ihr Stück aufgegessen hatte, schnitt er ihr ein weiteres ab und lud es ihr so schnell auf den Teller, dass sie es nicht kommen sah.

»O nein, das geht unmöglich. Ich platze gleich.«

»Essen Sie es, damit es nicht übrig bleibt.«

»Das wäre wirklich eine Schande.«

Er strahlte sie an. »Ja, das wäre es.«

Während sie kleine Bissen von der Torte aß – ganz offenkundig, um sie so lange wie möglich zu genießen –, beobachtete Aubrey sie. Er war fasziniert von der Bewegung ihrer Lippen, den geröteten Wangen und der eleganten Art, mit der sie sich bewegte.

»Ich kann nicht umhin, zu bemerken, dass Sie das Benehmen einer wohlerzogenen jungen Dame aus gutem Hause haben.«

Sie schluckte und tupfte sich die Lippen mit der Serviette ab. »Ich habe eine gute Schule besucht. Mein Vater ist Bankier und hat dafür gesorgt, dass wir umfassend gebildet sind.«

»Wie kommt es dann, dass Sie Haushälterin in Newport sind?«

Ihr Blick wurde verschlossen. »Das ist eine Geschichte für einen anderen Tag, Mr Nelson.«

Er wollte diese Geschichte dringend hören. Alles an dieser Frau faszinierte ihn, und er wollte immer mehr von ihr. Doch er konnte weder ihre Sorgen ignorieren noch so respektlos sein, alles noch schwieriger für sie zu machen.

Um ihre Sorgen wegen Gerüchten und Klatsch zu zerstreuen, würde er in Zukunft vorsichtiger vorgehen müssen. Ihnen blieben nur wenige Tage bis zum Eintreffen seiner Mutter und zwei Wochen, bis Derek und die anderen aus England erwartet wurden. Diese Zeit würde er nutzen, um der bezaubernden Miss Brown zu zeigen, dass er, wenn er wollte, ein ganz wunderbarer Freund sein konnte.

KAPITEL 5

Er verblüffte sie, was Maeve hasste. Der letzte Mann, der das getan hatte, hatte ihr Leben zerstört. Das durfte sie nicht vergessen, wenn sie dem charmanten, gut aussehenden Mr Nelson gegenübersaß, der so gar nichts mit jenem Mann gemein hatte. Wobei der zu Anfang auch wundervoll gewesen war.

Nein, sie durfte sich nicht von einem Picknick am Strand, köstlicher Torte oder freundlichen Worten verführen lassen. Die Vergangenheit hatte sie hinter sich gelassen, und nun war sie ganz auf sich allein gestellt. Deshalb würde sie nichts tun, was ihre Position gefährden konnte, die sie ausschließlich mangels anderer Bewerber erhalten hatte. Niemand wollte für »die Drachenlady« arbeiten, wie Mrs Nelson in Dienstbotenkreisen genannt wurde.

Mr Nelson hatte versprochen, sie vor seiner Mutter zu beschützen, doch das würde sie erst glauben, wenn sie es sah. Seine Loyalität gegenüber seiner Familie würde immer größer sein als die gegenüber einer Haushälterin.

Sie tupfte sich die Lippen mit der cremefarbenen Serviette ab und faltete sie zusammen. Dann wischte sie die Krümel von ihrem Rock und stand auf. »Ich muss wieder an die Arbeit.«

»Aber Sie haben sich nicht einmal eine volle Stunde Pause gegönnt.«

»Ich werde nicht dafür bezahlt, mitten am Tag eine Auszeit zu nehmen, Mr Nelson.«

»Aubrey. Sie können mich Aubrey nennen.«

»Ich möchte lieber bei ›Mr Nelson‹ bleiben.«

Er seufzte. Das Picknick hatte nichts zwischen ihnen geändert. Er war immer noch der Sohn ihrer Arbeitgeberin und sie ein Mitglied des Personals.

»Danke für das Picknick. Ich habe es sehr genossen.« Sie wandte sich ab und stieg die Treppe zu dem Pfad zum Haus hinauf. Da Mr Nelson alles zusammenpacken musste, meinte sie ausreichend Zeit zu haben, um unbehelligt zu entkommen. Doch hastige Schritte hinter ihr belehrten sie eines Besseren. Mit gesenktem Kopf eilte sie weiter.

»Miss Brown! Warten Sie. Bitte.«

Sie sollte nicht stehen bleiben, das wusste sie, aber sie tat es trotzdem und drehte sich zu ihm um. »Ja, Mr Nelson?«

»Ich wollte Ihnen etwas erzählen. Etwas Persönliches, worüber ich seit Jahren nicht mehr gesprochen habe.«

Sag ihm, dass es nicht richtig ist, wenn er dir Persönliches anvertraut. Geh weiter. Doch obwohl ihre innere Stimme ihr eindringlich abriet, rührte sich Maeve nicht von der Stelle.

»Ich war verlobt.« Er räusperte sich. »Ihr Name war Annabelle, und wir waren seit Kindertagen die allerbesten Freunde. Wir haben einander geschrieben, während ich auf dem Internat in Choate war und später in Yale. Und während der Weihnachtsferien in meinem letzten Schuljahr habe ich sie gebeten, meine Frau zu werden. Die Hochzeit war für den Frühling geplant. Das ist jetzt genau zehn Jahre her.«

Maeve keuchte auf. »W-was ist passiert?«

»Vier Tage vor der Hochzeit ist sie abends mit Kopfschmerzen ins Bett gegangen und nicht mehr aufgewacht. Die Ärzte sagten, schuld daran wäre ein defektes Blutgefäß in ihrem Gehirn gewesen.«

»Das tut mir so leid, Mr Nelson.« Ihr Herz brach für ihn und wegen der Trauer, die sie nach all dieser Zeit immer noch in ihm wahrnehmen konnte.

»Danke.« Er senkte kurz den Blick, bevor er sie wieder anschaute. »Ich habe seit vielen Jahren nicht mehr über sie gesprochen. Nicht einmal mit meinen engsten Freunden in London.«

Maeve runzelte die Stirn. »Warum erzählen Sie mir das?«

Er ergriff ihre Hand, und sie ließ es zu.

»Weil man, wenn man so etwas durchgemacht hat, diesen Schmerz bei anderen erkennt. Und das tue ich bei Ihnen. Sie sollen wissen, dass ich immer da bin, wenn Sie jemanden zum Reden brauchen. Und dass ich Sie verstehe.«

Maeve konnte ihn nur fassungslos anstarren. Die Leute schauten normalerweise durch sie hindurch, schienen sie gar nicht wahrzunehmen. Doch Mr Nelson, dieser Mann, den sie gerade erst kennengelernt hatte, schaute ihr direkt ins Herz, und das konnte sie einfach nicht zulassen. Sie entzog ihm ihre Hand, drehte sich um und ging davon, den Blick fest auf den Pfad und mögliche Stolpersteine gerichtet.

Als das Haus in Sicht kam, fing sie an zu rennen. Sie wollte der brennenden Sehnsucht entfliehen, die er in ihr geweckt hatte – nach Dingen, die sie nicht haben konnte.

Er hatte so traurig gewirkt, als er ihr von der Frau erzählt hatte, die er geliebt und verloren hatte. Und von der Hochzeit, die vor zehn Jahren hätte stattfinden sollen. Sie hatte ihn in ihre Arme schließen wollen, ihm den Rücken reiben und versichern, dass alles gut werden würde, auch wenn sie keine Ahnung hatte, ob das stimmte. Sie wollte ihm Trost spenden, obwohl sie keinerlei Recht dazu hatte. Er war für sie so tabu, dass er genauso gut in einer anderen Welt leben könnte.

In der Welt, in der *sie* zu Hause war, musste man arbeiten, um zu überleben.

Sie betrat das Haus durch die Küche und fand dort Mrs Allston vor, die gerade einen riesigen Topf auf den Herd wuchtete.

»Wie war das Picknick?«, erkundigte sich die ältere Frau mit einem freundlichen Lächeln. Sie schien Maeve nicht zu verurteilen.

»Das Essen war köstlich. Vielen Dank dafür.«

»Ich bin froh, dass Sie ein wenig frische Luft schnappen konnten. Es ist sicher nicht gesund, so viel Staub und Dreck einzuatmen.«

Maeve musterte die Köchin, suchte nach Anzeichen von Missbilligung, konnte allerdings lediglich aufrichtige Besorgnis erkennen. »Ja,

ich schätze, da haben Sie recht. Nun, ich muss wieder an die Arbeit.«
Sie begab sich in den Ballsaal und machte dort weiter, wo sie aufgehört
hatte – hoch oben auf der Leiter, um die Spinnweben vom Kronleuchter zu entfernen. Dabei dachte sie an einen attraktiven Mann mit
warmen braunen Augen, die viel zu viel sahen.

Erst als sie so müde war, dass sie kaum mehr stehen konnte, nahm
sie ein einsames Abendessen im Speiseraum für das Personal zu sich
und verbrachte dann eine schlaflose Nacht, in der sie sich hin und her
wälzte und sich Dinge wünschte, die niemals sein konnten. Vielleicht
könnte sie Mr Nelson aus dem Weg gehen, doch mit lediglich vier
Personen im Haus und mehr Arbeit, als in einem Monat und mit
Einsatz rund um die Uhr erledigt werden konnte, schien ihr das kaum
umsetzbar.

Sie wachte auf, als Sonnenlicht in ihr Zimmer fiel. Schnell wusch
sie sich und kleidete sich für einen weiteren Putztag an. Ihre Hände
schmerzten von der harten Arbeit und der Seifenlauge, die durch ihre
dünnen Handschuhe drang, und waren schon ganz rot und rau. Die
rechte hatte sie bei dem Vorfall verbrannt, der zu ihrer Flucht aus
Irland geführt hatte. Jetzt, zwei Monate später, war die neue Haut auf
ihrer Handfläche immer noch rosig und empfindlich, und sie fürchtete
eine Infektion an der Stelle. Deshalb trug sie während der Arbeit
Handschuhe. Außerdem schmerzten ihr Rücken und ihr Nacken, da
sie sich wohl den Hals verrenkt hatte – vermutlich bei der Reinigung
des Kronleuchters am Vortag, bei der sie stundenlang nach oben
geschaut hatte.

Mr Nelson hatte sie nicht mehr zu Gesicht bekommen, seitdem sie
ihn gestern am Strand zurückgelassen hatte, und sie hoffte, sie würde
den Tag überstehen, ohne ihm zu begegnen.

Als es leise an ihrer Tür klopfte, betete sie, dass es nicht er wäre,
der sie weiter in Versuchung führen und Wünsche in ihr wecken
würde, die unerfüllbar waren.

Sie öffnete und fand sich Mr Plumber gegenüber.

»Entschuldigen Sie die Störung, Miss Brown, aber da warten
Männer an der Küchentür, die behaupten, von Mr Nelson angestellt
worden zu sein, um beim Herrichten des Hauses für die Saison zu
helfen.«

»Ah ja. Ich bin gleich unten.«

»Es, äh, wäre nachlässig von mir, Sie nicht darüber zu informieren, dass diese Männer etwas ... derb wirken.«

»Ich bin mir sicher, dass sie das sind, Mr Plumber, aber ich fürchte, in unserer verzweifelten Lage können wir nicht wählerisch sein.«

»Wie Sie meinen, Ma'am.« Er nickte einmal und ging.

Maeve seufzte, bevor sie kurz darauf die Treppe hinabstieg, um sich selbst ein Bild zu machen.

～

Aubrey erwachte mit schmerzendem Kopf, trockenem Mund und steifem Nacken. Die Menge an Whiskey, die er am Vorabend getrunken hatte, hatte ihn durch eine quälende Nacht voller Erinnerungen an eine junge Frau getragen, die er viel zu früh verloren hatte. Da er es nicht ertrug, an dem Tag zu trauern, an dem sie gestorben war, hatte er sich stattdessen auch dieses Jahr vier Tage später, an ihrem geplanten Hochzeitsdatum, in den Abgrund der Verzweiflung reißen lassen.

Nach all dieser Zeit wurden die Erinnerungen an Annabelle ein wenig verschwommen. Manchmal konnte er sich nicht mehr den Klang ihrer Stimme oder einzelne Gesichtszüge ins Gedächtnis rufen. Alles floss zu einem Strom unverbundener Gedanken zusammen, die ihn jedes Jahr um diese Zeit heimsuchten. Inzwischen war er es gewohnt, aber das Wissen darum, was ihn erwartete, machte es nicht erträglicher.

Er fühlte sich wie der leibhaftige Tod, als er sich aus dem Sessel hochstemmte, in dem er geschlafen hatte, die leere Flasche vom Boden aufhob und auf das Sideboard stellte, bevor er sich ein Glas Wasser einschenkte, das er in einem Zug hinunterstürzte.

Wo wären wir jetzt, fragte er sich, *wenn Annabelle nicht gestorben wäre?* Wären sie in New York geblieben und hätten eine Familie gegründet? Oder wären sie wagemutig gen Westen gezogen? Sie war eine sehr abenteuerlustige Frau gewesen, die gerne reiste, neue Erfahrungen sammelte und fremde Menschen kennenlernte. Er war sich sicher, dass sie ein glückliches Leben gehabt hätten.

Doch in den letzten Tagen hatte etwas anderes an ihm genagt. Etwas Düsteres, Verstörendes, das Annabelle gegenüber unfair war. Es hatte in dem Moment begonnen, in dem sein Blick auf Miss Browns bezaubernden Nacken gefallen war, und hatte seitdem unvermindert angehalten, wann immer er sich in ihrer Nähe befand – Verlangen. Heißes, verzweifeltes Verlangen, wie er es für seine geliebte Annabelle nie empfunden hatte.

Voller Abscheu gegen ihn selbst zog sich sein Magen zusammen, als seine Gedanken wieder die gleiche Richtung einschlugen. Wie konnte er so etwas irgendjemandem gegenüber eingestehen, und sei es ihm selbst gegenüber? In der Verzweiflung der Stunden, Tage, Wochen, Monate und nun Jahre seit Annabelles so unvermitteltem wie tragischem Tod hatte er sich geschworen, ihr Andenken zu ehren und sie immer zu lieben. Aber wie sollte er dieses Versprechen halten, wenn er zugeben musste, dass das, was er für Annabelle empfunden hatte, verblasste im Vergleich zu der feurigen Leidenschaft, die die bezaubernde Haushälterin innerhalb von zwei kurzen Tagen in ihm geweckt hatte?

Es lag daran, dass er zu lange nicht mehr mit einer Frau zusammen gewesen war. Er und Annabelle waren kreativ dabei gewesen, Wege zu finden, um miteinander allein zu sein. Bei ihrem Tod waren sie schon lange intim gewesen. Danach hatte er hie und da Frauen in sein Bett geholt, doch das war rein körperlich gewesen.

Seine Reaktion auf Miss Brown überstieg alles bisher Dagewesene. Er begehrte sie, und er hatte keine Ahnung, was er mit diesen unpassenden Gefühlen anstellen sollte. Wenn er versuchte, Zeit mit ihr zu verbringen, wich sie ihm aus. Gestern am Strand, als er ihr von Annabelle erzählt hatte, hatte er kurz gespürt, wie sie ihm gegenüber etwas aufgetaut war.

Aber das war ihrem weichen Herzen geschuldet gewesen. Er hatte ihr leidgetan. Mitleid war nicht das Gleiche wie Begehren, und er würde gut daran tun, das nicht zu vergessen.

Als Stimmen im Flur erklangen, fuhr er sich mit den Fingern durchs Haar, strich Hose und Überrock glatt und ging nachsehen, was los war.

Ein Dutzend Männer in zerrissener Kleidung, viele mit fehlenden

Zähnen und einer sogar mit Augenklappe, folgte Miss Brown die Treppe hinauf.

»Uns bleibt wenig mehr als eine Woche, um dieses Haus in einen bewohnbaren Zustand zu versetzen, und wir sind gewillt, für harte Arbeit gutes Geld zu zahlen. Jeder, der nicht mit vollem Einsatz bei der Sache ist, wird unverzüglich entlassen und nur für die abgeleistete Arbeit entlohnt. Mittags erhalten Sie eine Mahlzeit, und wenn Sie herausragende Arbeit leisten, werden Sie für eine dauerhafte Anstellung in Betracht gezogen.«

Die Männer lauschten Miss Brown fasziniert, doch ihre Blicke hingen an dem sanften Schwung ihrer Kehrseite, während sie die Treppe hinaufstieg.

Das ging so nicht.

»Gentlemen.«

Der gesamte Trupp blieb auf halbem Weg auf der Treppe stehen und drehte sich wie ein Mann zu ihm um.

»Ich bin Aubrey Nelson. Meiner Familie gehört dieses Haus, und ich bin Ihnen dankbar dafür, dass Sie gewillt sind, hier zu arbeiten.«

Bildete er sich das ein, oder weigerte Miss Brown sich, ihn anzusehen?

»Miss Brown gibt die Befehle. Sie werden tun, was immer sie von Ihnen verlangt, und Sie werden sich in ihrer Gegenwart wie Gentlemen verhalten, sonst bekommen Sie es mit mir zu tun. Das bedeutet, Sie werden sie nicht anstarren, nicht ansprechen, außer Sie wurden dazu aufgefordert, und Sie werden zudem auf keine andere Weise dafür sorgen, dass sie sich unbehaglich fühlt. Haben wir uns verstanden?«

Gemurmelte »Ja, Sir« und »Was immer Sie sagen, Chef« ertönten.

»In Ordnung. Sie können weitermachen.«

Maeve setzte ihren Weg fort und führte ihre zerlumpte Armee in die Schlacht.

Da Aubrey dringend einen Kaffee und etwas zu essen brauchte, begab er sich in die Küche, wo Mr Plumber und Mrs Allston gerade über die Verstärkung sprachen.

»Es ist *unerhört*, solche Grobiane in einem Haus dieses Kalibers zu beschäftigen«, erklärte Plumber ehrlich empört.

»Tja, entweder sie oder keiner«, erwiderte Mrs Allston pragmatisch. »Ich schätze, wir müssen nehmen, was wir kriegen können.«

»Dadurch werden wir zum Gespött der Stadt«, erregte sich Mr Plumber. »Ganz sicher werden Mr und Mrs Nelson es nicht gutheißen, wenn solche Leute in ihrem Haus arbeiten.«

»Ich kann Ihnen versichern, dass sie das definitiv nicht gutheißen«, sagte Aubrey und betrat die Küche.

Mr Plumber begann vor Verlegenheit zu stottern. »Ich entschuldige mich, Sir. Ich habe lediglich meiner Sorge Ausdruck verliehen.«

»Und Ihre Sorge ist begründet, Mr Plumber. Aber was sollen wir tun? Diese Grobiane sind das Beste, was wir auf die Schnelle bekommen, und vielleicht könnten sie unter Ihrer Anleitung zu vernünftigen Bediensteten herangezogen werden, bis meine Familie und meine Gäste eintreffen.«

Plumber starrte ihn fassungslos an. »Das kann unmöglich Ihr Ernst sein, Sir. Selbst wenn mir ein ganzes Leben für diese Aufgabe zur Verfügung stünde, würde mir das bei diesem Abschaum nicht gelingen.«

»Dessen wäre ich mir nicht so sicher. Das sind Männer, genau wie Sie und ich, auch wenn sie vielleicht gerade schwierige Zeiten durchmachen. Wer sagt denn, dass aus ihnen mit dem richtigen Anreiz und etwas Anleitung nicht brauchbare Hausdiener, Kutscher, Stallburschen und Gärtner werden können?«

»Und Sie erwarten von mir, dieses Wunder zu vollbringen?«

Aubrey erwiderte den Blick des Butlers fest. »Ich erwarte von Ihnen, dass Sie es versuchen.«

»Mr Nelson, bei allem Respekt, das ist unmöglich. Es ist ... also, es ist einfach lächerlich.«

»Das mag sein, doch es ist nun mal das Personal, mit dem wir arbeiten müssen. Tun Sie mit ihnen, was Sie können, und ich nehme die Schuld für alles, was schiefläuft, auf mich.« Damit wandte Aubrey sich an die Köchin. »Guten Morgen, Mrs Allston. Ich hätte gern das Übliche im Speisezimmer, wenn es recht ist.«

»Natürlich, Sir. Kommt sofort.«

Falls einer der beiden sich fragte, warum der Sohn des Hauses die gleichen Sachen wie am Vortag trug, ließen sie es sich nicht anmerken.

Aubrey drehte sich um und wollte gehen, hielt dann aber noch einmal inne. »Mr Plumber, seien Sie so gut, und behalten Sie die Geschehnisse im ersten Stock im Auge. Sollte jemand aus der Reihe tanzen, lassen Sie es mich wissen, und wir setzen den Übeltäter an die Luft.«

»Wie Sie wünschen, Sir.« Plumber machte auf dem Absatz kehrt und verließ den Raum, die personifizierte gekränkte Würde.

Mrs Allston schmunzelte. »Sie haben bei dem armen Mr Plumber beinahe einen Herzinfarkt verursacht.« Wie bei Maeve hatte ihre Stimme den melodischen Klang Irlands, war jedoch nicht so kultiviert.

»Ich denke, er wird es überleben. Was bleibt uns übrig, wo wir noch so viel zu erledigen und so wenig Zeit haben?«

»Ja, da haben Sie recht.«

»Werden wir wirklich zum Gespött der Stadt?«

»Ja, gewiss. Aber ich gehe davon aus, dass Sie den Skandal überleben werden, zumal der sofort vergessen sein wird, sobald Ihre Gäste eintreffen.«

»Das stimmt«, pflichtete er ihr bei.

»Wenn ich mir allerdings noch eine Bemerkung erlauben darf ...«

»Natürlich. Bitte sprechen Sie offen.«

»Ich kann nicht umhin, ein gewisses Knistern zwischen Ihnen und Miss Brown wahrzunehmen.«

Aubrey öffnete den Mund, um alles abzustreiten, doch er brachte es nicht über sich, die freundliche Frau anzulügen, also schloss er ihn wieder.

»Sie ist eine ganz besondere junge Dame, und ich bitte Sie nur, vorsichtig mit ihr zu sein. Männer Ihres Standes haben die Macht, das Leben eines Menschen wie Miss Brown zu zerstören und danach fröhlich pfeifend ihrer Wege zu ziehen. Und das meine ich nicht despektierlich.«

»Das ist mir bewusst, und ich weiß Ihre Sorge um Miss Brown zu schätzen.«

»Sie erinnert mich an mich selbst vor vielen Jahren. Bevor ich Mr Allston geheiratet habe, war ich wie Miss Brown – auf mich allein gestellt und bemüht, mir meinen Lebensunterhalt zu verdienen.«

Der Gedanke an Miss Brown, die einsam und verängstigt der

Gnade der Welt ausgeliefert war, erfüllte Aubrey mit Angst und Verzweiflung.

»Ich verstehe, was Sie sagen wollen, und ich verspreche, immer vorsichtig mit ihr zu sein.«

»Danke, Mr Nelson. Sie sind ein anständiger Mann. Das habe ich von Anfang an gespürt.«

»Darum bemühe ich mich zumindest.«

»Ich habe das Gefühl, dass Miss Brown unterhalb ihres Ranges arbeitet. Ich kann es nicht mit Gewissheit sagen, aber so, wie sie sich benimmt, ihre Art, zu sprechen ... Vielleicht irre ich mich auch.«

»Das glaube ich nicht. Ich teile Ihre Vermutung. Sie hat mir erzählt, dass ihr Vater Bankier war und dafür gesorgt hat, dass sie und ihre Schwestern eine gute Ausbildung erhalten haben.«

»Ja, das passt. Wie auch immer, es geht uns nichts an. Ich bringe Ihnen sofort Ihr Frühstück.«

»Danke, Mrs Allston.«

»Ist mir ein Vergnügen, Sir.«

Zu seinem Frühstück aus Eiern, Kartoffeln und Würstchen trank Aubrey zwei Tassen starken Kaffee, den Mrs Allston genau so zubereitet hatte, wie er ihn mochte. Langsam fühlte er sich wieder einigermaßen menschlich. Er ging mit dem Vorsatz nach oben, ein Bad zu nehmen, sich anzukleiden und nützlich zu machen. Auf dem oberen Treppenabsatz blieb er jedoch stehen und folgte dem Klang von Stimmen in den Salon, um zu sehen, wie Miss Brown mit ihren neuen Helfern zurechtkam.

Sie hatten bereits ein wahres Wunder gewirkt. Binnen einer Stunde hatten sie die Spinnweben entfernt, die verschmutzten Schutzbezüge von den Möbeln genommen und waren dem Dreck zu Leibe gerückt. Der Raum roch sogar sauber, was an sich schon ein Wunder war.

Inmitten der zusammengewürfelten Truppe entdeckte Aubrey Maeve, die die Männer wie ein General befehligte.

Er blieb im Türrahmen stehen. Er konnte sich nicht von ihr losreißen, ja, er konnte kaum atmen, während er sie betrachtete. In diesem Moment verstand er, dass er ihrer Gegenwart nie müde werden würde, es nie leid werden würde, zu hören, was sie zu sagen hatte, ihre anmutige, selbstbewusste Art, sich zu bewegen, zu sehen.

Sie fing seinen Blick auf, und als sie merkte, dass er sie anstarrte, stockte sie kurz, bevor sie sich zusammenriss und den Arbeitern weitere Anweisungen erteilte. Die einzige sichtbare Reaktion auf seine Aufmerksamkeit war die leichte Röte, die ihren Porzellanteint färbte.

Aubrey schüttelte die Benommenheit ab, die ihn in ihrer Nähe immer überfiel, und krempelte die Hemdsärmel hoch, um den Männern beim Verrücken der Möbel zu helfen, damit darunter geputzt werden konnte. Baden und sich umziehen konnte er später.

Als der Salon wieder in seinem alten Glanz erstrahlte, zogen sie zum Zimmer seiner Mutter weiter, wo ihnen bald schon der Schweiß ausbrach. Sie benötigten den Rest des Tages dafür, doch als sie die Männer am Ende mit vollen Mägen und einem üppigen Lohn nach Hause schickten, war das Zimmer wieder bewohnbar.

Miss Brown hatte während der ganzen Zeit nicht ein einziges Mal in seine Richtung geschaut oder ein Wort an ihn gerichtet. Nachdem die Männer gegangen waren, verschwand sie, und er sah sie erst wieder, als er nach unten kam, um mit ihr und Mr Plumber zusammen zu Abend zu essen.

»Ich serviere Ihnen Ihr Dinner gerne im Esszimmer, Mr Nelson«, sagte Mrs Allston.

»Nein, das ist nicht notwendig.« Allein zu speisen war für das Frühstück in Ordnung gewesen, aber jetzt verspürte er den Wunsch nach Gesellschaft. »Es ist nicht nötig, sich mit Formalitäten aufzuhalten, wenn wir vier unter uns sind. Abgesehen davon ist mir aufgefallen, dass wir Ihnen ein paar Küchenhilfen besorgen müssen, bevor Ende der Woche die anderen Gäste eintreffen.«

»Ich habe mehrere Nichten, die ich mit Ihrer Erlaubnis anheuern könnte.«

»Sehr gut. Bitte tun Sie das.«

Es gab einen Braten mit Kartoffeln, Möhren und Babyzwiebeln, der so köstlich war, dass Aubrey sich einen Nachschlag gönnte.

Sein Mund wurde ganz trocken, und sein Herz setzte einen Schlag aus, als Maeves Augen beim Anblick des heißen Apfelkuchens mit Vanilleeis, den Mrs Allston zum Nachtisch servierte, vor Freude aufleuchteten. Er wollte diese Augen unter allen möglichen Freuden aufleuchten sehen, doch diesen Gedanken behielt er für sich.

In den nächsten Tagen stellte sich eine gewisse Routine aus langen, anstrengenden Arbeitstagen und ruhigen Abendessen im Unterge- schoss ein. Nach dem Dinner verbrachte Aubrey die Abende allein in der Bibliothek, wo er seinen Kummer im Whiskey ertränkte.

Während das Haus allmählich zu seiner alten Pracht zurückfand, litt Aubrey, weil die Frau, die er begehrte, so nah und dennoch voll- kommen außerhalb seiner Reichweite war. Wenn er sie offen umwarb, wie er es wollte, riskierte er, ihren Ruf und damit ihre Lebensgrundlage zu zerstören. Keines von beidem würde er je tun, also wahrte er Abstand zu ihr, gestattete sich lediglich hin und wieder Gedanken an ihr gemeinsames Picknick.

So muss es sein, wenn man langsam verrückt wird, weil man etwas will, das man nicht haben kann, dachte er. Das Gefühl erinnerte ihn viel zu sehr an die dunklen Tage und die Verzweiflung, die auf Annabelles plötzli- chen Tod gefolgt waren.

Mehr als einmal überlegte er, abzureisen, aber das konnte er nicht. Weder wollte er Miss Brown, Mrs Allston oder Mr Plumber seiner Mutter ausliefern, noch konnte er die Gäste enttäuschen, die er für den Sommer eingeladen hatte. Und doch wollte er am liebsten auf ein Pferd steigen und zusehen, dass er von hier wegkam, bevor er etwas tat, was nicht rückgängig gemacht werden konnte.

Auf der Suche nach dem Schokoladenkuchen, den Mrs Allston am Abend zum Nachtisch serviert hatte, ging er in die Küche. Er schnitt ein großes Stück für sich ab, und dann ein weiteres, das er auf einen zweiten Teller legte.

Was hast du da vor?

Gar nichts.

Diese Unterhaltung führte er mit sich selbst, während er die beiden Teller über die Hintertreppe in den zweiten Stock trug, der verlassen dalag. Das Zimmer von Mr Plumber befand sich am anderen Ende des langen Flurs, und Mrs Allston wohnte nicht hier. Sie kehrte jeden Abend in ihr Haus in Newports Fifth Ward zurück.

Aubrey klopfte leise an die Tür zu Miss Browns Zimmer.

Atemlos wartete er auf eine Antwort.

Die Tür öffnete sich, und beinahe hätte er die Teller fallen lassen, als Maeve vor ihm stand. Ihre schimmernden Haare fielen ihr über die

Schultern, und unter dem Morgenmantel zeichneten sich verführerisch ihre Kurven ab.

»Was machen Sie hier?«, zischte sie leise.

»Ich habe Ihnen ein Stück Kuchen gebracht.« *Du klingst wie ein Idiot.*

Sie schaute an ihm vorbei, um sicherzugehen, dass niemand in der Nähe war und die Unterhaltung mitbekam. »Ich hatte bereits Kuchen. Nach dem Abendessen.«

»Bedeutet das, Sie können nicht noch mehr essen?«

»Es schickt sich für Sie nicht, hier zu sein.«

»Ich weiß. Aber da war noch ein Stück übrig, und ich wollte, dass Sie es bekommen.« Er streckte ihr den Teller hin.

Sie nahm ihn entgegen. »Danke.«

»Gute Nacht.«

»Gute Nacht, Mr Nelson.«

»Aubrey.«

»Gute Nacht, *Mr Nelson*.«

Er grinste und zwang sich zu gehen, bevor er etwas Dummes tat, wie die Hand auszustrecken und ihr Haar zu berühren, um zu fühlen, ob es so weich war, wie es aussah.

KAPITEL 6

Er hatte ihr ein Stück Kuchen gebracht.

Maeve lehnte sich von innen gegen die geschlossene Zimmertür und betrachtete den Teller in ihrer Hand. Sie versuchte, zu ergründen, warum Mr Nelson – nicht einmal in Gedanken konnte sie ihn Aubrey nennen – so ein Risiko eingegangen war, obwohl er wusste, dass Mr Plumber ihn bei diesem abendlichen Besuch hätte beobachten können.

Sie nahm einen Bissen und schloss genüsslich die Augen. So süß und saftig. Mrs Allston war ein Geschenk des Himmels.

Und es war wirklich nett von Mr Nelson, ihr etwas vorbeizubringen, von dem er wusste, dass sie es genießen würde.

Seufzend ging sie zum Bett, setzte sich und zog die Beine unter sich. Sie hatte vor, ihren Kuchen bis auf den letzten Krümel zu verspeisen.

Seit dem Picknick am Strand hatte Mr Nelson Distanz gewahrt, und auch wenn sie dankbar war, dass er ihre Sorge ernst nahm, stellte sie fest, dass er ihr fehlte. Was lächerlich war. Wie konnte sie jemanden vermissen, den sie kaum kannte und den sie täglich sah? Mindestens einmal am Tag ertappte sie ihn dabei, wie er sie musterte –

manchmal sogar häufiger –, doch sie hatten die ganze Zeit über nichts anderes als das Haus gesprochen.

Ihr fehlten die Unterhaltungen, die sie geführt hatten. Über ihre Familien und ihre Heimat. Und ja, sie vermisste sein offensichtliches Interesse an ihr als Frau.

Da. Sie hatte es zugegeben. Sosehr sie fürchtete, wozu seine Aufmerksamkeit führen könnte, so sehr war sie geschmeichelt davon, das Wohlwollen eines derart attraktiven Mannes errungen zu haben.

Sie verzehrte den letzten Rest Kuchen und stellte den Teller auf den Nachttisch. Dann stieß sie einen langen, bedauernden Atemzug aus. Warum hatte sie ihn nicht unter anderen Umständen kennenlernen können? Nun ja, weil das Leben nicht fair war. Das wusste sie schon länger, was sie aber nicht davon abhielt, sich zu wünschen, dass die Dinge anders wären.

Nach einem Blick auf den benutzten Teller beschloss Maeve, ihn gleich in die Küche zu bringen, um gar nicht erst irgendwelches Ungeziefer anzulocken. Zumindest redete sie sich das ein. Was sie wirklich wollte, war eine weitere Gelegenheit, Mr Nelson zu sehen, mit ihm zu reden, die gleiche Luft zu atmen wie er.

Vielleicht war das töricht, doch der Wunsch war zu dringend, als dass sie ihm hätte widerstehen können. Sie zog den Gürtel ihres Morgenmantels enger, schlüpfte in ihre Hausschuhe und verließ das Zimmer, um über die Hintertreppe in die Küche hinunterzugehen. Hier war alles dunkel, bis auf ein kleines Licht, das über dem Herd brannte. Daheim hatten sie ebenfalls Elektrizität gehabt. Ihr Haus war eines der ersten in Irland mit Strom und fließend Wasser gewesen, also war sie beides gewohnt gewesen, bevor sie hergekommen war.

Als sie die Küche betrat, hielt sie beim Anblick von Mr Nelson, der allein vor seinem Kuchenstück am Tisch saß, abrupt inne. Eine Flasche mit einer bernsteinfarbenen Flüssigkeit sowie ein Glas standen ebenfalls vor ihm.

Er wirkte genauso überrascht wie sie, seine Gabel schwebte auf halbem Weg zu seinem Mund in der Luft.

Sehr lange rührte sich keiner von ihnen, bis er sich räusperte und die Gabel ablegte.

»Entschuldigen Sie, wenn ich Sie störe«, erklärte Maeve.

»Das tun Sie nicht. Wie war der Kuchen?«

»Köstlich. Vielen Dank.«

»War mir ein Vergnügen.« Während er das sagte, glitt sein Blick von ihrem Gesicht zu ihrer Brust und weiter nach unten.

Maeve hatte das Gefühl, in Flammen zu stehen, dabei hatte er nicht mehr getan, als sie anzusehen. Sie zwang sich, zur Spüle zu gehen und den Teller und die Gabel abzuwaschen. Dann legte sie beides auf das Abtropfgitter, auf dem schon mehrere Töpfe und Pfannen standen. Mit dem Geschirrtuch, das über der Spüle hing, wischte sie sich die Hände ab und breitete es dann zum Trocknen aus.

Da sie nicht wusste, was sie sonst tun sollte, besann sie sich auf ihre innere Stärke und drehte sich um. Sie bemerkte, dass Mr Nelson sie mit diesen Augen musterte, die sie so deutlich wahrzunehmen schienen.

»Können Sie mir für eine Minute Gesellschaft leisten?«, bat er.

»Das sollte ich nicht.«

»Wer wird davon erfahren?«

»Mr Plumber könnte herunterkommen.«

»Und was würde er hier vorfinden? Zwei Menschen, die einander an einem Tisch gegenübersitzen.«

Mit dem Fuß schob er einen Stuhl unter dem Tisch hervor.

Maeve betrachtete den Stuhl und fragte sich, was sie sich nur dabei dachte, als sie sich vorsichtig auf der Kante niederließ.

Mr Nelson stand auf, holte ein Glas für sie und kehrte an den Tisch zurück, um ihr zwei Fingerbreit von der bernsteinfarbenen Flüssigkeit einzuschenken. Dann stellte er es vor sie auf den Tisch.

Maeve leckte sich nervös über die Lippen und griff nach dem Glas. Als sie aufschaute, merkte sie, dass er sie mit Feuer in den Augen musterte. Niemand hatte sie je so angesehen wie Mr Nelson, und selbst wenn das verstörend und besorgniserregend war, war es doch auch sehr schmeichelhaft.

»Ihre Haare sind wunderschön.«

»Danke.« Sie nippte an ihrem Glas und spürte den Whiskey brennend durch ihre Kehle fließen und sie von innen heraus wärmen.

»Die Farbe entzieht sich jeder Beschreibung. Es braun oder rot zu nennen wird ihm nicht gerecht.«

»Meine Mutter hat es immer als flüssiges Feuer bezeichnet.«

»Ja«, sagte er rau. »Das ist es. Diese Farbe habe ich noch nie zuvor gesehen.«

»Als ich jünger war, habe ich sie gehasst, aber inzwischen habe ich mich daran gewöhnt.«

»So etwas Schönes darf man nicht hassen.«

»Sie schmeicheln mir, Mr Nelson.«

»Sie beherrschen jeden meiner Gedanken, Miss Brown.«

Bei diesen provokanten Worten verschluckte sie sich an ihrem Whiskey.

Sofort sprang Mr Nelson auf und lief um den Tisch herum, um ihr auf den Rücken zu klopfen, während sie keuchend versuchte, wieder zu Atem zu kommen.

»Alles gut?«

Verlegen nickte sie und wischte sich die Tränen aus den Augen. »So etwas dürfen Sie nicht sagen.«

Er ließ die Hand auf ihrer Schulter, während er sich neben sie setzte. »Ich sage nur die Wahrheit.«

»Das kann nicht sein«, erwiderte sie leise.

»Wir sind zwei Erwachsene, die sich in einer schwierigen Situation wiederfinden, aber vor Schwierigkeiten bin ich noch nie zurückgeschreckt. Im Gegenteil, sie wecken meinen Ehrgeiz.«

»Sie haben nichts zu verlieren, ich hingegen alles.«

»Ich sorge dafür, dass Sie nichts verlieren.« Er nahm ihre Hand und führte sie an seine Lippen. »Ich würde mich immer um Sie kümmern, wenn Sie es zulassen.«

Sie schüttelte den Kopf. »So etwas können Sie nicht versprechen.«

»Doch, kann ich.«

»Nein, können Sie nicht. Ihre Familie ...«

»Ist mir sehr wichtig, aber sie bestimmt nicht über mein Leben.«

Sie wusste, sie sollte ihre Hand zurückziehen, brachte es trotzdem nicht über sich. »Ihre Familie würde das niemals verstehen.«

»Das muss sie auch nicht. Die Einzigen, die es verstehen müssen, sind wir beide.«

»Das sagen Sie jetzt. Wenn Sie allerdings aus der feinen Gesellschaft ausgestoßen werden ...«

»Damit würden Sie mir einen Gefallen tun. Ich *verabscheue* die feine Gesellschaft.«

»Ihre Freunde, der Herzog und die Herzogin ...«

»Die werden Sie ins Herz schließen. Die beiden sind so unglaublich glücklich miteinander, und das Letzte, was die Herzogin zu mir gesagt hat, bevor ich die Heimreise angetreten habe, war, dass sie hofft, ich würde eines Tages ebenfalls jemanden finden, der mich so glücklich macht wie ihr Ehemann sie.«

Maeve schlug die Augen nieder und wünschte, sie hätte die Kraft, dem überwältigenden Verlangen zu widerstehen, das er in ihr weckte.

»Verraten Sie mir, was Sie denken.«

»Sie machen mich schwach.«

Verblüfft fragte er: »Wirklich?«

Sie nickte. »Ich betrachte mich gerne als starke, unabhängige Frau, aber wenn Sie mich so ansehen, bin ich nicht länger stark, sondern schwach und machtlos.«

»Sie, meine Liebe, halten hier alle Macht in den Händen.«

»Nein, Sir. Das tun Sie. Ich bin lediglich eine einfache Haushälterin.«

»Für mich sind Sie so viel mehr.« Sein Blick blieb an ihrem Mund hängen, und Maeve wusste, gleich würde Mr Nelson sie küssen. Und sie würde es vielleicht sogar zulassen.

Abrupt stand sie auf, entzog ihm ihre Hand und schlang sich die Arme um die Taille. »Gute Nacht, Mr Nelson.«

»Aubrey«, verbesserte er sie mit einem kleinen, traurigen Lächeln, das sie wissen ließ, wie sehr auch er sich wünschte, die Dinge lägen anders.

»Mr Nelson«, erwiderte sie fest, um keinen Raum für Verhandlungen zu lassen.

Damit drehte sie sich um und ging. Während sie die Treppe hinaufstieg, fühlten sich ihre Beine wacklig und unsicher an. Auf halbem Weg nach oben wurde ihr klar, dass Mr Nelson ein noch größeres Risiko für sie darstellte als der Mann, wegen dem sie aus Irland geflohen war. Dieser Mann war eine Gefahr für ihren Körper gewesen. Doch Mr Nelson hatte die Macht, ihr Herz in eine Million Stücke zu zerbrechen, die nie wieder zusammengesetzt werden konnten.

~

AM MORGEN ERHIELT AUBREY EINEN TELEFONANRUF VON SEINER Mutter. Trotz des statischen Knisterns in der Leitung wünschte er, er könnte sie nicht so klar verstehen, wie er es tat.

»Ja, Mutter, das Haus wird für deine Ankunft und die des Herzogs und der Herzogin bereit sein. Miss Brown, die Haushälterin, hat fabelhafte Arbeit geleistet.«

»Es ist eine große Erleichterung, das zu hören.«

»Wie geht es Vater?«

»Er hatte ein paar schwere Tage, aber heute ist es etwas besser. Wir haben morgen einen Termin bei einem weiteren Spezialisten.«

»Wird er kräftig genug sein für die Reise nach Newport?«

»Ich bin da zuversichtlich. Trotzdem muss er viel ruhen.«

»Die Meeresluft und der Sonnenschein werden ihm guttun.«

»Das hoffen wir. Ich will dich nicht länger aufhalten, Aubrey. Ich wollte nur fragen, wie es bei dir steht.«

»Es gibt ein paar Dinge, die wir nach deiner Ankunft besprechen müssen.«

»Was für Dinge?«

»Das hat Zeit, bis du hier bist.«

»Nun gut. Bis Freitag.«

»Auf Wiedersehen, Mutter.«

Mit einem flauen Gefühl im Magen beendete Aubrey den Anruf. Noch vier Tage, bis seine Mutter, seine Schwestern und deren Kinder hier eintreffen und das Haus übernehmen würden. Er verspürte wachsende Verzweiflung bei dem Gedanken an so viele Leute, die seine Gefühle für Miss Brown bemerken könnten.

Nach ihrer Unterhaltung in der Küche hatte er eine weitere schlaflose Nacht verbracht und versucht, eine Lösung für sein »Problem« mit Miss Brown zu finden.

Maeve.

Es gefiel ihm, ihren Namen laut auszusprechen, an sie zu denken, sich vorzustellen, was möglich wäre, wenn sie nur einen Weg finden würden. Wenn er Derek, Catherine und die anderen nicht eingeladen hätte, den Sommer in Newport zu verbringen, würde er kurzerhand mit ihr durchbrennen und nie wieder zurückschauen.

Er verfügte über ausreichende eigene Mittel, von denen sie bequem für den Rest ihrer Tage leben könnten. Sie könnten in den Westen gehen, vielleicht nach Kalifornien. Er hatte so viele interessante Dinge über diesen Staat gehört und schon lange vorgehabt, ihm einmal einen Besuch abzustatten. Dort, wo niemand sie kannte, könnten sie sich ein ganz neues Leben aufbauen.

Selbst wenn das hieße, seine geliebten Geschwister, Nichten und Neffen nie wiederzusehen, würde Aubrey es tun. Sie würde ihm reichen. Das wusste er tief innerlich. Aber da seine Freunde ihre Reise über den Atlantik bereits angetreten hatten, war es nun zu spät, die Pläne noch zu ändern.

Ganz zu schweigen davon, dass seine Mutter einen Anfall bekäme, wenn er den Herzog und die Herzogin einfach wieder ausladen würde.

Seit er vor etwas mehr als einem Jahr London verlassen hatte, hatte er sich auf diesen Sommer mit seinen Freunden gefreut. Und nun ... nun hätte es ihn nicht weniger interessieren können. Er sehnte sich allein danach, mit der Frau zusammen zu sein, die ihn mit Herz und Seele in ihren Bann geschlagen hatte. Vielleicht hätten Derek, Simon und Justin einen Rat für ihn, wie er am besten vorgehen konnte.

Er war es nicht gewohnt, vor Problemen zu stehen, die nicht auf die eine oder andere Weise gelöst werden konnten. In seinem Schmerz erschien ihm schon vor dem Mittagessen die Karaffe mit dem Whiskey äußerst verlockend. Maeve hielt derweil Distanz zu ihm, während sie weiter die bunt zusammengewürfelte Armee befehligte, die jeden Tag größer wurde. Aubrey musste nicht mehr mit anpacken, was seiner Gemütsverfassung nicht zuträglich war.

Ein Klopfen an der Tür riss ihn aus seinen trüben Gedanken.

»Herein«, rief er, erleichtert über die Unterbrechung. Ihm war alles recht, was ihn von seinen Grübeleien ablenkte.

Mr Plumber betrat die Bibliothek, in die Aubrey sich zurückgezogen hatte. »An der Tür ist ein Mann, der verlangt, mit Ihnen zu sprechen, Sir.«

»Worum geht es?«

»Er weigert sich, das zu sagen, Sir.«

»Bitten Sie ihn herein.«

»Ja, Sir.«

Mr Plumber ging, und Aubrey stand auf, trat um den Tisch herum und machte sich bereit, seinen Besucher zu begrüßen.

Der Mann, ganz in Schwarz gekleidet und mit einem Backenbart, wie er in den letzten Jahren in Mode gekommen war, betrat, den Hut in der Hand und in Begleitung des Butlers, den Raum.

»Ein Mr Tornquist für Sie, Mr Nelson.«

»Danke, Mr Plumber.«

Der Butler nickte und schloss die Tür hinter sich.

Aubrey reichte dem Besucher die Hand. »Was kann ich für Sie tun?«

»Ich suche nach jemandem.«

Sofort bemerkte Aubrey den irischen Akzent des Mannes, und Argwohn regte sich in ihm.

»Ich bin ihrer Spur bis nach Newport gefolgt, habe sie jedoch nicht auffinden können und vermute, dass sie unter falschem Namen hier lebt.«

»Um wen geht es denn?«

»Ihr Name ist Maeve Sullivan, aber wir haben Grund zu der Annahme, dass sie einen anderen Namen angenommen hat.«

Aubrey zwang sich, keine Miene zu verziehen. »Haben Sie eine Fotografie von ihr?«

»Natürlich.« Der Mann zog eine Aufnahme aus der Innentasche seines Rocks und reichte sie Aubrey.

Kurz betrachtete er das Bild einer jüngeren Version von Miss Brown, bevor er es Mr Tornquist zurückgab. »Tut mir leid, diese Frau ist mir unbekannt.«

»Wenn ich das Personal befragen würde, ob jemand sie erkennt, würde die Antwort dann genauso lauten?«

»Davon gehe ich aus.«

»Nun gut.« Mr Tornquist steckte die Fotografie wieder ein.

»Können Sie mir sagen, warum Sie nach ihr suchen?«, fragte Aubrey.

»Ihr wird in Irland ein Kapitalverbrechen vorgeworfen, und ich bin von der Familie des Opfers dafür angeheuert worden, sie zurückzubringen, damit sie vor Gericht gestellt werden kann.«

Panik schnürte Aubrey die Brust ab. »Was für ein Verbrechen denn?«

»Mord.«

Das Wort traf Aubrey wie ein Schlag in den Magen. Maeve hatte jemanden umgebracht? Das konnte er sich beim besten Willen nicht vorstellen, egal, wie sehr er sich bemühte. Aber als Allererstes musste er Mr Tornquist loswerden, und zwar rasch.

»Es tut mir leid, dass ich Ihnen bei Ihrer Suche nicht weiterhelfen konnte«, sagte er, während er betete, dass Miss Brown oben und außer Sicht bleiben würde, bis der Mann das Haus verlassen hatte.

»Wenn Sie etwas hören, wäre ich für jegliche Information sehr dankbar. Ich wohne im Marlborough Inn.«

Aubrey nickte und geleitete Mr Tornquist persönlich aus der Bibliothek, wobei er die Luft anhielt, als sie die Eingangshalle in Richtung Haustür durchquerten. Er atmete erst wieder auf, als der Mann zur Tür hinaus war und auf seinem Pferd in Richtung Stadt ritt.

Sobald Mr Tornquist das Grundstück verlassen hatte, rannte Aubrey zwei Stufen auf einmal nehmend die Treppe hinauf.

»Miss Brown!«, rief er, so laut er konnte, und hoffte, über die Gespräche der Arbeiter hinweg gehört zu werden. »Miss Brown!«

Er begegnete einem der Männer, einem gewissen Mr Tanner. »Wo ist sie?«

»Zuletzt habe ich sie in der Kammer mit dem Wasserklosett gesehen.« Das Gebiss des Mannes mit dem rötlichen, sonnengegerbten Teint bestand bloß aus zwei Zähnen.

Aubrey lief zu dem kleinen Raum am Ende des Flurs und hämmerte gegen die Tür.

»Miss Brown!«

Nachdem eine volle Minute vergangen war, öffnete sich die Tür, und eine sichtlich genervte Maeve trat heraus. »Warum brüllen Sie so, Mr Nelson?«

Was verriet es über seinen geistigen Zustand, dass er sie selbst jetzt, wo sie von ihm genervt war und er wusste, dass ihr ein Mord vorgeworfen wurde, immer noch so begehrte? »Kommen Sie mit.« Er fasste sie an der Hand und zog sie mit sich zu seinem Schlafzimmer, weil sie sich dort ungestört würden unterhalten können.

Sie wehrte sich. »Mr Nelson!«

»Kein Wort, Miss Brown.« Die barsche Anweisung hatte den gewünschten Effekt: Sie schwieg. Er schob sie in den Raum und schloss die Tür hinter sich.

»Wie können Sie nur? Die Männer werden reden.«

»Sie werden kein Wort darüber verlieren, wenn sie weiter hier arbeiten wollen.«

»Was ist denn los?«

»Das würde ich Sie gerne fragen. Und ich warne Sie, mir besser die Wahrheit zu sagen, Miss Brown. Oder sollte ich Sie lieber Miss Sullivan nennen?«

Ihr wich alle Farbe aus dem Gesicht, und die Knie gaben unter ihr nach. Sofort war er bei ihr und fing sie auf, bevor sie fallen konnte.

»W-wieso nennen Sie mich so?«

»Ist das nicht Ihr Name?«

»Wo-woher wissen Sie das?«

Ohne sie loszulassen, ging er zu einem der gepolsterten Sessel, ließ sich hineinsinken und zog Maeve kurzerhand auf seinen Schoß. Sie wehrte sich nicht mehr, was verriet, wie zutiefst geschockt sie war. »Ein Mann war eben hier. Ein Mr Tornquist. Er sucht nach einer Frau namens Maeve Sullivan. Er hatte ein Foto von Ihnen dabei.«

»O Gott. O nein. *Nein*.«

Zu seinem Entsetzen fing sie an zu weinen. Seine Miss Brown weinte nicht, und er ertrug es nicht, Zeuge ihrer Verzweiflung zu werden.

»Erzähl es mir.« Sanft wischte er ihr die Tränen von den Wangen und stellte erfreut fest, dass ihre Haut so weich war, wie sie aussah.

Sie schüttelte den Kopf. »Das kann ich nicht.«

»Du musst. Wie soll ich dich beschützen, wenn ich nicht weiß, was passiert ist?«

»Es ist nicht Ihre Aufgabe, mich zu beschützen.« Mit einem Mal schien sie zu merken, wo sie saß, und versuchte aufzustehen. »Ich werde sofort abreisen.«

Er hielt sie zurück, indem er die Arme um sie schlang. »Nein. Du wirst hier bei mir bleiben, und wir werden gemeinsam eine Lösung finden.«

»Es ist nicht Ihr Problem.«

»Ich würde es aber gerne zu meinem Problem machen. Lass dir von mir helfen, Maeve. Bitte.«

»Sie können nichts tun. Das kann niemand. Es war dumm von mir, zu glauben, ich könnte dem entkommen.«

Ihre Hoffnungslosigkeit berührte ihn zutiefst. »Wem oder was wolltest du denn entkommen?« Eine Strähne rutschte ihr aus dem Dutt, und er schob sie ihr hinters Ohr. »Verrat mir, wovor du davonläufst. Ich kann dir helfen.«

Sie schluckte trocken und blinzelte, woraufhin ihr zwei weitere Tränen über die Wangen rollten. »Ich ... Ich war in Irland mit dem Sohn einer überaus einflussreichen Familie verheiratet. Er war ... freundlich und liebevoll, bis wir geheiratet haben. Dann hat er sich verändert. Er wurde zum Monster. Er hat mir wehgetan.«

Eine Wut, die so heftig war, dass sie ihn zu verschlingen drohte, stieg in Aubrey auf. Er zwang sich, um Maeves willen ruhig zu bleiben. »Wie hat er dir wehgetan?«

»Er hat mich geschlagen. Ins Gesicht. So fest, dass mein Auge eine Woche lang zugeschwollen war. Er hat mich hierhin getreten.« Sie legte sich eine Hand auf den Bauch. »Und er hat versucht, mich zu gewissen Dingen zu zwingen.« Sie erschauderte.

Aubrey zog ihren Kopf an seine Schulter. »Still. Er kann dir nichts mehr antun. Das werde ich nicht zulassen.«

»Er ist tot. Ich habe ihn getötet.« Ihre Stimme war ausdruckslos und ohne die übliche Lebhaftigkeit.

»Was genau ist passiert?« Er strich ihr mit kreisenden Bewegungen über den Rücken, in der Hoffnung, so ein wenig die Anspannung in ihr zu lösen. Zu hören, dass sie den Mann getötet hatte, der sie misshandelt hatte, änderte nichts an seinen Gefühlen für sie. Wenn überhaupt, erfüllte es ihn mit Stolz, dass sie sich gewehrt hatte. Sein Wunsch, sie davor zu bewahren, jemals wieder verletzt zu werden, wurde immer stärker.

»Er hat mich geschlagen, wieder und wieder, bis ich sicher war, dass er mich umbringen würde. Ich habe nach dem Topf auf dem Herd gegriffen und mir dabei die Hand verbrannt. Ich habe ihm die heiße Suppe entgegengeschleudert, und als er wieder auf mich los ist, habe ich ihm mit aller Kraft die gusseiserne Pfanne gegen den Kopf geschlagen. Er ist zusammengebrochen, und ich habe bemerkt, dass er nicht mehr geatmet hat. Als mir klar wurde, was ich getan hatte, habe ich das Geld genommen, das er in einem seiner Stiefel versteckt hatte, und bin weggelaufen.«

»Aber wie hast du das geschafft? Du warst doch verletzt.«

»Unser Haus war nicht weit von der Küste entfernt, also bin ich in den nächsten Hafen geflohen und habe ein Schiff gefunden, das in Richtung Amerika ablegte. Weil ich genug Geld hatte, um die Reise zu bezahlen, hat niemand unangenehme Fragen gestellt. Die Überfahrt war schrecklich. Stürme und schwere See. Mir war die ganze Zeit schlecht, und als ich in New York ankam, war ich völlig entkräftet. Der Kapitän des Schiffs hatte Mitleid mit mir und hat mich mit zu sich nach Hause genommen, damit ich mich erholen konnte. Seine Frau hat mir den Kontakt zu der Agentur vermittelt, über die ich diese Stelle hier erhalten habe.«

»Also bist du erst kürzlich in Amerika eingetroffen?«

»Vor sechs Wochen. Und jetzt haben sie mich gefunden.« Ein Schluchzer löste sich aus ihrer Kehle. »Sie werden mich zurückbringen, um mich zu hängen.«

»Nein, das werden sie nicht.«

»O doch. Seine Familie ist sehr mächtig. Sein Großvater ist ein britischer Viscount, und es war ein Skandal, als mein Mann darauf bestanden hat, mich zu heiraten. Die Tochter eines Bankiers, obwohl er eine Frau aus dem Adel hätte haben können. Ich war eine Närrin. Ich dachte, es wäre eine Liebesheirat. Bloß war das, was ich für Zuneigung hielt, eine unnatürliche Fixierung auf mich. Beinahe sofort habe ich bemerkt, dass es ein schrecklicher Fehler war, mich an ihn zu binden. Als seine Familie drohte, ihm seine Apanage zu entziehen, als Strafe dafür, dass er eine ›irische Hure‹ geheiratet hatte, wie sie mich nannten, hat er seinen Frust mit den Fäusten an mir ausgelassen.«

»Es tut mir so unendlich leid, dass dir das passiert ist.«

Sie ließ den Kopf sinken. »Ich schäme mich für das, was ich getan habe. Dafür, dass ich einem anderen Menschen das Leben genommen habe. Aber wenn ich es nicht getan hätte, hätte er mich umgebracht, daran habe ich keinerlei Zweifel. Und der Konstabler hätte mir nicht geholfen, denn er war ein Freund meines Mannes.«

»Du hast das einzig Richtige getan.«

»Ich hätte einfach weglaufen können, ohne ihn zu töten, allerdings wäre er mir gefolgt.« Sie begann heftig zu zittern.

»Ganz ruhig, jetzt bist du ja in Sicherheit.«

»Ich werde niemals in Sicherheit sein, solange sie wissen, wo ich bin. Sie haben nur zwei Monate gebraucht, um mich in Newport aufzuspüren.« Sie setzte sich abrupt auf. »Ich muss sofort hier weg.«

»Du gehst nirgendwohin.«

»Aber sie haben mich gefunden! Sie wissen, dass ich hier bin. Sie werden mich nach Irland zurückschaffen und an den Galgen bringen.«

»Niemand wird dich nach Irland schaffen. Ich werde Mr Plumber schicken, damit er sofort den örtlichen Friedensrichter holt.«

Schock und Grauen ließen sie erstarren. »Sie wollen mich ihnen ausliefern?«

»Nein, meine Süße. Ich werde dich heiraten.«

KAPITEL 7

Maeves Schock verwandelte sich in Fassungslosigkeit. »Was meinen Sie damit?«

»Du hast mich gehört. Ich werde dich heiraten und unter meinen Schutz stellen.«

»Das ist unmöglich.«

»Wieso? Du bist nicht mehr verheiratet, und ich war es noch nie. Wenn du meine Frau bist, hast du den Einfluss und das Vermögen meiner Familie auf deiner Seite.«

»Das ist sehr großzügig, aber ich kann Sie trotzdem nicht heiraten.« Sie drückte gegen seinen Arm, um sich zu befreien. Zum Glück ließ Mr Nelson sie los, und sie stand auf, um von ihm und seinen verführerischen braunen Augen fortzukommen. Diese Unterhaltung konnte sie unmöglich führen, während sie auf seinem Schoß saß und der Duft seines Aftershaves ihr die Sinne verwirrte, sodass sie den Wunsch verspürte, ihm näher zu sein, obwohl es das Letzte war, was sie tun sollte.

Sie sollte ihre Sachen packen und sich überlegen, wohin sie gehen konnte. Zum Glück hatte sie etwas Geld unter einem Dielenbrett in ihrem Zimmer versteckt, und es stand auch noch der Lohn von den Nelsons aus. Es war nicht viel, doch damit würde sie es bis nach

Boston schaffen, wo sie vielleicht eine neue Stelle als Haushälterin ergattern könnte. Vorausgesetzt, Mr Nelson würde ihr ein Empfehlungsschreiben ausstellen.

»Maeve?«

Sie merkte, dass er weitergesprochen hatte, während sie damit beschäftigt gewesen war, Pläne zu schmieden.

»Sag mir, warum du mich nicht heiraten kannst.«

»Weil ich mir geschworen habe, mich nie wieder an einen Mann zu binden und mich ihm derart auszuliefern, wie das in der Ehe der Fall ist.«

Mr Nelson stand auf und machte einen Schritt auf sie zu.

Sie wich einen Schritt zurück.

Er trat erneut auf sie zu. »Warte.« Er legte ihr die Hände auf die Schultern und hielt sie fest. Wenn ihr Ehemann das getan hätte, hätte sie angefangen zu zittern, aber bei Mr Nelson verspürte sie keine Angst. »Ich habe nicht vor, dich zu kontrollieren, Maeve. Ich möchte dich umsorgen und vor den Unbilden des Lebens beschützen. Von mir hättest du nie etwas zu befürchten, abgesehen vielleicht von einem Übermaß an Zuneigung.«

Er ließ seine Hände sinken und umfasste Maeves Taille. Langsam zog er sie näher an sich heran, bis ihre Körper einander berührten. »Denn wenn es mir gelingt, dich davon zu überzeugen, mich zu heiraten, wäre ich der glücklichste Ehemann, den es je gegeben hat. Ich möchte dich halten und küssen und berühren, sooft und solange du es mir gestattest. Ich würde nie – *niemals* – im Zorn Hand an dich legen. Darauf gebe ich dir mein Wort als Ehrenmann.«

Wenn seine Lippen so dicht über ihren schwebten, konnte sie weder atmen noch sich bewegen oder sonst irgendetwas tun, außer abzuwarten, was er als Nächstes tun würde. Als sein Mund ganz sanft auf ihren traf, wusste sie, dass sie ihn aufhalten sollte. Sie sollte sich von ihm losreißen und fliehen, doch diese Botschaft schien von ihrem umnebelten Gehirn nicht bis zu den Füßen zu gelangen, die wie festgewurzelt dastanden.

»Küss mich, Maeve.« Seine Lippen glitten weiter über ihre. Es war weich und süß und nicht das fordernde, schmerzhafte Aufeinanderprallen von Lippen, Zähnen und Zungen, das sie unter dem Monster, das sie geheiratet hatte, hatte erdulden müssen. Nichts an dem hier war so wie das damals. Das hier war die reinste Verführung, schlicht und einfach.

»Küss mich«, wiederholte er etwas eindringlicher, und als Maeve die Lippen öffnete, wagte er sich weiter vor.

Noch nie war sie so geküsst worden. Sie hatte nicht einmal gewusst, dass das so viele Gefühle auslösen konnte. Mehr Gefühle, als sie so schnell verarbeiten konnte.

Seine Zunge strich zärtlich über ihre, und Maeves Knie gaben nach. Lediglich sein Arm um ihre Taille bewahrte sie davor, zu fallen.

Langsam zog er sich zurück, bis ihre Lippen einander wieder nur ganz leicht berührten. »Wenn du mich heiratest, kann ich mich für den Rest meines Lebens jeden Tag um dich kümmern und dich beschützen. Ich werde mich dir nie mit etwas anderem als Zuneigung im Herzen nähern. Ich schwöre dir beim Leben aller, die mir lieb und teuer sind, dass du mir vertrauen kannst.«

Sie wandte den Blick ab, um sich nicht von seinen wunderschönen Augen oder dem attraktiven Gesicht einfangen zu lassen. »Ihre Familie würde das nie verstehen.« Trotz des Kusses schaffte sie es nicht, ihn zu duzen.

»Das muss sie auch nicht. Du würdest ja nicht sie heiraten, sondern mich. Und nur mich.«

»Wir wissen beide, dass das nicht stimmt.«

»Das Einzige, was zählt, ist, dass du in Sicherheit wärst. Du musst bloß einwilligen, meine Frau zu werden, und ich werde mich um alles kümmern.«

Maeves Brustkorb zog sich schmerzhaft zusammen. Das Gefühl erinnerte sie daran, wie es gewesen war, mitten in der Nacht zu fliehen, nachdem sie ihren Ehemann umgebracht hatte. Wenn sie Mr Nelsons Antrag ablehnte, würde er sie dann ziehen lassen? Das musste sie einfach wissen.

»Wenn ich Ihr sehr gütiges Angebot ablehne«, erwiderte sie zögernd, »dürfte ich dann gehen?«

Seine einzige Reaktion auf diese Frage war ein leichtes Zucken in seiner Wange. »Nur wenn du mir gestattest, dich zu begleiten, um deine Sicherheit zu gewährleisten.«

Maeve nahm einen tiefen Atemzug, um den Druck in ihrer Brust zu lösen. Mr Nelson war von Anfang an freundlich und großzügig zu ihr gewesen, und abgesehen vom ersten Tag, als er behauptet hatte, der neue Butler zu sein, hatte er sie nie hintergangen. Seine Familie war unglaublich reich, und ihm standen die Ressourcen zur Verfügung, mit denen er sie aus dem Schlamassel befreien konnte, das sie in Irland zurückgelassen hatte. Hinzu kam, dass sein Interesse an ihr, so unangemessen es auch sein mochte, von Anfang an aufrichtig gewirkt hatte.

Sie befeuchtete sich die Lippen und schaute ihm in die Augen. Ein wenig unsicher stellte sie die Frage, die, wie sie wusste, gestellt werden musste. »Was ist mit unseren unterschiedlichen Religionen?«

»Was soll damit sein?«

»Ich bin römisch-katholisch. Ich nehme an, Sie sind es nicht.«

»Du hast recht. Ich bin nicht praktizierender Protestant.«

»Es wäre mir wichtig, weiterhin jeden Sonntag die Messe besuchen und meinen Glauben ausleben zu können.«

»So etwas würde ich nie verbieten.«

»Es wäre ein weiterer Grund für Ihre Familie, mich abzulehnen.«

»Ich habe dir doch schon gesagt, dass mich deren Meinung nicht interessiert.«

Er überraschte sie, indem er sich auf ein Knie niederließ, ihre Hand nahm und ihr den Handrücken küsste. »Wunderschöne Maeve. Würdest du mir die große Ehre erweisen, meine Frau zu werden? Ich verspreche, bis zum Tag meines Todes für dich zu sorgen. Wirst du mich heiraten?«

Sie schaute ihn an und las in seinen Augen Aufrichtigkeit und Zuneigung. Ihr Widerstand bröckelte. »Ja«, sagte sie leise. »Ja, ich werde Sie heiraten.«

Er erhob sich langsam, als fürchtete er, sie könnte ihre Meinung ändern, wenn er sich zu schnell bewegte. »Wirklich?«

Sie nickte. »Wirklich. Vielen Dank für Ihre Güte, Mr Nelson.«

»Ich sollte dir danken.«

»Was habe ich denn getan?«

»Du hast eingewilligt, meine Frau zu werden.« Erneut küsste er ihr den Handrücken und blickte ihr dann in die Augen. »Ich schwöre bei meinem Leben, dass du das nie bereuen wirst.«

Monate der Panik, Unsicherheit und Angst fielen von ihr ab, als sie erkannte, dass sie nicht länger allein war.

Er ließ ihre Hand los. »Rühr dich nicht von der Stelle. Ich bin gleich zurück.« Er öffnete die Tür und trat auf den Flur.

Während sie allein zurückblieb, fragte Maeve sich unwillkürlich, ob die Hilfskräfte die Aufgaben erledigten, die sie ihnen aufgetragen hatte. Am liebsten wäre sie losgezogen und hätte nachgesehen, aber Mr Nelson hatte sie gebeten, hier zu warten. Also wartete sie. Doch es kostete sie ihre ganze Selbstbeherrschung, ruhig zu bleiben, diesen Tag eine Minute nach der anderen anzunehmen, statt in Gedanken zu dem vorauszueilen, was als Nächstes passieren würde. Sie würde früh genug erfahren, ob er ein Mann war, der Wort hielt. Und wenn nicht? Sie war schon einmal davongelaufen und würde es wieder tun, sollte es nötig werden.

Allerdings hoffte sie, dass es nicht so weit kommen würde.

Heute war ihre größte Angst wahr geworden. Farthingtons Familie suchte nach ihr und würde vermutlich alle Hebel in Bewegung setzen, damit sie für seinen Tod bestraft wurde. Es würde sie keinen Deut interessieren, dass sie in Notwehr gehandelt hatte.

Die Furcht vor dem, was passieren würde, wenn man sie fand, hatte ihr keine Ruhe gelassen. Albträume, in denen man sie aus dem Bett gezerrt hatte, um sie nach Hause und an den Galgen zu bringen, hatten sie geplagt. In vielen Nächten war sie schweißgebadet aufgewacht, weil sie den Strick vor sich gesehen hatte.

Die Familie ihres Ehemannes hatte sie schon gehasst, bevor sie seinem Leben ein Ende gesetzt hatte, deshalb konnte sie sich nur zu gut vorstellen, was sie inzwischen für sie empfanden.

Mr Nelson kehrte zurück. »Was ist passiert? Du zitterst und bist bleich wie ein Gespenst.«

Sie überlegte, ihn anzuschwindeln, merkte allerdings, dass sie nach allem, was er getan hatte, ihm gegenüber nicht unehrlich sein konnte. »Ich habe Angst, dass sie mich finden.«

»Zuerst müssten sie da an mir vorbei, und das wird nicht passieren.«

»Das können Sie nicht wissen.«

»O doch. Niemand betritt dieses Haus, außer wir erlauben es. Und

Mr Tornquist wird nicht noch einmal eingelassen. Wir haben ihm bereits gesagt, dass du nicht hier bist.«

»Die Leute wissen aber, dass das nicht stimmt. Die Hilfskräfte ... Wenn einer von ihnen es bestätigt ...«

»Ich werde mit ihnen reden.«

»Das bedeutet nicht, dass sie auch wirklich Stillschweigen bewahren.«

»Maeve, Süße, bitte atme durch, und beruhige dich. Du bist jetzt in Sicherheit. Darum kümmere ich mich höchstpersönlich.«

»Es wird einige Zeit dauern, bis ich das alles hinter mir lassen kann.«

Bei seinem liebevollen Lächeln strahlten seine Augen auf. »Nimm dir alle Zeit, die du brauchst. Ich bin immer an deiner Seite, wenn du dich fürchtest.«

»Meine größte Sorge ist, dass Sie zu gut sind, um wahr zu sein.« Kaum hatte sie das ausgesprochen, wollte sie die Worte aus Angst, ihn vor den Kopf gestoßen zu haben, zurücknehmen.

»Ich bin genau das, was ich zu sein scheine – ein Mann, der die Frau, mit der er unbedingt den Rest seines Lebens verbringen will, dazu gebracht hat, einzuwilligen, die Seine zu werden. Ich bin der glücklichste Mann auf der Welt.«

Sie wollte ihm so sehr glauben, doch die vielen Befürchtungen in Bezug auf eine Heirat konnten nicht einfach weggewischt werden. Seine Eltern würden entsetzt sein, wenn sie hörten, dass er die irische Haushälterin geheiratet hatte. Sie war bereits eine Ehe unter ähnlichen Umständen eingegangen, und das hatte in einer Katastrophe geendet. Mr Nelsons Mutter hatte auf eine englische Adelige als Gattin für ihn gehofft. Die irische Haushälterin war davon so weit entfernt, wie es nur möglich war.

»Woran denkst du jetzt?« Er trat ans Sideboard und goss ein wenig Whiskey in ein Glas, das er ihr reichte.

Auch wenn es früh am Tag war, konnte sie die nervenstärkende Wirkung des Alkohols im Moment gut brauchen, also nahm sie einen Schluck. »An Ihre Mutter.«

Er zog die Brauen zusammen, wodurch er allerdings bloß attraktiver aussah. »Was ist mit ihr?«

»Sie wird wütend sein, wenn sie erfährt, dass Sie die Haushälterin geheiratet haben.«

»Das ist ihr Problem, nicht unseres.«

Sie warf ihm einen vernichtenden Blick zu. »Glauben Sie das wirklich?«

»Ja, das glaube ich. Es ist mir egal, was sie oder sonst jemand über die Wahl meiner Braut denkt.«

»Sogar Ihre Freunde, der Herzog und die Herzogin?«

»Die gehören nicht zu den Menschen, die jemanden verurteilen, nur weil er anders ist. Sie werden dich in ihr Herz schließen, weil *ich* dich ins Herz geschlossen habe.«

»Das klingt so einfach, dabei wissen wir beide, dass es das nicht ist.«

Aubrey nahm ihr das Glas ab und stellte es auf ein Beistelltischchen. Dann griff er nach Maeves fest miteinander verschränkten Händen, löste sie und legte sie an seine Taille, bevor er sie an den Schultern fasste. »Ich bin der Herausforderung gewachsen. Und du?«

Sie verspannte sich. »Ich habe mich Herausforderungen immer hoch erhobenen Hauptes gestellt.«

Bei ihren Worten lächelte er. »Da ist sie wieder, meine feurige irische Kämpferin. Du sollst wissen, dass mir die Gesellschaft mitsamt ihren Regeln und Vorschriften völlig gleichgültig ist. Ich bin nicht im Geringsten an dem interessiert, was jemand über mich sagen oder denken könnte, und das solltest du auch nicht sein. Ich heirate die einzige Frau, die mein Herz gewinnen konnte, seit ich Annabelle vor zehn Jahren verloren habe. Das sollte meiner Familie genügen.«

Obwohl sie fürchtete, dass er die Sache übertrieben optimistisch betrachtete, antwortete sie nichts. Sie würden es schon früh genug herausfinden. Als sie an ihrem schlichten olivfarbenen Kleid hinabschaute, das sie sich am Morgen in Erwartung eines weiteren langen Arbeitstages angezogen hatte, kam Maeve ein Gedanke.

»Würde es Ihnen etwas ausmachen, wenn ich nach oben gehe und mich umziehe? Ich habe ein Kleid, das mir meine Wohltäterin in New York geschenkt hat und das passender wäre, um ... um zu heiraten.« Sie versuchte, nicht über die Worte zu stolpern, damit er nicht merkte, wie schrecklich nervös sie bei der Aussicht war, die Ehe mit ihm einzu-

gehen. Trotz seiner aufrichtigen Versicherungen hatte sie immer noch
Zweifel, ob das wirklich eine gute Idee war.

»Natürlich. Brauchst du dabei Hilfe?«

»Ich denke nicht.«

»Ich warte hier auf dich.«

»Ich beeile mich.« Maeve hastete aus dem Raum und die Haupt-
treppe hinauf, weil es so schneller ging als über die Hintertreppe.
Völlig außer Atem erreichte sie den zweiten Stock, gerade als
Mrs Allston am anderen Ende des Flurs auftauchte.

»Ist es wahr? Werden Sie Mr Nelson heiraten?«

Der schockierte Gesichtsausdruck der Köchin bestätigte Maeves
größte Angst. Niemand würde es verstehen oder gar gutheißen. Und
warum sollten sie auch? Mr Nelson könnte jede Frau haben, die er
wollte.

Sie zwang sich, sich daran zu erinnern, warum sie seinem Vorschlag
zugestimmt hatte, und nickte kurz. »Ja.«

»Sind Sie in anderen Umständen?«

»Nein! Natürlich nicht.«

»Warum dann?«

»Er ... Ich ... Er hilft mir.«

»Womit?«

»Ich habe ein Problem, und er bietet mir seinen Schutz an.«

»Was für ein Problem?«

»Darüber würde ich lieber nicht sprechen.« Sie sah die Köchin an,
die von Anfang an so nett zu ihr gewesen war. Würde sich das jetzt
ändern? »Darf ich Sie um einen Gefallen bitten?«

»Sicher.«

»Ich bin heraufgekommen, um mich umzuziehen, könnte aber
Hilfe mit den Knöpfen an dem anderen Kleid gebrauchen. Würden Sie
das übernehmen?«

Nach einer kurzen Pause gab die Köchin ein Geräusch von sich,
das sich als widerstrebende Zustimmung deuten ließ. Maeve ging
voraus in ihr Zimmer, wo sie sich schnell das Arbeitskleid auszog.
Schamesröte trat ihr ins Gesicht, als sie den schäbigen Zustand ihrer
Unterwäsche bemerkte.

»Wo haben Sie denn so etwas Schönes her?«, fragte Mrs Allston, als sie das blassblaue Kleid sah, das Maeve aus dem Schrank holte.

»Eine Freundin hat es mir geschenkt, weil es ihr nach der Geburt der Kinder nicht mehr passte.«

»Es ist sehr hübsch.«

»Vielen Dank.« Maeve schlüpfte schnell in ein Korsett, das Mrs Allston für sie schnürte, dann streifte sie sich das Kleid über und hoffte, dass es ihr passte. Das erste Mal hatte sie es kurz nach der Überfahrt anprobiert, bei der es ihr so schlecht gegangen war. Damals war es ihr zu groß gewesen, doch vielleicht saß es jetzt, nach ein paar Wochen mit regelmäßigen Mahlzeiten, besser. Hoffentlich, dachte sie. Denn sie hatte nichts anderes, was sie zu ihrer Hochzeit anziehen konnte.

Hochzeit.

Mit Mr Nelson.

Sie presste sich eine Hand auf den Bauch, in dem vor Aufregung und Nervosität Schmetterlinge tanzten, während Mrs Allston sich um die Knöpfe im Rücken kümmerte. Als sie damit fertig war, zog Maeve die zum Kleid gehörende Jacke an. »Wird es so gehen?«

»Sie sehen ganz bezaubernd aus.«

»Wirklich?« Maeve wollte für ihn hübsch sein. Für den liebenswürdigen Mann, der so viel riskierte, um sie zu schützen. Sie wollte, dass er stolz war auf die Frau, die seine Frau werden würde, egal, welche Umstände zu der Eheschließung geführt hatten.

»Ja, wirklich. Aber wenn ich noch eins anmerken darf ...«

»Natürlich.«

»Die meisten Leute werden diese Ehe nicht verstehen, Miss Brown. Vermutlich werden sie ein vorschnelles Urteil über Sie und Mr Nelson fällen.«

»Das habe ich ihm klarzumachen versucht, doch er hat nur erwidert, ihm wäre egal, was die Leute sagen.«

»Niemandem ist es egal, was die anderen von ihm denken. Als ich meinen Mr Allston geheiratet habe, war seine Mutter damit nicht einverstanden, weil sie eine andere Frau für ihn ausgesucht hatte. Sie hat uns viele Jahre lang das Leben schwer gemacht.«

Maeve lauschte ihr gebannt. »Wie haben Sie das durchgestanden?«

»Indem wir uns aufeinander und auf den Grund für unsere Heirat besonnen haben. Wenn Sie das tun, wenn Sie sich darauf konzentrieren, was Sie zusammengebracht hat, und nicht auf das, was Sie trennen könnte, werden Sie einen Weg durch den Sturm finden.«

»Danke, Mrs Allston. Ich danke Ihnen vielmals für diesen Rat.«

»Ich habe gesehen, wie Mr Nelson sie anschaut, wenn er sich unbeobachtet glaubt. Ich bin mir sicher, dass ihm wirklich sehr viel an Ihnen liegt.«

»Ja, das glaube ich auch.«

»Sie sind ein echter Glückspilz.«

»Das bin ich bisher noch nie in meinem Leben gewesen.«

»Ich denke, das wird sich jetzt ändern, meine Liebe.«

Es klopfte an der Tür, und Mrs Allston öffnete Mr Plumber.

Seine Augen weiteten sich, als er Maeve in dem wunderschönen Kleid entdeckte.

Mrs Allston räusperte sich. »Mr Plumber? Wollten Sie etwas Bestimmtes?«

»Mr Nelson hat mich gebeten, Miss Brown zu informieren, dass der Friedensrichter eingetroffen ist.«

»Vielen Dank.« Maeve griff nach dem zu ihrem Kleid passenden Strohhut und setzte ihn sich vor dem kleinen Spiegel über ihrer Kommode auf. Es befriedigte sie, zu wissen, dass sie, obwohl sie kein Recht dazu hatte, einen Mann wie Mr Nelson zu heiraten, wenigstens aussah wie eine Frau, die ihn verdiente.

Bevor sie das Zimmer verließ, warf sie noch einen Blick auf das Foto ihrer Familie, das auf der Kommode stand, und wünschte sich von ganzem Herzen, dass sie zu dieser besonderen Gelegenheit bei ihr sein könnten. Dass sie sie nach ihrer Meinung zu dem Mann, den sie gleich heiraten würde, fragen könnte. Dass sie an ihrer Seite wären, wenn sie diesen monumentalen Schritt tat.

»Miss Brown? Sind Sie so weit?«

Mrs Allston unterbrach Maeves Gedanken, bevor sie ihr die Stimmung verderben konnten.

»Ja, bin ich.« So bereit, wie sie nur sein konnte.

Sie folgte Mr Plumber und Mrs Allston die Haupttreppe hinunter und bemerkte, dass Mr Nelson unten neben einem Mann mit vollem weißen Haar und einem weißen Backenbart stand und auf sie wartete.

Mr Nelson starrte sie für einen langen Moment an. Dann trat er vor, nahm ihre Hand und half ihr die letzten Stufen hinunter. »Du siehst hinreißend aus.«

»Danke.« Seine Reaktion raubte ihr den Atem.

Er blickte sie weiterhin an, als wären sie allein im Raum.

»Ich nehme an, das ist die Braut?«, sagte der andere Mann.

»Ja, das ist meine Braut Maeve. Und das hier ist Mr Taylor, der Friedensrichter.«

»Sehr erfreut, Sie kennenzulernen, Sir.«

»Das Vergnügen liegt ganz auf meiner Seite.« Falls Mr Taylor es verwunderlich fand, in der Stimme der Braut von Mr Nelson einen irischen Akzent zu hören, ließ er es sich nicht anmerken. Stattdessen schaute er den Bräutigam fragend an. »Wo möchten Sie die Zeremonie gerne abhalten?«

»In der Bibliothek.« Mr Nelson zog Maeves Hand in seine Armbeuge und führte sie in den Raum, der ihr in dem riesigen Haus der liebste war.

»Du zitterst ja«, sagte er, nur für ihre Ohren bestimmt.

»Ich bin sehr nervös.«

»Das musst du nicht sein.«

»Sind Sie es denn nicht?«

»Kein bisschen.«

»Wie kann das sein?«

Er zuckte mit den Schultern. »Wenn ich eine andere heiraten würde, hätte ich jetzt Panik. Aber da du es bist, bin ich ganz ruhig und gefasst.«

»Ich freue mich, dass wenigstens einer von uns ruhig ist.« Sie legte eine Hand auf ihren aufgewühlten Magen. »Ich habe Angst, dass mir schlecht wird.«

Er schlang einen Arm um sie und zog sie an sich. Es schien ihm egal zu sein, wer ihnen dabei zusah. »Alles wird gut. Überlass es einfach mir.«

Maeve fühlte sich gleichzeitig erleichtert und verstört von seiner Versicherung. Auch wenn es schön war, zu wissen, dass sie seine Hilfe und seinen Schutz genoss, war sie doch entschlossen, für sich selbst Verantwortung zu übernehmen. Nur das Wissen, dass sie von der Familie ihres ehemaligen Gatten in Newport aufgespürt worden war, hatte sie dazu bewegen können, Mr Nelsons Hilfsangebot so schnell anzunehmen.

Nun, und natürlich die überwältigende Anziehung, die seit ihrem ersten Zusammentreffen zwischen ihnen simmerte. Würde ihre Ehe bloß auf dem Papier bestehen, oder würde er diese Anziehung in der Ungestörtheit seiner Schlafgemächer erkunden wollen? Darüber hatten sie noch gar nicht gesprochen, also wusste sie nicht, was sie erwartete.

»Sollen wir uns um die Formalitäten kümmern?«, fragte er in lockerem Ton, als würden diese »Formalitäten« nicht ihrer beider Leben unwiderruflich verändern.

Wobei – so unwiderruflich war es in diesem Land gar nicht. Newport war schließlich der Ort, den die Leute der feinen Gesellschaft aufsuchten, wenn sie eine Scheidung wollten, denn Rhode Island hatte die laxesten Gesetze des Landes, was die Auflösung einer Ehe betraf.

»Ja«, antwortete sie und schluckte trocken. Sie hoffte, dass sie keine peinliche Szene verursachen würde, indem sie sich während der Zeremonie übergab.

Vor dem Kamin stellten sie und Mr Nelson sich einander gegenüber, und sie zwang sich, den Mann, den sie gleich heiraten würde, wirklich anzusehen. Er erwiderte ihren Blick, und in seinen Augen las sie Zuneigung und vielleicht sogar ein wenig Zufriedenheit. Er hatte keinen Zweifel daran gelassen, dass er sie mochte, also war er natürlich glücklich, dass er bekam, was er wollte. Auch wenn es unfair wäre, ihm eigennützige Beweggründe vorzuhalten. Er hatte ihr seine Hilfe und seinen Schutz angeboten, und beides brauchte sie dringend. Wenn er dabei im Gegenzug etwas erhielt, was er wollte, dann war das nur fair.

Mr Taylor schien die Nervosität der Braut zu bemerken, denn er begann gleich mit dem Vorsprechen des Ehegelöbnisses, ohne sich mit blumigen Worten aufzuhalten. Dafür würde Maeve ihm immer dankbar sein.

Als Mr Nelson ihr einen goldenen Ring an den Finger steckte, schaute Maeve ihn verblüfft an.

»Der hat meiner Großmutter gehört. Sie hat mir aufgetragen, ich solle ihn der Frau geben, die ich heirate. Ich glaube, sie wäre mit meiner Wahl sehr einverstanden gewesen.«

Das glaubte Maeve keine Sekunde, aber sie würde nicht mit ihm darüber streiten. Schließlich hatte sie seine Großmutter nie kennengelernt, wer war sie also, ihre Meinung darüber kundzutun, was diese Frau für ihren Enkel gewollt hätte?

»Kraft meines mir vom Staat Rhode Island und Providence Plantations verliehenen Amtes erkläre ich Sie hiermit zu Mann und Frau. Mr Nelson, Sie dürfen die Braut jetzt küssen.«

Dieses Detail hatte bei ihrer ersten Hochzeit gefehlt, also war Maeve nicht im Mindesten darauf vorbereitet, vor drei wachsamen Augenpaaren den Mann zu küssen, der nun ihr Ehemann war.

Der hingegen hatte keine solchen Bedenken. Er legte seine Hände an Maeves Wangen und gab ihr einen sanften, zärtlichen Kuss, bevor er ein zufriedenes Lächeln aufblitzen ließ.

Ein leicht unbehagliches Gefühl beschlich sie bei der Überlegung, ob das jetzt der Moment war, in dem er seine wahre Natur enthüllen würde. Sie wappnete sich gegen Schläge, die nicht kamen, und fühlte sich sofort schuldig, weil sie so eine Behandlung von einem Mann erwartete, der ihr gegenüber bisher immer nur liebevoll und freundlich gewesen war.

Offensichtlich beunruhigt von ihrer angespannten Haltung, streckte er ihr einen Arm hin.

Sie hakte sich bei ihm unter und gestattete ihm, sie zur Tür zu geleiten, wo Mr Plumber und Mrs Allston die kleine Armee befehligten, die sich in der Halle versammelt hatte, um das frisch vermählte Paar zu begrüßen.

Denny, Padraic, Heine, Kaiser, Wiggie und Timmy grinsten breit, auch wenn sie von den Ereignissen überrascht wirkten. Alle sechs zusammen brachten es höchstens auf ein vollständiges Gebiss, was sie allerdings nicht davon abhielt, begeistert zu johlen und zu klatschen.

Verlegenheit rötete Maeves Wangen, als sie sich vorstellte, was die Männer wohl denken mochten. Gestern war sie die Haushälterin gewesen, heute war sie mit dem Mann verheiratet, dessen Familie dieses

Anwesen gehörte. Sobald die Arbeiter am Abend heimkehrten, wären sie und Mr Nelson ganz sicher das Tagesgespräch von Newport.

Bei diesem Gedanken drehte sich ihr beinahe der Magen um. Die »feine« Gesellschaft war gar nicht mehr so fein, wenn einer von ihnen aus der Reihe tanzte. Indem er seine irische Haushälterin geheiratet hatte, war Mr Nelson so weit aus der Reihe getanzt, dass er nie wieder die Stelle einnehmen konnte, die er noch am Morgen innegehabt hatte, bevor er sich an sie gebunden und damit ihrer beider Schicksal besiegelt hatte.

KAPITEL 8

»Am Hochzeitstag ist es nicht gestattet, die Stirn zu krausen.« Aubrey brachte seine Lippen ganz dicht an ihr Ohr, und seine Stimme war so leise, dass ihre Unterhaltung privat blieb. Seine Nähe stellte die merkwürdigsten Dinge mit ihr an. Oder lag es an ihren überreizten Nerven? Zumindest waren ihre Gefühle ein einziges Chaos aus Angst, Erleichterung, Scham, banger Vorahnung und, ja, Begehren für diesen Mann, der nun ihr Ehemann war.

Der Friedensrichter ließ sie mit Mr Plumber und Mrs Allston als Zeugen die Ehepapiere unterschreiben.

»Und damit«, erklärte Mr Taylor, während er die Dokumente in seine Ledermappe steckte, »ist es offiziell. Herzlichen Glückwunsch, Mr Nelson, Mrs Nelson.«

Mrs Nelson.

Sie war jetzt seine *Ehefrau.*

Als die Beine drohten, unter ihr nachzugeben, setzte sie sich schnell auf einen der in der großen Bibliothek verteilten Sessel.

Mr Nelson begleitete Mr Taylor hinaus und kehrte allein zurück. Er schloss die Tür vor den neugierigen Augen der anderen Bediensteten. »Bist du erleichtert?«

»Ich weiß nicht, was ich bin.«

»Ich schon.«

»Was denn?«

Er setzte sich in den Sessel neben ihr. »Verheiratet.«

»Da haben Sie recht.« Sie zwang sich, ihn anzusehen. »Ich bin mir nicht sicher, ob ich mich schon bei Ihnen bedankt habe.«

»Dazu gibt es keinen Grund.«

»O doch. Sie haben mich vor dem sicheren Tod gerettet.«

Er nahm ihre Hand. »Indem ich dein Leben gerettet habe, habe ich auch meins gerettet, denn wenn du gegangen wärst, hätte ich nie aufgehört, nach dir zu suchen.« Die Mischung aus von Herzen kommenden Worten und dem Gefühl seiner Lippen an ihrer Haut sorgte dafür, dass ihr ganz heiß wurde.

»Was passiert jetzt?«

»Ich werde meinen Anwalt kontaktieren, um mit ihm zu besprechen, wie wir mit der Familie deines verstorbenen Mannes und der anstehenden Anklage in Irland umgehen. Ich werde Himmel und Hölle in Bewegung setzen, um dich von der Vergangenheit zu befreien.«

»Wenn der Anwalt tätig wird, werden sie erfahren, wo ich bin.« Diese Vorstellung hatte sie schon vor Mr Tornquists Erscheinen in Newport mit furchtbarer Angst erfüllt.

»Dann erfahren sie aber auch, dass du unter meinem Schutz stehst.«

»Wäre es nicht besser, darauf zu hoffen, dass sie mich nie finden?«

»Vielleicht. Trotzdem wäre es mir lieber, wenn du nicht mit diesem Damoklesschwert über deinem Kopf leben müsstest.«

»Ich habe Angst. Das sind mächtige Leute, und sie werden Rache für ihren Bruder und Sohn haben wollen.«

»Ihr Bruder und Sohn war ein Unmensch, der seine Frau geschlagen hat.«

»Das wird ihnen egal sein.«

»Versuch bitte, dir nicht solche Sorgen machen. Wir haben die Wahrheit auf unserer Seite, und dazu die besten Juristen, die für meine Familie tätig sind.«

»Und Ihre Familie wird es nicht stören, wenn Sie diese Juristen für Ihre irische Ehefrau mit Beschlag belegen, die ihren ersten Mann ermordet hat?«

»Meine Ehefrau hat sich gegen einen brutalen Angriff verteidigt. Das ist das Einzige, was zählt.«

»Ich wünschte, ich könnte Ihre Zuversicht teilen. Ihre Familie wird es nicht verstehen.«

»Ich zerbreche mir nicht den Kopf darüber, was meine Familie denkt. Ich habe die Frau, die ich wollte, aus verschiedenen Gründen geheiratet, die nur mich etwas angehen und sonst niemanden.«

Sie glaubte nicht, dass es so einfach sein würde, beschloss allerdings, diese Befürchtung für sich zu behalten.

»Wir müssen deine Sachen aus dem obersten Stockwerk in meine Suite bringen und dann das Hochzeitsmahl genießen, das Mrs Allston für uns zubereitet hat.«

»Aber es ist noch so viel zu tun.«

»Diese Arbeit ist nicht länger dein Problem.«

»Natürlich ist sie das! Ihre Familie wird Ende der Woche hier eintreffen, und der Herzog und die Herzogin eine Woche später. Das Haus ist nicht einmal ansatzweise dafür bereit, dass hier Gäste untergebracht werden können.«

»Morgen früh werde ich mich nach einer neuen Haushälterin umschauen, die den Rest der Arbeit beaufsichtigen kann.«

»Wir haben keine Zeit, um jemand Neues anzustellen und herzubringen. Ich bin bereits hier, und ich weiß genau, was getan werden muss. Ich bestehe darauf, dass Sie mir erlauben, zu Ende zu bringen, was ich begonnen habe.« Kaum hatte sie das Wort »bestehe« ausgesprochen, zuckte sie zusammen vor Angst, er könnte schlecht darauf reagieren.

»Bitte tu das nicht«, bat er leise. »Glaub nicht, dass ich dir etwas antue, nur weil du offen mit mir sprichst.«

»Entschuldigung.«

»Und bitte entschuldige dich auch nicht.«

»Es wird eine Weile dauern, bis ich wirklich glauben kann, dass Sie nicht so reagieren wie er.«

»Nimm dir alle Zeit, die du brauchst.« Er stand auf und zog sanft an ihrer Hand, die er immer noch festhielt. »Lass uns deine Sachen runterbringen.«

»Das ist nicht viel. Ich kann das allein.«

»Morgen werde ich den besten Modesalon der Stadt bitten, jemanden herzuschicken, der für eine neue Garderobe bei dir Maß nimmt.«

»Das ist nicht nötig.«

»O doch, meine Liebe. Ich habe vor, meine wunderschöne Frau diesen Sommer auf vielen Festen und Veranstaltungen vorzuzeigen, und dazu willst du sicher passend gekleidet sein.«

»Die Gastgeberinnen hier werden mich nicht willkommen heißen.«

»Wenn sie den Herzog und die Herzogin zu ihren Gästen zählen wollen, werden sie dich definitiv willkommen heißen. Und lass dir versichern, *alle* wollen den Herzog und die Herzogin begrüßen.«

»Also erpressen Sie sie, damit sie mich akzeptieren?«

»›Erpressung‹ ist so ein hässliches Wort.«

Maeve lachte laut und wenig damenhaft auf.

Aubrey drehte sich zu ihr um. In seiner Miene spiegelten sich Freude und Begehren.

»Was ist los?«

»Gar nichts. Es ist nur ... Du lachst so selten, dabei liebe ich es.«

»Ich hatte in den letzten Monaten ja auch nicht viel Grund dazu.«

»Ich hoffe, es jetzt häufiger zu hören.« Er legte sich ihre Hand in die Armbeuge und ging mit ihr nach oben in den Dienstbotentrakt.

»Sie haben noch nicht gesagt, ob Sie mir erlauben, die restlichen Vorbereitungen für Ihre Familie und Ihre Gäste zu beaufsichtigen.«

»Du hast es nicht länger nötig, zu arbeiten.«

»Finanziell vielleicht nicht, aber ich bringe gern zu Ende, was ich angefangen habe, und dieses Haus kann nur rechtzeitig fertig werden, wenn ich die Arbeiten weiter überwache.«

»So wichtig ist dir das?«

»Ja. Ich möchte, dass Ihre Familie und die Gäste sich wohlfühlen.«

»Dann schlage ich dir eine Abmachung vor. Du beaufsichtigst die Arbeiten weiter, dafür erlaubst du mir, dich mit einer neuen Garderobe auszustatten.«

Sie dachte einen Moment darüber nach, dann beschloss sie, dass das ein faires Geschäft war. »Gut. Einverstanden.«

»Wunderbar. Trotzdem werde ich mich bemühen, eine weitere Haushälterin einzustellen, die dir helfen kann. Ich möchte viel Zeit mit meiner neuen Ehefrau verbringen, und das geht nicht, wenn sie den lieben langen Tag arbeitet.«

Zu hören, dass er Zeit mit ihr verbringen wollte, sorgte wieder für dieses flatterige Gefühl in ihrem Magen, das immer kam, wenn er sie auf diese bestimmte Art anschaute.

Maeve öffnete die Tür zu ihrem Zimmer, in dem ein Bett, ein Nachttisch und ein Schrank standen. Das Schönste an diesem Raum war der atemberaubende Blick aufs Meer. Sie brauchte nur wenige Minuten, um ihre drei Arbeitskleider, die Unterwäsche, zwei Nachthemden, ihren Morgenmantel und die Hausschuhe in die Reisetasche zu stecken, die sie mitgebracht hatte.

Sie war sich bewusst, dass er jede ihrer Bewegungen verfolgte, als sie sich hinkniete, um das Geldbündel aus dem Versteck unter der Bodendiele zu holen und ebenfalls in die Tasche zu stecken.

Das einzige andere, was sie besaß, war das in einem Silberrahmen steckende Foto ihrer Familie, das sie sich nach dem Vorfall mit ihrem Mann in allerletzter Sekunde gegriffen hatte.

Meinem ehemaligen Mann.

»Darf ich?«, fragte Aubrey und zeigte auf das Foto.

Maeve reichte es ihm.

Er musterte die Fotografie von ihren Eltern und ihren Schwestern, die Maeves wertvollster und kostbarster Besitz geworden war. Die Familie stand am Strand, die Schwestern in der Mitte, eingerahmt von den stolzen Eltern. In der Mitte der Gruppe strahlte eine wesentlich jüngere Maeve auf eine Weise, wie er es noch nie bei ihr gesehen hatte. Als wäre sie genau da, wo sie hingehörte. Er fragte sich, ob sie wohl jemals so lächeln würde, solange sie von ihrer geliebten Familie getrennt war.

Die Aufnahme half ihm, zu verstehen, was sie bei ihrer überstürzten Flucht zurückgelassen hatte.

»Ich bringe dich zu ihnen, sobald es für dich sicher ist, nach Irland zu reisen.«

Maeve starrte ihn an und hoffte, dass sie sich nicht verhört hatte. Sie hatte Irland in der Erwartung verlassen, nie wieder zurückkehren zu können, ihre Familie nie wiederzusehen. Und jetzt bot er ihr die

Möglichkeit, eines Tages nach Hause zu fahren. Das war beinahe zu viel für sie.

Er nahm ihr die Tasche mit ihren wenigen Habseligkeiten ab und bot ihr erneut den Arm, um sie aus dem Zimmer zu geleiten. Das Geräusch der hinter ihr zufallenden Tür symbolisierte das Ende des einen und den Beginn eines neuen Lebens.

Ein Funke der Hoffnung glomm in ihr auf. Diesen Funken hatte Aubrey entzündet, und mit allem, was er tat und sagte, fachte er die Flamme weiter an.

Nur eine Treppe trennte die Dienstbotenquartiere im obersten Stock von den Räumen der Familie. Während sie die Stufen hinabstiegen, schwor Maeve sich, nicht die Perspektive zu verlieren. Aubrey hatte ihr mit der Heirat einen Gefallen getan. Wenn seine Familie, seine Freunde und die Gesellschaft seine Frau ablehnten, würde er das bald auch tun. Es war lediglich eine Frage der Zeit, bis er erkannte, dass er einen großen Fehler begangen hatte. Also wäre sie wohlberaten, wenn sie keine Gefühle in diese Ehe investierte. Und unter keinen Umständen durfte sie sich in ihn verlieben.

Als Aubrey seine frisch Angetraute in die Zimmerflucht führte, die sie von nun an teilen würden, fühlte er sich leichter als Luft. Die wunderschöne Miss Brown war jetzt seine Frau, und er konnte mit Fug und Recht behaupten, dass er seit Annabelles Tod noch nie so glücklich gewesen war wie in diesem Moment.

Die surrealen Aspekte des Tages gaben ihm das Gefühl, in einem Traum zu leben, aus dem er jeden Moment aufwachen würde, um zu erkennen, dass seine lebhafte Fantasie nicht nur die Bedrohung durch Mr Tornquist, sondern auch die darauffolgende Lösung heraufbeschworen hatte.

Sein Magen verkrampfte sich bei dem Gedanken daran, was seine Mutter zu seiner Ehe sagen würde. Er hatte seiner Frau erzählt, dass es ihm egal sei, was seine Mutter dachte, und das stimmte. Aber trotzdem freute er sich nicht auf die Reaktion, die sicher folgen würde, wenn sie erfuhr, was passiert war, nachdem sie ihn nach Newport geschickt hatte, um sicherzustellen, dass das Haus für die Ankunft von Familie und Gästen fertig war.

Er konnte nur hoffen, dass alles außerhalb der Hörweite seiner Braut geäußert würde, denn die hatte es nicht verdient, die Ansichten seiner Mutter zu diesem Thema zu hören.

Schnell schob er diese Überlegungen beiseite und konzentrierte sich auf seine Frau. Wenn seine Familie eintraf, wäre ihr Umgang miteinander vielleicht schon vertrauter, sodass sie die anderen überzeugen konnten, dass ihre Ehe echt war. Falls es ihm gelänge, seine Schwestern mit ins Boot zu holen, bestand sogar die winzige Chance, eine langwierige Auseinandersetzung mit seiner Mutter zu vermeiden.

Doch das war ein großes »falls«. Auch wenn seine älteren Schwestern ihn anbeteten, hatten sie ihre neue Stellung in der Gesellschaft mit unerwarteter Begeisterung ausgefüllt, und wenn Aubreys Ehe mit der Haushälterin dazu führte, dass sie von den einflussreichsten Gastgeberinnen Newports geschnitten wurden, würden sie ihm das nie verzeihen.

Zum Glück kommen Derek und Catherine, dachte er zum x-ten Mal. Die Anwesenheit seiner Freunde würde helfen, mögliche Feindseligkeiten seiner Schwestern und seiner Mutter gegenüber Maeve zu mildern, und das war ihm an diesem wichtigen Punkt in ihrer neuen Beziehung wichtig.

»Du kannst deine Sachen neben meine in den Schrank hängen«, erklärte er.

»Danke.«

»In New York werden wir getrennte Schlafzimmer haben, aber hier müssen wir uns eins teilen, wenn die gesamte Familie da ist.«

»D-das ist in Ordnung.«

»Maeve.« Er wartete, bis sie ihn anschaute. »Zwischen uns wird nichts passieren, wenn du es nicht wünschst. Ich werde dich nie anders als voller Respekt und Ehrerbietung berühren.«

»Ich bin Ihnen sehr dankbar, Mr Nelson.«

»Aubrey.«

Sie sah ihn direkt an, und sein Herz setzte einen Schlag aus. »Aubrey«, sagte sie leise und schien dieses neue Wort auf ihren Lippen und ihrer Zunge zu prüfen.

»Noch einmal, Maeve.«

»Aubrey.«

»Es gefällt mir, wie du meinen Namen aussprichst.« Er gab ihr einen zarten Kuss, denn sie war seine Frau, und er durfte es, trotzdem war er behutsam, um sie nicht zu verschrecken – und sie nicht merken zu lassen, wie sehr er sie begehrte.

Sie schaute zur Tür. »Ich sollte nach den Hilfskräften sehen und mich vergewissern, dass sie ihre Aufgaben erledigen.«

»Und ich muss einige Telegramme aufsetzen. Danach komm bitte zu mir ins Speisezimmer, für unser Hochzeitsessen.«

Sie nickte, aber er konnte erkennen, dass sie sich immer noch unbehaglich fühlte, weil sie im Laufe eines unvergesslichen Vormittags von einer Angestellten zum Familienmitglied aufgestiegen war. Er wünschte, er wüsste, wie es wirklich in ihr aussah.

Ja, sie war erleichtert, unter seinem Schutz zu stehen und seine Mittel zur Verfügung zu haben, die es ihr ermöglichen würden, sich gegen die Familie ihres ehemaligen Mannes zu wehren. Doch war Erleichterung alles, was sie empfand? Bei dem Kuss vorhin hatte er ihr Verlangen nach ihm gespürt, aber wieder stellte sich ihm die Frage, ob das womöglich ebenfalls der Erleichterung entstammte oder ob sie ihn wirklich begehrte. Vielleicht würde sie ihm eines Tages von ihren wahren Gefühlen erzählen. Das hoffte er sehr, denn er wollte einfach alles über sie erfahren.

Diese Faszination für einen anderen Menschen war ganz neu für ihn. Mit Annabelle hatte er das nicht erlebt, weil sie gemeinsam aufgewachsen waren und einander in- und auswendig gekannt hatten. Mit Maeve war alles neu, und er freute sich auf jede weitere Entdeckung, die er machen würde.

Er verließ das Zimmer, damit sie sich einrichten konnte, und ging nach unten in den Raum, den sein Vater als Büro nutzte, wenn er hier weilte. Obwohl das Haus ein Telefon hatte, war es nicht möglich, ein Ferngespräch zu führen, ohne das vorher zu arrangieren. Es gab eine extra dafür ausgestattete, schalldichte Telefonzelle im Postgebäude, doch es konnte Tage dauern, bis man einen Termin bekam, vor allem um diese Jahreszeit, wenn alle Sommerbewohner anreisten. Also setzte er sich hin, um ein Telegramm zu verfassen, in

dem er dem Familienanwalt Mr Charles Nightingale Maeves
Dilemma darlegte.

Dabei fragte er sich, wie klug es war, den Familienanwalt in seine
persönlichen Probleme hineinzuziehen. Am Ende würde
Mr Nightingale alles an Aubreys Vater und Brüder weiterleiten, für die
er tätig war. Nein, das durfte nicht passieren. Kurz entschlossen
schrieb er eine kurze Nachricht an Matthew und bat ihn, schnellst-
möglich vorbeizuschauen, um ein Thema von äußerster Dringlichkeit
zu besprechen.

Aubrey trug Mr Plumber auf, dafür zu sorgen, dass eine der Hilfskräfte Matthew die Nachricht so bald als möglich zustellte.

»Ja, Sir«, sagte Mr Plumber. »Und darf ich anmerken, Sir, die einhei-
mischen Männer arbeiten hart und sind fleißig. Ich glaube, einige von
ihnen könnten wir tatsächlich zu Dienern, Stallburschen oder Gärt-
nern schulen.«

»Das sind ausgezeichnete Neuigkeiten. Ermutigen Sie sie, ihre
Freunde und Familienangehörigen zu rekrutieren. Wir benötigen
immer noch Hausmädchen und eine neue Haushälterin. Nicht mehr
lange, und unser Personal ist vollzählig.«

»Wird erledigt, Sir.«

Aubrey nahm erleichtert zur Kenntnis, dass Mr Plumber sich
zusammengerissen und die Herausforderung angenommen hatte, die
bunt zusammengewürfelte Truppe in verlässliche Hausangestellte zu
verwandeln.

»Und darf ich ebenfalls meine Glückwünsche zur Hochzeit
aussprechen?«

»Vielen Dank.«

»Miss Brown, oder vielmehr *Mrs Nelson*, ist eine bezaubernde junge
Frau.«

»Ja, das stimmt.«

»Ich hoffe, es ist nicht unpassend, wenn ich frage, ob Mr Tornquists Nachrichten zu dieser Eheschließung geführt haben?«

»So ist es in der Tat.«

»Also dient Ihre Ehe dem Zweck, Mrs Nelson zu schützen?«

»Ganz genau.« Dass Aubrey außerdem Gefühle für die Frau hegte,
die nun seine Gattin war, ging niemanden etwas an.

»Aha.« Plumber wirkte erleichtert, den Grund für die überstürzte Heirat herausgefunden zu haben.

»Wenn Mr Tornquist aus irgendeinem Anlass noch einmal hier erscheint, weisen Sie ihn bitte ab und informieren mich unverzüglich.«

»Ja, Sir. Schwebt Miss Brown, äh, Mrs Nelson in Gefahr?«

»Nicht mehr.« Das musste Aubrey einfach glauben, denn die Alternative war zu schrecklich, um sie in Betracht zu ziehen. »Meine Nachricht an Mr Jarvis hat das Ziel, zu gewährleisten, dass das so bleibt.«

»Ich werde dafür sorgen, dass sie sofort überbracht wird.«

»Danke. Und können Sie bitte auch den besten Modesalon der Stadt kontaktieren und meine Bitte übermitteln, dass jemand morgen herkommt, um Mrs Nelson für die Saison auszustatten?«

»Betrachten Sie es als erledigt. Mrs Allston ist bereit, das Hochzeitsmahl zu servieren, wann immer Sie und Mrs Nelson bereit sind, zu speisen.«

»Ich schaue mal nach, ob meine Gattin schon so weit ist.«

»Sehr gut, Sir.« Mr Plumber entfernte sich.

Aubrey hoffte, dass Matthew bald käme, um ihm zu helfen, einen Ausweg aus Maeves Dilemma zu finden. Matthews Vater war ein angesehener Anwalt im Ort, und Matthew war ebenfalls in der Kanzlei tätig. Aber würde er wissen, wie man mit einem Problem wie Maeves fertigwurde, das zudem internationale Verstrickungen aufwies? Aubrey konnte nur hoffen, dass er das Richtige tat, indem er den angestammten Anwalt der Nelsons umging.

Wenigstens würde er so hoffentlich die unvermeidliche Entrüstung seiner Familie über seine Ehe aufschieben können – je länger, desto besser.

KAPITEL 9

Er war gerade auf dem Weg, um zu schauen, was Maeve aufhielt, als er sie die große Treppe herunterkommen sah.

Er blieb stehen, um sie zu beobachten. Sein Blick blieb erneut an ihrem elegant geschwungenen Hals hängen, der ihn von Anfang an so fasziniert hatte. Aubrey streckte die Hand aus, um ihr die letzten paar Stufen hinunterzuhelfen – nicht, dass sie seine Hilfe gebraucht hätte. Ihre Selbstständigkeit gehörte zu den Dingen, die ihm an ihr am besten gefielen.

Nachdem sie sich bei ihm untergehakt hatte, geleitete er sie ins Speisezimmer und rückte ihr den Stuhl rechts neben seinem zurecht.

Sobald sie Platz genommen hatten, servierte Mrs Allston dampfende Schüsseln mit Muschelsuppe und danach eingelegten gebratenen Fisch, Kartoffeln und Spargel in einer köstlich cremigen Soße.

Aubrey öffnete die gekühlte Flasche Champagner, die er aus dem Weinkeller geholt hatte, und nachdem sich der Korken mit einem kleinen Ploppen gelöst hatte, goss er die sprudelnde Flüssigkeit in die beiden Champagnerflöten, die auf dem Tisch bereitstanden. Mrs Allston hatte auf jedes Detail geachtet, wofür er sich mit einem stattlichen Trinkgeld bei ihr bedanken würde.

»Auf dich, Mrs Nelson«, sagte er, als sie wieder allein in dem riesigen Raum waren, in dem bequem dreißig Personen Platz gefunden hätten. Seine Stimme hallte von der Decke und den hohen Wänden wider, an denen Gemälde hingen, die Szenen vom Strand zeigten: eine Frau, die mit einem Sonnenschirm in der Hand am Wasser entlangging, ein schmales Segelboot, das sich in den Wind legte, ein kleines Kind, das Muscheln sammelte. »Danke, dass du mir die Ehre erwiesen hast, meine Frau zu werden.«

Sie stieß mit ihm an. »Ich sollte dir danken. Ohne deine Großzügigkeit würde ich immer noch vor der Vergangenheit weglaufen.«

»Und mir bliebe nichts anderes übrig, als dir nachzujagen, also danke, dass du dich auf meinen Plan eingelassen hast.«

»Es war nicht gerade eine Last, einen wohlhabenden, einflussreichen Mann zu heiraten, der zudem freundlich, rücksichtsvoll und ausgesprochen attraktiv ist.«

Diesen Satz hätte Aubrey gerne auf eine Weise festgehalten, die es ihm erlauben würde, ihn sich jederzeit anzuhören. »Du findest mich ausgesprochen attraktiv?«

Er mochte es, wie sie übertrieben die Augen verdrehte. »Tu nicht so, als wäre ich die Erste, die dir das sagt.«

»Du bist die Erste seit Annabelle, deren Meinung mir wichtig ist.«

Und wenn sie fünfzig Jahre zusammenlebten, würde er nie müde werden, zu sehen, wie ihre Wangen sich röteten, wenn sie peinlich berührt oder erregt war. Er würde es zu seiner wichtigsten Mission machen, sie so oft wie möglich zum Erröten zu bringen.

»Ich möchte gerne verstehen ...« Sie unterbrach sich, als hätte sie es sich anders überlegt.

»Was würdest du gerne verstehen?«

»Wie ist es möglich, dass du so für mich empfindest, wo es doch so viele passendere Frauen gibt, die du hättest heiraten können?«

Wo sollte er anfangen? »Also zuerst einmal: Auch wenn ich zwei Saisons in London verbracht habe, hatte ich es nicht eilig, zu heiraten. Meine Mutter war es, die mich gedrängt hat, nicht zu lange zu warten, bis ich mir eine Frau suche.«

»Du stehst doch in der Blüte deines Lebens.«

»Versuch mal, ihr das klarzumachen. Als ich dreißig wurde, ist sie nachdrücklicher geworden. Weil meine Brüder wild entschlossen scheinen, lebenslang Junggesellen zu bleiben, fällt somit mir die Pflicht zu, durch Söhne den Fortbestand der Familie zu sichern.«

»Verstehe.«

Während er beobachtete, wie sie an ihrem Champagner nippte und kleine Bissen von ihrem Essen nahm, fand er, dass sie genauso wirkte wie eine Dame der Oberschicht, die mit ihrem Ehemann zu Mittag aß. Das Kleid, das sie für die Hochzeit angezogen hatte, und die Art, wie sie es trug, verrieten, dass sie in besseren Verhältnissen groß geworden war, als es bei einer Haushälterin üblich war. Wäre da nicht ihr bezaubernder irischer Akzent, könnte sie problemlos als Mitglied der feinen Gesellschaft durchgehen.

Aubrey schenkte ihnen beiden nach. »Und zweitens habe ich immer mehr gewollt als eine Ehe, die allein aus gesellschaftlichen Erwägungen heraus zustande kommt.«

»Was meinst du mit ›mehr‹?«

»Mir hat es nicht gereicht, dass meine potenzielle Ehefrau den richtigen Stammbaum haben würde. Ich wollte jemanden, mit dem ich mich unterhalten kann. Eine Frau, die auch die einfachen Dinge des Lebens zu schätzen weiß.«

»Was meinst du damit?«

»Ein Picknick am Strand an einem schönen Frühlingstag. Blühende Narzissen im Garten. Atemberaubende Sonnenuntergänge, das Geräusch der Wellen, die sich an den Klippen brechen, der Geruch der Meeresluft. Trotz der Extravaganz dieses Hauses bin ich letztendlich ziemlich unkompliziert.«

Maeve hörte aufmerksam zu und schien über das nachzudenken, was er gesagt hatte. »Diese Eigenschaft finde ich beinahe so attraktiv wie deine freundlichen Augen.«

Er nahm ihre Hand, die sie auf den Tisch gelegt hatte. »Ich habe freundliche Augen?«

»Ja. Ich habe all mein Vertrauen dareingesetzt, dass deine Augen freundlich wirken und es der Rest von dir demnach auch sein muss.«

»Maeve ...«

»Ja?«

»Ich würde gerne ein wenig Zeit allein mit meiner neuen Gattin verbringen.« Er schluckte den Kloß herunter, der sich in seiner Kehle gebildet hatte. »Oben.«

Bevor sie auf diese kühne Erklärung reagieren konnte, erschien Mr Plumber an der Tür zum Speisezimmer. »Entschuldigen Sie die Störung, aber Mr Jarvis ist hier, Sir. Er wartet im Salon.«

Stumm verfluchte Aubrey das schlechte Timing seines Freundes. Dann stand er auf und gab Maeve einen Kuss auf den Handrücken. »Wir sollten diese Unterhaltung später fortsetzen.«

»Ist Mr Jarvis meinetwegen hier?«

»Ja.«

»Darf ich dabei sein?«

Er könnte ablehnen, und sie würde sich seinen Wünschen fügen. Doch er wollte ihr nichts versagen. »Natürlich. Bitte, leiste uns Gesellschaft.« Er hielt ihr den Arm hin und führte sie aus dem Speiseraum in den Salon, in dem seine Mutter häufig Gäste begrüßte, wenn sie im Haus weilte.

Matthew stand am Fenster und drehte sich um, als er sie kommen hörte. Beim Anblick von Aubrey mit einer Frau am Arm blieb ihm der Mund offen stehen.

»Matthew, darf ich dir meine Frau Maeve vorstellen? Maeve, das ist mein Freund Matthew Jarvis. Wir kennen uns aus Yale.«

Einen Moment lang blieb Matthew wie erstarrt stehen. »Deine *Frau*?«, stieß er dann hervor. »Wir haben uns doch erst vor ein paar Tagen gesehen. Da hattest du noch keine Frau.«

»Das ist richtig.« Aubrey amüsierte die Reaktion seines Freundes. »Es ist alles ziemlich schnell gegangen.«

»Das kann man wohl sagen.« Matthew trat zu ihnen, um Aubrey mit einem festen Handschlag und Maeve mit einem Handkuss zu gratulieren. »Herzlichen Glückwunsch.«

»Es ist mir ein Vergnügen, Sie kennenzulernen«, erwiderte Maeve.

Als er ihren irischen Akzent hörte, straffte Matthew die Schultern und beäugte Aubrey mit kaum verhohlener Neugierde.

»Setz dich, dann erklären wir es dir.«

Matthew nahm in einem der hochlehnigen Sessel Platz, während Aubrey und Maeve sich nebeneinander auf dem Sofa niederließen. Der Raum war in hellen Grüntönen eingerichtet, und bunte Zierkissen und

Vasen, die, sobald die Saison ernsthaft begonnen hatte, jeden Tag mit frischen Blumen bestückt würden, lieferten Farbakzente.

Aubrey erzählte seinem Freund von den Ereignissen des Tages. Matthew hörte wie gebannt zu. Als Aubrey fertig war, schaute Matthew zu Maeve.

»Sie haben wirklich einen Mann umgebracht?«

»Das habe ich.« Sie senkte den Blick. »Aber ich bin nicht stolz darauf.«

»Wenn sie ihn nicht getötet hätte, hätte er sie höchstwahrscheinlich ermordet.« Aubrey wollte, dass sein Freund verstand, in was für einer verzweifelten Lage sich Maeve befunden hatte.

»Was soll ich also für dich tun, Aubrey?«

»Tornquist hat sich im Marlborough Inn einquartiert. Ich würde gerne dich und deinen Vater dafür engagieren, Maeve zu vertreten und einen Weg zu finden, dieses Problem für sie aus der Welt zu schaffen.«

»Das wird nicht so einfach sein«, sagte Matthew. »Ein Mann ist tot. Seine Familie wird sich vermutlich nicht so ohne Weiteres damit abfinden, dass das die Folge von Notwehr war.«

»Ich bin bereit, ein großzügiges finanzielles Angebot zu machen, wenn sie alle Anklagepunkte gegen Maeve fallen lassen. Sie sollten außerdem wissen, dass Maeve, sollte es zu einem Prozess kommen, über die Misshandlungen durch ihn aussagen wird.«

»Das werde ich erwähnen. Wie viel bietest du an?«

»Einhunderttausend Dollar.«

Maeve keuchte auf, und Matthew starrte ihn fassungslos an.

»Das ist viel zu viel«, stotterte sie. »Ich kann nicht zulassen, dass du meinetwegen so viel Geld ausgibst.«

»Ich würde fünfmal so viel zahlen, um dich aus dieser Situation zu erlösen.«

»Das werde ich ihnen mit Sicherheit *nicht* erzählen«, merkte Matthew trocken an.

»Aber du wirst Tornquist das Angebot unterbreiten?«

»Nachdem ich mich mit meinem Vater besprochen habe, werde ich Mr Tornquist das Angebot übermitteln. Es wird vermutlich einige Zeit dauern, bis wir eine Antwort erhalten, da er mit seinen Kunden in Übersee konferieren muss.«

»Das verstehen wir. Und wir sind dir dankbar für alles, was du erreichen kannst.«

Matthew stand auf. »Es war mir ein Vergnügen, Sie kennenzulernen, Mrs Nelson.«

»Das Vergnügen war ganz auf meiner Seite, Mr Jarvis. Vielen Dank für Ihre Hilfe und Diskretion.«

»Ich begleite dich hinaus«, erklärte Aubrey.

Als die beiden Männer außer Hörweite des Salons waren, nahm Matthew seinen Freund beiseite. »Was hast du nur getan?«

»Wie bitte?«

»Du hast die irische Haushälterin *geheiratet*? Was hast du dir dabei gedacht?«

»Die Frau, an der mir sehr viel liegt, hat meine Hilfe benötigt. Ich habe nicht gedacht, ich habe gehandelt.«

»Damit ist die Sache nicht erledigt, Aubrey. Ich weiß, für dich sind die Regeln, die in den höheren Kreisen der feinen Gesellschaft gelten, neu ...«

»Die feine Gesellschaft könnte mir nicht gleichgültiger sein. Ich bin nicht in ihr aufgewachsen, und ich habe keinerlei Skrupel, ihnen zu sagen, was sie mit ihren Regeln tun können.«

»Du weißt genauso gut wie ich, dass das so nicht funktioniert. Du wirst geächtet werden.«

»Nein, werde ich nicht.«

»Und wieso bist du dir da so sicher?«

»Weil die feine Gesellschaft, wie du sie nennst, es nicht über sich bringen würde, dem Duke und der Duchess of Westwood die kalte Schulter zu zeigen. Und wo die beiden hingehen, gehe ich ebenfalls hin. Und wo ich hingehe, da begleitet mich meine Frau.«

»Du willst sie der Gefahr aussetzen, ignoriert, geschnitten oder gekränkt zu werden? Denn das werden sie tun. Das weißt du so gut wie ich.«

»Sie werden es nicht wagen, sie zu ignorieren. Denn wenn sie es tun, werden sie im Gegenzug von der Herzogin ignoriert.«

»Und das weißt du woher?«

»Ich kenne sie. Und sie verachtet die feine Gesellschaft beinahe genauso leidenschaftlich wie ich. Wenn ich ihr meine Sorgen mitteile, wird sie Maeves treueste Verbündete werden.«

Er wünschte, er könnte seine Freunde vor ihrer Ankunft informieren, aber sie waren immer noch auf ihrer Reise nach New York, irgendwo auf dem Atlantik. Auch wenn er somit keine Gelegenheit hatte, sie vorzuwarnen, hatte er doch vollstes Vertrauen in ihre Reaktion auf die Neuigkeit seiner überstürzten Heirat. Sie würden sehen, wie angetan er von ihr war, und würden sich ihrer annehmen. Darauf würde er sein Leben verwetten.

»Ich hoffe, du weißt, was du tust, Aubrey. Denn wenn du dich irrst, wird es für dich und deine neue Frau ein sehr, sehr langer Sommer werden.«

~

MAEVE HÖRTE DIE BEIDEN MÄNNER MITEINANDER FLÜSTERN, UND obwohl sie die Worte nicht verstand, spürte sie, dass sie sich stritten.

Vermutlich über sie – ein Gedanke, der ihr Magenschmerzen verursachte.

Sie konnte immer noch nicht fassen, dass Aubrey hunderttausend Dollar angeboten hatte, um die drohende Anklage in Irland abzuwenden. Was dachte er sich nur dabei, so eine Summe für sie ausgeben zu wollen?

Das durfte sie nicht zulassen.

Aber wenn sie an die Alternative dachte ...

Die mochte sie sich nicht einmal vorstellen.

Ein paar Minuten später kehrte er zurück und setzte sich neben sie. »Matthew wird tun, was er kann, um uns zu helfen.«

»Um *mir* zu helfen.«

»*Uns.* Wir stecken da jetzt gemeinsam drin.«

»Du kannst ihnen nicht hunderttausend Dollar geben.«

»Natürlich kann ich das. Und das werde ich auch, wenn es dazu führt, dass sie die Vorwürfe gegen dich zurücknehmen.«

»Das ist eine obszön hohe Summe.«

»Es ist jeden Penny wert, wenn du dadurch in Sicherheit bist.«

Sie schüttelte in offensichtlichem Missfallen den Kopf.

»Was ist los?«

»Als ich Mr Farthington erlaubt habe, mich zu umwerben, hätte ich mir nie träumen lassen, was passieren würde. Er war so charmant und ganz hinreißend. Mein Vater hat mich gedrängt, seinen Antrag anzunehmen, weil seiner Familie eine ganze Schiffsflotte gehört und sie in unserer Gegend als sehr wohlhabend gelten. Mein Vater wollte dringend die Geschäfte der Farthingtons für seine Bank gewinnen. ›Du wirst es nie besser treffen als mit ihm‹, hat er immer gesagt. Farthington war wesentlich älter als ich, schien aber anfangs in seiner Zuneigung aufrichtig zu sein. Doch alles an ihm war falsch. Das habe ich beinahe sofort nach unserer Heirat erkannt. In unserer Hochzeitsnacht ...« Sie schluckte schwer und blinzelte eine Träne fort. »Als er versucht hat, die Ehe zu vollziehen, wollte sein ... Phallus ... nicht ...«

»Hart werden?«

Zutiefst gedemütigt nickte sie und wischte sich weitere Tränen fort. »Er sagte, es sei meine Schuld, weil ich nicht verführerisch genug sei. Dann hat er mich zum ersten Mal geschlagen.«

»Es war nicht deine Schuld.«

»Woher willst du das wissen?«

»Weil jeder Mann, in dessen Adern auch nur ein Tropfen Blut fließt, dich begehren würde. Irgendetwas hat mit ihm nicht gestimmt, aber ganz sicher nicht mit dir. Einigen Männern passiert so etwas.«

»Wirklich?«

»Ja.« Er strich ihr zärtlich über die feuchten Wangen. »Wirklich.«

»Davon habe ich noch nie gehört.«

»Das liegt daran, dass Männer nicht darüber reden, weil es ihnen peinlich ist. Doch ich verspreche dir, es hatte überhaupt nichts mit dir zu tun.«

»Wie kannst du dir da so sicher sein?«

Er nahm ihre Hand und legte sie auf die harte Erhebung zwischen seinen Beinen. »Fühlst du das?«

Maeves Wangen brannten, und sie versuchte, ihre Hand wegzuziehen. »Mr Nelson!«

Er verstärkte seinen Griff, um ihre Hand an Ort und Stelle zu halten. »Mein Name ist *Aubrey*, und *das hier* ist für mich ein Problem, seit ich dich das erste Mal mit dem riesigen Staubwedel in der Hand erblickt habe. Es war mir egal, dass du die Haushälterin warst oder Irin bist. Ich wusste nur, dass du die bezauberndste Frau warst, die mir je begegnet ist, und ich hab dich mit aller Macht begehrt.« Nach einer Pause sagte er: »Sieh mich an, Maeve.«

Sie zwang sich, ihm in die Augen zu schauen, obwohl sie wusste, dass er ihre Verlegenheit an der rosigen Färbung ihrer Wangen ablesen konnte.

»*Er* war das Problem. Nicht du. Mit dir ist alles in bester Ordnung.« Er beugte sich ein wenig vor und gab ihr einen leichten Kuss, dann ließ er ihre Hand los, um die Arme um sie zu legen. »Glaubst du mir?«

»Der von dir angeführte Beweis war recht überzeugend.«

Lachend streichelte er ihr die Wange. »Darf ich dich fragen ...«

»Was?«, erwiderte sie atemlos.

»War er je in der Lage, dich ...«

»Nein. Und jedes Mal, wenn seine Versuche scheiterten, wurde er mir gegenüber nur gewalttätiger.«

»Das bedeutet also, du bist noch Jungfrau?«

Ihr lag schon die Antwort auf der Zunge, dass ihn das nichts anginge, doch da er jetzt ihr Ehemann war, stimmte das wohl nicht mehr. »Ja.«

Aubrey stieß den Atem mit einer Mischung aus Erleichterung und Verlangen aus.

»Er erfreut dich das?«

»O ja. Ich wäre gerne der Mann, der dich in die Kunst der Liebe und in das Vergnügen einführt, das wir gemeinsam finden können.«

»Ich würde es gerne lernen.« Das war heraus, bevor sie es zurückhalten konnte, und die Hitze in ihren Wangen verstärkte sich, als Aubrey sie voller Hunger anblickte.

Als er sein Gewicht verlagerte, fiel ihr Blick auf die Wölbung in seiner Hose. Sie starrte darauf und befeuchtete sich die Lippen. Es war faszinierend, wie sein Körper auf ihre Unterhaltung reagierte.

»Ich glaube, wir sollten uns für den Rest des Tages auf unser Zimmer zurückziehen.«

»Aber es gibt noch so viel zu tun!«

»Nicht für uns.«

»Uns bleibt ohnehin viel zu wenig Zeit, um noch alles zu erledigen.«

»Morgen kehren wir an die Arbeit zurück. Doch heute sollten wir unsere Hochzeit feiern.«

Sie biss sich auf die Unterlippe, während sie über seine Worte nachdachte und darüber, was es bedeutete, den Rest des Tages mit ihm allein zu sein. »Die Männer müssen überwacht werden. Heute sollen die Zimmer deiner Schwestern vorbereitet werden.«

»Ich werde Mr Plumber bitten, sie für den Rest des Tages zu beaufsichtigen. Wo sollen sie danach weitermachen?«

»In den für den Herzog und die Herzogin sowie ihre Begleiter vorgesehenen Räumen. Ich hatte sie zuerst alles für die Familie vorbereiten lassen, da die bereits am Ende der Woche eintreffen wird.«

»Ich gebe deine Anweisungen weiter und bitte Mrs Allston, uns das Abendessen heute in unseren Gemächern zu servieren.«

Bei dieser Vorstellung wäre Maeve vor Scham am liebsten im Boden versunken.

»Geh schon mal nach oben. Ich komme gleich nach.«

Er stand auf, zog sich den Rock zurecht, um seine offensichtliche Vorfreude zu verbergen, und begab sich dann rasch zur Tür.

Maeve sah ihm nach und wünschte, sie hätte jemanden, mit dem sie über alles reden könnte. Ihre Mutter hatte sich durch einige Erklärungen bezüglich der ehelichen Pflichten gestottert, aber Maeve hatte immer noch unzählige unbeantwortete Fragen, die sie auf dem Weg nach oben ganz nervös machten.

KAPITEL 10

D as Erste, was sie tat, als sie in ihrem neuen Schlafzimmer ankam, war, die schweren Brokatvorhänge vorzuziehen. Es erschien ihr unziemlich, solcherlei Aktivitäten im hellen Tageslicht anzugehen. Ihre Mutter hatte ihr erzählt, dass so etwas im Dunkeln unter der Bettdecke stattfand, und so wäre es ihr auch am liebsten. Erwartete Aubrey von ihr, dass sie angezogen oder nackt auf ihn wartete? Sie wusste es nicht, entledigte sich aber schnell ihres einzigen guten Kleids und des Korsetts und schlüpfte in ein schlichtes Musselin-Nachthemd, damit sie bei seinem Eintreffen bedeckt wäre.

Als sie an den Abend zurückdachte, an dem Aubrey ihr den Kuchen aufs Zimmer gebracht hatte, fiel ihr wieder seine Reaktion auf ihr offenes Haar ein. Also machte sie sich rasch daran, die Nadeln zu entfernen, die ihre Frisur zusammenhielten. Hinterher massierte sie sich die Kopfhaut, die von dem Gewicht ihrer langen, vollen Haare immer schmerzte.

Vor dem Spiegel stehend bürstete sie sich gerade die langen Strähnen, als die Tür aufging und gleich darauf wieder ins Schloss fiel. Im Spiegel fing sie Aubreys Blick auf, und ihr Herz fing an, so heftig zu klopfen, dass sie fürchtete, ohnmächtig zu werden.

Er trat ans Fenster und öffnete die Vorhänge, sodass der helle

Sonnenschein ins Zimmer fiel. Dann kam er hinter Maeve und griff nach der Bürste. »Darf ich?«

Sie nickte kurz und überließ sie ihm. Das Gefühl von seiner Haut an ihrer jagte ihr Schauer durch den Körper. Sie fühlte sich so lebendig wie noch nie zuvor.

Mr Nelson – Aubrey – strich ihr zärtlich, beinahe ehrfürchtig durch die Haare, sodass ihre Kopfhaut und andere Stellen zu kribbeln anfingen. Sie spürte, wie ihre Brustspitzen sich aufrichteten, und ein seltsames Gefühl zwischen ihren Beinen sorgte dafür, dass sie ihre Oberschenkel fest zusammenpresste, um es zu unterdrücken.

»Was weißt du über das, was zwischen einem Mann und einer Frau im Ehebett passiert?« Sein sanfter Tonfall passte zu den leichten Bürstenstrichen.

»Ich ... ich weiß, dass der Mann einen Phallus hat, der in die Frau hineingeht, und so werden Babys gemacht.«

»Das stimmt.« Seine Stimme klang rauer. »Was weißt du noch?«

»Es wird im Dunkeln getan, unter der Bettdecke.«

»Das ist nicht ganz richtig.« Nun klang er amüsiert.

»Sie finden mich amüsant, Mr Nelson?«

»Ich finde Sie bezaubernd, Mrs Nelson.«

»Was habe ich denn gesagt, dass du dich so amüsierst?«

»Dass der Akt der Liebe im Dunkeln unter der Bettdecke stattfindet. Ich habe vor, dir zu zeigen, dass das so nicht stimmt.«

»Du willst mich nur in Verlegenheit bringen.«

»Ganz im Gegenteil, meine Liebe. Ich will dir größtes Vergnügen bereiten.« Er legte die Bürste auf den Tisch vor ihr, umfasste Maeves Schultern und drehte sie zu sich herum. »Du bist unglaublich schön, meine süße Maeve.« Er presste einen heißen Kuss auf ihren Hals, der ihr am ganzen Körper Gänsehaut verursachte. »Dieser elegante, anmutige Hals war das Erste, was mir an dem Tag, an dem ich dich im Salon vorgefunden habe, aufgefallen ist. Ich wollte ihn küssen und schmecken und daran lecken.« All diese Dinge tat er nun, und nur sein um ihre Taille geschlungener Arm verhinderte, dass Maeve zu Boden sank. »Noch nie hat mich ein Hals – oder der dazugehörige Mensch – so sehr fasziniert.«

»Ich bin nicht sonderlich faszinierend.«

»Das stimmt nicht. Du bist der faszinierendste Mensch, den ich je getroffen habe.«

»Du hast schon den Herzog und die Herzogin getroffen.«

»Die können es nicht ansatzweise mit dir aufnehmen.«

Sie wollte ihm so gerne glauben, doch wie konnten seine Worte wahr sein? Bevor sie aus Irland geflohen war, hatte sie sich nie weiter als fünfzig Meilen von Dingle entfernt, hatte nie etwas gesehen oder getan, das jemand anderen interessiert hätte.

»Es stimmt, ich habe Herzöge und Herzoginnen, Earls und Countessen kennengelernt, und einmal habe ich sogar den König von England getroffen, als ich mit meinem Freund, dem Herzog, bei Hofe war. Ich bin mit einigen der hellsten Köpfe unserer Zeit zur Universität gegangen und habe die Welt bereist, aber niemals zuvor war ich von dem Schwung eines Halses so hingerissen wie von deinem. Und nie habe ich einen Menschen so sehr kennenlernen wollen wie dich. Und ich habe noch nie jemanden geheiratet, bis ich dich geheiratet habe.«

Seine Worte rührten sie beinahe zu Tränen, und Maeve stellte fest, dass sie ihm glaubte. Wenn sie sich in ihm irrte ...

»Komm mit mir ins Bett, süße Maeve. Lass mich dir zeigen, wie es sein sollte.« Er nahm ihre Hand und führte sie daran zu dem Himmelbett mit dem Spitzenbaldachin. Eine warme, sanfte Brise strich durch die offenen Fenster, spielte mit ihrem Haar. Neben dem Bett blieb Aubrey stehen, löste sein Halstuch und knöpfte seine Weste und das gestärkte Hemd auf. Dann ließ er alles achtlos zu Boden fallen.

Maeve ließ ihren Blick neugierig über seine Brust und seinen Bauch gleiten. Anders als Mr Farthington, der um die Leibesmitte füllig gewesen war, hatte Aubrey einen schlanken, muskulösen Körper, der in ihr den Wunsch weckte, ihn genauer zu erkunden.

»Berühr mich, Süße. Berühr mich, wann immer du willst und wo immer du willst. Ich bin dein ergebener Diener.« Er nahm ihre Hand und legte sie sich flach auf die Brust. Sie spürte den schnellen Schlag seines Herzens.

Mit den Fingerspitzen erkundete sie seine straffe Haut, die feinen Härchen darauf und ließ ihre Hände dann tiefer gleiten.

Aubrey stieß ein Zischen aus, das sie erschreckte. »Nein, hör nicht auf. Deine Berührung fühlt sich so gut an wie nichts zuvor.«

Maeve notierte sich im Geiste, dass sein Zischen ein gutes Zeichen war. Als sie am unteren Bereich seines Bauchs ankam, bemerkte sie, dass er sich ihr entgegendrängte. »Dein ... dein ...«

»Schwanz.«

Sie schüttelte den Kopf.

»Sag es.«

»Das kann ich nicht.«

»O doch, das kannst du.« Er lachte leise. »Mein Schwanz ist hart für dich, und nur für dich, süße Maeve.« Mit heißen Küssen bedeckte er ihren Hals, während er seine Finger durch ihre Haare gleiten ließ. »Sag es.«

»Dein ... dein Schwanz ist hart. Für mich.«

»Ja«, stieß er triumphierend aus. »Es darf dir nie peinlich sein, und du sollst dich nie schämen, wenn wir unserer gegenseitigen Zuneigung mit Worten Ausdruck verleihen. Es sind Worte der Liebe und des Begehrens.«

Das Begehren verstand sie, denn das hatte sie für ihn beinahe seit dem Beginn ihrer Bekanntschaft verspürt. Aber dass er von »Liebe« sprach, weckte ein hohles und leeres Gefühl in ihr. Er hatte ihr einen unglaublichen Gefallen getan, indem er sie geheiratet und ihr seine Mittel zur Verfügung gestellt hatte, um sie vor weiterer Verfolgung zu schützen. Sie glaubte allerdings nicht, dass er sie jemals lieben würde.

Aubrey knöpfte sich eilig die Hose auf. Als sein harter ... Schwanz ... hervorsprang, führte er ihre Hand daran und ließ seinen Kopf in den Nacken sinken. »Ja, Maeve. Ja.« Er verstärkte den Griff um ihre Hand und fing an, sie auf und ab zu bewegen.

Maeve hatte nicht erwartet, dass die Haut so seidig sein würde. Fasziniert beobachtete sie, wie er in ihrer Hand noch härter, länger und dicker wurde. Doch zugleich verspürte sie auch Angst. Wie sollte das jemals in sie hineinpassen?

Aubrey legte ihr seine freie Hand auf den Rücken und fing an, den Stoff ihres Nachthemds hochzuziehen.

Kurz regte sich Panik in ihr, als sie daran dachte, gleich komplett nackt im hellen Tageslicht vor ihm zu stehen.

»Ganz ruhig, Liebste«, flüsterte er, als er den Stoff über ihren Po und dann an ihrem Rücken hinaufschob.

Ihr erster Impuls war, sich zu bedecken, aber sie konnte sich nicht rühren, selbst dann nicht, als ihr Ehemann ihr das Nachthemd über den Kopf zog und zur Seite warf.

Während sie versuchte, nicht vor Verlegenheit zu sterben, ließ er sich Zeit, das zu betrachten, was bis eben verdeckt gewesen war.

»Ich wusste, dass du unglaublich schön bist«, flüsterte er. Dann drückte er sie vorsichtig aufs Bett und legte sich auf sie. Sanft presste er ihr die Schenkel auseinander.

»Bitte, Mr Nelson, das ist unanständig.«

»Ich heiße Aubrey, und hieran ist nichts unanständig. Du bist meine Frau, und das hier ist ein völlig angemessenes Verhalten zwischen Ehegatten.«

»Ganz sicher ist es nicht anständig, am helllichten Tag splitternackt zu sein.«

Ein leises Lachen rollte durch seinen Brustkorb. »Es ist sogar sehr anständig. Halt still, dann zeige ich es dir.«

Still halten? Wie sollte sie still halten, wenn er ... *das* mit ihr machte? Himmel, waren das seine Lippen an ihren Brüsten? Und seine Zunge ... Das hier würde sie nicht überleben.

»Mr Nelson ...«

»*Aubrey*. Lass mich hören, wie du es sagst.«

»Aubrey.«

»Ja, Liebste?«

Oh, sie liebte es, wenn er sie so nannte. Sie liebte es viel zu sehr. »Du musst nicht ...« Die Worte erstarben auf ihren Lippen, und alle Gedanken flüchteten aus ihrem Kopf, als er eine ihrer Brustspitzen in den Mund nahm.

»O doch, ich muss«, widersprach er und fuhr fort, an ihr zu saugen, was eine so starke Welle der Lust in ihr auslöste, dass sie beinahe vom Bett gesprungen wäre.

Er machte weiter, bis Maeve sicher war, verrückt zu werden, wenn er nicht entweder aufhörte oder etwas gegen dieses stärker werdende Ziehen zwischen ihren Beinen unternahm. Statt aufzuhören, wandte Aubrey sich der anderen Brust zu. Er wechselte zwischen ihnen hin und her, bis Maeve von den Gefühlen, die durch ihren Körper brandeten, ganz schwindelig war. Sie hatte keine Ahnung gehabt, dass ihr Körper zu solchen Empfindungen fähig war.

Es dauerte einen Moment, bis Maeve bemerkte, dass Aubrey weiter nach unten gewandert war. Gerade strich er heiß über ihren Bauch und … Ganz sicher würde er doch nicht …? »Aubrey!« Sie versuchte, sich zu bedecken, aber er schob ihre Hände beiseite.

»Lass mich …«

»Du kannst nicht … Nicht dort … Großer Gott.« Wie konnte er sie *dort* lecken? Ganz sicher taten zivilisierte Leute so etwas nicht.

Er verwöhnte sie weiter mit Zunge und Fingern, und sie spürte, wie sie auf etwas zustrebte, das immer gerade außerhalb ihrer Reichweite blieb. Bis er mit einem Finger tief in sie eindrang und gleichzeitig mit der Zungenspitze über ihre intimste Stelle strich.

Unter den Gefühlen, die in diesem Moment über sie hereinbrachen, schrie Maeve unwillkürlich auf. Lust, Schmerz, Begierde, Verlegenheit und Angst vermischten sich miteinander. Wenn er so etwas mit ihr tun konnte, gab ihm das viel zu viel Macht über sie. Macht, die sie ihm nie hatte überlassen wollen.

Ein plötzlicher Druck zwischen ihren Beinen riss sie aus diesen unglaublichen Höhen, und sie erkannte, dass er sich in sie hineinschob.

»Entspann dich, Süße.« Seine Lippen strichen heiß über ihren Hals und ihre Ohrmuschel. »Entspann dich, und lass mich ein.« Er wiegte sich an ihr, und jedes Mal gab sie ein kleines bisschen mehr nach.

»So ist es gut.« Er bewegte sich langsam und vorsichtig, als fürchte er, ihr wehzutun.

Gerade als sie sich an die Bewegung gewöhnt hatte, ließ sie ein stechender Schmerz laut aufschreien.

Aubrey stützte sich auf seine Hände, damit er ihr ins Gesicht sehen konnte. Seine dunklen Haare fielen ihm in die verschwitzte Stirn. »Das war dein Jungfernhäutchen, das gerissen ist. Nun sollte es nicht mehr wehtun.«

Das mochte wahr sein, doch Maeve blieb angespannt und fürchtete neuen Schmerz.

»Beweg dich mit mir, Liebste.« Er ließ seine Hände unter ihren Po gleiten, und während er tiefer in sie hineinglitt, hob er sie seinen Stößen entgegen. »Gut, ja. Genau so. Ganz genau so.«

Er schloss die Augen. Seine Lippen öffneten sich leicht, seine Wangen waren gerötet.

Als sie ihn so in den Fängen der Leidenschaft sah, zog sich ihr Herz zusammen. Wenn sie ihn vorher schon attraktiv gefunden hatte, so war er nun überwältigend.

»Maeve.« Er zog sie fest in seine Arme. »Schling deine Beine um meine Hüften.«

Sie tat, worum er sie bat, und keuchte auf, als sie merkte, dass er so noch tiefer in sie hineingleiten konnte.

»Fühlt sich das gut an?«

»Es ist ...« Weil sie ihm so nahe war, spürte sie, dass er in Erwartung ihrer Antwort den Atem anhielt. »Unglaublich.«

»Ja, das ist es.« Er bewegte eine Hand zu der Stelle, an der sie miteinander verbunden waren. Kaum hatte er sie dort berührt, da überrollte sie ihr nächster Orgasmus.

Aubrey stöhnte ebenfalls auf, und seine Stöße wurden schneller. Plötzlich zog er sich abrupt aus ihr zurück und ergoss sich über ihren Bauch.

Schließlich stand er auf und holte ein Handtuch, um sie sauber zu machen. »Ich glaube, wir sind noch nicht bereit für Nachwuchs.«

»N-nein.« Sie fühlte sich weich und nachgiebig, wie ein Klumpen Ton. Sie war sich nicht sicher, ob sie sich überhaupt noch bewegen konnte.

Er wischte die Feuchtigkeit zwischen ihren Beinen weg, und Maeve entdeckte Blut an dem Handtuch.

»Ist das ...?«

»Das ist beim ersten Mal ganz normal. Es wird nicht wieder vorkommen.« Besorgt zog er die Augenbrauen zusammen. »Geht es dir gut? Ich war nicht so sanft mit dir, wie ich es eigentlich vorhatte.«

»Es geht mir sehr gut, abgesehen davon, dass ich mich nicht rühren kann.«

Bei seinem Lachen strahlte sein Gesicht, wodurch er noch attraktiver wurde. »Komm, ich mach es dir bequemer.« Er half ihr auf und schlug die Decke zurück. Dann ließ er Maeve sanft in die Daunenkissen sinken. »Ist es so besser?«

»Ja. Danke.«

»Warum siehst du mich nicht an?«

Sie hielt den Blick fest auf die Bettdecke gerichtet. »Weil ich verlegen bin.«

»Wegen dem, was wir getan haben?«

Sie nickte angespannt.

»Das muss dir nicht peinlich sein.«

»Das ist es aber. Ich wusste nicht, dass Männer ... solche Dinge ... mit Frauen machen.«

»Was für Dinge?«

Sie spürte, wie ihr erneut die Röte ins Gesicht stieg. »Zwing mich nicht, es laut auszusprechen.«

»Das werde ich nicht, doch du kannst nicht leugnen, dass du es genossen hast.« Während er sprach, strich er sanft mit der Fingerkuppe von ihrem Hals über ihre Brustspitzen bis nach unten zwischen ihre Beine.

Unter der sanften Berührung keuchte Maeve auf.

»Sag mir, dass du es genossen hast.«

»Das habe ich.«

»Dann musst du nicht verlegen sein. Du wirst sehen, bald schon wird dir das alles ganz normal vorkommen.«

Darüber musste sie laut lachen. »Ich bin nicht sicher, dass mir *das* jemals normal vorkommen wird.«

»Ich verspreche es dir. Wir werden es so oft tun, dass es dir nicht länger peinlich sein wird.«

»Das werde ich dir wohl einfach glauben müssen.«

Lächelnd gab er ihr einen Kuss auf die Nasenspitze, dann einen auf die Lippen. »Ich bin sofort zurück.«

Maeve schaute ihm nach, wie er in dem angrenzenden Badezimmer verschwand. Sie genoss den Anblick seines breiten Rückens, der schmalen Hüften und des festen Gesäßes. Es würde Monate dauern, die Ereignisse dieses Tages zu begreifen, die dazu geführt hatten, dass Mr Nelson – Aubrey – nun ihr Ehemann war.

Ihr Magen zog sich schmerzhaft zusammen, als sie an den Mann dachte, der nach ihr suchte, und an das Geld, das Aubrey angeboten hatte, damit er verschwand. Was, wenn er das Angebot ablehnte und darauf bestand, sie nach Irland zurückzubringen? Der Gedanke, nach

Dingle zurückzukehren und Mr Farthingtons Familie gegenüberzu-treten – ganz zu schweigen von der Aussicht auf den Galgen –, ließ sie vor Angst ganz starr werden.

»Was ist los?«, fragte Aubrey, als er mit einem frischen Handtuch zurückkehrte und ihr sanft die Beine spreizte.

Bevor sie noch protestieren konnte, drückte er das angenehm warme Tuch auf die wunde Stelle zwischen ihren Beinen.

»Du warst so entspannt, doch jetzt bist du wieder ganz verkrampft.«

»Ich frage mich, ob dein Freund Mr Jarvis den Mann gefunden hat, der nach mir sucht.«

»Ich habe keinen Zweifel daran, dass Matthew mit seiner Mission Erfolg hat.«

»Wie kannst du dir da so sicher sein?«

»Als Mr Tornquist hier war, sind mir ein paar Dinge an ihm aufgefallen.«

»Als da wären?«

»An seinem Rock fehlten mehrere Knöpfe, sein Hemd war schäbig und seine Schuhe abgetragen.«

»Was hat das mit mir zu tun?«

»Ich glaube, Mr Tornquist ist ein wenig vom Pech verfolgt. Deshalb wird er das Angebot von hunderttausend Dollar freudig annehmen, um seinen Auftraggebern im Gegenzug zu erzählen, dass er dich nicht hat finden können.«

Er tippte ihr gegen die Unterlippe, auf der sie herumkaute. »Anstatt deine arme Lippe zu malträtieren, erzähl mir lieber, was du denkst.«

»Ich würde gerne irgendwann wieder nach Hause fahren können, um meine Familie zu sehen. Das werde ich nicht können, solange die Familie von Mr Farthington mich des Mordes beschuldigt.«

»Das ist eine sehr berechtigte Sorge, um die wir uns zu gegebener Zeit kümmern werden.«

»Aber wie?«

Aubrey schien darüber nachzudenken. »Ich werde einen Brief an die Behörden in Irland schicken und ihnen von den Ereignissen berich-ten, wie du sie mir erzählt hast.« Er nahm ihre rechte Hand und drückte einen Kuss auf die neue, rosige Haut. »Ich werde Zeugnis darüber ablegen, dass deine Hand Anzeichen einer kürzlich verheilten Verbrennung aufweist.«

»Das ist dir aufgefallen?«

»Ich habe es bei unserem Picknick bemerkt und mit einem Mal verstanden, warum du bei der Arbeit immer Handschuhe trägst.«

»Ich hatte Angst, dass die Brandwunde sich entzünden könnte. Ein Arzt in New York hat mir eine Salbe gegeben, aber er hat mich gewarnt, dass Infektionen drohen, bis alles vollständig verheilt ist.«

Aubrey presste weiter kleine Küsse auf die neue Haut. »Und dann bist du hergekommen und hast dich trotz deiner verletzten Hand der Verwüstung gestellt. Falls ich es bisher noch nicht gesagt habe: Ich finde, du bist eine sehr beeindruckende junge Frau.«

»Ich bin nicht beeindruckend. Ich habe verzweifelt Arbeit gebraucht und war gewillt, alles zu tun, was nötig war, um zu überleben.«

»Du bist sehr wohl beeindruckend, und ich freue mich sehr, dass deine Verzweiflung dich zu mir geführt hat.«

»Ich fürchte, die Freude wird nicht mehr ganz so groß sein, sobald deine Familie von dieser Ehe erfährt.«

»Nichts von dem, was sie vorbringen oder tun, kann einen Keil zwischen uns treiben, außer wir lassen es zu. Was von meiner Seite aus niemals passieren wird.« Er legte einen Finger an ihr Kinn und drehte ihren Kopf, sodass sie ihn ansehen musste. »Ich will nicht, dass du dir wegen irgendetwas Sorgen machst.«

»Das ist leichter gesagt als getan.«

»Du bist nicht länger allein, zauberhafte Maeve. Jetzt hast du mich, und ich werde nicht zulassen, dass dir irgendetwas zustößt.« Er schlang die Arme um sie und senkte seinen Mund auf ihren.

Mit seinem warmen Körper neben sich und wenn er sie so küsste, fiel es Maeve schwer, an etwas anderes zu denken als daran, wie sie sich fühlte, wenn er sie berührte. Dennoch hielten sich in ihrem Hinter-kopf hartnäckig Ängste, die sich einfach nicht zum Schweigen bringen ließen.

KAPITEL 11

Matthew wartete schon über eine Stunde im Salon des Marlborough Inn, und das nur mit einer Tasse dünnen Tees zur Erfrischung. Wenn Mr Tornquist nicht bald zurückkehrte, würde er gehen und sich etwas Stärkeres besorgen. Schließlich konnte er sein Glück morgen erneut versuchen.

Während er dasaß, dachte er an Aubrey und dessen frisch angetraute Frau. Und an den Skandal, der losbrechen würde, sobald bekannt wurde, dass der jüngste Sohn der Nelsons eine irische Haushälterin geheiratet hatte. In New York, wo ständig etwas passierte, das die Oberschicht beschäftigte, wäre Aubrey damit vielleicht durchgekommen, wenn er seiner Frau eine noble Herkunft verpasst und irgendeine Geschichte darüber erzählt hätte, dass sie mit ihrem aristokratischen Ehemann nach Amerika gekommen, der dann aber leider verstorben sei. Doch in Newport, wo es deutlich weniger Zerstreuung gab – abgesehen von uninspirierten Ausflügen an den Bailey's Beach, Besuchen im Casino oder nachmittäglichen Spaziergängen auf der Promenade der Bellevue Avenue –, würde der Skandal *das* Gespräch der Saison sein.

Wie so viele, die den Sommer an der See in Newport verbrachten, waren die Nelsons »neureich«. Sie hatten ihr Vermögen mit der

Eisenbahn gemacht. Als Tochter eines britischen Earls genoss Mrs Nelson es, ihr aristokratisches Erbe den anderen Damen in Newport unter die Nase zu reiben, die das zähneknirschend hinnahmen.

Matthew freute sich jedes Jahr auf die Saison, weil es die einzige Zeit war, in der es in dieser verschlafenen, langweiligen Stadt mal interessant wurde. Apropos langweilig, er hatte genug davon, sich in diesem in Rüschen erstickenden Salon den Hintern platt zu sitzen. Er stand auf und wäre beinahe mit dem Mann zusammengestoßen, der in diesem Moment zur Tür hereinkam.

»Sind Sie Mr Tornquist?«

»Wer will das wissen?«

»Matthew Jarvis, Anwalt, im Namen von Mr Aubrey Nelson.«

»Ja, ich bin Tornquist.«

Matthew zeigte in die Richtung des Salons. »Darf ich um ein Gespräch unter vier Augen bitten?«

Tornquist nickte und ging voraus.

Matthew schloss die Tür und hoffte, dass niemand sie belauschte.

»Was kann ich für Sie tun?«, fragte Tornquist.

»Die Frau, die Sie suchen ...«

»Maeve Sullivan. Hier ist eine Fotografie von ihr.«

Matthew nahm die sepiafarbene Aufnahme entgegen und tat, als betrachte er sie eingehend. Doch ein flüchtiger Blick hatte genügt, um ihm zu bestätigen, dass es die Frau war, die Aubrey geheiratet hatte. »Eine bezaubernde junge Frau.«

»Vielleicht. Aber sie wird in Irland wegen Mordes gesucht.«

»Sind Sie mit den Fakten des Falles vertraut?«

»Ich weiß, dass sie ihren Gatten umgebracht hat. Einen Mann namens Josiah Farthington. Sie hat ihm mit einer gusseisernen Pfanne den Kopf eingeschlagen.«

»Und das ist ohne jegliche Provokation geschehen?«

»Wir wissen zumindest von keiner.«

»*Wir*, das sind Sie und seine Familie?«

»Das ist korrekt. Warum fragen Sie?«

»Mr Nelson hat mich gebeten, Ihnen mitzuteilen, dass es tatsächlich eine andere Version der Geschichte gibt. Eine, in der Mr Farthington seine Frau brutal misshandelt und sie in Notwehr gehandelt hat.«

»Mr Nelson sagte mir, er kenne Mrs Farthington nicht.«

Matthew bedachte Tornquist mit einem vernichtenden Blick. »Er hatte nicht vor, zuzugeben, dass er sie kennt, solange er nicht wusste, warum Sie nach ihr suchen.«

»Er schützt eine Mörderin.«

»Notwehr zählt nicht als Mord.«

»Und wie hat sie vor, das zu beweisen?«

»Gar nicht. Mr Nelson ist bereit, Ihnen hunderttausend Dollar zu zahlen, wenn Sie im Gegenzug Mr Farthingtons Familie informieren, dass es Ihnen nicht gelungen ist, Miss Sullivan in Amerika aufzuspüren.«

Tornquists Augen leuchteten gierig auf. Aubreys Ahnung hatte sich offenbar als goldrichtig erwiesen.

»Wenn er mich auszahlt, werden andere sie suchen kommen. Es war unglaublich leicht, ihr von New York nach Newport zu folgen.«

»Das werde ich Mr Nelson gegenüber erwähnen. Haben wir also eine Abmachung?«

»Wann würde ich das Geld erhalten?«

»In drei Tagen. Mr Nelson muss es sich von seiner Bank in New York herschicken lassen. Noch einmal meine Frage: Haben wir eine Abmachung?«

Tornquist lehnte sich in seinem Sessel vor. »Ihr Mr Nelson sollte wissen, dass Mr Farthington nicht der einzige Mann ist, der durch die Hand von Miss Sullivan ein böses Ende gefunden hat.«

»Wovon reden Sie da?«

»Es gab einen weiteren Mann, der Interesse an Miss Sullivan gezeigt und ihr eine Zeit lang den Hof gemacht hat. Bis er eines Tages tot aufgefunden wurde, vermutlich vergiftet. Soweit man weiß, war sie die Letzte, die vor seinem Tod mit ihm gesehen wurde.«

»Ist sie angeklagt worden?«

»Nach allem, was ich gehört habe, ergaben die Untersuchungen keine eindeutigen Beweise. Aber die Familie des jungen Mannes glaubt, dass sie etwas damit zu tun hatte. Einige Monate später hat sie

Mr Farthington geheiratet, und wir wissen alle, wie das ausgegangen ist.«

Matthews Meinung nach hatte Mr Tornquist seine Berufung als Verfasser von Groschenromanen verfehlt. »In diesem Fall kann ich keinen Grund erkennen, es anzusprechen. Wenn es keine Beweise dafür gibt, dass sie etwas damit zu tun hatte, wieso erwähnen Sie es dann?«

»Ich dachte, Ihr Mandant würde gern erfahren, was für eine Art Frau er beschützt. Wenn es ihm egal ist, soll es mir das auch sein.«

Genervt erhob Matthew sich zum Gehen.

»Wo wollen Sie hin?«

»Irgendwohin. Hauptsache, weg von hier.«

»Ich nehme Ihr Angebot an. Aber ich werde Farthingtons Familie nicht erzählen, dass ich sie nicht gefunden habe, sondern ich lasse sie in dem Glauben, dass ich weitersuche.«

Matthew schaute ihn verächtlich an. »Warten Sie hier auf weitere Nachrichten.« Damit verließ er das Hotel. Der Mann hatte ihn in eine Zwickmühle gebracht. Sollte er Aubrey von dem zweiten toten Mann berichten oder es lieber für sich behalten?

Darüber grübelte er nach, während er in seinen Buggy stieg und sein Pferd den Hügel hinauf in Richtung Casino lenkte, um sich einen wohlverdienten Drink zu gönnen.

Einerseits schien Aubrey sehr erfreut darüber zu sein, dass er die Frau geheiratet hatte. Ehrlich gesagt hatte Matthew seinen alten Freund noch nie glücklicher erlebt als heute. Wenn ihm etwas zustieße, würde Matthew andererseits mit der Schuld leben müssen, ihm wichtige Informationen vorenthalten zu haben.

Er war hin- und hergerissen, was für Aubrey in dieser Situation das Beste wäre. Nach mehreren Gläsern vom besten Scotch, den das Casino zu bieten hatte, kam er zu dem Schluss, dass er seinem Freund von seiner Entdeckung erzählen musste. Allerdings nicht sofort. Er würde ihm eine Woche oder so dafür gönnen, die Zeit mit seiner neuen Frau zu genießen, bevor er die Bombe platzen ließ.

PARADIS, DAS FRANZÖSISCHE WORT FÜR PARADIES, BESCHRIEB DIE ersten Tage von Aubreys Eheleben perfekt. Noch nie hatte er solches Glück gekannt. Er und Maeve arbeiteten von morgens früh bis abends spät gemeinsam mit dem Trupp aus der Stadt, dessen Mitglieder unter der erfahrenen Führung von Mr Plumber und Mrs Allston zu Zimmermädchen, Dienern und Küchenhilfen ausgebildet wurden.

Sie hatten Uniformen erhalten und waren so fleißig gewesen, dass sie ihrem Zeitplan nun sogar leicht voraus waren. Deshalb hatte Aubrey Maeve am dritten Tag nach der Hochzeit überredet, einen Nachmittag lang die Arbeit ruhen zu lassen. Er bestellte den Buggy und lud seine Frau und den Picknickkorb, den Mrs Allston vorbereitet hatte, für eine Ausfahrt an den Bailey's Beach ein, einen der wichtigsten Treffpunkte der feinen Gesellschaft von Newport während des Sommers.

Eine Woche bevor die Saison ernsthaft begann, hatten sie den breiten Strand an diesem späten Junitag nahezu für sich allein.

Aubrey breitete die Decke aus und half Maeve, darauf Platz zu nehmen.

»Es ist sehr dekadent, sich mitten an einem Werktag davonzustehlen.«

»Im Moment sieht es ganz so aus, als hätten wir mehr als genug Zeit, um alles für Mutters Ankunft fertig zu kriegen. Und das haben wir hauptsächlich dir zu verdanken. Das Mindeste, was ich da tun kann, ist, dich für ein paar Stunden von alldem wegzulocken, damit du dich ausruhen kannst.«

Sie warf ihm einen Blick aus dem Augenwinkel zu. »Ja, Ausruhen ist in den letzten paar Tagen auf jeden Fall zu kurz gekommen.«

»In der Tat. Meine Gattin ist im Schlafgemach unersättlich.«

»Also *ich* bin nicht die Unersättliche«, erwiderte sie empört.

Aubrey konnte nicht anders, als in lautes Gelächter auszubrechen. Und als er sich endlich wieder einigermaßen gefasst hatte, merkte er, dass seine bezaubernde Frau ihrerseits einen verlorenen Kampf führte, um sich nicht anstecken zu lassen. Er konnte sich nicht erinnern, wann er das letzte Mal so gelacht hatte. Ganz sicher war es vor Annabelles Tod gewesen. Sein Gesicht schmerzte schon, weil er in den letzten

Tagen so viel gegrinst hatte, und wie Maeve litt er allmählich darunter, den Großteil der Nacht wach zu sein.

Aber seine Frau war eben unwiderstehlich. Er konnte einfach nicht genug von ihr bekommen.

»Bist du wund, Liebste?«, fragte er, während er ihnen etwas von dem eiskalten Champagner einschenkte, den Mrs Allston auf seinen Wunsch hin in den Korb getan hatte.

»Das bin ich leider in der Tat.«

»Das bedaure ich. Doch was wir getan haben, bedauere ich nicht.«

»Es ist nur ein Beweis dafür, dass es nicht gesund ist, es vier Mal in einer Nacht zu tun.«

»Sobald du dich daran gewöhnt hast, wirst du erkennen, wie unglaublich gesund es sein kann.«

»Ich fürchte, wenn ich noch ›gesünder‹ werde, überlebe ich den ersten Monat meiner Ehe nicht.«

Aubrey grinste und beugte sich für einen Kuss vor. »Ich persönlich habe mich in meinem Leben nie besser gefühlt, auch wenn mir deine Schmerzen natürlich leidtun. Ich verspreche dir, ich werde mich nachher ausführlich darum kümmern.«

Vorhersehbar stieg ihr die Hitze in die Wangen und ließ ihre Haut rosig schimmern. »Du sollst solche Sachen nicht laut aussprechen.«

»Warum denn nicht?«

»Darum!«

»Warum?«

»Einfach darum, weil deine Frau es will.«

»Sosehr ich meine Frau anbete, sie wird mir einen besseren Grund nennen müssen.«

»Du weißt, wie sehr ich es hasse, wenn ich vor Verlegenheit rot werde. Also habe ich dich gebeten, nichts zu sagen, wovon ich verlegen werde.«

»Und ich habe dir geantwortet, dass mich deine geröteten Wangen erfreuen, weshalb ich dich regelmäßig in Verlegenheit bringen muss, damit sie so rosig bleiben.«

»Deine Logik treibt mich noch in den Wahnsinn. *Du* treibst mich in den Wahnsinn.«

»Trotzdem wirst du mich und all meine wahnsinnig machenden Bemerkungen nicht mehr los.«

»Ich habe mich von deinem Charme einwickeln lassen.«

»Du hast dich von deinem Verlangen nach mir einwickeln lassen. Gib es ruhig zu.«

Sie versetzte ihm einen kleinen Schubs.

Er ergriff ihre Hand und zog sie auf sich.

»Lass mich sofort los!«

»Nicht, bevor du mir nicht einen Kuss gegeben hast.«

»Mr Nelson!«

»Aubrey.« Er strich mit seinen Lippen über ihre. »Du warst darin schon so gut. Warum sind wir jetzt wieder bei ›Mr Nelson‹?«

»Weil du dich skandalös verhältst.«

»Ich küsse meine Frau. Daran ist gar nichts skandalös.«

»Natürlich ist es das, wenn du das in aller Öffentlichkeit tust, wo uns jeder sehen kann.«

»Küss mich, dann lasse ich dich los.«

Sie gab ihm einen schnellen Kuss auf den Mund.

Er hielt sie noch fester. »Das kannst du besser.«

»Nicht hier.«

»O doch.« Er hob die Augenbrauen und schürzte die Lippen in der Hoffnung, dass sie die Herausforderung annehmen würde.

Sie drückte ihre Lippen in dem sanftesten, zartesten Kuss, den er je erlebt hatte, auf seine. »Jetzt lass mich los, sonst war das der letzte Kuss, den du heute bekommst.«

Er erfüllte ihr ihren Wunsch, auch wenn er es nicht wollte. Dann legte er sich stöhnend zurück und starrte zum Himmel hinauf. »Es ist nicht fair, dass du mir erst so einheizt und dann sagst, ich solle dich loslassen.«

»Es ist auch nicht fair, dass du mich in der Öffentlichkeit in Verlegenheit bringst.«

Aubrey stützte seinen Kopf in die Hand, damit er sie ansehen konnte. Das war inzwischen eine seiner Lieblingsbeschäftigungen. Er war sich sehr bewusst, dass es nicht unendlich so weitergehen konnte. Sie befanden sich in einer Blase der Glückseligkeit, in der ihnen niemand etwas anhaben konnte. Doch sobald seine Familie eintraf, würde diese Blase platzen, und das würde nicht schön werden.

Matthew hatte sich um Tornquist gekümmert und hielt Ohren und Augen offen, ob noch jemand nach Maeve suchte. Die unmittelbare Bedrohung war zwar fürs Erste abgewendet, aber die Tatsache blieb bestehen, dass in Irland eine Mordanklage auf sie wartete. Er hatte nicht den Hauch einer Ahnung, was er dagegen unternehmen konnte, und hoffte, dass Derek ihm helfen würde, eine Lösung zu finden.

Sie hatten noch einen Tag, bevor seine Mutter mit Aubreys Schwestern und deren Kindern ankommen würde. Er erwartete einen Krach epischen Ausmaßes, wenn seine Mutter herausfand, was er getan hatte. Am liebsten hätte er seine Frau genommen und wäre verschwunden. Leider war das keine Option, da Derek und die anderen nächste Woche hier eintreffen würden. Also würde er bleiben und sich seiner Mutter stellen müssen und konnte nur hoffen, dass seine Ehe stark genug war, um den kommenden Sturm zu überstehen.

MAEVE HATTE WAHRE WUNDER GEWIRKT. AUBREY FIEL KEIN anderes Wort ein, um zu beschreiben, was sie geschafft hatte. Alles im Haus war blitzblank und glänzte und roch dabei so frisch wie eine Blumenwiese. Gemeinsam mit Mr Plumber und Mrs Allston hatten sie die Hilfskräfte auf Vordermann gebracht, und erweitert um deren Verwandte und Freunde konnte der Sommersitz der Nelsons nun mit ganz passablem Personal aufwarten, das seine Uniformen mit unübersehbarem Stolz trug.

Hielten sie einem Vergleich mit den professionellen Bediensteten aus den anderen feinen Häusern von Newport stand? Nicht einmal ansatzweise, doch Aubrey würde sie mit ihrer Ernsthaftigkeit und dem Eifer, mit dem sie bei der Sache waren, jederzeit der unzuverlässigen Bande vom letzten Jahr vorziehen.

Am Abend vor der Ankunft seiner Familie drehte Aubrey eine letzte Runde durch alle Räume. Im riesigen Ballsaal war keine einzige Spinnwebe, kein Staubkörnchen zu finden. Im Zimmer seiner Mutter war das Bett mit einer neuen Matratze, einer gestreiften Seidenüberdecke und kostbar bestickten Kissen ausgestattet worden und wirkte sogar eleganter als zuvor. Zumindest Aubreys Meinung nach. Was seine Mutter davon halten würde, konnte man nur vermuten. Auf jeden Fall aber würde niemand ahnen, was für eine Katastrophe über das Haus hereingebrochen war.

»Ah, da bist du ja«, sagte Maeve, als sie sich zu ihm stellte. Sie trug eines der neuen Kleider, eines aus weißer Seide mit dünnen roten Streifen, das ihn an Zuckerstangen erinnerte.

Aubrey liebte es, an Zuckerstangen zu lecken. Dieser Gedanke regte seine Fantasie in Bezug auf seine bezaubernde Frau an.

Sie runzelte die Stirn. »Was ist?«

»Dein hinreißendes Kleid bringt mich auf interessante Ideen.«

»Was für Ideen?«

»Welche, bei denen ich an einer Zuckerstange lecke. Unter anderem.«

Wie er vorhergesehen hatte, flammten ihre Wangen sofort auf. »Hör auf damit.«

Er legte ihr einen Arm um die Taille und beugte sich so nah zu ihr, dass seine Lippen ihr Ohr berührten. »Ich werde niemals damit aufhören.«

»Du musst lernen, dich zu beherrschen. Von morgen an haben wir das Haus nicht mehr für uns allein.«

»Wie du sehr gut weißt, kann ich genau das nicht, wenn du in meiner Nähe bist. Und wenn es im Haus von Familie und Freunden wimmelt, müssen wir einfach kreativer werden.«

»Du wirst mich nicht in Verlegenheit bringen, oder?«

»Sooft ich nur kann.«

»Das ist nicht nett von dir.«

»Ich werde sehr, sehr nett zu dir sein, das verspreche ich dir.« Er tätschelte ihr den Po, um sie in Richtung Schlafzimmer zu dirigieren.

»Wo gehen wir hin?«

»Wir ziehen uns früh zurück, damit wir für die morgige Invasion gut ausgeruht sind.«

»Ausgezeichnet. Ich könnte eine Nacht ungestörten Schlafs gebrauchen.«

»Davon war nie die Rede.«

Ihr glockenhelles Lachen zählte zu seinen größten Freuden – zusammen mit ihrem ausdrucksstarken Mienenspiel und ihrem Anblick, wenn ihr die Haare über die nackten Schultern fielen. Er liebte es, wie die Spitzen ihrer üppigen Brüste zwischen den Haarsträhnen hervorlugten und wie sie bei der geringsten Provokation errötete. Und er konnte ihr stundenlang zuhören, wenn sie mit ihrem melodischen Akzent über die alltäglichsten Dinge sprach. Ehrlich gesagt wurde ihm langsam klar, dass er absolut alles an ihr liebte.

Er liebte seine Frau und hatte keine Ahnung, ob sie für ihn das Gleiche empfand. Ja, sie war im Bett begeistert bei der Sache, und er hatte keinerlei Zweifel daran, dass sie diesen Teil ihrer Beziehung genoss. Sie sprachen offen über alles Mögliche, hatten Seite an Seite gearbeitet, um dem Haus zu seinem früheren Glanz zu verhelfen, und hatten eine angenehme, behagliche Verbindung miteinander gefunden. Aber hatte sie tiefer gehende Gefühle für ihn? Das wusste er nicht, und er brachte es nicht über sich, sie zu fragen, weil er sich vor ihrer Antwort fürchtete.

Sie war dankbar für den Schutz, den er ihr bot, und hatte ihm mehrmals eigens dafür gedankt, dass er Tornquist ausbezahlt hatte. Außerdem wusste sie zu schätzen, dass er weiter Nachforschungen darüber anstellen wollte, was wegen der Vorwürfe in Irland unternommen werden konnte. Dankbarkeit war jedoch das letzte auf der Liste der Dinge, die er von ihr wollte. Er wollte sie mit Herz und Seele. Er wollte sie mit jedem ihrer Gedanken, Wünsche, Träume. Er wollte alles mit und von ihr, und auch wenn die körperliche Verbindung mit jedem Tag stärker wurde, schien der Rest damit nicht Schritt zu halten.

Im Schlafzimmer angekommen, öffnete er die Knöpfe auf der Rückseite ihres Kleids und hauchte dabei kleine Küsse auf ihren herrlichen Nacken, der ihn vom ersten Augenblick an fasziniert hatte. Nie würde er diese elegante Kurve, die zarte Haut oder den betörenden Duft leid werden, der ihn dazu trieb, sich mitten am Tag dem Alkohol zuzuwenden, damit er nicht versucht war, sie zu entführen und stündlich zu vernaschen.

Aubrey ertappte sich immer wieder dabei, wie er die Minuten zählte, bis sie wieder allein sein konnten, abgeschirmt vom Rest der

Welt. Wenn ihre Gäste sie verlassen hatten, würde er eine lange Hochzeitsreise mit ihr unternehmen, damit sie jeden Tag gemeinsam verbringen konnten, gerne auch im Bett, wenn sie das wollte. Der Gedanke an ganze Tage, die er allein mit ihr verleben würde, hatte eine elektrisierende Wirkung auf ihn.

»Sobald unsere Gäste fort sind, werden wir in die Flitterwochen aufbrechen.« Er schob ihr den gestreiften Stoff des Kleids über die Arme und dann über ihre schmalen Hüften, wobei er ihre Hand hielt, damit sie hinaussteigen konnte. Die Schneiderin hatte zudem Unterwäsche aus feinster Seide angefertigt, in der Aubrey seine Gattin einfach unglaublich verführerisch fand. Vorsichtig löste er die Nadeln aus ihrer Frisur und beobachtete, wie die Strähnen sich in weichen Wellen über ihre Schultern ergossen. Er war verrückt nach ihrem Haar.

»Eine Hochzeitsreise ist nicht notwendig, Mr Nelson.«

Nachdem er ihr das Unterkleid über den Kopf gezogen hatte, bewunderte er ihren bloßen Rücken. »Hör auf mit ›Mr Nelson‹. Und Flitterwochen sind absolut notwendig.«

»Das stimmt nicht, Aubrey.«

»Ich brauche Zeit allein mit meiner Frau.«

»Du hast jede Nacht Zeit mit mir allein.«

»Das reicht nicht.«

Sie lachte. Oh, wie er den Klang ihres Lachens liebte. »Und du wirfst *mir* vor, unersättlich zu sein.« Als sie sich zu ihm umdrehen wollte, hielt er sie zurück.

»Warte.« Er ließ sich hinter ihr auf die Knie nieder, umfasste ihren Po und drückte zu.

Ihre Beine fingen an zu zittern, deshalb griff sie nach der Lehne eines der Louis-quatorze-Stühle, die sich in jedem Raum des Hauses fanden. »Aubrey ... Was tust du da?«

»Still.« Er öffnete die Bänder ihrer Unterhose, schob den Stoff nach unten und erfreute sich am Anblick ihrer runden Pobacken.

»Aub... Aubrey.«

»Halt dich am Stuhl fest.«

Sie tat es und schaute ihn über die Schulter an.

Er presste ihre Pobacken auseinander und fuhr mit dem Finger den Spalt entlang.

»Oh ... O nein, *Aubrey*.« Ihre Beine zitterten stärker, also stand er auf, schlang einen Arm um ihre Taille und hob sie hoch.

Maeve ließ die Stuhllehne los und gab ein sehr undamenhaftes Quieken von sich, als er sie zum Bett trug und so darauf platzierte, dass sie mit dem Bauch auf der Matratze lag und ihre Füße auf dem Boden standen. Sie drehte den Kopf und sah ihn aus großen Augen vorwurfsvoll an. »Das ist unzüchtig.«

»Unbedingt.« Wieder ging er auf die Knie und fuhr mit dem fort, womit er angefangen hatte. Er liebte die Geräusche, die sie von sich gab, während er sich an ihr ergötzte. Immer noch von hinten drang er mit zwei Fingern in sie ein und krümmte sie, um den Punkt zu erreichen, bei dessen Berührung sie aufkeuchte und sich in die Tagesdecke krallte.

»O Gott. O bitte ... *Bitte*.«

Er zog die Finger zurück und ersetzte sie durch seine Zunge, bis Maeve sich in Zuckungen unter ihm wand und ihr gesamter Körper rot überhaucht war. Himmel, wie er das liebte.

Während sie unter den Nachbeben keuchte, riss er sich die Kleidung vom Leib und drang von hinten in sie ein. Das hatten sie bisher noch nicht getan, und angesichts dessen, wie sie sich anspannte, war sie nicht sicher, ob *das* wirklich züchtig war.

»Ganz ruhig, Liebste.« Er legte seine flache Hand auf ihren unteren Rücken, um sie in der gewünschten Position zu halten.

»Du willst es so machen?«

»Auf jeden Fall. Und du wirst es lieben, das verspreche ich dir.«

»Bist du sicher?«

»Absolut.« Aubrey merkte, dass sie nicht ganz überzeugt war, denn ihre Muskeln blieben angespannt. Also schob er die Hand unter sie, umfasste ihre Brüste und zwickte die Spitzen. Die Ablenkung half, und er konnte vollständig in sie eindringen. »Wie fühlt sich das an?«

»Anders, aber nicht schlecht.«

»Tut es weh?«

»Nein.«

»Sag mir, falls doch. Es soll sich gut für dich anfühlen.«

»Das tut es.«

Er gönnte ihr ein paar Minuten dafür, sich an die neue Position zu gewöhnen, bevor er seine Hände auf ihre Hüften legte, um sie für seine langen Stöße festzuhalten. Als er kurz darauf seine Finger zwischen ihre Beine schob, schrie sie auf. Ihre inneren Muskeln krampften sich um ihn zusammen, und er musste sich auf die Lippen beißen, um seinen eigenen Schrei der Erlösung zu unterdrücken.

Nachdem er von dem unglaublichen Hoch wieder auf die Erde gekommen war, legte er seinen Kopf auf ihren Rücken. Sie atmeten beide heftig, aber dann stockte ihm der Atem, als ihm bewusst wurde, wie sehr er sich hatte davontragen lassen – er hatte sich nicht rechtzeitig aus ihr zurückgezogen, obwohl er das vorgehabt hatte.

Verdammt.

Kaum hatte er das gedacht, stellte er sich Maeve mit rundem Babybauch vor, und sein Herz machte unwillkürlich einen Satz bei dem Gedanken, Kinder mit ihr zu haben, ein Leben, einfach alles.

Sie wand sich unter ihm, und er stemmte sich hoch, hauchte ihr einen Kuss auf den Rücken und löste sich von ihr. »Ich bin gleich wieder da.«

Aubrey ging ins Badezimmer, um sich zu waschen, dann kehrte er mit einem Handtuch für sie zurück und kroch zu ihr ins Bett. »Äh, Maeve?«

»Ja.«

»Ich ... Also, am Ende ... Ich war immer noch in dir.«

Sie riss die Augen auf, als ihr die Bedeutung seiner Worte klar wurde. »Oh.«

»Es tut mir leid. Ich habe mich davontragen lassen und vergessen, aufzupassen.«

Sie zog die Unterlippe zwischen ihre Zähne.

»Sag etwas.«

»Würdest du ... denn ein Kind wollen?«

Wie trunken von ihrem Anblick, von ihrem Geschmack, von allem an ihr, schaute Aubrey sie an. »Ich würde unser Kind mit jeder Faser meines Seins wollen.«

»Ich habe immer davon geträumt, Mutter zu sein, hatte diesen Traum allerdings schon aufgegeben.«

»Wegen dem, was mit Farthington passiert ist?«

Sie nickte. »Nachdem ich aus Irland geflohen bin, bin ich immer davon ausgegangen, dass ich arbeiten müsste, um meinen Lebensunterhalt zu bestreiten, also weder heiraten noch eine Familie haben könnte.«

Aubrey wickelte sich eine Strähne ihres Haars um den Finger und sah sie an. »Das hat sich nun geändert. Du bist frei, wieder zu träumen.«

»Ich bin immer noch dabei, mich an die Veränderungen zu gewöhnen.«

»Bist du glücklich, Maeve?«

»Ja, ich bin glücklich – und erleichtert. Du hast mich vor dem sicheren Tod bewahrt.«

»Aber bist du glücklich mit mir?« Er verfluchte sich dafür, wie das klang, doch er musste es wissen.

»Natürlich bin ich das.«

»Wirklich?«

»Ja«, antwortete sie lächelnd. »Ich bin glücklich. Und nervös, was der morgige Tag bringen wird.«

Er verschränkte seine Finger mit ihren und zog ihre miteinander verbundenen Hände an seine Brust. »Egal, was er bringt, egal, was sie sagen oder denken oder tun, du bist meine Frau, und du wirst mit dem Respekt behandelt werden, der dir zusteht.«

»Du kannst sie nicht zwingen, mich zu respektieren, Aubrey.«

»Na, pass mal auf.«

Ihr tiefer Seufzer verriet ihre Zweifel.

»Ich möchte nicht, dass du dir Sorgen machst. Was auch immer passiert, ich kümmere mich darum. Bei mir bist du sicher.«

Während er das sagte, bemerkte er die Anspannung in Maeves Blick und schwor sich, sie mit aller Macht zu beschützen. Denn sie war für ihn das Wichtigste auf der Welt geworden, und es gab nichts, was er nicht für sie tun würde.

KAPITEL 12

In einer Stunde sollte Aubreys Familie eintreffen, und Maeve ging ein letztes Mal durchs Haus und überprüfte jeden Raum, achtete dabei auch besonders auf die Details. Hier rückte sie eine Vase mit frisch gepflückten Blumen in die Mitte eines Tischs, dort strich sie eine Falte in einem Vorhang glatt, schob einen Sessel ein wenig zur Seite, damit es harmonischer wirkte, und gab einem Landschaftsgemälde einen leichten Stups, sodass es perfekt gerade hing.

Vielleicht war es gut gewesen, dass Mr Tornquist aufgetaucht war und sie so verängstigt hatte, dass sie die Chance ergriffen hatte, Aubrey zu heiraten und sich von ihm beschützen zu lassen. Denn Mrs Nelson hätte vermutlich nur wenige Minuten gebraucht, um zu erkennen, dass Maeve völlig ungeeignet war, ein Haus von der Größe und dem Ruf von Paradis Trouvé zu führen.

Mrs Nelson war ihr gegenüber als die »Drachenlady« bezeichnet worden, und der Gedanke daran, wie sie auf die Hochzeit ihres jüngsten Sohnes mit der Haushälterin reagieren würde, hatte Maeve in der Nacht noch lange wach gehalten, nachdem Aubrey schon eingeschlafen war. Er hatte versucht, ihr zu versichern, dass alles gut werden würde, aber das hohle Gefühl in ihrem Magen ließ sich einfach nicht ignorieren.

In den letzten Tagen hatten sie sich selbst etwas vorgemacht. Sie hatten gelebt, als wären sie Hausherr und Hausherrin hier, obwohl das gar nicht stimmte. Denn Paradis Trouvé gehörte seinen Eltern, und bald würden sie eintreffen und erfahren, dass Aubrey wesentlich mehr getan hatte, als bloß das Haus für ihre Ankunft vorzubereiten. Wenn man dem Gerede über Mrs Nelsons berüchtigtes Temperament Glauben schenken durfte – und nachdem sie gesehen hatte, was die ehemaligen Bediensteten angerichtet hatten, tat Maeve das –, würde dieser sonnige Tag bald düster und stürmisch werden.

Im Ballsaal schaute sie zu dem funkelnden Kronleuchter hinauf, dessen Glanz nicht einmal durch den Hauch einer Spinnwebe gemindert wurde. Der Gedanke daran, wie Aubrey sie erschreckt und dann aufgefangen hatte, als sie von der Leiter gefallen war, ließ sie lächeln. Er war so ein netter Mann, wenn auch manchmal ein wenig fehlgeleitet. Er hatte versucht, sie zu retten, als sie keiner Rettung bedurft hatte, doch dann hatte sie Hilfe gebraucht, und er hatte ihr, ohne zu zögern, seinen Namen und seinen Schutz angeboten.

Ihre Gefühle für ihn waren eine verwirrende Mischung aus Dankbarkeit, Verlangen und Sorge darüber, was sie erwarten würde. Würde er seiner Familie sagen, *warum* er sie geheiratet hatte? Darüber hatten sie nie gesprochen, und sie wusste, das mussten sie, solange sie noch allein waren.

Wenn seine Familie erführe, dass sie einen Mann getötet hatte ... Ihr Magen zog sich zusammen, und sie fürchtete, sich gleich übergeben zu müssen. Schnell machte sie sich auf die Suche nach Aubrey und hatte es dabei so eilig, dass sie, ohne hinzusehen, um eine Ecke bog und gegen eine harte Männerbrust prallte. Nur die schnelle Reaktion des Besitzers dieser Brust verhinderte, dass sie durch den Aufprall zu Fall kam.

»Wo willst du denn so schnell hin, meine Liebste?« Ein fröhliches Funkeln stand in seinen Augen, wie so häufig, wenn er sie anschaute. Sie lachten so oft gemeinsam, dass Maeve sich manchmal fragte, ob es üblich war, sich selbst in den intimsten Momenten mit seinem Ehepartner so sehr zu amüsieren. Sie konnte sich nicht erinnern, dass ihre Eltern jemals miteinander gelacht hatten, und es gab niemanden, den sie fragen konnte, ob es normal war. »Maeve? Was ist los?«

»Ich ... ich habe dich gesucht.«

»Nun, jetzt hast du mich gefunden. Was gibt es?«

»Ich habe eine Frage bezüglich deiner Familie.«

»Was denn?«

Sie schluckte die Galle herunter, die ihr die Kehle hochstieg. »Wirst du ihnen verraten, warum du mich geheiratet hast?«

»Aber natürlich werde ich das.«

Ihr Magen sackte ihr in die Knie. »Oh.«

Aubrey legte seine Hände an ihre Wangen und zwang sie, ihn anzuschauen – was ihr nicht schwerfiel, denn sie liebte es, sein attraktives Gesicht zu betrachten. »Ich werde ihnen erzählen, dass ich dich geheiratet habe, weil ich bereits nach kurzer Zeit erkannt habe, dass ich ohne dich niemals komplett sein würde. Ich werde ihnen sagen, dass ich dich geheiratet habe, weil ich ohne dich einfach nicht leben kann.« Er verlieh seinen zärtlichen Worten mit einem sanften Kuss Nachdruck, der Maeves Herz schneller klopfen und ihr den Atem stocken ließ.

»Du wirst ihnen nichts von Mr Farthington erzählen?«

»Nicht, wenn es nicht unbedingt nötig ist. Und ich wüsste nicht, wieso diese Notwendigkeit je bestehen sollte.«

Die Erleichterung, die sie durchflutete, ließ sie beinahe so schwindelig zurück wie sein Kuss. »Danke.«

»Bitte mach dir keine Sorgen, meine Süße. Ich werde mich um dich kümmern.«

Zu ihrer endlosen Verlegenheit stiegen ihr Tränen in die Augen, die sie wegzublinzeln versuchte. Doch vergeblich, sie liefen ihr trotzdem über die Wangen.

Aubrey küsste sie fort. »Keine Tränen, Liebste. Alles wird gut werden. Du bist nicht mehr allein. Du hast jetzt mich.«

Maeve schob ihre Arme unter den eleganten grauen Rock, den er trug, und presste sich an ihn.

So standen sie immer noch da, als ein Räuspern sie erschreckte und auseinanderfahren ließ.

»Entschuldigen Sie die Unterbrechung, Mr Nelson.« Plumber schaute in Richtung Foyer. »Aber Ihre Familie ist eingetroffen.«

»Danke, Mr Plumber. Wir kommen sofort.« Nachdem der Butler gegangen war, lächelte Aubrey sie an. »Bist du bereit?«

»So bereit, wie ich nur sein kann. Bleib bitte in meiner Nähe.«

»Es gibt keinen Ort, an dem ich lieber wäre als nah bei dir.«

Wenn er solche Dinge sagte und sie mit dieser Zärtlichkeit im Blick anschaute, hatte sie immer das Gefühl, als würden tausend Schmetterlinge in ihrem Magen auffliegen.

Er zog ihre Hand in seine Armbeuge, und gemeinsam gingen sie in die große Eingangshalle.

Mr Plumber öffnete die große Tür für sie, und sie traten hinaus, um die vier Kutschen in Empfang zu nehmen, die gerade durch das schmiedeeiserne Tor rollten.

Die Familie war mit dem Dampfschiff der Fall River Line gekommen, die Passagiere zwischen New York und Boston transportierte und auf dem Hin- und Rückweg an der Long Wharf von Newport hielt. Dort hatten Mietdroschken für die Fahrt hinauf zur Bellevue Avenue auf sie gewartet. Da Newport an der südlichsten Ecke der Aquidneck-Insel lag, war es bequemer, das Dampfschiff zu nehmen statt die Eisenbahn, die auf dem Festland verkehrte.

Aubrey hatte Maeve die Logistik am Vorabend erklärt und sie gleichzeitig gewarnt, dass die Reisenden nach der nächtlichen Überfahrt wahrscheinlich müde sein würden. Maeve war mit dem Zug von New York gekommen und hatte mit der kleinen Fähre nach Newport übergesetzt, was preiswerter gewesen war als die Luxussuiten, die die Nelsons vermutlich auf dem Schiff gebucht hatten.

Maeve trug heute das Kleid, in dem sie geheiratet hatte, weil sie hoffte, es würde ihr das gleiche Glück bringen wie an ihrem Hochzeitstag. Und als sie sah, wie die Mitglieder von Aubreys Familie aus den Kutschen ausstiegen, hatte sie das dumpfe Gefühl, dass sie alles Glück brauchen würde, das sie kriegen konnte.

ZU BEOBACHTEN, WIE SEINE MUTTER AUS DER KUTSCHE STIEG, erfüllte Aubrey mit einer düsteren Vorahnung. Er hatte Maeve versprochen, sie zu beschützen, aber als er die Miene seiner Mutter bemerkte, fiel ihm wieder ein, mit wem er es zu tun hatte. Er würde all seiner Standhaftigkeit bedürfen, um sich in dieser Situation nicht die Führung aus der Hand nehmen zu lassen und sicherzustellen, dass die zerbrechliche Beziehung zu seiner Frau durch seine Mutter keinen Schaden nahm.

Als Nächstes kam sein Vater, und Aubrey war entsetzt, als er sah, wie sehr er in den letzten Wochen abgebaut hatte. Aubreys Mutter gab mit scharfer Stimme Anweisungen und Befehle, ihrem Mann behilflich zu sein. Wiggie und Kaiser eilten herbei und boten Mr Nelson je einen Arm an, um ihm die Treppe hinaufzuhelfen.

Aubreys Mutter Eliza zuckte beim Anblick der Männer sichtlich zurück. Trotz ihrer roten Livree zeugten ihre ungelenken Bewegungen von ihrem mangelnden Feinschliff.

»Mutter.« Aubrey begrüßte sie auf die von ihr bevorzugte europäische Art mit einem Kuss auf jede Wange. Einst war Eliza Nelson wunderschön gewesen. Jetzt galt sie als für ihr Alter noch attraktiv mit den blonden Haaren, die einen leichten Messington angenommen hatten, und trotz der tiefen Falten um ihren Mund, die sie stets leicht mürrisch wirken ließen. Seinem Vater schüttelte Aubrey die Hand, während Wiggie und Kaiser für den Fall neben ihm stehen blieben, dass sie gebraucht wurden. »Vater, es ist schön, dich zu sehen. Das hier sind Wiggie und Kaiser, unsere neuen Lakaien.«

»Was ist mit George und Tim vom letzten Sommer?« Eliza rauschte an Plumber und Maeve vorbei ins Haus. Aubreys Vater folgte wesentlich langsamer.

Aubrey bot Maeve seinen Arm und ging hinter seinen Eltern her. »Sie haben uns letztes Jahr verlassen.«

Seine Mutter, die gerade dabei war, ihren Hut abzunehmen, drehte sich zu ihnen um. Ihr Blick schoss zu Maeves Hand, die in Aubreys Armbeuge lag. »Verlassen?«

»Ja, das hat das gesamte Personal nach Ablauf der letzten Saison getan.«

»Das stimmt nicht. Corrigan hat weiter ihre Gehälter bezahlt.«

»Darüber müsstest du mit Mr Corrigan sprechen.« Der Mann kümmerte sich um die Begleichung der Haushaltsrechnungen in New York und Newport. »Aber ich kann dir versichern, dass das Personal sich am Ende des letzten Sommers geschlossen verabschiedet hat. Ich habe mir dir Freiheit genommen, neue Leute einzustellen, darunter Mr Plumber, den Butler.«

Plumber verbeugte sich leicht. »Sir, Ma'am. Es ist mir eine Ehre, in einem so exklusiven Haus zu dienen.«

»Und das hier ist Maeve ...«

»Ah ja«, unterbrach ihn Eliza. »Die Haushälterin. Die Agentur in New York hat uns über ihre Anstellung informiert.«

Aubrey und Maeve ergriffen gleichzeitig das Wort.

»Es ist mir eine Freude, Sie kennenzulernen, Ma'am.«

»Sie ist nicht länger die Haushälterin.«

Eliza musterte ihren jüngsten Sohn. »Wie bitte?«

»Maeve ist nicht länger die Haushälterin.« Er legte einen Arm um sie. »Seit ein paar Tagen ist sie meine Frau.«

Eliza starrte ihn lange an, doch Aubrey weigerte sich, zu blinzeln oder wegzuschauen.

Dann lachte seine Mutter laut auf. »Das kannst du nicht ernst meinen. Du bist *nicht* mit der irischen Haushälterin verheiratet.«

»Ich bin verheiratet mit Maeve Sullivan Nelson, ehemals aus Dingle, Irland.«

»Ist das ein Scherz, Aubrey? Dann lass dir versichern, er ist nicht lustig.« Das Lachen von eben war einer finsteren Miene gewichen.

»Es ist kein Scherz, Mutter, und ich rate dir, gut darüber nachzudenken, was du als Nächstes sagst oder tust. Maeve ist meine Gemahlin, und mir liegt sehr viel an ihr. Du wirst ihr den Respekt erweisen, der ihr gebührt, sonst ...«

Eliza verengte die Augen. »Sonst was?«

»Sonst werde ich meine Frau und meine Freunde, den Herzog und die Herzogin, nehmen und mit ihnen den Sommer – genau wie den Rest unseres Lebens – woanders verbringen.«

»Stoß keine leeren Drohungen aus. Der Herzog und die Herzogin wollen den Sommer über nirgendwo anders als hier sein.«

»Sie werden dort sein, wo immer ich bin, Mutter. Und ob ich hier bin oder nicht, liegt ganz allein bei dir.«

Bevor seine Mutter etwas erwidern konnte, ergriff sein Vater das Wort. »Ich möchte mich gerne hinlegen.«

»Natürlich, Vater.« Aubrey gab den Lakaien ein Signal, die seinem Vater sofort zu Hilfe eilten. Aubrey hätte das gerne selbst getan, aber er wollte Maeve nicht mit seiner Mutter allein lassen.

Während die Männer seinem Vater die Treppe hinaufhalfen, trafen Aubreys Schwestern und ihre Kinder in einem lauten, fröhlichen Durcheinander aus Worten und Gelächter ein, das sofort erstarb, als sie merkten, dass sie in eine angespannte Situation hineingeraten waren.

Aubrey riskierte einen Blick zu Maeve und sah, dass ihr Gesicht ganz blass und ihre Lippen fest zusammengepresst waren. Er hasste es, dass sie das hier miterleben musste. Hoffentlich würde seine Mutter seine Worte ernst nehmen. Aubrey hatte keinerlei Zweifel, dass Derek, Catherine und die anderen keine Einwände erheben würden, wenn er sagte, sie müssten umziehen.

Die gute Gesellschaft könnte ihnen nicht gleichgültiger sein. Sie besuchten ihn. Seine Mutter freute sich auf den Ruhm, den es ihr bringen würde, den Herzog und die Herzogin zu Gast zu haben. Auf keinen Fall würde sie den anderen Gastgeberinnen in Newport erklären wollen, warum ihre illustren Gäste es vorzogen, nicht in ihrem Haus zu residieren. Diese Demütigung wäre größer als die Schande einer irischen Schwiegertochter zweifelhafter Herkunft – das hoffte er zumindest.

Aubrey setzte großes Vertrauen in seine Freundschaft zu Derek und Catherine. Ihr anstehender Besuch verlieh ihm in den Augen seiner Familie und der angesehensten Gastgeberinnen hier eine Art Gütesiegel. Wenn der Herzog und die Herzogin die Nelsons ablehnten, wäre das für seine Mutter und seine Schwestern eine Katastrophe, und dessen war sich seine Mutter bewusst.

Er ergriff Maeves eiskalte Hand und drückte sie leicht. »Maeve, darf ich dir meine Schwestern vorstellen: Adele, Audrey, Alora und Aurora. Alora und Aurora sind Zwillinge, wie du vielleicht schon bemerkt hast. Und das hier sind meine Nichten und Neffen: Margaret, Augusta, Jane, Samuel, James und Sally.« Die Kinder waren im Alter zwischen elf und drei Jahren und beste Freunde, da sie in New York nah beieinanderwohnten. Sie freuten sich jedes Jahr auf die Sommer in

Newport, wo sie ein paar Monate unter dem gleichen Dach verbrachten. »Das ist meine Frau Maeve.«

»Du hast *geheiratet*, Onkel Aubrey?«, fragte Augusta. Die Neunjährige hatte rotblonde Haare und große blaue Augen.

»Das habe ich. Komm, begrüß deine neue Tante Maeve.«

Augusta brachte die anderen Kinder mit zu ihr. »Du bist sehr hübsch.«

»Danke.« Maeve umarmte die Kinder der Reihe nach. »Ihr aber auch.«

»Du redest so komisch«, bemerkte James.

»James«, ermahnte Aubrey ihn streng. »Das ist nicht höflich. Maeve stammt aus Irland, und deshalb spricht sie anders als wir.«

»Tut mir leid«, sagte James.

Maeve tätschelte ihm den dunklen Schopf. »Du musst dich nicht entschuldigen. Im Vergleich mit dir höre ich mich wirklich komisch an.«

Der siebenjährige James kicherte.

»James hat ja gar kein Recht, zu sagen, wer komisch redet«, warf Margaret ein. »Er spricht viele Wörter falsch aus.«

Aubrey umarmte seine elfjährige Nichte. »Gesprochen wie eine wahre ältere Schwester.«

»Aber es stimmt«, bekräftigte Margaret.

James streckte ihr die Zunge raus.

»Das reicht, Kinder.« Ein ganzer Trupp Gouvernanten tauchte auf und scheuchte die Kinder die Stufen hinauf.

»Können wir auf dem Rasen Krocket spielen, Onkel Aubrey?«, fragte Samuel von der Treppe aus.

»Auf jeden Fall. Nach dem Mittagessen geht es los.«

»Sie sind bezaubernd«, sagte Maeve.

»Sie sind eine ganz schöne Bande, aber wir lieben sie.« Manchmal fragte er sich, wie viele Kinder er jetzt wohl hätte, wenn Annabelle nicht gestorben wäre. Seine Kinder wären mit den anderen zusammen aufgewachsen. Jetzt hatte er eine weitere Chance auf eine eigene Familie, und bei der Vorstellung, mit Maeve Kinder zu haben, empfand er Glück und Freude.

»Aubrey, darf ich kurz unter vier Augen mit dir sprechen?«, fragte seine Mutter.

»Natürlich.« Er ließ Maeves Hand los. »Ich komme gleich wieder zurück.«

»Wir kümmern uns um Maeve.« Audrey hakte sich bei ihrer neuen Schwägerin unter. »Mach dir keine Sorgen, Aubrey.«

»Seid nett zu ihr, sonst ...«, flüsterte er seiner Schwester zu.

Sie verdrehte die Augen und ging mit Maeve zur rückwärtigen Veranda. Die anderen drei Schwestern folgten ihnen. Maeve warf Aubrey über die Schulter einen unsicheren Blick zu. Der folgte seiner Mutter in den Salon und hoffte, dass seine Schwestern seine Frau gut behandeln würden.

Die Tür fiel mit einem dumpfen Knall ins Schloss.

»Was hat das alles zu bedeuten, Aubrey?«

»Was, Mutter?«

»Dass du die irische Haushälterin geheiratet hast!«

»Ich liebe sie.« Und er würde alles tun, damit ihre Ehe erfolgreich wäre.

Zorn blitzte in den Augen seiner Mutter auf. »Du *liebst* sie? Du kennst sie doch kaum!«

»Ich kenne sie besser, als ich je jemanden gekannt habe, einschließlich Annabelle.«

»Wie ist das möglich, wenn du sie erst vor zwei Wochen getroffen hast?«

»Das kann ich dir nicht erklären. Ich kann dir nur sagen, dass es die Wahrheit ist. Sie ist die Frau, die zu finden ich seit dem Verlust von Annabelle gehofft habe. Und ich werde nicht zulassen, dass irgendjemand, dich eingeschlossen, ihr das Gefühl gibt, weniger wert zu sein, bloß weil sie aus Irland stammt.«

»Sie wird weder hier noch in New York empfangen werden.«

»Ich denke, das wird sie auf jeden Fall. Die gleichen Leute, die sie abweisen würden, werden sich wünschen, den Herzog und die Herzogin in ihren Häusern begrüßen zu können. Uns gibt es allerdings nur gemeinsam – alle oder keinen.«

»Es ist erstaunlich anmaßend von dir, wenn du vorgibst, im Namen des Herzogs und der Herzogin zu sprechen.«

»Der Herzog und die Herzogin sind meine engsten Freunde. Ich hege keinen Zweifel daran, dass sie meine Frau mit offenen Armen empfangen und meiner Führung folgen werden, auch wenn das bedeutet, sich mit der feinen Gesellschaft von Newport anzulegen.«

»Wie konntest du mir das antun, Aubrey? Ich werde zum Gespött der ganzen Stadt.«

»Ich habe dir gar nichts angetan, Mutter. Ich habe lediglich die Frau geheiratet, die ich liebe. Die erste Frau, die in den zehn Jahren, seitdem ich Annabelle verloren habe, mein Interesse geweckt hat. Ich hätte gedacht, du würdest dich für mich freuen.«

»Da hast du dich geirrt. Ich bin entsetzt, und wenn dein Vater bei klarem Verstand wäre, wäre er es ebenfalls. Leute unseres Standes heiraten nicht die Haushälterin, um Himmels willen.« Ihre harschen Worte sprach sie mit dem klaren britischen Akzent, der ihre aristokratische Herkunft verriet.

»Die Leute unseres Standes misshandeln auch nicht ihre Dienstboten.«

»Was soll das denn heißen?«

»Als Maeve hier ankam, hat sie eine totale Katastrophe vorgefunden. Das Personal vom letzten Jahr hat den ganzen Winter über die Fenster offen stehen lassen und damit Möwen, Ratten und anderes Ungeziefer eingeladen, es sich hier gemütlich zu machen. In deinem Zimmer hatten sie sogar Lebensmittel ausgelegt, um maximalen Schaden anzurichten. Sämtliche Einrichtungsgegenstände aus deinen und aus Vaters Räumen mussten verbrannt werden. Maeve hat sich wochenlang die Finger wund gearbeitet, und anfangs sogar ganz allein, um sicherzustellen, dass das Haus für deine Ankunft bereit ist. Ohne ihre außergewöhnlichen Anstrengungen hätte euch eine Verwüstung erwartet, die jeglicher Beschreibung gespottet hätte. In meinem ganzen Leben habe ich so etwas noch nicht gesehen.«

»Dafür gehören sie zur Rechenschaft gezogen«, erklärte seine Mutter wütend.

»*Du* solltest zur Rechenschaft gezogen werden, weil du sie derart schlecht behandelt hast, dass sie zu solchen Mitteln gegriffen haben. Deshalb wirst du in diesem Haus auch keinerlei Mitspracherecht mehr haben, was das Personal betrifft. Die Dienstboten werden mir, und mir allein, unterstellt sein.«

Seiner Mutter stieg eine alarmierende Röte ins Gesicht. »Für wen hältst du dich eigentlich?«

»Ich bin dein Sohn, und ich bin von deinem Verhalten *entsetzt*.« Er machte eine kurze Pause, bevor er fortfuhr: »Angesichts von Vaters schlechtem Gesundheitszustand möchte ich es gerne vermeiden, ihm zu erzählen, was hier vorgefallen ist. Außer natürlich, du fährst fort damit, die hart arbeitenden Männer und Frauen zu misshandeln, die für ihren Lebensunterhalt von uns abhängig sind. In dem Fall hätte ich keinerlei Skrupel, ihm zu berichten, was passiert ist und warum.«

Ihre Wut war beinahe körperlich spürbar.

»Du wirst meine Frau und unsere Angestellten mit Höflichkeit und Respekt behandeln. Sonst sorge ich dafür, dass du in dieser Saison keinen Fuß auf den Boden bekommst.«

»So etwas würdest du deiner eigenen Mutter antun?«

»Probier es aus, dann wirst du sehen, wie weit ich zu gehen gewillt bin, um zu gewährleisten, dass meine Frau von meiner Familie mit offenen Armen aufgenommen wird. Und dass die Leute, die uns dienen, gut behandelt werden.«

»Du hast mich sehr enttäuscht, Aubrey.«

»Gleichfalls, Mutter. Du solltest wissen, dass es mir nicht gleichgültiger sein könnte, was du oder andere von mir oder meiner Entscheidung bezüglich meiner Frau denken. Ich habe hier nichts zu verlieren, wohingegen für dich, da dir die Meinung anderer so unglaublich wichtig ist, alles auf dem Spiel steht. Ich hoffe wirklich, dass du mir glaubst, wenn ich dir sage: Sei vorsichtig.«

Aubrey hatte das Gefühl, seinen Standpunkt ausreichend deutlich gemacht zu haben, und verließ den Raum. Er konnte es nicht erwarten, seine Frau zu finden und sich zu vergewissern, dass seine Schwestern sie nicht mit Fragen löcherten, die sie nicht beantworten wollte.

KAPITEL 13

»Du musst wissen«, vernahm Aubrey die Stimme seiner Schwester Adele, »dass Aubrey nicht das geringste Interesse an *irgendeiner* Frau gezeigt hat, seitdem die arme Annabelle gestorben ist. Also ist es ein kleiner Schock für uns, hier anzukommen und zu hören, dass er *geheiratet* hat.«

Aubrey beschloss, einen Moment lang zu lauschen, bevor er sich bemerkbar machte.

»Ich bin sicher, dass das sehr überraschend war«, erwiderte Maeve.

»Du musst uns alles erzählen!«, rief Alora aus.

»Nein, muss sie nicht«, erklärte Aubrey und trat durch die Tür nach draußen. »Kümmert euch um eure Angelegenheiten, ihr neugieriges Weibsvolk.«

»Wann hätten wir das je getan?«, fragte Aurora.

Aubrey lachte. »Da hast du auch wieder recht.«

»Nun, einer von euch muss uns erzählen, wie es dazu gekommen ist«, beharrte Adele. »Wir haben ein Recht darauf, es zu erfahren.«

»Nein, habt ihr nicht«, erwiderte Aubrey. »Ich sage nur, dass ich Maeve in dem Moment, in dem ich sie das erste Mal gesehen habe, kennenlernen wollte. Ich wollte alles über sie erfahren, und als ich das Glück hatte, sie davon überzeugen zu können, meine Frau zu werden, war ich klug genug, das zu arrangieren, bevor ihr hier eintreffen und es ihr ausreden konntet.« Er legte einen Arm um Maeve und schaute sie an, um sich zu vergewissern, dass es ihr gut ging.

Sie lächelte, und er spürte, wie etwas in ihm zur Ruhe kam. Sie hatte seine Mutter, seinen Vater und seine Schwestern kennengelernt und lächelte ihn immer noch an. Das wertete er als Sieg. »Ich brauche einen Moment allein mit meiner Frau.«

»Ehrlich, Aubrey«, schalt Aurora ihn. »Mitten am Tag?«

»Ich möchte mit ihr *sprechen*.«

»Natürlich möchtest du das«, warf Audrey ein, während die anderen in Gekicher ausbrachen. »Wir waren auch mal frisch verheiratet.«

Aubrey verzog das Gesicht. »Ich will nichts weiter hören.«

Bevor die Frauen das Thema weiter vertiefen konnten, führte er Maeve nach drinnen und die Hintertreppe hinauf. Er hoffte, das Schlafzimmer zu erreichen, bevor sie einem weiteren Familienmitglied über den Weg liefen. Erleichtert sah er, dass der Flur leer war, und folgte Maeve ins Zimmer. Er schloss die Tür hinter sich, lehnte sich dagegen und stieß erleichtert den Atem aus. »Alles in allem würde ich sagen, das lief ganz gut, nicht?«

»Deine Mutter war wenig erfreut.«

»Das ist sie selten, aber ich habe ihr klargemacht, dass ich mit der Wahl meiner Ehefrau sehr zufrieden bin und keine Störenfriede dulde, nicht mal meine Mutter.« Er drückte sich von der Tür weg, ging zu Maeve und zog sie in seine Arme, um sie zu küssen.

»Hast du ihr von dem Haus erzählt?«

»Das habe ich, und sie hat gedroht, die ehemaligen Bediensteten zur Rechenschaft zu ziehen. Ich habe darauf hingewiesen, dass es angemessener wäre, das mit ihr zu tun.«

»Das hast du nicht getan!«

»O doch. Und ich habe es auch gemeint. Ich habe ihr mitgeteilt, dass sie beim Personal nicht länger das Sagen hat, und wenn sie nicht wünsche, von der feinen Gesellschaft geschnitten zu werden, solle sie sowohl zu meiner Frau als auch zu den Männern und Frauen, die für uns arbeiten, nett sein.«

»Sie ist bestimmt sehr wütend.«

»Das ist mir egal. Ich bin immer ein guter und treuer Sohn gewesen, der seine Eltern respektiert hat, aber jetzt habe ich erkannt, dass Respekt verdient werden muss. Er wird nicht einfach so gewährt.«

Maeve legte ihm eine Hand aufs Herz. »Ich finde diese Seite von dir sehr attraktiv.«

Das war mit Abstand das Beste, was je irgendjemand zu ihm gesagt hatte. »Wirklich?«

»O ja.« Sie stellte sich auf die Zehenspitzen und küsste ihn. Aubrey blieb ganz still – verblüfft und aufs Äußerste erregt davon, dass sie zum ersten Mal die Initiative ergriff.

Er zwang sich, sich weiterhin nicht zu rühren, um zu sehen, was sie tun würde. Und sie enttäuschte ihn nicht.

Sanft strich sie mit ihren Lippen über seine, was ihn fast an den Rand des Wahnsinns trieb. Und als sie ihre Zunge hinzunahm, war es mit seiner Beherrschung vorbei. Er legte die Arme um sie und zog sie so fest an sich, wie es nur ging.

Ihre Leidenschaft stand seiner in nichts nach. Sie vergrub die Hände in seinem Haar und zog seinen Kopf noch näher zu sich heran.

Aubrey verlor jegliches Gefühl für Raum und Zeit. Nichts zählte, außer ihr. Es war ihm egal, dass das Haus voller Familienmitglieder war oder dass er und seine Frau mitten am Tag verschwunden waren. Während er Maeve weiter küsste, zog er sie sanft mit sich auf den Boden, bis sie auf ihm landete.

Sie unterbrach den Kuss und sah ihn so verblüfft an, wie er sich fühlte. »Was machst du da?«

Mit beiden Händen packte er ihren Rock und schob den Stoff über ihren Po nach oben. »Das.« Während er das sagte, rollte er sich mit ihr herum, sodass sie unter ihm lag.

»Aubrey, das geht nicht. Nicht jetzt. Man erwartet uns zum Lunch mit deiner Familie.«

»Das geht sogar sehr gut. Wir sind frisch verheiratet. Sie werden Verständnis haben, wenn wir den Lunch ausfallen lassen.« Er konzentrierte sich auf ihren Hals, bedeckte ihn mit kleinen Küssen, während er sich gegen sie drückte. »Du kannst mich nicht so zurücklassen. Sie werden es sicher bemerken, und dann werden ihre Spötteleien kein Ende nehmen. Das willst du mir doch nicht antun, oder?«

Sie schenkte ihm diesen vernichtenden Blick, den Ehefrauen überall auf der Welt perfektioniert hatten.

Mit einer Hand befreite Aubrey sich von seiner Hose, während er wieder zu Maeves Lippen zurückkehrte, die von den früheren Küssen noch geschwollen waren. »Wir machen ganz schnell und werden nur wenige Minuten zu spät zum Essen erscheinen.«

»Du bist nie schnell.«

Er lachte laut auf. »Dieses Mal schon, das verspreche ich dir. Du hast mir so eingeheizt, dass ich keine Minute durchhalten werde.«

»Warum bekomme immer ich die Schuld zugeschoben?«

»Weil es nun mal deine Schuld ist, dass du so schön und verführerisch und weich und süß und ... ah, so bereit für mich bist.« Sie so heiß und feucht vorzufinden war beinahe zu viel für ihn.

»Das liegt an dir.«

»Ach Liebste, das liegt an uns beiden.« Er glitt in sie hinein und biss sich fest auf die Unterlippe, um sich nicht sofort in ihr zu ergießen. Nichts in seinem Leben war je besser gewesen, als mit seiner bezaubernden Frau vereint zu sein. »Du fühlst dich einfach wunderbar an.«

»Genau wie du.« Mit ihren Fingern fuhr sie ihm so zärtlich durch die Haare, dass sein Herz einen Schlag aussetzte und ihm der Atem stockte.

Er hatte versprochen, schnell zu machen, doch er hasste es, etwas zu übereilen, was sich so verdammt gut anfühlte. Er packte sie am Po und zog sie eng an sich, während er sich immer schneller bewegte.

Maeve schaute zu ihm auf, und ihre Blicke trafen sich in einem Moment der perfekten Harmonie, in dem er erschauerte und sich verlor.

»Geht es dir gut?«

Er schüttelte den Kopf. »Du bringst mich noch um den Verstand.«

»Ist das schlimm?«

»Im Gegenteil. Es ist das Beste, was mir je passiert ist.« Er küsste sie erneut, während er seine Bewegungen wieder aufnahm. Das Gefühl in ihm wuchs und wuchs, bis er es nicht länger in sich halten konnte. »Maeve ...«

»Ja, Aubrey. Hör nicht auf.«

Er würde nie aufhören, sie zu begehren, sie zu lieben, sie zu brauchen. Die Erkenntnis durchströmte ihn unaufhaltsam wie die Flut. Mit ihr hatte er die perfekte Partnerin gefunden. Genau wie Derek mit Catherine und Simon mit Madeleine. Er verstand jetzt, warum die beiden alles riskiert hatten, um die Frauen, die sie liebten, für sich zu gewinnen, denn er würde genau das Gleiche tun, um Maeve und das Band zwischen ihnen zu beschützen.

Er würde *alles* tun, um sich für den Rest seines Lebens so zu fühlen. Maeve hob ihm die Hüften entgegen, und mehr brauchte es nicht.

Aubrey erreichte seinen Höhepunkt mit einem Schrei, der direkt aus seiner Seele aufzusteigen schien. Er umfasste ihre Hüften und Schultern, um sie still zu halten, während sie gleichzeitig mit ihm kam.

»Pst, sie werden uns noch hören.«

»Das ist mir egal.«

Schwer atmend ließ er sich auf sie sinken. Jeder Muskel in seinem Körper erschlaffte, und er hätte sich nicht rühren können, selbst wenn sein Leben davon abgehangen hätte.

Maeve umfing ihn mit ihren Armen und strich ihm weiter mit den Fingern durchs Haar. Ein Gefühl des Wohlbehagens und der Zufriedenheit erfüllte ihn.

»Das war *nicht* schnell.«

Sein leises Lachen drang tief aus seinem Brustkorb. »Ich habe mich außergewöhnlich inspiriert gefühlt von meiner wunderschönen Frau, da konnte ich mich nicht beeilen.«

Sie lachte, und wie immer war es für ihn der schönste Klang der Welt. »Du hast ein fürchterliches Chaos an mir angerichtet. Ich werde mich umziehen müssen, weil mein Kleid ganz zerknittert ist.«

»Ich liebe es, Chaos an dir anzurichten.« Er legte eine Hand an ihre Wange und schaute sie an. »Ich liebe jede Minute, die ich mit dir verbringe.«

»Ich genieße unsere gemeinsame Zeit auch sehr.«

»Es freut mich, das zu hören.«

»Ich hoffe, du hast dir deswegen keine Gedanken gemacht.«

»Nein, nicht wirklich.« Aubrey fragte sich immer noch, ob sie lediglich wegen des Schutzes, den er ihr bieten konnte, mit ihm zusammen war, oder weil ihr wirklich etwas an ihm lag. Er wusste es nicht, und das war das Einzige, was ihn davon abhielt, ihr seine wahren Gefühle zu gestehen.

Er atmete tief ein und dann ganz langsam wieder aus, als ihm bewusst wurde, dass sie wieder einmal unvorsichtig gewesen waren. Sollte Maeve schwanger werden, würde sie das hoffentlich stärker an ihn binden.

Die Unsicherheit schmälerte das Glück, das sie in sein Leben gebracht hatte, und ließ ihn mit der nagenden Angst zurück, was aus ihm werden sollte, wenn sich herausstellte, dass sie ihn tatsächlich nur geheiratet hatte, damit sie nicht nach Irland zurückgebracht und vor Gericht gestellt wurde.

IM LAUFE DER NÄCHSTEN WOCHE HATTE MAEVE DAS GEFÜHL, ZU warten. Ihr war unklar, worauf, aber sie wusste, dass etwas passieren würde, etwas Unangenehmes, das die Blase des Glücks, die sie mit Aubrey gefunden hatte, platzen lassen würde.

Seine Schwestern waren ihr gegenüber freundlich, wenn auch reserviert. Die Kinder waren bezaubernd und sich nicht bewusst, dass sie gegenüber der neuen Frau ihres Onkels nicht allzu warmherzig sein sollten, weil sie von zu niedrigem Stand war.

In Amerika wurden die Iren wie Menschen zweiter Klasse behandelt, was sie vor ihrer Ankunft gewusst hatte. Doch da hatte sie ja praktisch keine Wahl gehabt und wäre vermutlich trotzdem gekommen. Ihr war klar gewesen, dass sie sich irgendeine Arbeit suchen müsste. Allerdings hätte sie niemals damit gerechnet, einen Mann der guten Gesellschaft kennenzulernen, der ein sofortiges und überwältigendes Interesse an ihr zeigen würde. Noch hatte sie je erwartet, so einen Mann zu heiraten.

Als er ihr gesagt hatte, dass Mr Tornquist im Auftrag der Familie Farthington nach ihr suchte, war sie so in Panik geraten, dass es ihr den Atem geraubt hatte. Doch Aubrey war da gewesen, hatte ihr Schutz und eine Lösung für ihr dringendstes Problem geboten.

Pure Verzweiflung hatte sie dazu getrieben, darauf einzugehen, und sein offensichtliches Verlangen nach ihr hatte sein Angebot nur attraktiver erscheinen lassen. Seit diesem Tag hatte er sie mit Empfindungen vertraut gemacht, die alles überstiegen, was sie sich je hatte vorstellen können. Maeve ertappte sich immer wieder dabei, wie sie sich darauf freute, mit ihm allein zu sein. Sie hatte einen beinahe sündhaften Enthusiasmus für die Dinge entwickelt, die sie hinter verschlossenen Türen miteinander anstellten.

Aubrey überraschte und beglückte sie immer wieder – und ja, er brachte sie auch immer wieder in Verlegenheit mit den Dingen, zu denen er sie überredete. Das Ergebnis war immer dasselbe: unendliche Lust.

Seine Mutter hatte seit ihrer Ankunft Distanz gewahrt, aber trotzdem war ihre Missbilligung über Aubreys Wahl in allem, was sie sagte und tat, offensichtlich. Maeve wurde von ihr komplett ignoriert. Vermutlich glaubte sie, wenn sie so tat, als hätte ihr jüngster Sohn nicht die irische Haushälterin geheiratet, wäre es auch nicht passiert.

Der Umstand, dass eine Frau, die für ihre Wutausbrüche bekannt war, schwieg, sprach Bände.

Aubrey war nicht aufgefallen, dass seine Mutter Maeve ignorierte, doch ihr schon. Die Frage, was die Strategie dahinter war, versetzte Maeve in einen konstanten Zustand der Unruhe. Schweigen war in diesem Fall nicht Gold. Wenn ihre Schwiegermutter vorgehabt hatte, in Maeve ein andauerndes Gefühl drohenden Unheils hervorzurufen, war es ihr gelungen. Nicht für einen Moment glaubte Maeve, dass seine Mutter sie jemals als Schwiegertochter akzeptieren würde.

Nachdem eine Woche vergangen war, machte sich Aufregung wegen der anstehenden Ankunft des Herzogs und der Herzogin im gesamten Haus bemerkbar. Niemand freute sich mehr darauf, sie zu begrüßen, als Eliza. Dieser Besuch war vermutlich das Einzige, was sie davon abhielt, eine Möglichkeit zu finden, Maeve aus Aubreys Leben zu verbannen.

Im Moment schien sie mehr mit dem gesellschaftlichen Prestige befasst, das sie dank des Eintreffens des Herzogs und der Herzogin erlangen würde, als mit der Frau, die ihr Sohn geheiratet hatte. Aber Maeve wusste, der Tag der Abrechnung nahte. Ihre Nerven lagen blank, und sie konnte an nichts anderes mehr denken, während sie ihre Tage damit verbrachte, so zu tun, als gehöre sie zur Familie.

Aubrey war aufmerksam, liebevoll und zärtlich zu ihr. Es schien ihn zu erfreuen, Zeit mit ihr und seiner Familie an seinem Lieblingsort zu verbringen. Er wirkte wie ein Mann ohne Sorgen, während er sein Versprechen einhielt, sich um die Dienerschaft zu kümmern, zu der inzwischen auch eine neue Haushälterin namens Sarah gehörte, die vor drei Tagen eingetroffen war. Den Vormittag über blieb Aubrey mit seinem Vater im Büro, wo sie sich mit den Berichten seiner Brüder aus New York über die Firma auf dem Laufenden hielten.

Maeve nutzte diese Zeit für ausgedehnte Spaziergänge durch den parkähnlichen Garten und am nahe gelegenen Strand, damit sie nicht zufällig allein seiner Mutter begegnete, während Aubrey anderweitig beschäftigt war. Sie verließ sich inzwischen auf seine tröstende Nähe, um Ruhe zu finden, wenn sie wieder einmal Angst überkam. Und was sollte aus ihr werden, falls es seiner Mutter gelänge, ihn davon zu überzeugen, ihr den Rücken zu kehren.

Und das würde passieren, daran hatte Maeve keinen Zweifel. Doch nicht zu wissen, wann und wie, während alle anderen sich fröhlich ihren Sommeraktivitäten hingaben, machte es anstrengend, nicht durchzudrehen.

An dem Tag, an dem der Herzog und die Herzogin eintreffen sollten, wanderte Maeve weiter als je zuvor. Sie folgte einem Pfad, der sich an den Klippen entlangwand. Mit den warmen Sonnenstrahlen, die auf sie herabschienen, und der leichten Brise vom Meer konnte sie sich beinahe einreden, wieder daheim in Dingle zu sein.

Als sie das Ende des langen Pfads erreicht hatte, drehte sie um. Mit jedem Schritt, den sie sich ihrem »Zuhause« näherte, wuchs ihre Anspannung. Sie hatte die Hälfte des Wegs zurückgelegt, als sie eine vertraute Gestalt auf sich zukommen sah. Ein Schauer der Vorfreude überlief sie, als ihr klar wurde, dass er sich auf die Suche nach ihr gemacht hatte.

In den Minuten, bis er sie erreicht hatte, erkannte sie, dass sie den verstörenden Fehler begangen hatte, sich in diesen bemerkenswerten Mann zu verlieben, mit dem sie verheiratet war. Und das, obwohl sie wusste, dass sich der Traum, den sie sich miteinander erschaffen hatten, jederzeit in einen Albtraum verwandeln konnte. Eine Frau wie seine Mutter würde sich nicht mit weniger als Maeves kompletter Vernichtung zufriedengeben.

»Da bist du ja.« Bei ihrem Anblick leuchtete sein Gesicht wie immer vor Freude auf.

Hatte sie jemals jemand so angesehen wie er? Nein. Niemals. Sie würde ihn unendlich vermissen, wenn sie gezwungen wäre, ihn zu verlassen. »Ja, hier bin ich.«

Sie bemühte sich ebenfalls um einen fröhlichen Tonfall, damit er nicht merkte, wie sehr sie sich quälte. Denn wenn er es wüsste, würde er sie trösten, würde ihr versichern, dass es nichts gab, was ihn dazu bringen könnte, sie nicht mehr zu mögen. Er würde genau das Richtige sagen, aber es gab Dinge, die sie auseinanderreißen konnten, und wenn seine Mutter davon erfuhr, wie Maeves erste Ehe geendet hatte, würde sie alles in ihrer nicht unbeträchtlichen Macht Stehende tun, um sie auseinanderzubringen.

Aubrey hielt ihr den Arm hin. »Warum wirkst du so bedrückt, Liebste?«

Maeve hakte sich bei ihm unter und bemerkte in dem Moment, dass sich an ihm festzuhalten für sie inzwischen so natürlich war, wie zu atmen. Wie hatte sie das zulassen können? »Ich hoffe, dass deine Freunde eine ereignislose Reise hatten und die Unterbringung ihre Zustimmung findet.«

»Ich bin mir sicher, sie werden sehr erfreut sein über alles, was du für ihre Ankunft vorbereitet hast. Ich weiß, dass ich es bin.«

Seine Anerkennung bedeutete ihr alles. Ihn zufriedenzustellen war das Wichtigste für sie geworden, denn wenn er zufrieden war, schenkte er ihr dieses liebevolle Lächeln, das sie beruhigte und tröstete, wie nichts anderes es konnte. Es schenkte ihr Hoffnung und den Glauben daran, dass sie möglicherweise doch überstehen konnten, was immer seine Mutter sich ausdenken würde, um sie zu zerstören. Aber dann dachte sie an den Zustand des Hauses bei ihrer Ankunft und daran, zu welchen Mitteln das Personal gegriffen hatte, um sich an der Frau zu rächen, von der sie gequält worden waren, und alle Hoffnung verflüchtigte sich.

»Erzähl mir von ihnen«, bat sie in dem verzweifelten Versuch, über etwas anderes zu sprechen, damit sie nicht schwach werden und ihm ihre Ängste gestehen würde. »Du hast so oft von ihnen geredet, und trotzdem weiß ich nicht, wie du die Bekanntschaft des Herzogs und seiner Freunde gemacht hast.«

»Derek und ich haben uns vor einigen Jahren in London kennengelernt, als meine Mutter mich gezwungen hat, die Saison dort mitzumachen, weil sie hoffte, dass ich mir eine adelige Lady als Frau angele.«

»Sie muss jetzt am Boden zerstört sein.« Die Worte waren raus, bevor Maeve sie zurückhalten konnte.

»Ihre Gefühle haben nichts mit mir zu tun. Ich habe ihr gegenüber immer deutlich gemacht, dass ich bloß heiraten würde, wenn ich jemanden träfe, ohne den ich nicht leben könnte. Und genau das habe ich getan.«

Seine Worte trafen sie direkt ins Herz und wärmten sie von innen. Er war wirklich der beste Mann auf der Welt. »Wie ist es denn genau dazu gekommen, dass ihr euch angefreundet habt?«

»Kennst du den Spruch ›Geteiltes Leid ist halbes Leid‹?«

»O ja.«

»Nun, weder Derek noch sein Cousin Simon oder ihr treuer Freund Justin Enderly wollten auch nur irgendwo in der Nähe eines Londoner Ballsaals sein. Oder in der Nähe der verzweifelten Mütter, die danach trachteten, für ihre einfältigen Töchter einen Aristokraten als Ehemann zu finden.«

Sie schaute ihn fragend an. »Einfältig?«

»Anders kann man es nicht beschreiben, wie sie sich herausputzen und posieren und entgegen jeglicher Hoffnung hoffen, einen Herzog oder Earl für sich zu gewinnen. Oder, wenn das nicht gelingt, wenigstens einen Mann, dessen Familie es dank der Eisenbahn in Amerika zu einem Vermögen gebracht hat. Obwohl wir anderen im Vergleich mit Derek genauso gut zwei Tage alter Fisch hätten sein können. Er war der große Preis – ein reicher Herzog unter fünfzig, der noch alle Zähne hat, und dazu auch noch ein attraktives Gesicht. Ich habe schnell erkannt, dass mit ihm befreundet zu sein bedeutete, stets von den am meisten umschwärmten Schönheiten der Saison umgeben zu sein.«

Der Gedanke an einen von wunderschönen Frauen umringten Aubrey gefiel Maeve gar nicht. »Wie schrecklich es gewesen sein muss, so begehrt zu sein.«

Er blieb stehen und drehte sich zu ihr um. Dabei ließ er sein unwiderstehliches Grinsen aufblitzen. »Ist meine bezaubernde Gattin etwa eifersüchtig?«

»Natürlich nicht. Schließlich hast du mich all den Schönheiten, die du hättest haben können, vorgezogen. Was für einen Grund hätte ich also zur Eifersucht?«

»Gar keinen.« Er wurde wieder ernst. »Ich weiß jetzt, ich habe darauf gewartet, dass die makelloseste Schönheit von allen meinen Weg kreuzt.« Er streichelte ihr die Wange und hob dann ihr Kinn, um ihr einen Kuss zu geben. »Die Frau, die ich geheiratet habe, hat keine Konkurrenz auf diesem oder einem anderen Kontinent.«

Maeve seufzte vor Glück und Freude über die Leichtigkeit, mit der er ihre verstörenden Gedanken vertrieb. »Sie sind ein sehr talentierter Schmeichler, Mr Nelson.«

»Ich spreche nur die Wahrheit, Mrs Nelson.«

»Du hast Dereks Cousin Simon und seinen Freund Justin erwähnt. Sind sie ebenfalls deine Freunde?«

Sie setzten ihren Weg fort und ließen sich Zeit damit, zu dem Haus voller Menschen zurückzukehren, in dem es bald noch voller werden würde.

»Das sind sie in der Tat. Diese drei — oder ich sollte besser sagen, wir alle — waren schon Gefährten, bevor Derek und Simon die McCabe-Schwestern geheiratet haben.«

»Und wie kam es dazu, dass die Cousins Schwestern geehelicht haben? Einiges hast du mir zwar schon erzählt, aber ich wüsste gerne die ganze Geschichte.«

»Nun, Derek hatte beschlossen, dass er die Nase von der Saison in London voll hatte, und auch wenn er unter dem Druck stand, vor seinem dreißigsten Geburtstag eine Frau zu finden ...«

»Wieso das?«

»Eine lächerliche und juristisch fragwürdige Regelung im Erbrecht seiner Familie, die von dem ersten Duke of Westwood aufgestellt wurde und die alle zukünftigen Herzöge dazu zwingt, mit dreißig verheiratet zu sein. Keiner der vorherigen Titelinhaber war bei seiner Hochzeit auch nur in der Nähe dieses Datums, aber Derek wollte es nicht auf eine Prüfung der Rechtmäßigkeit dieser Regel ankommen lassen, weil sein niederträchtiger Onkel sich schon alle zehn Finger danach leckte, die Macht an sich zu reißen. Das Letzte, was Derek wollte, war, ihm den Vortritt zu lassen. Dennoch hielt er es nicht einen Tag länger in London aus. Er ist also kurzerhand nach Essex zurückgeritten. Als er beinahe zu Hause war, hat er eine Frau auf seinem Anwesen dabei erwischt, wie sie ein Loch aushob. Anfangs hatte er sie für einen Mann gehalten, doch es stellte sich heraus, dass es Catherine McCabe war, die vor einer arrangierten Ehe mit einem gemeinen Viscount geflohen war. Ich kenne nicht alle Einzelheiten, aber nachdem er von ihrer Abscheu gegen die Aristokratie erfahren hatte, ist es Derek irgendwie gelungen, sie davon zu überzeugen, dass er der Gutsverwalter Jack Bancroft sei ...«

»Jack Bancroft? Das ist der Name, den du bei unserem Kennenlernen benutzt hast.«

»Das stimmt«, gab Aubrey mit einem verlegenen Grinsen zu. »Es war der erste Name, der mir eingefallen ist, nachdem ich gemerkt hatte, dass du mich für den Butler hältst.«

»Ich sehe schon, Verschlagenheit ist ein Charakterzug, den du dir mit deinen Freunden teilst.«

»Wir haben beide aus unseren Fehlern gelernt, das versichere ich dir. Derek und Catherine haben sich ineinander verliebt, Derek ist mitten in der Nacht mit ihr nach Gretna Green durchgebrannt, wo sie geheiratet haben.«

»Hat er ihr da erzählt, dass er in Wahrheit der Herzog ist?«

Aubrey verzog das Gesicht. »Unglücklicherweise nicht. Er beschloss, ihnen beiden eine Woche ungetrübten Glücks zu schenken – in der auch sein mit Grauen erwarteter dreißigster Geburtstag lag –, bevor er ihr die Wahrheit sagte.«

»Er muss froh gewesen sein, es noch vor diesem Datum geschafft zu haben.«

»Ja, er war sehr erleichtert. Seine Eltern sind bei einem Kutschenunfall ums Leben gekommen, als er ein Kind war, also hatte er es sich immer zum Ziel gesetzt, sie stolz zu machen. Er fürchtete, es hätte sie am Boden zerstört, wenn er es nicht geschafft hätte, vor allem, weil dann alles an seinen Onkel gefallen wäre, den Bruder, den sein Vater verabscheut hatte und der, wie sich später herausstellte, derjenige war, der den Unfall von Dereks Eltern arrangiert hatte.«

»Großer Gott. Und dieser Mann ist Simons Vater?«

»Ja. Aber zum Glück ist Simon überhaupt nicht wie der Mann, der ihn gezeugt hat. Einen umgänglicheren Gesellen wirst du kaum finden.«

»Wie ist es zu seiner Hochzeit mit Catherines Schwester gekommen?«

»Derek hat ihn nach London geschickt, um herauszufinden, was über Catherine so geredet wurde und ob ihr Verlobter, der Viscount, nach ihr suchte. Während er da war, traf er Madeleine. Ich war an jenem Abend dabei. Er war sofort von ihr hingerissen. So sehr sogar, dass Justin und ich es kaum glauben konnten. Simon war immer ein Schwerenöter gewesen, und ihn so bezaubert von einer Frau zu erleben war, um es gelinde auszudrücken, erschreckend. Und dass die Frau, in die er sich verliebt hatte, zudem die berühmteste Schönheit der Saison war ... Wir fanden das alles höchst amüsant. An der Geschichte ist noch wesentlich mehr dran, doch das sollen dir Catherine und Madeleine selbst erzählen.«

»Glaubst du, dass sie mich mögen werden?«

»Sie werden dich lieben.«

»Wie kannst du dir da so sicher sein?«

»Weil ich sie kenne. Es sind ganz großartige Frauen. Habe ich dir erzählt, dass sie in einem kleinen Dorf aufgewachsen sind, wo ihr Vater eine Schmiede hatte?«

»Nein, das hast du bisher nicht erwähnt.«

»Ihr Vater war ein zweiter Sohn und ist erst, nachdem sein älterer Bruder und sein Neffe einem Fieber erlegen waren, zum Earl geworden. Catherine und Madeleine waren da bereits Anfang zwanzig, sie sind also nicht entsprechend aufgezogen worden. Ich schätze, es war für sie ein ziemlicher Schock, mit einem Mal in die feine Gesellschaft mit all ihren Regeln hineingeschubst zu werden.«

Maeve erschauderte. »Ich kann nachempfinden, wie sie sich gefühlt haben müssen. Es ist ein Schock, wenn man mit einem Mal eine neue gesellschaftliche Stellung hat, nur weil jemand gestorben ist oder geheiratet hat.«

»Das Leben kann sich so plötzlich verändern. So ist es Derek und Simon ergangen, und mir genauso, als ich den Ballsaal betreten habe und dich dort stehen sah. Du warst so entzückend, wie du mit dem riesigen Staubwedel hantiert hast.«

»Ich würde sagen, irgendetwas stimmt mit deinen Augen nicht.«

Er lachte. »Mit meinen Augen ist alles in Ordnung. Es war dein berückender Hals, der dein Schicksal besiegelt hat, Liebste.«

»Ich habe noch nie von einem Mann gehört, der sich vom Hals einer Frau angezogen fühlt.«

»Zumindest nicht, bis du mich kennengelernt hast.«

»Ja, bis ich dich kennengelernt habe. Du hast da eine wirklich seltsame Fixierung entwickelt.«

»Nicht bloß auf deinen Hals, sondern auf jeden Teil deines Körpers. Nie war ich dankbarer dafür, dass meine Gedanken privat sind, als seit dem Moment, in dem meine Familie in unsere Idylle eingefallen ist. Denn wenn sie auch nur eine Ahnung von den unziemlichen Fantasien hätten, die ich bezüglich meiner Frau habe, würde ich sofort aus ihrer Mitte verstoßen werden.«

Hitze stieg ihr ins Gesicht, was er mit einem Lachen bemerkte. »Diese süße Röte liebe ich mehr als alles andere in diesem Leben.«

»Du bist verrückt.«

»Ich bin verrückt nach dir.«

Sie wollte ihn so gerne fragen, ob er das immer noch wäre, sobald seine Mutter ihre Karten ausgespielt und sie vernichtet hätte. Würde er die gleichen Gefühle für sie haben, wenn er gezwungen wäre, sich zwischen ihr und seiner Familie zu entscheiden? Denn das würde Eliza tun, daran hatte Maeve nicht den geringsten Zweifel. Doch wie konnte sie erwarten, dass er sich für sie und gegen die entschied, die er schon sein ganzes Leben lang liebte?

Nein, das würde er nicht tun, und sie musste sich darauf vorbereiten und Pläne schmieden für den Zeitpunkt, zu dem dieses wundervolle Intermezzo mit ihm vorbei wäre. In der Zwischenzeit würde sie jede Minute genießen, in der sie mit ihm zusammen sein konnte, und sich alles ganz genau in ihrem Herzen und in ihrer Seele einprägen für die langen, leeren Jahre, die sie ohne ihn verbringen würde.

KAPITEL 14

Derek, Catherine, Simon, Madeleine und Justin trafen am späten Nachmittag in mehreren Kutschen ein, in denen sie auch ihre Zofen, Kammerdiener und eine Kinderfrau für Baby Grace mitbrachten – ein kleiner Engel von sechs Monaten mit goldenen Löckchen und großen blauen Augen, der Aubrey sofort bezauberte.

»Sie ist wunderschön«, sagte er zu ihren Eltern. »Das habt ihr gut gemacht.«

»Das ist allein Catherines Verdienst«, erwiderte Derek und lächelte seine Frau an. »Sie hat die harte Arbeit geleistet. Ich hatte lediglich das ganze Vergnügen auf meiner Seite.«

»Sei still, Derek«, schalt ihn seine Frau. »Sprich nicht vor dem Baby über dein Vergnügen.«

Während die anderen lachten, schnitt Derek eine komische Grimasse.

Aubrey freute sich, zu sehen, dass die beiden Paare glücklicher waren als je zuvor – und eindeutig immer noch ganz vernarrt. Das gab ihm Hoffnung, dass es ihm und Maeve in den kommenden Jahren genauso ergehen würde. »Liebe Freunde, ich möchte euch einen ganz besonderen Menschen vorstellen, nämlich meine Frau Maeve. Maeve, das sind Derek, der Duke of Westwood, und seine Frau Catherine, die

Duchess of Westwood. Ihre Tochter Lady Grace, Dereks Cousin Simon und seine Frau Madeleine sowie unser guter Freund Justin Enderly.«

»Das ist aber eine Überraschung, Aubrey!« Catherine übergab Derek das Baby, damit sie Maeve umarmen konnte. »Willkommen in unserem Kreis, Maeve. Ich freue mich sehr, dich kennenzulernen.«

Aubrey sah, dass Maeve von Catherines überschwänglicher Begrüßung verblüfft war. »Danke, Euer Gnaden.«

Wenn die anderen über Maeves irischen Akzent erstaunt waren, so zeigten sie es nicht. Nie war er für ihre Offenheit dankbarer gewesen als in diesem Moment.

»Bitte nenn mich Catherine. Wir werden gute Freundinnen werden, da gibt es keinen Grund für Formalitäten.«

»Danke«, sagte Maeve erneut.

Madeleine umarmte sie als Nächste. »Es ist so schön, noch eine Frau in unserer Mitte zu haben. Catherine und ich sind in dieser Gruppe schrecklich in der Unterzahl.«

»Ihr glaubt, es wäre leicht, ich zu sein?«, warf Justin ein. »Das fünfte Rad am Wagen, immer umzingelt von all diesen Turteltäubchen? Ich bin am Boden zerstört, nun, da ich höre, dass du dich ihnen angeschlossen hast, Aubrey. Du warst meine einzige Hoffnung für diesen Sommer.«

»Es tut mir leid, dich enttäuscht zu haben, Justin, aber ich bin mit der Entwicklung sehr zufrieden.«

Simon schloss Maeve ebenfalls in die Arme. »Willkommen und herzlichen Glückwunsch. Ich kann es kaum erwarten, zu hören, wie du Aubrey eingefangen hast.«

»Äh, das habe ich eigentlich gar nicht.«

Die Röte, die ihr in die Wangen stieg, hatte auf Aubrey die gleiche Wirkung wie immer, und er musste sich in Erinnerung rufen, dass er sich nicht vor seinen Gästen über sie hermachen konnte. »O doch, genau das hast du getan, meine Süße, und ich bin nie glücklicher gewesen.«

»Was für eine Entwicklung«, sagte Derek. »Wir wollen die ganze Geschichte hören.«

»Und die erzählen wir euch gerne, aber erst muss ich euch meiner

Mutter und meinen Schwestern vorstellen, die nicht sonderlich geduldig darauf warten, euch kennenzulernen.« Aubrey führte sie auf die rückwärtige Veranda, wo seine Familie auf sein Ersuchen hin wartete, damit die Gäste bei ihrer Ankunft nicht gleich überwältigt wurden. Seine Mutter war über die Bitte nicht sonderlich erfreut gewesen, hatte sich jedoch seinem Wunsch gebeugt, so wie sie es seit ihrem Eintreffen hier in allem getan hatte.

Er war sich ziemlich sicher, dass sie verstanden hatte, welche Konsequenzen ein schlechtes Benehmen ihrerseits nach sich ziehen würde. Da er keinen Zweifel daran gelassen hatte, dass er nicht zögern würde, seine Drohung wahr zu machen und zusammen mit seinen illustren Freunden zu verschwinden, ging er davon aus, dass sie sich an die Regeln halten und seine Frau mit dem ihr gebührenden Respekt behandeln würde. Bisher zumindest hatte seine Mutter sie in Ruhe gelassen und auch nicht dagegen aufbegehrt, dass Aubrey in Bezug auf die Haushaltsführung und die Dienerschaft das Sagen hatte.

Selbst seine Schwestern hatten das ungewöhnlich kleinlaute Verhalten ihrer Mutter bemerkt. Vielleicht war sie gedanklich auch zu sehr mit dem sich weiter verschlechternden Gesundheitszustand ihres Mannes befasst. Sie waren alle besorgt, denn ihr Vater schien vor ihren Augen dahinzuwelken. Er gab sich alle Mühe, an den Familienaktivitäten teilzunehmen, aber er wurde schnell müde und zog sich oft schon vor dem Abendessen in seine Zimmer zurück.

»Mutter, ich freue mich, dich endlich mit meinen lieben Freunden bekannt machen zu können.« Aubrey stellte ein weiteres Mal alle vor und zuckte zusammen, als seine Mutter vor dem Herzog und der Herzogin einen Hofknicks machte. Er wusste, dass seine Freunde eine solche Geste nicht erwarteten. »Und das sind meine Schwestern.« Er stellte sie ebenfalls vor und bedeutete dann Mrs Allston, die in der Nähe wartete, die vorbereiteten Erfrischungen zu servieren.

»Ich hoffe, Sie fühlen sich hier wie zu Hause«, sagte seine Mutter und strahlte vor Aufregung.

Derek begann mit ihr eine Unterhaltung darüber, wer mit wem verwandt und bekannt war, was sie sehr genoss. Nichts fand sie schöner, als ihre aristokratische Abstammung mit jedem zu diskutieren, der gewillt war, zuzuhören.

Man musste Derek zugutehalten, dass er sehr aufmerksam zuhörte und die richtigen Fragen stellte, womit er sich für alle Ewigkeiten einen besonderen Platz in ihrem Herzen sicherte. Sie konnte endlos über ihre Kindheit und Jugend in England sprechen, über die Menschen, die sie kannte, die Bälle, auf denen sie gewesen war, und alle anderen Themen eines müßigen, privilegierten Lebens.

»Wie ist es zu Ihrer Hochzeit mit Mr Nelson gekommen?«, wollte Catherine wissen.

Ihre Gäste bemerkten das Missfallen seiner Mutter über diese Frage nicht, doch Aubrey sah es, und es ärgerte ihn. Sein Vater war vielleicht nicht der aufregendste Mann der Welt, aber er war ein wundervoller Ehemann und Vater, der die Geringschätzung seiner Frau nicht verdient hatte. »Mein Vater, der Earl, ist Mr Nelson bei White's begegnet. Durch ihre gemeinsame Liebe zu Pferderennen wurden sie Freunde. Dann hat mein Vater mir Mr Nelson vorgestellt, und ich war einverstanden, mir von ihm den Hof machen zu lassen. Und da sind wir nun, fünfundvierzig Jahre später.« Sie begleitete ihre Worte mit einem Lächeln, das ihre Kinder sofort als erzwungen erkannten.

Aubrey war Ende zwanzig gewesen, als er durch Zufall erfahren hatte, dass der Mann, den seine Mutter verzweifelt hatte heiraten wollen – der Duke of Ellington –, sie in dem Glauben gelassen hatte, ihre Verlobung stünde kurz bevor, doch dann war er mit einer ihrer besten Freundinnen durchgebrannt und hatte damit einen Skandal ausgelöst, der die feine Gesellschaft bis ins Mark erschüttert hatte. Eliza hatte sich weder von dem Verrat noch von dem Skandal je erholt und trug die Verbitterung bis zum heutigen Tag in sich. Der Antrag von Mr Nelson war der einzige gewesen, den sie erhalten hatte, und ihr Vater wiederum hatte darauf bestanden, dass sie ihn annahm, damit sie nicht als alte Jungfer enden würde.

Den Herzog und die Herzogin als Gäste zu haben würde ihr etwas geben, womit sie sich ihren Bekannten in England gegenüber brüsten konnte, die die einstige Demütigung nicht vergessen hatten. Der Duke of Ellington und seine Frau hatten zehn Kinder bekommen, die inzwischen erwachsen waren und selbst zur Crème de la Crème der feinen Gesellschaft gehörten. Während seiner ersten Saison in London hatte

Aubrey ein paar von ihnen kennengelernt, allerdings ohne von der früheren Verbindung ihres Vaters zu seiner Mutter zu wissen.

Die Gruppe verbrachte einen angenehmen und entspannten Nachmittag auf der Veranda, wo sie den Sonnenschein und die Gesellschaft genossen. Grace verschlief den Großteil der Zeit an der Schulter ihrer Mutter. Als die Kinderfrau auftauchte, um die Kleine ins Bett zu bringen, schickte Catherine sie fort, weil sie es vorzog, sich selbst um ihre Tochter zu kümmern.

»Ich bin mir nicht sicher, warum wir Miss Ames überhaupt mitgenommen haben«, sagte Derek und lächelte seine Frau liebevoll an.

»Sie ist hier, damit wir zu Veranstaltungen gehen können. Doch ansonsten möchte ich mich selbst um Grace kümmern.«

»Ich weiß. Und ich wollte es nicht anders haben.«

Aubrey fiel auf, dass Maeve die Unterhaltung aufmerksam verfolgte, aber selbst nichts dazu beitrug. Als dächte sie, dass ihr das nicht zustünde. Er freute sich schon darauf, mit ihr allein zu sein, um sie zu ermutigen, sich ebenfalls zu beteiligen. Dazu hatte sie als seine Frau jedes Recht, und daran würde er sie bei erstbester Gelegenheit erinnern.

»Sollen wir uns zurückziehen, um uns vor dem Dinner umzuziehen?«, schlug er vor.

Alle waren einverstanden und wurden zu ihren Räumen geleitet, wo sie sich jetzt zwei Stunden lang ausruhen und für das Abendessen vorbereiten konnten.

Als Aubrey und Maeve die Tür zu ihrem Schlafzimmer hinter sich zugezogen hatten, schlang er die Arme um sie und hielt sie ganz fest. »Danach sehne ich mich schon seit Stunden.«

»Dann hast du aber bemerkenswerte Selbstkontrolle gezeigt.«

»Ja, in der Tat, oder?« Er lehnte sich ein Stück zurück, um sie zu mustern. »Hattest du Spaß?«

»Sehr sogar. Deine Freunde sind wirklich reizend, genau, wie du gesagt hast.«

»Du warst so still. Ich hoffe, du weißt, dass du jederzeit mitreden darfst?«

»Das ist nett von dir. Ich möchte mich allerdings nicht aufdrängen. Ich weiß, wie sehr du dich darauf gefreut hast, sie wiederzusehen.«

»Du würdest dich nicht aufdrängen. Sie möchten dich kennenlernen, und du solltest nicht das Gefühl haben, dich zurückhalten zu müssen.«

»Ich werde mich bemühen.«

Er betrachtete sie genauer. »Bereitet dir irgendetwas Sorgen?«

Sie schüttelte den Kopf. »Nein.«

»Du würdest es mir verraten, oder?«

»Ja, natürlich. Alles ist gut.«

Sie antwortete, was er hören wollte, doch er war nicht sicher, ob er ihr glaubte.

»Ich hoffe, du weißt, dass nichts, was du mir sagen könntest, falsch wäre. Wenn dich etwas bedrückt, möchte ich es wissen.«

»Danke.«

»Ich will nicht deine Dankbarkeit.« Die Worte klangen barscher als beabsichtigt, und er bemühte sich um einen freundlicheren Tonfall. »Ich möchte, dass du deine Sorgen mit mir teilst, damit wir sie gemeinsam vertreiben können.«

»Ich denke über Mr Tornquist nach, und darüber, ob andere auf der Suche nach mir sind.«

»Falls ja, werden wir uns ihrer genauso entledigen, wie wir es mit ihm getan haben.«

»Du kannst nicht jeden mit Geld abfinden, der nach mir sucht.«

»Wer sagt das?«

»Ich. Das ist keine Art, damit umzugehen. Irgendwann werden wir uns damit auseinandersetzen müssen, dass ich in Irland eines Kapitalverbrechens angeklagt werden kann.«

»Darüber werde ich mit Derek sprechen. Er wird wissen, was zu tun ist, und wenn er sich für dich einsetzt, wird das Gewicht haben.«

Sie zuckte zurück. »Du kannst ihn nicht für jemanden um so etwas bitten, den er nicht einmal kennt.«

»Um unserer Freundschaft willen würde er es tun, Maeve.«

»Das fühlt sich für mich nicht richtig an.«

»Wenn er uns helfen könnte, dich von deiner Sorgenlast zu befreien, würdest du es dann nicht wenigstens versuchen wollen?«

»Mir wäre nichts lieber, als diese Sorgen los zu sein, aber deinen Freund zu bitten, sich für mich einzusetzen, ist zu viel verlangt.«

»Das sehe ich anders. Er ist ein mächtiger Mann mit vielen Verbindungen. Wir wären töricht, wenn wir ihn nicht um seine Unterstützung bitten würden.«

Während sie über seine Worte nachdachte, kaute sie auf ihrer Unterlippe.

Aubrey tippte ihr mit dem Finger ans Kinn. »Das ist eine meiner liebsten Lippen auf der ganzen Welt, also misshandele sie nicht so.«

Maeve hörte auf und sah ihn unsicher an.

Er nahm ihr Gesicht zwischen seine Hände und gab ihr einen sanften Kuss. »Ich will nicht, dass du dir wegen irgendetwas Sorgen machst. Es gibt nichts − absolut *nichts* −, was meine Gefühle für dich ändern könnte. Du bist inzwischen der wichtigste Mensch in meinem Leben, und du musst mir glauben, wenn ich dir sage, dass ich alles tun werde, was nötig ist, damit du sicher und glücklich bist.«

»Du bist sehr freundlich.«

»Ich bin nicht freundlich. Ich bin ein Egoist, denn wenn du glücklich bist, bin ich es auch. So einfach ist das.«

»Was, meinst du, denken deine Freunde wirklich darüber, dass du eine Irin geheiratet hast?«

»Ich bin mir sicher, sie erkennen sehr deutlich, wie glücklich ich darüber bin, dass du meine Frau geworden bist. Das wird ihnen reichen.«

»Nachdem ich den Nachmittag mit ihnen verbracht habe, verstehe ich langsam, warum dir so viel an ihnen liegt. Sie benehmen sich wie ganz normale Leute. Wenn man nichts von ihren Titeln wüsste, würde man es niemals vermuten.«

»Ich bin froh, dass du das bemerkt hast. Sie sind im Grunde ganz einfache Menschen und überhaupt nicht von sich selbst eingenommen. Anders als viele andere, die du diesen Sommer kennenlernen wirst.«

Während er sprach, begann er, ihr ihre gelbe Bluse aufzuknöpfen, und er genoss jeden Zentimeter cremiger Haut, den er freilegte. »Es wird heute Abend bestimmt spät werden. Möchtest du dich noch ein wenig ausruhen?«

Sie zog eine Augenbraue hoch. »Gehört zu diesem Ausruhen auch ein wenig Schlaf?«

»Wie misstrauisch du doch bist, mein Eheweib.«

»Ich habe dich inzwischen ganz gut kennengelernt, mein Ehemann.«

Ihre neckischen Worte trafen ihn wie ein Schlag in den Magen. Er hatte eine *Frau*. Er war ihr *Mann*. Und sie war in jeder nur denkbaren Hinsicht wie geschaffen für ihn.

»Was ist los?«, fragte sie, nachdem er sie eine volle Minute lang angestarrt hatte.

»Ich staune immer wieder darüber, dass du mich geheiratet hast und ich den Rest meines Lebens mit einem so besonderen Menschen verbringen darf.«

»Sie schmeicheln mir, Mr Nelson.«

»Ich bete Sie an, Mrs Nelson.« Er gab ihr einen Kuss auf den Hals, zog die Nadeln aus ihren Haaren und verfolgte fasziniert wie stets, wie sie ihr über den Rücken fielen. Dann entledigte er sich schnell seiner Kleidung und legte sich zu Maeve ins Bett, wo sie ihn mit offenen Armen empfing.

Jedes Mal, wenn sie so miteinander zusammen waren, fühlte Aubrey sich, als wäre er von einer langen Reise nach Hause zurückgekehrt – an den Ort, der ihm vorherbestimmt war. Er konnte ihr bezauberndes Gesicht stundenlang mustern und wurde ihres Anblicks nie müde. Und wenn sie ihn dann ebenfalls anschaute und genauso verliebt zu sein schien ...

Er wollte sie fragen, ob sie die gleichen Gefühle für ihn hegte wie er für sie, aber irgendetwas hielt ihn zurück. Vielleicht war es die Angst, die er in ihr spürte. Er hatte ihr auf alle Arten, die ihm einfielen, versichert, dass ihre Sorgen unbegründet waren, und doch sah er, dass sie immer noch mit etwas kämpfte, das sie vor ihm verbarg.

Sicher, es war viel von ihr verlangt, auf einen Schlag so viel Neues zu verkraften, mit seiner Mutter, seinen Schwestern, seinen illustren Freunden und der Gesellschaft von Newport fertigzuwerden. Die Frau, die sich gegen einen gewalttätigen Mann verteidigt und in ein fremdes Land geflüchtet war, ließ sich allerdings nicht so leicht ins Bockshorn jagen. Er zählte darauf, dass ihre innere Stärke ihr helfen würde, diesen Sommer voller Verpflichtungen hinter sich zu bringen.

Angespannt wegen der Gedanken, die ihm durch den Kopf gingen, legte er seine Hände um Maeves Gesicht und küsste sie. Er hatte vor, ihr etwas Schlaf zu gönnen, aber aus einem Kuss wurden zwei, und ihre Reaktion ließ ihn alles andere vergessen. Er stürzte sich in diese Leidenschaft, die sich anfühlte, als hätte er gerade eine halbe Flasche Scotch in einem Zug geleert.

Ihm war schwindelig, und sein Herz schlug vermutlich schneller, als es sollte. Er konnte kaum atmen, so sehr wollte er sie. »Sag mir, dass du es ebenfalls fühlst«, stieß er zwischen leidenschaftlichen Küssen hervor, und dann erinnerte er sich daran, dass er sie nicht dazu hatte drängen wollen, ihm ihre Gefühle zu gestehen.

»Dass ich was fühle?«

»*Alles.* Alles, was zu fühlen ist, wenn wir auf diese Art zusammen sind.«

Während sie über seine Worte nachdachte, kam er sich vor, als stünden sein Leben und die Chance, glücklich zu werden, auf dem Spiel. Denn ohne Maeve wäre er nicht glücklich, so viel wusste er bereits.

»Ich fühle es auch.«

Erleichterung durchströmte ihn, begleitet von Dankbarkeit und Liebe. So viel Liebe. »Maeve, ich ...«

Sie zog ihn für einen Kuss an sich, der seine Worte erstickte. Hatte sie gewusst, welche Worte ihm auf der Zunge gelegen hatten, sie jedoch nicht hören wollen?

Ganz lange küssten sie sich nur, eng umschlungen, sein Bein zwischen ihren. Die Küsse wurden immer hungriger, bis Aubrey den Kopf hob und Maeve anschaute. »Ich habe noch nie jemanden so begehrt wie dich.« Diese Worte erstaunten sie genauso sehr wie ihn, denn sie waren ein Eingeständnis, dass es, trotz all seiner Gefühle für Annabelle, mit ihr nie so gewesen war.

Es war töricht von ihm, so einen Gedanken überhaupt zu haben, aber er konnte die Wahrheit nicht abstreiten. Sosehr er Annabelle geliebt hatte – und er hatte sie wirklich geliebt –, verblassten seine Gefühle für sie im Vergleich mit dem, was er für Maeve empfand.

»Ich kann immer noch nicht glauben, dass das alles geschehen ist«, erklärte sie leise.

»Glaub es ruhig. Es ist das Beste, was mir je passiert ist.«

»Mir auch. Ich hatte solche Angst davor, was aus mir werden

würde. Vor allem, wenn Mr Farthingtons Familie versuchen würde, mich zu finden. Und dann bist du aufgetaucht und hast all meine Probleme gelöst.«

»Ich werde immer all deine Probleme lösen, süße Maeve. Du musst mir nur sagen, was du brauchst, und ich sorge dafür, dass du es bekommst. Was immer du willst, sollst du kriegen.«

»Ich will in Sicherheit sein. Das ist das Einzige, was ich brauche.«

»Bei mir bist du sicher. Ich würde töten, um dich zu beschützen.«

»Bitte sag so etwas nicht!«

»Aber es stimmt.«

»Aubrey, bitte sag das nicht. Ich ertrage den Gedanken nicht.«

»Still. Es tut mir leid. Ich habe nicht an das gedacht, was mit Mr Farthington passiert ist. Wir sind hier in Newport. So etwas geschieht hier nicht. Du musst dir wegen nichts Sorgen machen.«

Während er das sagte, hoffte er, dass es wahr wäre. Doch er hatte das ernst gemeint: Er würde töten, um Maeve zu beschützen.

KAPITEL 15

Sehr viel später an diesem Abend, nach einem Abendessen mit viel Gelächter und angeregter Unterhaltung, zog sich Aubrey mit Derek, Simon und Justin ins Billardzimmer zurück. Da Catherine und Madeleine sich schon auf ihre Zimmer begeben hatten, sagte Maeve ebenfalls Gute Nacht und ging ins Bett, denn auf keinen Fall wollte sie Zeit allein mit Aubreys Mutter und seinen Schwestern verbringen. Ihm war schon aufgefallen, dass sie sich große Mühe gab, nicht mit ihnen zusammen zu sein, wenn er nicht ebenfalls anwesend war. Er hoffte, dass sie sich im Laufe der Zeit in seiner Familie wohler fühlen würde.

Doch wenn das nicht passierte, wäre das auch in Ordnung. Nach dem Sommer würden sie keine Zeit mit seiner Familie verbringen müssen, wenn sie es nicht wollten. Er hatte in New York ein eigenes Haus, wohin sie sich den Winter über zurückziehen konnten, und sie mussten es nur verlassen, wenn sie beide es wünschten. Bis dahin galt es bloß, den Sommer zu überstehen.

»Also, Aubrey«, sagte Derek, als die Männer alle je ein Glas Scotch und eine Zigarre in der Hand hatten. »Dann schieß mal los.«

Überrascht wusste Aubrey nicht, wie er darauf reagieren sollte. »Wie bitte?«

»Tu nicht so unschuldig, alter Freund«, erwiderte Simon. »Wir sterben vor Neugierde, zu erfahren, wie es zu deiner Ehe mit Maeve gekommen ist.«

Justin zog an seiner Zigarre und blies den Rauch aus. »Wir haben dir während mehrerer Saisons in London zur Seite gestanden, als die umschwärmtesten Schönheiten der Londoner Gesellschaft an dir vorbeigezogen sind, und du hast kaum hingesehen. Sicher kannst du unsere Überraschung nachvollziehen, als wir bei unserer Ankunft hier feststellen mussten, dass du verheiratet bist.«

»Ach so, verstehe. Nun, ich hingegen war ziemlich überrascht, als ich hier auf Wunsch meiner Mutter eintraf und eine totale Katastrophe vorfand.«

»Eine Katastrophe?«, fragte Derek. »Inwiefern?«

Wie sollte er das erklären, ohne die schmutzige Wäsche der Familie in der Öffentlichkeit zu waschen? Doch seine Freunde waren nicht die Öffentlichkeit, und er vertraute ihnen. »Unter uns?«

»Natürlich«, sagte Derek, und die anderen nickten zustimmend.

»Meine Mutter kann ein echter Drachen sein. Die Dienerschaft aus dem letzten Jahr ist am Ende der Saison geschlossen gegangen und hat vorher alle Fenster im Haus offen gelassen.«

»Großer Gott«, murmelte Justin.

»Im Haus herrschte das reinste Chaos, und als ich ankam, war Miss Brown – Maeve – gerade dabei, alles allein wiederherzurichten. Wir haben also Seite an Seite gearbeitet, und dann hat eins zum anderen geführt.«

Derek lehnte sich zurück und musterte ihn skeptisch. »Und das ist alles? Bitte nimm es mir nicht übel, Aubrey. Deine Maeve ist bezaubernd, doch das alles ist ziemlich schnell gegangen, und eine Ehe ist ein großer Schritt.«

»Das stimmt. Aber die Umstände waren ähnlich wie die, unter denen du und Catherine geheiratet habt.«

»Ah«, sagte Derek. »Sie befand sich also in Gefahr?«

»Genau.« Aubrey hatte nicht vorgehabt, seinen Freunden jetzt schon davon zu erzählen, doch nun, wo die Tür geöffnet worden war, beschloss er, hindurchzugehen. »Zuerst muss ich euch um eure Diskretion bitten. Meine Familie weiß von alldem nichts.«

»Natürlich werden wir es für uns behalten«, versicherte Simon ihm.

»Danke. Maeve war in Irland mit einem Mann verheiratet, der sie misshandelt hat. Er war offenbar impotent und hat seinen Frust an ihr ausgelassen, indem er sie wiederholt geschlagen hat. Beim letzten Mal war sie überzeugt, dass er sie umbringen würde. Sie hat sich einen Topf vom Herd geschnappt, ihren Mann mit heißer Suppe übergossen, und als er ihr nachgesetzt hat, hat sie ihn mit einer Pfanne abgewehrt und dabei getötet.«

»Himmel«, murmelte Justin.

»Sie hat sich die Hand am Stiel der Pfanne verbrannt. Als wir uns kennenlernten, war die Wunde immer noch nicht verheilt.«

»Wie ist sie hier gelandet?«, wollte Derek wissen.

»Sie hat das Geld an sich genommen, das ihr Mann in seinem Stiefel versteckt hatte, und sich eine Überfahrt nach Amerika gekauft. Sie hatte Angst, zum Tode verurteilt zu werden, wenn sie in Irland bliebe. In New York hat sie Kontakt zu einer Arbeitsvermittlung aufgenommen, die ihr die Position hier bei uns angeboten hat. Dabei haben sie ihr verschwiegen, dass die Stelle nur frei war, weil niemand anderes sie haben wollte. Das hat sie erst erfahren, als sie hier ankam.«

»Ich mag mir kaum vorstellen, was sie nach einem Winter mit offenen Fenstern erwartet haben mag«, warf Simon ein.

»Deine Fantasie reicht vermutlich nicht dafür, dir die Verwüstung vorzustellen. Im Zimmer meiner Mutter waren sogar Essensreste ausgelegt worden, um größtmöglichen Schaden anzurichten. Es gibt keine Worte für den Albtraum, den wir hier vorfanden.«

»Meine Güte«, entfuhr es Derek.

»Die arme Maeve hat versucht, alles allein in Angriff zu nehmen, noch dazu mit ihrer verletzten Hand. Ich fühlte mich vom ersten Moment an zu ihr hingezogen. Während wir uns gemeinsam darangemacht haben, das Haus in einen bewohnbaren Zustand zu versetzen, hat sich eine Freundschaft zwischen uns entwickelt. Dann ist ein Mann aufgetaucht, der von der Familie ihres toten Ehemanns damit beauftragt worden war, sie zu finden. Da hat sie mir erzählt, was in Irland vorgefallen ist. Ich habe ihr den Schutz meines Namens und meines Vermögens angeboten.«

»Ich bin sicher, sie war sehr erleichtert«, meinte Justin.

»Sie hat sich ehrlich gesagt erst geweigert, mich in ihre Probleme mit hineinzuziehen.«

»Ich gebe zu, es erleichtert mich, das zu hören«, gestand Derek. »Ansonsten hätte ich mich wegen ihrer Motive gesorgt.«

»Ich versichere euch, die sind rein. Ich musste sie anflehen, sich von mir helfen zu lassen. Abgesehen davon, dass ich sie geheiratet habe, habe ich dem Mann, der sie gesucht hat, Geld geboten, damit er seinen Kunden berichtet, er hätte Maeve in Newport nicht finden können.«

»Aber nach ihr wird weiter gesucht?«, wollte Derek wissen.

»Davon gehe ich aus. Ich wollte euch fragen, ob ihr irgendwelche Vorschläge habt, wie wir die Behörden in Irland kontaktieren können, um ihnen Maeves Seite der Geschichte zu übermitteln.«

»Ich frage gerne bei meinen Kontakten in Irland nach, was in diesem Fall zu tun ist«, bot Derek an.

»Vielen Dank. Ich hatte gehofft, dass du das sagst.«

»Was immer ich tun kann, um euch zu helfen. Wie hieß ihr Ehemann?«

»Farthington.«

Derek warf Simon einen Blick zu. »Woher kenne ich den Namen?«

»Das habe ich mich auch gerade gefragt«, erwiderte sein Cousin. »Irgendwie kommt er mir bekannt vor, aber ich weiß nicht, woher.«

»Maeve sagte, seine Familie sei in Irland im Reedereigeschäft.«

»Ich muss darüber nachdenken.« Derek rieb sich das Kinn, dann sah er Aubrey wieder an. »Ich frage das mit dem größten Respekt für dich und deine Frau, doch seid ihr darauf vorbereitet, wie die gute Gesellschaft sie empfangen wird?«

»Darüber haben wir bereits ausführlich gesprochen. Und obwohl wir ein wenig nervös sind mit Blick darauf, wie sie aufgenommen wird, glaube ich, dass ihr helfen werdet, ihr den Weg zu ebnen.«

»Wie das?«, fragte Justin.

»Wenn ich darf?« Dereks Augen funkelten, verrieten seine Belustigung. »Aubrey ist sich bewusst, dass die Gastgeberinnen in der Stadt es kaum erwarten können, einen Herzog und eine Herzogin bei sich zu begrüßen. Und er hat vor, seine bezaubernde Frau zum Teil eines Gesamtpakets zu machen. Habe ich recht?«

»Du hast es auf den Punkt gebracht. Bitte nehmt meine aufrichtige Entschuldigung dafür an, dass ich euch so schamlos ausnutze.«

Derek lachte laut auf. »Nutz mich aus, so viel du magst. Wenn ich helfen kann, es dir und Maeve zu erleichtern, bin ich dabei. Und ich weiß, dass Catherine meiner Meinung sein wird.«

»Ich habe Maeve schon gesagt, dass ihr das vermutlich so seht.«

»Wie du weißt, habe ich keinerlei Geduld mit Tyrannen, vor allem nicht mit denen, die in feinste Seide gekleidet sind und glauben, sie dürften bestimmen, wer den Ansprüchen genügt und wer nicht. Wir werden dafür sorgen, dass deine Frau am Ende des Sommers die beliebteste Frau von Newport ist.«

»Das wäre doch mal was.« Aubrey sprach ein stummes Dankgebet dafür, dass er so gute Freunde hatte. Er hatte in seinem Leben viele Bekannte gehabt, aber diese drei Männer waren die Besten der Besten, weshalb er immer froh darüber sein würde, dass seine Mutter darauf bestanden hatte, dass er an der Londoner Saison teilnahm. Er war vielleicht nicht mit der Frau nach Hause gekommen, die seine Mutter sich für ihn erträumt hatte, dafür hatte er Freundschaften fürs Leben geschlossen.

»Das liegt durchaus im Bereich des Möglichen«, sagte Justin. »Die Dinge verändern sich. Ein neues Jahrhundert ist angebrochen, und die Menschen müssen ihre Angst vor dem Fremden und Neuen überwinden. Und wenn sie nicht den irischen Akzent hätte, könnte sie problemlos als Mitglied einer vornehmen Familie durchgehen.«

»Genau das denke ich auch.«

»Wir leben im zwanzigsten Jahrhundert«, erklärte Derek. »Ich habe keine Geduld für so einen Unsinn.«

»Auf was für einen Unsinn beziehst du dich, werter Cousin?« Simon blickte ihn amüsiert an. »Er ist nämlich bekannt dafür, für alle möglichen Arten von Unsinn keine Geduld zu haben«, fügte er an die anderen gewandt hinzu.

Derek verdrehte die Augen. »Ich beziehe mich auf den Unsinn, dass eine unschuldige junge Frau wie Maeve schlecht behandelt wird, weil sie im falschen Land geboren wurde. Das ist unerhört. Es ist höchste Zeit, dass wir aufhören, Menschen für Dinge zu verurteilen, über die sie keinerlei Kontrolle haben.«

»Amen«, sagte Justin.

»Ich stimme dir vollauf zu«, warf Aubrey ein. »Ich habe Maeve versichert, dass du ihr helfen würdest, ihren Weg in die Gesellschaft von Newport leichter zu gestalten.«

»Meistens ist mein Titel mehr Hindernis als Vorteil«, erklärte Derek.

»Vor allem, als er auf noch auf Freiersfüßen gewandelt ist«, ergänzte Simon lachend.

»Ja, vor allem da.«

»Diese Verzweiflung«, sinnierte Justin. »Die Mütter, die wunderschönen Debütantinnen. Das war alles so *mühsam.*«

»Danke, das reicht«, sagte Derek mit gespielt strengem Blick zu seinem Freund. »Es war wirklich mühsam. Gott sei Dank habe ich Catherine gefunden. Sie hat mich vor einem monotonen Leben mit ...«

»Dem Esel gerettet?«, warf Justin ein.

Diese Bemerkung brachte die Männer zum Lachen.

»Wartet«, rief Simon. »Was habe ich verpasst?«

»Stunden über Stunden in mehr Ballsälen, als wir zählen können«, erklärte Aubrey. »Und in denen wir uns damit unterhalten haben, die Gründe aufzulisten, warum gewisse Debütantinnen für Seine Gnaden nicht infrage kamen.«

Derek, der nichts von Förmlichkeiten hielt, runzelte die Stirn. »Seine Gnaden?«

»Er hat sich besondere Sorgen darüber gemacht, an eine gebunden zu werden, die beim Lachen klang wie ein Esel«, fuhr Justin fort.

»Ah«, sagte Simon lächelnd. »Ich verstehe.«

»Du hingegen«, wandte sich Derek an seinen Cousin, »hast dir die schönste Debütantin der Saison geangelt, nachdem du auf genau *einem* Ball gewesen bist. Das ist uns anderen gegenüber nicht fair, die wir mehrere Jahre durchgehalten haben und mit leeren Händen nach Hause gegangen sind.«

»Gott sei’s gedankt«, warf Justin ein und schenkte allen nach.

»Ich hatte wirklich unglaubliches Glück, Madeleine in diesem Meer aus Leuten auf Crenshaws Ball zu entdecken.«

»Du hattest unglaubliches Glück, dass ich dich nach London geschickt habe, um herauszufinden, ob jemand nach Catherine sucht.«

»Das auch.« Simon grinste seinen Cousin an.

»Ich kann immer noch nicht glauben, dass ihr drei mich so elend im Stich gelassen habt und die Ehe eingegangen seid«, verkündete Justin düster. »Vor einem Jahr waren wir alle frei wie die Vögel, und seht euch jetzt an.«

»Glücklicher als Schweine im Dreck«, sagte Simon.

»Hört, hört.« Derek hob sein Glas.

Aubrey stieß erst mit ihm an, dann mit Simon. »Darauf trinke ich.«

»Vielleicht können wir für Justin in diesem Sommer ein nettes amerikanisches Mädchen finden«, meinte Derek.

»Sei bloß still«, verlangte Justin. »Justin geht es sehr gut, vielen Dank.«

Die anderen lachten über seine Antwort.

Dann gähnte Derek übertrieben. »Ich muss ins Bett. Lady Grace wird vor den Hühnern aufwachen.«

»Lady Grace hat eine sehr fähige Kinderfrau, die mit ihr aufstehen wird«, erklärte Justin. »Warum gibst du nicht einfach zu, dass du dich mit deiner Frau vergnügen willst?«

»Ich will mich mit meiner Frau vergnügen«, erwiderte Derek todernst.

Wieder johlten die Männer.

Simon leerte sein Glas, löschte die Zigarre und zeigte auf seinen Cousin. »Du nimmst mir die Worte aus dem Mund.«

Aubrey erhob sich. »Ich gehe ebenfalls zu Bett. Wirst du die ganze Nacht allein aufbleiben, Justin?«

Justin winkte ab. »Ich reise schon seit Wochen mit den Turteltäubchen und bin inzwischen gut darin, mir allein die Zeit zu vertreiben.«

»Nun, dann. Wir sehen uns morgen früh.«

»Gute Nacht.«

Kurz fühlte Aubrey sich schlecht, weil er Justin allein ließ, aber als er an Maeve dachte, die in seinem Bett auf ihn wartete, eilte er die Treppe hinauf – er konnte es nicht erwarten, wieder bei ihr zu sein. Leise schlich er sich in das dunkle Schlafzimmer und zog sich schnell aus, bevor er ins Bad ging, um sich die Zähne zu putzen.

Als er zwischen die kühlen Laken schlüpfte und seine Hand nach ihr ausstreckte, fand er die andere Seite des Betts leer vor. Kurz flackerte Panik in ihm auf, und er zog an der Schnur der Nachttischlampe. Hektisch schaute er sich um, bis er Maeve schlafend auf dem Fenstersitz entdeckte.

Er stand auf und ging zu ihr. Dabei fiel ihm ihre unbequeme Kopfhaltung auf. Das würde sie morgen früh spüren, wenn er sie da ließe. Vorsichtig legte er die Arme um sie und trug sie ins Bett.

Als er sie auf der Matratze absetzte, wachte sie auf und blinzelte ihn aus verschlafenen Augen an.

»Tut mir leid, dass ich dich geweckt habe, doch du hättest morgen einen fürchterlich verspannten Nacken gehabt, wenn du die ganze Nacht so geschlafen hättest.« Er gab ihr einen Kuss auf die Stirn und zog die Decke über sie.

»Ich habe mir den Mond und die Sterne angeschaut und bin wohl dabei eingenickt.«

»Schließ die Augen, und schlaf weiter.« Er ging um das Bett herum zur anderen Seite, legte sich hin und zog Maeve an sich, atmete tief ihren Duft ein.

»Ist mit deinen Gästen alles in Ordnung?«

»Ja, alles wunderbar.«

»Hattet ihr einen schönen Abend?«

»Ja, absolut. Und wie ich vorhergesagt habe, ist Derek begierig darauf, dir zu helfen.«

»Oh. Du hast es ihm also erzählt?«

»Ja, hab ich. Ich hoffe, das war in Ordnung. Wir hatten darüber gesprochen, ihn um seine Unterstützung zu bitten.«

»Ist schon gut. Glaubst du …«

»Was, Liebste?«

»Glaubst du, er wird deiner Mutter und deinen Schwestern gegenüber etwas erwähnen?«

»Ich bin mir sicher, dass er das niemals tun würde, aber ich werde ihn und die anderen morgen noch einmal daran erinnern, Stillschweigen zu bewahren.«

»Das wäre sicher das Beste.«

»Versuch, dir keine Sorgen zu machen. Alles wird gut. Ich kümmere mich darum.«

»Was, wenn du das nicht kannst? Was, wenn du nicht bei mir bist und sie mich finden? Was, wenn ...«

»Maeve, Süße, bitte denk nicht so. Ich werde jede wache Minute an deiner Seite verbringen, wenn dir das dabei hilft, dich sicher zu fühlen. Da ich sowieso nirgendwo lieber wäre als bei dir, empfände ich das nicht mal als Last.«

»Es ist süß von dir, mir das anzubieten, doch es ist nicht realistisch. Allein heute Abend, wo du mit deinen Freunden zusammen warst ...«

»Das hätte ich nicht sein müssen. Ich hätte bei dir bleiben können.«

»Sie sind extra hergekommen, um Zeit mit dir zu verbringen. Natürlich sollst du mit ihnen zusammen sein. Ich wollte dich nur auf die Lücken in deinem Plan hinweisen.«

»Es tut mir weh, wenn du dich so aufregst. Ich möchte, dass du glücklich und zufrieden bist.«

»Ich will dich nicht mit meinen Sorgen belasten.«

»Das lässt sich nicht ändern. Wenn dich etwas schmerzt, schmerzt es mich auch.«

»Ich frage mich ...«

»Was?« Atemlos wartete er darauf, was sie sagen würde.

»Wie konnte ich bloß so viel Glück haben, einen so wundervollen Ehemann zu finden?«

»Du musstest nur herkommen, wo *ich* das Glück hatte, dich einen riesigen Staubwedel schwingen zu sehen.«

»Den wirst du nie vergessen, oder?«

»Wie könnte ich? Er hat in dem wichtigsten Moment meines Lebens eine große Rolle gespielt.«

»Du glaubst wirklich, das war der wichtigste Moment in deinem Leben?«

»Und wie ich das glaube.«

»Das ist so süß von dir.«

Er umfing ihre Wange mit einer Hand und streichelte sie sanft mit seinem Daumen. »Ich wünschte, ich könnte etwas sagen, um deine Sorgen zu vertreiben.«

»Es hilft, dass du hier bist. Ich weiß nicht, was ich tun würde, wenn ich mich dem allein stellen müsste.«

»Du hast dich bereits dem Schlimmsten allein gestellt. Ich habe volles Vertrauen, dass du jede Herausforderung meistern wirst, die dir begegnet. Deine Widerstandskraft ist bewundernswert.«

»Ich mag es, wie du mich siehst.«

»Ich hoffe, dass du dich eines Tages genauso siehst: stark, talentiert, widerstandsfähig, entschlossen, liebevoll, süß.« Jedes seiner Worte unterstrich er mit einem kleinen Kuss. Nach einem langen, zufriedenen Schweigen bat er: »Erzähl mir mehr von deinem Leben in Irland vor deiner Ehe. Ich will alles über dich erfahren.«

»Du weißt bereits, dass ich drei jüngere Schwestern habe.«

»Bridget, Aoife und Niamh.«

»Du hast ein gutes Gedächtnis.«

»Ich erinnere mich an alles, was du je zu mir gesagt hast.«

»Wir hatten eine sorglose, glückliche Kindheit in Dingle. Unsere ganze Familie hat in der Nähe gewohnt, darunter beide Großelternpaare, Onkel, Tanten und viele Cousinen und Cousins in unserem Alter.«

»Das war bestimmt lustig.«

»Das war es. Wir waren ständig zusammen.«

»Bist du gern zur Schule gegangen?«

»Ich habe es geliebt. Und ich war auch richtig gut.«

»Daran habe ich keinen Zweifel. Was war dein Lieblingsfach?«

»Mathematik.«

Aubrey stöhnte. »Ich wusste, dass du nicht perfekt sein kannst.«

»Das klingt, als hättest du Mathematik nicht gemocht.«

»Es war die ganze Universitätszeit hindurch meine Nemesis. Ich war einfach schlecht darin, dafür hatte ich nie Schwierigkeiten mit Latein und Geschichte, und mir wurde mehr als einmal bescheinigt, dass ich sehr gut schreiben kann.«

»Mein bestes Fach war Religion. Eine Zeit lang hatte ich sogar überlegt, in ein Kloster einzutreten.«

»Darf ich sagen, dass ich sehr dankbar bin, dass du das nicht getan hast?«

Sie schenkte ihm ein kleines Lächeln. »Manchmal denke ich, es wäre besser gewesen. Die Tatsache, dass ich einem anderen Menschen das Leben genommen habe, lastet schwer auf meiner Seele.«

»Das verstehe ich. Aber du solltest dich damit trösten, dass du das aus Notwehr getan hast.«

»Ja, das ist ein kleiner Trost. Ich fürchte jedoch, dass ich in die Hölle kommen werde, weil ich gegen eines der zehn Gebote verstoßen habe: Du sollst nicht töten.«

»Maeve, Süße, ich muss einfach glauben, dass Gott dir verzeiht, dass du dein Leben gerettet hast. Du hast getan, was jeder tun würde, der dem sicheren Tod ins Auge blickt.«

»Tja, ich schätze, am Ende werde ich es herausfinden.«

»Und bis dahin wird es noch viele, viele Jahre dauern, in denen du dich wieder und wieder von deiner Sünde befreist, indem du gütig handelst. Wenn der Tag des Jüngsten Gerichts anbricht, wird es keinen Zweifel daran geben, wohin du gehörst.«

»Ich hoffe, du hast recht.«

»Ich habe meistens recht. Je länger wir verheiratet sind, desto mehr wirst du das erkennen.«

Sie lachte laut, was ihn erfreute. Sie zum Lachen zu bringen war eine der Lieblingsbeschäftigungen in seinem Leben geworden. »Ich hatte keine Ahnung, dass Sie so eine hohe Meinung von sich haben, Mr Nelson.«

»Natürlich wusstest du das. Und nenn mich nicht Mr Nelson. Das ist mein Vater.«

»Wie geht es ihm? Ich habe ihn seit der Ankunft der Familie kaum zu Gesicht bekommen.«

»Er baut jeden Tag mehr ab. Meine Brüder fürchten, dass er den Sommer nicht überleben wird.«

»Und die Ärzte können nichts tun?«

»Sie glauben, dass seine Krankheit beim Auftreten der Symptome schon zu weit fortgeschritten war, um sie noch zu behandeln. Vor zwei Tagen habe ich lange mit meinem Bruder Anderson gesprochen, und er und Alfie haben beinahe alle Pflichten meines Vaters in der Firma übernommen. Sie freuen sich schon auf meine Rückkehr am Ende des Sommers. Hätte ich nicht Freunde eingeladen, wäre ich jetzt schon auf dem Weg nach New York.«

»Es tut mir leid, zu hören, dass es ihm so schlecht geht.«

»Mir auch. Aber ich freue mich, dass er im Moment hier bei uns sein kann. Vielleicht tut ihm die Seeluft gut.«

»Ich werde für ihn beten.«

»Danke.« Er strich ihr in kleinen Kreisen über den Rücken. »Morgen beginnt offiziell die Saison. Ich habe Mrs Allstons Nichte Kathleen als Zofe für dich eingestellt. Sie arbeitet schon seit mehreren Jahren in der guten Gesellschaft von Newport und verfügt über viel Erfahrung. Sie wird dafür sorgen, dass du für die Veranstaltungen immer passend gekleidet bist.«

»Weißt du, für mich wäre es in Ordnung, gar nicht an der Saison teilzunehmen. Ich könnte hierbleiben, während du deine Freunde begleitest.«

»Das mag für dich in Ordnung sein, doch ich würde meine schöne Frau gerne herumzeigen und sie meinen Bekannten vorstellen.«

»Sie werden mich nie akzeptieren.«

»Das müssen sie auch nicht. *Ich* akzeptiere dich. Das ist das Einzige, was zählt.«

»Wir wissen beide, dass das nicht stimmt.«

»Maeve, Liebste, das ist die reine Wahrheit. Die Gesellschaft ist mir egal. Ich interessiere mich nicht dafür, was die Leute von mir oder meiner Wahl bezüglich einer Ehefrau denken. Wir werden diesen Sommer mit Derek, Catherine und den anderen genießen. Außerdem werden wir so viel Zeit wie nur möglich allein verbringen. Wenn du nicht mehr magst, musst du mich bloß anschauen. Ich bin dein Fels in der Brandung.«

»Bei dir klingt das so einfach.«

»Das wird es auch sein. Niemand kann uns etwas anhaben, wenn wir es nicht zulassen. Und ich für meinen Teil werde es nicht zulassen.«

»Die Frauen werden gemein sein. So sind sie nun einmal.«

Aubrey seufzte, denn er wusste, dass sie recht hatte. »Halte dich an Catherine und Madeleine. Sie werden dafür sorgen, dass niemand dich kränkt.«

»Das ist aber ganz schön viel verlangt von zwei Frauen, die mich gerade erst kennengelernt haben.«

»Sie mögen dich. Und sie würden es auch mir zuliebe tun. Schließlich sind Freunde dafür da. Als Derek so furchtbar an der Grippe litt, haben Justin und ich Catherine zur Seite gestanden.«

»Ich wusste gar nicht, dass er krank war.«

»Es war schrecklich. Wir waren uns sicher, dass wir ihn verlieren würden.«

»O mein Gott.«

»In der Nacht, in der er krank wurde, haben wir ihn in ein Eisbad gelegt, was dabei geholfen hat, das Fieber zu senken. Es gibt nichts, was ich nicht für sie tun würde, und ich weiß, dass es ihnen umgekehrt genauso geht. Vergiss nicht, dass Catherine keinerlei Geduld mit dem Unsinn hat, der in der sogenannten feinen Gesellschaft vonstattengeht. Sie wird nicht erlauben, dass jemand unfreundlich zu dir ist. Sie und Madeleine sind nicht als Teil der Aristokratie aufgewachsen. Catherine trägt ihren neuen Titel mit einigem Unbehagen und tut nur das, was absolut nötig ist. Wenn du sie besser kennenlernst, wirst du merken, dass sie sich meistens viel lieber mit ihrem Ehemann und ihrer Tochter oder mit einem guten Buch und einer Tasse Tee zurückziehen würde, als sich mit Snobs zu umgeben.«

»Danke, dass du dir die Zeit nimmst, meine Befürchtungen zu zerstreuen. Noch nie war jemand so um mein Wohlergehen besorgt wie du.«

»Dein Wohlergehen wird mir immer am Herzen liegen, Liebste. Es ist meine Aufgabe als dein Ehemann, dich glücklich zu machen. Und das ist die wichtigste Aufgabe von allen.« Er gab ihr je einen Kuss auf die Lippen, auf die Nasenspitze und auf beide Lider. »Und jetzt schließ die Augen, und schlaf.«

Die Arme eng um sie geschlungen und mit ihrem Kopf auf seiner Brust spürte Aubrey kurz darauf, wie sie langsam wegdämmerte. Er würde alles geben, um sie davor zu beschützen, je wieder verletzt zu werden. Bei so vielen Veranstaltungen der Saison hielten sich Männer und Frauen in getrennten Räumen auf, was bedeutete, er konnte nicht immer bei ihr sein, wenn sie ihn brauchte. Und auch wenn er wusste, dass Catherine und Madeleine ihr gute Freundinnen sein würden, befürchtete er doch, dass das für die anderen Frauen so nicht galt.

KAPITEL 16

Maeve erwachte aus einem unruhigen Schlaf und hörte ein Flüstern. Aubrey stand vollständig angezogen an der Tür und unterhielt sich mit jemandem. Sie setzte sich auf, strich sich mit den Fingern übers Haar und versuchte, sich für diesen neuen Tag zu wappnen. Nie hätte sie sich ein Szenario vorstellen können, in dem sie an der Saison in Newport als etwas anderes als ein Mitglied des Hauspersonals teilnehmen würde, aber nun gehörte sie tatsächlich zur feinen Gesellschaft.

Trotz Aubreys Versicherungen in der Nacht zuvor gab sich Maeve keinen Illusionen darüber hin, wie sie aufgenommen werden würde. Die Menschen würden höflich sein, bis Maeve etwas sagen und damit ihre Herkunft verraten würde. Ihr Magen zog sich zusammen.

Seit dem Bürgerkrieg hatte sich die Situation für irische Immigranten in Amerika zwar verbessert, weil viele Iren auf der Seite der Nordstaaten gekämpft hatten, doch in vielen Kreisen wurden sie immer noch als Menschen zweiter Klasse betrachtet. Und vor allem Katholiken wie sie.

Auch wenn etliche Iren der zweiten oder dritten Generation in Amerika öffentliche Ämter und wichtige Posten in der Regierung übernommen hatten, schienen Hunderttausende Iren, die in Armut lebten oder als Dienstboten arbeiteten, alle Vorurteile nur zu bestätigen.

Aubrey schloss die Tür und kam zum Bett, wo er sich auf den Rand der Matratze setzte. »Tut mir leid, dass ich dich geweckt habe. Kathleen ist hier, um dir zu helfen, dich für den Tag zurechtzumachen, ich habe jedoch darum gebeten, dass erst das Frühstück heraufgeschickt wird.«

»Das hättest du nicht tun müssen. Ich kann schließlich nach unten gehen.«

»Das musst du aber nicht.« Er gab ihr einen Kuss auf die Stirn. »Du musst mir gestatten, dich zu verwöhnen.«

»Das fällt mir schwer. Ich bin es gewohnt, zu arbeiten und meinen Teil zum reibungslosen Ablauf des Haushalts beizutragen. Das wurde zu Hause von uns erwartet.«

»Ich verstehe, dass das für dich eine große Umstellung ist, doch im Laufe der Zeit wirst du dich daran gewöhnen.«

»Wenn du das sagst.«

Ein Lächeln ließ sein bezauberndes Gesicht erstrahlen. »Das sage ich.«

Als es leise an der Tür klopfte, stand er auf, um das Frühstückstablett in Empfang zu nehmen, das er zum Bett brachte und Maeve auf den Schoß stellte.

»Hast du schon gegessen?«

Er prüfte den Tee in der Kanne. »Ja, schon vor einer Weile.«

»Ich habe nicht mitbekommen, dass du aufgestanden bist.«

»Du hast sehr unruhig geschlafen.«

»Ich hoffe, ich habe dich nicht gestört.«

»Von dir lasse ich mich gern stören.« Als der Tee ausreichend gezogen hatte, schenkte er ihr welchen ein, gab Milch und einen Klecks von Maeves Lieblingshonig dazu.

»Du kennst dich mit Tee jedenfalls gut aus.«

»Das ist den zwei Saisons in London zu verdanken.«

Er blieb bei ihr sitzen, während sie sich Rührei, Würstchen, Haferbrei und Nierchen schmecken ließ.

Dann warf sie ihm einen Blick zu. »Das ist ganz schön viel für eine Person. Willst du wirklich nichts?«

Aubrey schüttelte den Kopf. »Du brauchst eine solide Grundlage. Vor uns liegt ein anstrengender Tag.«

Bei dieser Erinnerung an das, was ihr bevorstand, verging ihr der Appetit. »Ich glaube, mehr schaffe ich nicht.«

»Bist du sicher?«

»Ja. Danke.«

»Ich bringe das Tablett runter und sage Kathleen, dass du bereit bist, angekleidet zu werden.«

»Wann sehen wir uns wieder?«

»Beim Luncheon auf der Jacht der Astors im Hafen. Derek, Simon, Justin und ich werden uns mit dir und den anderen Frauen dort treffen.«

Auch wenn Maeve nicht sonderlich darauf geachtet hatte, wer in der Gesellschaft wer war, kannte sie den Namen Astor doch von der Frau des Kapitäns in New York, die sie mit einer kurzen Einführung in die High Society versorgt hatte. Die Astors gehörten zur obersten Spitze der feinen Gesellschaft von New York, und vermutlich hatten sie in Newport einen ähnlichen Status inne.

Bei dem Gedanken, sich unter Menschen dieses Kalibers zu mischen, drohte ihr schlecht zu werden. Natürlich würden sie alle inzwischen wissen, dass Mr Nelson die Haushälterin geheiratet hatte, und Maeve konnte sich gut vorstellen, was für ein Klatsch über sie und ihn in Umlauf war.

Sie holte tief Luft und stieß den Atem ganz langsam wieder aus. Für Aubrey würde sie sich Mühe geben, aber sie fürchtete, sie wusste schon, wie der Tag ablaufen würde.

Kurz darauf betrat Kathleen geschäftig das Zimmer. Sie war ein wahres Energiebündel und sprach mit dem Akzent, den Maeve von zu Hause kannte. Sofort begann sie, die passende Kleidung aus dem Schrank zu holen, der mit jeder Menge eleganter Roben, Kleider, Handschuhe, Hüte und anderen Dingen bestückt war, die für die verschiedenen Veranstaltungen benötigt wurden. Kathleen erklärte ihr, dass für jeden Anlass am Tag ein neues Kleid erwartet wurde, natürlich mit passendem Hut und Sonnenschirm, und sie außerdem täglich fünf Paar Handschuhe brauchen würde.

Maeve bemühte sich, sich ihr Erschrecken nicht anmerken zu

lassen. Sie wusste, sie sollte dankbar sein, doch sie verspürte nur ein tiefes, alles durchdringendes Grauen.

Ihre neue Zofe hatte dunkle Haare, die im Nacken zu einem Dutt zusammengefasst waren, dunkelbraune Augen und kannte sich mit den Gepflogenheiten der Gesellschaft aus. Außerdem hatte sie Stilgefühl, das Maeve sehr zupasskam. Wenn sie schon eine Außenseiterin war, die ignoriert wurde, würde sie dabei wenigstens nach der neuesten Mode gekleidet sein. Man musste Kathleen zugutehalten, dass sie nicht ein einziges Wort über den Elefanten im Raum verlor – nämlich die Tatsache, dass eine Irin einen Mann wie Aubrey geheiratet hatte.

Um Viertel vor neun war Maeve in einem primelgelben Kleid bereit für die morgendliche Ausfahrt über die Bellevue Avenue, die, wie Kathleen ihr erklärte, in einem Phaeton stattfand, da dieser niedrigere Seitenwände hatte und somit einen besseren Blick auf die Kleider der Damen bot.

»Wenn Sie das erste Mal an einer anderen Kutsche vorbeikommen, nicken Sie allen Bekannten zu«, erklärte Kathleen. »Beim zweiten Mal lächeln Sie, und beim dritten Mal wenden Sie sich ab. Das ist sehr wichtig, und Sie dürfen außerdem nie zulassen, dass Ihre Kutsche die einer gesellschaftlich Höhergestellten überholt. Aber da Sie mit der Herzogin und ihrer Schwester fahren, müssen sich ohnehin alle nach Ihnen richten.«

Maeve versuchte, sich diese Regeln einzuprägen, und hoffte, dass ihr kein Fauxpas unterlief, der noch auf Jahre hinaus Anlass zu Gerede geben würde. Wobei, den größten Fauxpas hatte sie ja schon begangen, indem sie Aubrey geheiratet hatte.

Nach der morgendlichen Parade würden die Ladys ins Casino gebracht werden, wo sie bei einem Tennisspiel zusehen und Konversation machen würden. Danach folgte ein Ausflug zum Bailey's Beach mit dem Ziel, sich am Meer ein wenig zu erfrischen, bevor dann das Mittagessen an Bord der Jacht der Astors stattfand. Dem schloss sich ein Halt beim Poloplatz an, wo sie sich ein paar Partien anschauen würden, und dann die nachmittägliche Promenade auf der Bellevue Avenue. Die Abende waren mit Festbanketten, Abendgesellschaften, wöchentlichen Tanzpartys im Casino, Debütantinnenbällen, Theateraufführungen und mitternächtlichen Imbissen gefüllt.

Maeve war jetzt schon erschöpft, dabei hatte sie das Haus noch gar nicht verlassen – und es lagen zwei Monate dieser Folter vor ihr.

Als Kathleen sie für fertig und bereit erklärte, wappnete Maeve sich und ging nach unten. Die Erste, die ihr begegnete, war natürlich ihre Schwiegermutter, die ihr einen vernichtenden Blick zuwarf, der bewirkte, dass Maeve sich am liebsten zu einer kleinen Kugel zusammengerollt und in einer Ecke versteckt hätte. Doch dann erinnerte sie sich an das, was Aubrey zu ihr gesagt hatte, an seine Aufrichtigkeit und seinen Wunsch, ihre Ehe zu einem Erfolg zu machen. Seine Zuneigung verlieh ihr den Mut, das Kinn zu recken und Elizas stählernen Blick ruhig zu erwidern.

»Guten Morgen, Mrs Nelson.« Maeve verschränkte die Hände hinter dem Rücken, damit Aubreys Mutter nicht bemerkte, wie sie zitterten.

Eliza wollte etwas sagen, besann sich dann aber eines Besseren und wandte sich wortlos zum Gehen.

»Das war recht kühl«, bemerkte eine Stimme hinter Maeve.

Sie drehte sich um und entdeckte Madeleine. »Oh, hallo. Ich meine, guten Morgen.« In ihrem hellblauen Kleid, das perfekt zur Farbe ihrer Augen passte, kam die zierliche Schönheit der Frau besonders gut zur Geltung.

»Dir auch einen guten Morgen.«

»Es tut mir leid, dass du Zeuge davon werden musstest.« Maeve warf einen Blick in die Richtung, in die Eliza verschwunden war. »Sie ist nicht glücklich mit der Wahl ihres Sohnes.«

»Simon hat mir gestern Abend erzählt, dass Aubrey ganz hingerissen von dir ist, und da wir ihn alle in unser Herz geschlossen haben, nehmen wir dich da einfach dazu. Versuch, dir keine Sorgen zu machen. Du hast hier Freunde.«

»Danke.« Maeve war aufrichtig gerührt von Madeleines freundlichen Worten – und davon, zu hören, dass ihr Ehemann von ihr hingerissen war. »Ich habe ihn ebenfalls lieb gewonnen.«

Mr Plumber bedeutete ihnen, zur Eingangstür zu gehen.

Als sie, bei Madeleine untergehakt, an ihm vorbeikam, zwinkerte der Butler ihr zu und grinste, was Maeves Selbstbewusstsein stärkte und ihre Nerven beruhigte.

Catherine saß bereits in einer der Kutschen, während Aubreys Schwestern in der dahinter Platz genommen hatten.

Wiggie und Kaiser warteten, um ihnen beim Einsteigen zu helfen.

»Sie sehen mächtig schick aus, Mrs Nelson«, sagte Wiggie.

»Mächtig schick«, bestätigte Kaiser.

»Danke«, erwiderte Maeve und ließ sich Catherine und Madeleine gegenüber nieder.

Als sie bereit waren, nahm der Kutscher – ein Mann, den Maeve nicht kannte – die Zügel in die Hand und lenkte die Pferde die Auffahrt hinunter in Richtung Bellevue Avenue.

»Ich habe vor unserem Besuch ein wenig über Newport gelesen«, erzählte Catherine.

»Sie liest *alles*«, warf ihre Schwester neckend ein.

Catherine sah sie unter hochgezogenen Augenbrauen an. »Wie soll ich sonst wissen, was mich erwartet?«

»Ja, wie sonst?« Madeleine bedeutete ihr, fortzufahren. »Kläre uns auf.«

»In Newport dreht sich alles um die Frauen. Die Männer sind während der Woche meist gar nicht hier, sondern kommen an den Wochenenden mit dem Fall-River-Boot von New York und verlassen am Sonntagabend den Tisch oft schon vor dem Dessert, um in die Stadt zurückzukehren. Da in Newport während des Sommers ansonsten nichts Wichtiges passiert, ist die Gesellschaft hier alles. Es werden keine Geschäfte abgewickelt, es wird nicht an der Börse gehandelt, und es gibt auch sonst keinerlei Ablenkungen, wie sie Teil des Lebens in New York sind. Hier geht es einzig darum, sich unter seinesgleichen zu treffen, und die Frauen haben dabei das Sagen. Vor allem drei: Mrs Astor, Mrs Mills und Mrs Goelet. Sie entscheiden, wer *in* ist und wer nicht, und nach allem, was ich gelesen habe, kann es bis zu fünf Jahre dauern, bis man sich seinen Weg in die feine Gesellschaft von Newport erarbeitet hat. Und selbst wenn man alle Mühen auf sich nimmt, ist der Erfolg nicht garantiert.«

»Warum macht sich dann überhaupt jemand die Mühe?«, fragte Madeleine, die Lippen zu einer schmalen Linie zusammengepresst.

»Du weißt, warum«, erwiderte ihre Schwester. »Es geht um das Prestige.«

»Ach.« Madeleine winkte verächtlich ab. »Wen interessiert das schon?«

»Diese Leute interessiert es sehr«, erklärte Catherine, während ihnen die Frauen, die ihnen in ihren Kutschen entgegenkamen, zuwinkten in der Hoffnung, die Aufmerksamkeit der Herzogin zu erregen.

»Woher wissen sie, dass du es bist?«, fragte Maeve fasziniert.

Catherine erwiderte jedes Winken. »Ich vermute, sie kennen alle anderen, also haben sie mich durch schlichte Elimination identifiziert.«

Maeve lachte leise. »Ich habe nie verstanden, wie das alles funktioniert.«

»Keine Sorge, meine Liebe.« Madeleine tätschelte Maeve das Knie. »Wir verstehen es auch nicht.«

Die drei lachten gemeinsam, und Maeves Unbehagen legte sich. Zwei so wundervolle Verbündete und Freundinnen an ihrer Seite zu haben, während sie in den Kampf zog, war wirklich ein Segen.

»Darf ich eine Sache ansprechen, die mir große Sorge bereitet?«, erkundigte sich Maeve zögernd, aber Aubrey hatte ihr versichert, dass sie den beiden Frauen trauen konnte, und sie wollte ihn beim Wort nehmen.

»Natürlich. Madeleine und ich hoffen, dass wir drei beste Freundinnen werden.«

»Ihr habt keine Ahnung, wie dankbar ich euch dafür bin.«

»Wir haben immerhin eine kleine Ahnung, denke ich«, erklärte Catherine. »Bis vor zwei Jahren haben wir mit unseren Eltern in einem kleinen Dorf gewohnt, wo unser Vater eine Schmiede hatte. Heute bin ich mit einem Herzog verheiratet und Madeleine mit seinem Cousin. Wir verstehen, wie es ist, in eine Situation hineingestoßen zu werden, in der man völlig unvorbereitet ist.«

»Ja, da habt ihr recht.«

»Was bedrückt dich?«, fragte Madeleine, und in ihrem Blick entdeckte Maeve nichts außer aufrichtiger Sorge.

»Mrs Nelson.«

Catherine zog ihre zierlichen Augenbrauen zusammen. »Aubreys Mutter? Sie kommt mir wie eine sehr nette Lady vor.«

»Wie kann ich es taktvoll ausdrücken?«

»Du meinst, sie verstellt sich Aubreys illustren Gästen gegenüber?«, fragte Madeleine.

»Ja.« Mit jeder Minute, die sie mit Madeleine verbrachte, mochte Maeve sie mehr. »Ihr dürft euch nie anmerken lassen, dass ich euch das erzählt habe, aber die Bediensteten vom letzten Jahr haben sie so sehr gehasst, dass sie den gesamten Winter über die Fenster im Haus haben offen stehen lassen. Und um die Katastrophe komplett zu machen, haben sie Nahrungsmittel in Mrs Nelsons Zimmer verteilt.«

»Großer Gott«, flüsterte Catherine.

Maeve sprach leise weiter. »Nach allem, was ich gehört habe, ist diese Frau ein Drachen.«

»Das muss sie sein, wenn ihr Personal so reagiert«, sagte Madeleine.

»Ich brauche wohl nicht eigens zu erwähnen, dass sie außer sich vor Wut war, als sie erfahren hat, dass Aubrey die irische Haushälterin geheiratet hat. Seitdem ist sie so ... still. Was mir Sorgen bereitet ...«

»Weil du denkst, sie heckt etwas aus«, beendete Catherine ihren Satz nickend. »Das kann ich gut verstehen.«

»Ich kann darüber nicht mit Aubrey reden. Er ist sich zwar der Charaktermängel seiner Mutter sehr bewusst, doch sie ist trotzdem seine Mutter.«

»Das ist wirklich kompliziert«, bestätigte Madeleine.

Ihre Unterstützung verlieh Maeve den Mut, ihre größte Angst einzugestehen. »Ich glaube nicht eine Sekunde lang, dass sie Aubreys Wahl seiner Ehefrau friedlich akzeptiert und weitermacht, als wäre nichts geschehen.«

»Ich glaube, du hast allen Grund zur Sorge«, sagte Catherine.

»Ich erwarte, dass, was immer sie plant, verheerend sein wird. Etwas, das so schlimm ist, dass es einen permanenten Keil zwischen mich und Aubrey treibt.«

»Das wird er nicht zulassen!« Madeleines Ausruf überraschte die beiden anderen Frauen. »Ich habe dir doch gesagt, was Simon mir erzählt hat. Aubrey ist wirklich ganz hingerissen von dir.«

»Derek hat das Gleiche berichtet. Er meinte, das Letzte, was er bei seiner Ankunft hier erwartet hätte, war, Aubrey verheiratet vorzufinden, aber er konnte nicht leugnen, dass sein Freund mit der Wahl seiner Frau zutiefst zufrieden und glücklich zu sein scheint.«

»Es ist schön, das von Menschen zu hören, die ihn so gut kennen. Ich kann selbst oft kaum glauben, was alles passiert ist. Von dem Tag unseres Kennenlernens an war da etwas Besonderes an ihm und an der Art, wie ich mich fühle, wenn er in der Nähe ist.«

»Das kenne ich«, sagte Catherine mit einem kleinen Lächeln. »Ich habe Derek kennengelernt, als ich hohes Fieber hatte, und mich trotzdem sofort zu ihm hingezogen gefühlt.«

»Genau wie bei mir und Simon. Auch wenn ich kein Fieber hatte. Doch in seiner Nähe zu sein lässt meinen Körper auf ganz besondere Weise kribbeln.«

Die drei Frauen kicherten wie Schulmädchen.

»Aubrey hat mir gesagt, dass ich euch lieben würde, und er hatte recht.«

»Wir lieben dich ebenfalls«, erwiderte Catherine. »In meinem neuen Leben ist es mir schwergefallen, ehrliche Menschen zu finden, die sich nicht vom Reichtum und von der feinen Gesellschaft beeinflussen lassen. Es ist wirklich erfrischend, in dir eine aufrichtige Freundin gefunden zu haben, Maeve. Und das meine ich ernst.«

»Mir geht es genauso. Ich bin euch so dankbar. Ich könnte diesen Tag, geschweige denn die Saison, niemals ohne euch meistern.«

»Wir werden die ganze Zeit an deiner Seite sein«, versicherte Catherine ihr.

»Was genau ist eigentlich der Sinn dieser Ausfahrt?«, fragte Madeleine, als sie vor dem Casino vorfuhren.

»Ich glaube, das Ziel ist es, zu sehen und gesehen zu werden«, sagte Maeve. »Und jeder, der etwas auf sich hält, will euch beide sehen.«

»Welche Freude«, bemerkte Catherine, und ihre Begleiterinnen lachten.

Mit diesen beiden Frauen an ihrer Seite kam Maeve der vor ihr liegende Tag schon nicht mehr ganz so furchteinflößend vor.

KAPITEL 17

Aubrey verbrachte den Vormittag damit, die Telegramme zu sichten, die er von seinen Brüdern aus New York erhalten hatte. Die Neuigkeiten aus der Firma würde er an seinen Vater weitergeben, doch in Gedanken war er die ganze Zeit bei Maeve, die sich gerade mitten in der Höhle des Löwen befand.

Seine Sorge, dass jemand ihr gegenüber unfreundlich sein könnte, trieb ihn beinahe dazu, etwas Dummes zu tun. Wie ins Casino zu fahren, um nachzuschauen, ob es ihr gut ging. Aber zu dieser Tageszeit war es allein den Frauen vorbehalten.

Er ertrug den Gedanken nicht, dass die Leute sie schneiden könnten, nur weil sie in Irland geboren und die Haushälterin der Familie gewesen war. Auch wenn er wusste, wie albern es war, zu erwarten, dass sie mit offenen Armen empfangen wurde, hoffte er, dass Catherine und Madeleine als Puffer fungieren würden.

Vielleicht hätte er sie nicht ermutigen sollen, an der Saison teilzunehmen. Er hätte sie hier zu Hause behalten sollen, wo er sie vor den Giftschlangen beschützen konnte. Bloß wohnte die größte aller Giftschlangen hier in diesem Haus, und ihre ungewöhnliche Fügsamkeit beunruhigte Aubrey und weckte seinen Argwohn. Er wusste, dass seine Mutter seine Ehe niemals einfach hinnehmen und ihnen erlauben würde, bis an ihr Lebensende glücklich zusammen zu sein. Was ihr Schweigen in den letzten Tagen nur umso unheilvoller machte.

Er hatte Maeve gesagt, dass sie gemeinsam alle Hindernisse überwinden würden, und das hatte er auch so gemeint, aber das bedeutete nicht, dass er sich nicht sorgte, wie diese Hindernisse aussehen würden.

Mit den Telegrammen seiner Brüder in der Hand ging er in das Zimmer seines Vaters hinauf und klopfte leise an die Tür. Hoffentlich weckte er ihn nicht.

Harrison, der ergebene Kammerdiener seines Vaters, öffnete ihm. »Guten Morgen, Mr Nelson.«

»Guten Morgen, Harrison. Ist mein Vater bereit für einen Besuch?«

»Das ist er. Bitte treten Sie ein. Während Sie bei ihm sind, werde ich nach unten gehen, um ihm einen Kräutertee zu holen.«

»Sehr gut.«

»Wenn Sie bleiben könnten, bis ich zurück bin, wäre ich Ihnen sehr dankbar.«

»Natürlich.« Die Erkenntnis, dass Harrison nicht wollte, dass sein Vater allein war, vergrößerte Aubreys innere Anspannung und Sorge nur. War es schon so weit gekommen? Stand es so schlecht um seinen Vater, dass er nicht mehr allein gelassen werden konnte? Aubrey schloss die Tür hinter Harrison und ging zum Bett seines Vaters hinüber.

Anderson Nelson senior hatte die Augen geschlossen und die Hände über dem Bauch verschränkt. Als Aubrey ihn so von Kissen gestützt dasitzen sah, fiel ihm der gelblich fahle Farbton seiner Haut auf. Außerdem schien er mehr Gewicht verloren zu haben, als gut für ihn sein konnte. Da er ihn nicht stören wollte, setzte Aubrey sich in einen Sessel und las ein weiteres Mal die Telegramme von Anderson und Alfie durch.

Neue Bestellung für ein Dutzend Kühlwaggons von Hormel – müssen neue Schicht in der Produktion einlegen. Bitte Autorisierung der Kosten durch Vater einholen.

Treffen mit den Mitgliedern der Familie Vanderbilt diese Woche wegen neuer Reisewaggons. Alfie fährt nächste Woche nach San Francisco, um sich mit Union Pacific zu treffen, die einen neuen Zulieferer für Kupplungen und Teile benötigen. Wenn er den Auftrag bekommt, müssen wir uns mit dem Bau einer zweiten Fabrik beeilen, um die steigende Nachfrage bedienen zu können.

Habe gehört, du hast geheiratet. Was zum Teufel, Aubrey? Erbitte sofortige Einzelheiten. Wie geht es Vater?

Die Geschäfte scheinen gut zu laufen, wofür wir dankbar sein können, dachte Aubrey. Die Bitte um nähere Informationen zu seiner Hochzeit amüsierte ihn. Er war nicht überrascht, dass seine Brüder davon gehört hatten. Sie standen immer in engem Kontakt zum Rest der Familie, wenn diese in Newport weilte. Ehrlich gesagt hatte er sogar damit gerechnet, dass seine Brüder ihnen einen kleinen Besuch abstatten würden, um seine neue Frau kennenzulernen.

Aubrey war zehn Jahre jünger als sein ältester Bruder, doch nachdem sie alle drei angefangen hatten, im Familienunternehmen zu arbeiten, standen sie sich jetzt sehr nahe. Anderson und Alfie verließen sich inzwischen auf Aubreys Geschäftssinn – ganz zu schweigen von seinen Kontakten, die er als jemand, der sich in genau den gesellschaftlichen Kreisen bewegte, die sie immer gemieden hatten, geknüpft hatte.

Vielleicht hatten sie da die richtige Entscheidung getroffen. Nach diesem Sommer würden Aubrey und Maeve sich ebenfalls aus der Gesellschaft zurückziehen, um sich auf wichtigere Dinge zu konzentrieren. Zum Beispiel darauf, eine Familie zu gründen.

Sein Vater schlug die Augen auf und räusperte sich. »Guten Morgen.«

»Guten Morgen, Papa.« Beinahe nie nannte er ihn bei dem Namen, den sie alle als Kinder benutzt hatten, sondern eigentlich immer »Vater«. Aber da sie allein waren, nutzte Aubrey die persönlichere Anrede und freute sich, zu sehen, dass ein kleines Lächeln auf den Lippen seines Vaters erschien.

»Es ist eine Weile her, dass einer von euch mich so genannt hat.« Anderson verzog das Gesicht, während er versuchte, eine bequemere Position zu finden. »Das hat mir gefehlt.«

»Mir auch.«

Sein Vater nickte in Richtung der Papiere, die Aubrey in der Hand hielt, und fragte: »Was hast du da?«

»Telegramme aus New York.« Aubrey las sie seinem Vater vor.

»Union Pacific und Hormel ... Das sind ausgezeichnete Neuigkeiten.«

»In der Tat. Das Unternehmen wächst schneller als erwartet.«

»Die Eisenbahn hat das Land für Handel und Reisen auf eine Weise erschlossen, die vorher undenkbar war. Es ist eine aufregende Zeit, so viel ist gewiss. Ich wünschte, ich wäre noch hier, um zu sehen, was aus alldem wird.«

»Sag so etwas nicht. Es ging dir gut genug dafür, die Reise nach Newport anzutreten. Das ist sicherlich ein gutes Zeichen.«

»Ich habe die Reise gemacht, weil ich mit euch allen zusammen sein will, wenn ich meinen letzten Atemzug tue.«

»Papa ...«

»Aubrey, hör mir zu. Ich habe nicht mehr viel Zeit, und es gibt Dinge, über die wir reden müssen.«

Das wollte Aubrey nicht hören. Er konnte sich ein Leben ohne seinen Vater nicht vorstellen. Andererseits konnte er nicht leugnen, dass sein Vater wesentlich geschwächter war, als er erwartet hatte. »Was für Dinge?«

»Zum einen deine Frau.«

Das war das Letzte, wovon er erwartet hätte, dass sein Vater es ansprechen würde. Er hatte mit etwas Geschäftlichem gerechnet. »Was ist mit ihr?«

»Deine Mutter ist sehr erzürnt darüber, dass du ein Mitglied der Dienerschaft geheiratet hast, das zu allem Überfluss auch noch irischer Abstammung ist.«

»Dessen bin ich mir bewusst, doch das bedeutet nicht ...«

»Aubrey, hör mir zu!«

Erschreckt von dem barschen Ton seines Vaters ließ Aubrey sich gegen die Sessellehne sinken und verschränkte die Arme vor der Brust.

»Sie wird das nicht einfach so auf sich beruhen lassen. Du musst wachsam sein und gut auf alles achten, was sie sagt und tut. Sie ist entschlossen, diese Frau loszuwerden, egal wie.«

Diese Äußerung erschütterte Aubrey bis ins Mark. Er hatte gewusst, dass seine Mutter unglücklich darüber war, aber nicht für eine Sekunde hätte er sich so etwas vorstellen können wie das, was sein

Vater da andeutete. Obwohl er die Möglichkeit vermutlich in Betracht hätte ziehen müssen. Sein Magen verkrampfte sich schmerzhaft. »Was wird sie tun?«

»Ich weiß es nicht, doch du musst aufmerksam bleiben. An unserem ersten Tag hier habe ich gesehen, wie du deine Frau angeschaut hast, und ich konnte erkennen, wie glücklich du bist.«

»Das bin ich. Ich liebe sie, Papa.«

»Dann musst du sie beschützen. Bring sie von diesem Haus fort, weg von deiner Mutter.«

»Das ist nicht möglich. Ich habe Gäste, die über den Sommer bei uns sind.«

»Nimm sie mit und geh, Aubrey. Geh, bevor es zu spät ist.«

»Papa, bitte reg dich nicht auf.«

»Ich fürchte, du nimmst mich nicht ernst, mein Sohn.«

»Ich nehme dich sehr ernst. Ich weiß nur nicht, was ich tun soll. Derek, Catherine und die anderen sind so weit gereist, um diesen Sommer über bei uns sein zu können.«

»Nach allem, was ich über Derek gehört habe, ist er ein Mann, der die schützt, die er liebt. Ich denke, er würde dir helfen, das Gleiche zu tun.«

Aubrey zuckte vor den Dingen, die sein Vater sagte, zurück. »Du glaubst wirklich, dass sie mir auf diese Weise wehtun würde, Papa?«

»Ich glaube ehrlich, dass sie *alles* tun würde, um ihren gesellschaftlichen Status zu behalten. Selbst auf Kosten des Lebensglücks ihres eigenen Sohns.« Anderson sank in die Kissen, als hätte er den letzten Rest seiner Energie verbraucht. Seine Lider senkten sich flatternd, und innerhalb weniger Sekunden war er wieder tief eingeschlafen. Aus seiner Brust drang das hässliche Rasseln, das ihnen in den letzten Monaten so furchtbar vertraut geworden war.

Aubrey stand immer noch unter Schock, und Verwirrung und Grauen rangen in ihm, als Harrison zurückkehrte.

»Ah, gut. Er ruht sich aus.« Der ältere Mann klang erleichtert. »Er ist ziemlich unruhig gewesen, was neu ist. Ich fürchte, er hat nicht mehr viel Zeit. Ich habe gelesen, dass die Unruhe zunimmt, wenn das Ende naht.«

»Wenn Sie sagen: ›unruhig‹, was meinen Sie damit?«

»Er macht sich sehr viele Sorgen um Dinge, die nicht passieren werden. Zum Beispiel, dass das Haus abbrennt, so wie damals das ›Breakers‹. Er sorgt sich, dass die Firma pleitegeht und seine Kinder am Hungertuch nagen – alles Dinge, die nicht eintreffen werden. Ich habe versucht, ihm zu versichern, dass alles gut ist, aber er wird Vernunftgründen immer weniger zugänglich.«

Aubrey war erleichtert, das zu hören, denn es erklärte die Dinge, die sein Vater über seine Mutter gesagt hatte. Obwohl er sich ihrer vielen Charaktermängel schmerzhaft bewusst war, konnte Aubrey sich nicht vorstellen, dass sie ihm absichtlich wehtun würde. »Ich werde ihn jetzt ruhen lassen. Bitte geben Sie mir Bescheid, wenn er oder Sie etwas brauchen.«

»Das werde ich tun. Danke, Sir.«

»Nein, ich danke Ihnen, Harrison, für Ihre Hingabe an meinen Vater. Dafür sind wir Ihnen *alle* sehr dankbar.«

»Er ist ein großer Mann, und es ist mir eine Ehre, ihm zu dienen.«

Aubrey nickte ihm zu und verließ das Zimmer. Die Unterhaltung hatte ihn genauso verstört wie der schlechter werdende Gesundheitszustand seines Vaters. Er hatte immer gehofft, dass er sich nach den letzten Behandlungen erholen würde, doch jetzt war ihm klar, dass das nicht passieren würde. Das Unausweichliche war nicht mehr zu leugnen, und Aubrey musste seine Brüder benachrichtigen, damit sie nach Rhode Island kommen und sich von ihrem Vater verabschieden konnten.

NACH EINER WEITEREN MORGENDLICHEN PROMENADE ÜBER DIE Bellevue Avenue ließ Maeve sich für den Ausflug an den Bailey's Beach entschuldigen. Von dem Geruch von Seegras drehte sich ihr der Magen um, der in letzter Zeit ohnehin ein wenig empfindlich war. Während sie sich fragte, was Aubrey wohl gerade trieb, wanderte sie in die Küche hinunter, um Mrs Allston einen Besuch abzustatten. Erfreut stellte sie fest, dass die Köchin allein war.

»Das ist aber eine nette Überraschung«, sagte Mrs Allston und strahlte über das ganze Gesicht.

Den Klang der Heimat in der Stimme der anderen Frau zu hören war für Maeve von ihrem ersten Tag in Newport an ein Trost gewesen. »Ich wollte Sie nicht bei der Arbeit stören.«

»Sie stören nicht. Ich hatte gehofft, Sie wiederzusehen.« Die Köchin trocknete sich die Hände an einem Geschirrtuch ab und musterte Maeve von Kopf bis Fuß. »Die Ehe scheint Ihnen gutzutun.«

Maeve stieg vorhersehbar die Hitze in die Wangen. »Mir gefällt es sehr gut, mit Mr Nelson verheiratet zu sein.«

»Ja, er scheint wirklich sehr freundlich zu sein, und er hält sein Wort.« Mrs Allston senkte die Stimme. »Ich habe seit ihrer Ankunft nichts von der Missus zu sehen bekommen. Gott sei's gedankt.«

»Oh, das sind wahrlich gute Neuigkeiten.«

»Behandelt sie Sie gut?«

Maeve blickte über ihre Schulter, um sich zu vergewissern, dass sie immer noch allein waren. »Meistens ignoriert sie mich, doch ich mache mir nicht vor, dass das immer so bleiben wird. Es liegt nur an der Anwesenheit des Herzogs und der Herzogin, dass sie mich im Moment toleriert.«

»Vielleicht hat sie aber auch erkannt, dass ihr Sohn zärtliche Gefühle für Sie hegt.«

»Ich bezweifle sehr, dass so menschliche Regungen wie Gefühle sie interessieren.«

Mrs Allston schnitt ein Stück Schokokuchen ab und schob Maeve den Teller hin. »Das hier wird Ihre Sorgen lindern.«

»Sie kennen mich zu gut, Mrs Allston.«

Die Köchin lächelte und schenkte ihnen beiden Tee ein.

»Wie läuft es mit der neuen Haushälterin?«, fragte Maeve zwischen zwei Bissen.

»Sie ist nicht Sie, doch wir kommen zurecht.«

Maeve freute sich über das Kompliment. »Ich bin Ihnen für Ihre Güte so dankbar, Mrs Allston. Ich bin sicher, dass Sie ab und zu schockiert waren ...«

Mrs Allston streckte den Arm über den Tisch und legte ihre abgearbeitete, raue Hand über Maeves. »Ich sehe, dass Sie und Mr Nelson sehr glücklich sind, und es macht mich glücklich, wenn gute Menschen bekommen, was sie verdienen.«

»Danke«, sagte Maeve leise.

Sie würde niemals erfahren, was sie getan hatte, um Aubrey Nelson zu verdienen, aber sie würde ihm für den Rest ihrer Tage dankbar sein, egal, was aus ihnen wurde.

NACH EINER WOCHE MIT MORGENDLICHEN KUTSCHFAHRTEN, Ausflügen ins Casino und an den Strand, regelmäßigen Besuchen in der Worth-Boutique, um zu sehen, was neu aus New York eingetroffen war, Mittagessen auf Dampfschiffen im Hafen, Polo-Turnieren, Nachmittagstees und langen Abendessen voller Gelächter und Neckereien fing Maeve langsam an, sich etwas zu entspannen. Wie Aubrey vorhergesagt hatte, waren die obersten Damen der Gesellschaft höflich zu ihr, weil sie überall in Begleitung von Catherine und Madeleine erschien – und die beiden Frauen sowie die Männer aus England waren die beliebtesten Gäste der Saison.

Alle wollten in die Nähe des Herzogs und der Herzogin, und wenn sie dazu eine gewöhnliche irische Haushälterin in Kauf nehmen mussten, die sich hochgeheiratet hatte, dann sollte es eben so sein. Zu ihrer eigenen Überraschung konnte Maeve dem Gesellschaftsleben sogar etwas abgewinnen und genoss es, neue und interessante Menschen kennenzulernen. Sie hätte erwartet, dass die New Yorker Gesellschaft nur aus Snobs bestand – und von denen gab es auch genug –, aber unter ihnen fand sie ebenso Menschen, die Erstaunliches von Reisen und überstandenen Abenteuern zu erzählen hatten.

Sir Walter Green, ein guter Freund des Herzogs, war vor zwei Tagen zum Dinner gekommen und hatte sie mit Geschichten über seine archäologischen Ausgrabungen in Afrika unterhalten, bei denen er Artefakte von unschätzbarem Wert aus uralten Zivilisationen entdeckt hatte. Derek hatte die Expedition mitfinanziert und Greens Ruhm nach seiner Heimkehr vom Schwarzen Kontinent geteilt. Beide Männer waren außerdem Freunde und Unterstützer der Brüder Wright aus Dayton, Ohio, die, wie viele glaubten, kurz davor standen, bemannte Fluggeräte in die Luft zu bringen.

Die schwindelig machende Geschwindigkeit des Fortschritts, der

Erfindungen und des Handels sorgte für interessante und lebhafte Diskussionen bei Tisch. Maeve genoss es, sich die verschiedenen Standpunkte anzuhören, die Meinungen über Präsident Roosevelt und seine kürzlich erfolgte Reise durch fünfundzwanzig Staaten, die ihn im »Elysian« – seinem zwanzig Meter langen privaten Eisenbahnwaggon, aus dem heraus er unterwegs Reden gehalten hatte – weit in den Westen geführt hatte.

»Er spricht immer noch über den Reclamation Act vom letzten Jahr«, berichtete Aubrey, dem die Vorteile für Rancher und Farmer im Westen klar waren, die sich an den Kosten für den Bau der Bewässerungssysteme beteiligen sollten. »Ich denke, es ist brillant, wie er die, die davon am meisten profitieren, wenn das Wasser zu ihnen kommt, dazu gebracht hat, in das Projekt zu investieren.«

»Und im Gegenzug werden wir alle von einer verbesserten Versorgung mit Nahrungsmitteln profitieren«, warf Aurora ein.

»Ganz zu schweigen davon, dass Nelson Industrial von dem gesteigerten Bedarf an Kühlwaggons profitieren wird«, ergänzte Alfie. Er und Anderson waren zwei Tage zuvor eingetroffen, um etwas Zeit mit ihrem Vater zu verbringen.

»Wie auch immer«, sagte Anderson junior. »Er verstärkt die Kontrolle über große Firmen.« Die Familie nannte ihn nur dann Junior, wenn sein Vater anwesend war. Er und sein Bruder Alfie waren dunkelhaarig und gut aussehend wie Aubrey, aber in Maeves Augen war ihr Ehemann der Attraktivste von den dreien. Sie könnte ihn den ganzen Tag anschauen und seines Anblicks niemals müde werden.

»Nur in Bezug auf ihren Einfluss auf die normalen Bürger«, widersprach Aubrey. »Ich glaube nicht, dass er versucht, den Handel zu beschränken. Er möchte die Firmen bloß mehr für ihre Gemeinden in die Pflicht nehmen, was meiner Meinung nach durchaus richtig ist.«

»Er ist so ein Polterer«, warf Eliza mit ihrem hochnäsigen britischen Akzent ein. »So ungehobelt und unzivilisiert.«

»Die Menschen mögen ihn, weil er authentisch ist, Mutter«, erklärte Aubrey.

»Die Briten finden, dass er ein interessanter Mensch ist«, bemerkte Derek. »Ein Mann des Volkes.«

»Sie sagen, er hat Charisma und formt das Präsidentenamt für die modernen Zeiten um«, ergänzte Alfie.

Eliza verdrehte nur die Augen. »Er ist alles, wofür Amerika und die Amerikaner bekannt sind: tölpelhaft, ungebildet, vulgär.«

»Du bist dir schon bewusst, Mutter, dass dein Ehemann und deine sieben Kinder Amerikaner sind, oder?«, fragte Anderson.

»Dessen bin ich mir schmerzlich bewusst«, erwiderte Eliza.

»Amerika ist zu unserer Familie sehr gut gewesen«, wandte Alfie ein. »Wir sollten dankbar sein.«

»Hört, hört«, rief Aubrey, was ihm einen finsteren Blick von seiner Mutter einbrachte. Unter dem Tisch griff er nach Maeves Hand und verschränkte seine Finger mit ihren. Er drückte ihr sanft die Hand, was ihr einen köstlichen Schauer über den Rücken sandte. Wie er das so mühelos bewirken konnte, war für sie immer noch ein Rätsel, denn kein anderer Mann hatte je diesen Effekt auf sie gehabt.

Sie schenkte ihm ein warmherziges Lächeln, das er erwiderte, und sie spürte die Verbindung zwischen ihnen knistern. Als Aubrey sich abwandte, um etwas zu seiner Schwester zu sagen, bemerkte Maeve, dass Eliza sie hasserfüllt anstarrte.

Ihr schauderte.

»Geht es dir gut, Liebste?«, fragte Aubrey.

»Ehrlich gesagt fühle ich mich ein wenig seltsam. Ich glaube, ich ziehe mich heute früher zurück, wenn du nichts dagegen hast.«

»Natürlich hab ich das nicht.« Er gab ihr einen Kuss auf den Handrücken. »Ich komme in Kürze nach dir sehen.«

»Gute Nacht«, wünschte Maeve in die Runde und verließ hastig den Raum. Dann hasste sie sich dafür, dass sie sich von Eliza so leicht einschüchtern ließ. Sie hätte dableiben und so tun müssen, als könnte ihr der Hass der anderen Frau nichts anhaben. Hatte Aubrey oder einer der anderen bemerkt, wie Eliza sie angeschaut hatte? Vermutlich nicht, denn Eliza war äußerst geschickt darin, ihr Missfallen Maeve gegenüber vor den anderen zu verbergen.

Doch Maeve spürte es jeden Tag, und es wurde immer schwieriger, so zu tun, als mache es ihr nichts aus. Sie sagte sich ständig, dass sie nur noch die zweite Julihälfte und den August überstehen müsse. Danach würden sie und Aubrey nach New York gehen und allein in

seinem Stadthaus wohnen, ohne dass die gesamte Familie bei
ihnen war.

Aber angesichts von weiteren sechs Wochen in Newport fragte sie
sich, wie sie den Hass von Eliza ertragen sollte. Wenn sie bloß in eine
aristokratische Familie und nicht in eine bürgerliche hineingeboren
worden wäre. Vielleicht könnte Eliza dann ihre Abneigung überwinden
und ihre neue Schwiegertochter tolerieren.

Doch das war ein sinnloser Traum. Die Frau würde sie niemals
akzeptieren, und vermutlich wartete sie nur auf die richtige Gelegenheit, um Aubrey davon zu überzeugen, dass er ohne Maeve besser dran
wäre. Die Vorstellung, von ihm abgelehnt oder gar fortgeschickt zu
werden, schmerzte genauso wie die, dass ihm seine Mutter letzten
Endes wichtiger wäre als sie. Und so würde es kommen, das wusste sie.
Eliza war seine Mutter. Sie wollte nur das Beste für ihn. Und Maeve
erfüllte nicht einmal annähernd ihre Erwartungen.

Nachdem sie sich eines ihrer seidenen Nachthemden und den
passenden Morgenrock übergezogen hatte, kuschelte sie sich auf dem
Fenstersitz zusammen, der inzwischen zu ihrem absoluten Lieblingsplatz im gesamten Haus geworden war. Die gemütliche Ecke erinnerte
Maeve an ihr Zimmer daheim in Irland, denn dort hatte es auch so
eine breite Fensterbank mit dicken Kissen gegeben. Hier konnte sie
auf das weite, vom Mond beschienene Meer hinausschauen und an ihre
Familie daheim in Dingle denken.

War es Aoife und ihrem Mann Thomas gelungen, das Baby zu
empfangen, nach dem sie sich so sehnten? Hatte Bridget ihr drittes
Kind zur Welt gebracht, und hatte die Mutter ihres Mannes sich gut
von der Operation erholt? Niamh hatte letzten Monat die Schule
beendet und würde sicher auch bald einen netten jungen Mann finden
und heiraten. Wie, fragte Maeve sich, ging es Vaters Gicht und dem
Rheuma im Knie ihrer Mutter, das ihr solche Schmerzen verursachte?

Während sie in die Dunkelheit starrte, rannen ihr Tränen übers
Gesicht. Ihre Liebsten waren auf der anderen Seite des Ozeans, und
sie vermisste sie alle schrecklich. Und sie vermisste auch die vertraute
Routine, ihrer Mutter zur Hand zu gehen, nach einigen älteren
Verwandten zu schauen und nach Bedarf in der Bank ihres Vaters
auszuhelfen. Es war ein kleines, doch zufriedenstellendes Leben gewe-

sen, das sich an dem Tag für immer geändert hatte, als ihr Vater sie informiert hatte, dass er Mr Farthington die Erlaubnis gegeben habe, ihr den Hof zu machen.

Bei der Erinnerung verzog sie das Gesicht. Es war das erste Mal gewesen, dass ihr Vater sie gebeten hatte, die Avancen eines Mannes anzunehmen. Davor war sie schon von mehreren Jungen, mit denen sie aufgewachsen war, umworben worden, aber niemals von jemandem, den sie nicht persönlich kannte.

Eine Weile hatte sie gedacht, sie würde ihren guten Freund Padraig heiraten. Doch dann hatte er sich das Leben genommen. Sein Tod hatte sie bis ins Mark erschüttert, vor allem als kurz Spekulationen aufgekommen waren, dass sie etwas damit zu tun haben könnte.

Von ihrem ersten Treffen mit Farthington an, das kurz nach Padraigs Tod stattgefunden hatte, war sie von dem attraktiven, charismatischen älteren Mann geblendet gewesen. Aber unter seiner strahlenden Oberfläche hatte sie eine dunkle Seite gespürt, die er gut verborgen hatte. Sie hatte versucht, mit ihrem Vater darüber zu reden, doch er war so erfreut gewesen von der Aussicht, die Farthingtons mit ihren Geschäften als Kunden gewinnen zu können, dass er für ihre Befürchtungen taub gewesen war.

Was musste er jetzt von ihr denken? Ein Schluchzer entrang sich ihrer Kehle, und dann war Aubrey da, kniete neben ihr und zog sie in seine wärmende Umarmung.

»Mein Liebling, was ist los?«

»Ich habe fürchterliches Heimweh.«

»Oh, meine arme Süße.« Er strich ihr beruhigend über den Rücken. »Ich bin sicher, dass dein Heimweh durch all die Nelsons um dich herum noch verstärkt wird.«

»Vielleicht ein wenig. Aber ich genieße es, deine Familie hierzuhaben.«

»Sie genießen es ebenfalls.«

»Wirklich?«

»Natürlich. Meine Schwestern finden dich ganz bezaubernd.«

Das war neu für sie. Aubreys Schwestern waren zwar nie unhöflich oder abschätzig ihr gegenüber, so wie ihre Mutter, doch sie waren auch nicht besonders warmherzig. Man konnte ihr Verhalten wohl als liebenswürdig und freundlich bezeichnen. Ohne Catherine und Madeleine hätte Maeve sich unter all diesen Fremden sehr einsam gefühlt.

»Das haben sie gesagt?«

»Adele hat mir erklärt, dass sie deine Gesellschaft genießt, und Alora hat angemerkt, wie wundervoll du mit den Kindern umgehst.«

»Ich bete die Kleinen an.«

Er wischte ihr die Tränen fort. »Und sie dich. James hat mich vorhin gefragt, wann du wieder mal mit ihnen Krocket spielst.«

»Sie sind viel zu gut für mich. Gegen sie habe ich keine Chance.«

»Ich glaube, sie freuen sich, endlich eine Erwachsene gefunden zu haben, die sie schlagen können.«

Maeve lachte, was sie sich noch vor wenigen Minuten nicht hatte vorstellen können. Aber Aubrey sorgte immer dafür, dass es ihr besser ging. Sie streichelte ihm die Wange, strich mit den Fingern über die Stoppeln auf seinem Kinn, während er sie mit dem wilden Hunger in den Augen ansah, den sie inzwischen so gut kannte. »Du bist sehr gut darin, mich aufzuheitern.«

»Ich möchte nicht, dass du jemals traurig bist. Du solltest immer sofort zu mir kommen.«

»Es hat mich ganz plötzlich überfallen, und ich wusste, dass du die Zeit mit deinen Freunden genießt.«

»Nichts ist mir so wichtig wie meine wunderbare Frau.« Er schob die Arme unter sie, hob sie hoch und trug sie zum Bett. Nachdem er sie von Morgenmantel und Nachthemd befreit hatte, zog er sich ebenfalls aus und schlüpfte unter die Decke.

»Du bist heute früh hier.« Oft saß er bis weit nach Mitternacht mit Derek, Simon und Justin zusammen.

»Ich bin heraufgekommen, um dir etwas Wichtiges zu sagen. Als wir nach dem Dinner Billard gespielt haben, ist Justin auf einmal eingefallen, wo er den Namen Farthington schon einmal gehört hat.«

KAPITEL 18

Maeve keuchte erschreckt auf. Den Namen dieses Mannes zu hören reichte, um ihr das Blut in den Adern gefrieren zu lassen. »Justin kennt die Familie?«

»Ja. Schon als sie den Namen zum ersten Mal gehört haben, dachten er, Derek und Simon, dass er ihnen irgendwie bekannt vorkam. Aber sie wussten alle drei nicht, woher. Dann ist es Justin wieder eingefallen. Wie es scheint, ist Farthington vor Jahren in London verhaftet worden, weil er eine Prostituierte beinahe zu Tode geprügelt hatte.«

Maeve stockte der Atem.

»Er ist angeklagt worden, hat es jedoch geschafft, aus der Untersuchungshaft zu fliehen, bevor er vor Gericht gestellt werden konnte. Sobald Justin das erwähnt hat, erinnerte Simon sich, gehört zu haben, dass der Mann in England gesucht wird und die Schiffe seines Unternehmens keine britischen Häfen mehr anlaufen dürfen.«

»Ich fasse es nicht!«

»Das ist ein Muster, Maeve. Wenn er im Bett nicht konnte, hat er seinen Frust an der Frau ausgelassen. Es lag nicht an dir.«

Sie brach unter Schluchzern zusammen, die tief aus ihrer Seele zu kommen schienen. Die Erleichterung war so allumfassend, dass sie danach völlig erschöpft war.

»Ist schon gut«, flüsterte er. »Lass es raus. Du bist so stark und mutig gewesen. Ich bin so stolz auf dich.«

»Ich bin nicht stark. Ich hatte die ganze Zeit schreckliche Angst, dass man mich findet und nach Hause bringt, um mich vor Gericht zu stellen und zum Tode zu verurteilen.«

Er strich ihr die Haare aus dem Gesicht und küsste ihre Tränen fort. »Das wird nicht geschehen.«

»Wie kannst du dir da so sicher sein?«

»Weil wir die Wahrheit auf unserer Seite haben – und einen allseits geachteten Herzog, der diskret Nachforschungen für uns angestellt hat.«

»Hat er?«

»Ja. Und er hat Kontakte auf höchster Ebene. Man hat ihm versprochen, alles zu tun, um seiner Freundin zu helfen – der ehemaligen Mrs Farthington.«

»Ich kann es nicht glauben, Aubrey. Dass er so etwas für mich tut.«

»Meine Schwestern sind nicht die Einzigen, die dich bezaubernd finden. Meinen Freunden geht es genauso. Und Derek hat keinerlei Verständnis für Männer, die Frauen schlagen. Catherine ist von dem Mann misshandelt worden, den sie heiraten sollte, und sie ist ebenfalls weggelaufen, um ihrem Schicksal zu entgehen. Ihr beide habt mehr gemein, als du glaubst.«

»Ich hatte keine Ahnung, dass auch sie geschlagen worden ist.«

»Sie würde dir sagen, dass dieser Überfall sie zur Flucht veranlasst hat, was sie wiederum zu Derek geführt hat. Und ich würde hinzufügen, Farthingtons Angriff hat dich dazu getrieben, zu fliehen, was dich zu mir geführt hat. In beiden Fällen ein Happy End.«

»Nun, in einem zumindest. Wir wissen noch nicht, was mit mir geschehen wird.«

»Doch, das wissen wir. Dein Leben war in Gefahr, und du hast dich verteidigt.«

»Es stünde mein Wort gegen seins, und da er sich nicht mehr äußern kann, würde ich als herzlose Mörderin hingestellt werden.«

»Ich wäre ja bei dir und würde dich gegen alle Vorwürfe verteidigen. Ich will nicht, dass du dich wegen irgendetwas sorgst. Was auch immer kommt, wir stehen es gemeinsam durch.«

»Bei dir kann ich glauben, dass alles möglich ist. Wie schaffst du das bloß?«

»Genauso, wie du mich an Märchen und Happy Ends glauben lässt.«

»Das tue ich?«

»Mhm.« Verlockend rieb er seine Lippen über ihre, und wie jedes Mal, wenn er sie küsste, spürte Maeve die Wirkung von den Haarwurzeln bis zu den Sohlen ihrer Füße und überall dazwischen.

»Schließ die Augen. Entspann dich. Lass dich von mir lieben.«

Bei dem Wort »lieben« machte ihr Herz einen Satz. Aber bevor sie zu lange darüber nachgrübeln konnte, ob er sie vielleicht wirklich liebte, umfasste er schon ihre empfindsamen Brüste und strich mit den Daumen über die Spitzen.

»So hinreißend. Und ganz allein meine«, flüsterte er, bevor er eine rosige Knospe zwischen seine Lippen saugte, während er die andere leicht zwickte.

Unter den Gefühlen, die das in Maeve auslöste, hob sie die Hüften und drängte sich ihm entgegen. Nach Wochen in diesem Bett hatte sie sich an viele der Dinge gewöhnt, die sie miteinander taten, doch immer noch errötete sie von Kopf bis Fuß, wenn er sich so wie jetzt an ihrem Körper entlang nach unten küsste, sich ihre Beine über die Schultern legte und sie mit dem Mund verwöhnte. Niemals würde ihr die beinahe obszöne Weise alltäglich erscheinen, auf die er seine Lippen, seine Zunge und Finger benutzte, um sie in den Wahnsinn zu treiben.

Ganz sanft saugte er an ihr, bis Maeve vor Lust laut aufschrie.

Nachdem sie langsam wieder auf dem Boden angekommen war, sah sie, dass er sie eindringlich betrachtete.

Als er lächelte, erhellte sich sein gesamtes Gesicht. »Hallo, meine Schöne.«

»Sie wirken sehr zufrieden mit sich, Mr Nelson.«

Er küsste sich an ihrem Hals entlang. »Ich *bin* extrem zufrieden mit mir – und mit Ihnen, Mrs Nelson.«

Als er sein Gewicht verlagerte, um in sie einzudringen, hielt sie ihn zurück, indem sie eine Hand auf seine Brust legte. »Könnte ich das, was du mit mir gemacht hast, bei dir tun?«

Er erstarrte. Seine Miene schien fast ausdruckslos.

Fand er sie dreist, weil sie so etwas vorgeschlagen hatte? »Vergiss es«, sagte sie schnell und wandte den Blick ab. »Ich wollte dich nicht schockieren.«

»Du hast mich nicht schockiert. Du hast mich so sehr erregt, dass das gesamte Blut in meinem Körper sich an einer Stelle gesammelt hat und nichts mehr für mein Gehirn übrig ist.«

Sie schaute nach unten und sah, dass er größer und härter war als je zuvor. Wie war das überhaupt möglich? Wie konnte er noch größer sein?

Aubrey stieß ein gequält klingendes Stöhnen aus, das ihr beinahe ein wenig Angst machte. »Bitte«, antwortete er leise, aber drängend. »Bitte tu, was immer du willst.« Mit den Fingern strich er ihr durchs Haar. »Nichts, was du tust, könnte jemals falsch sein.«

Ermutigt von seinen Worten und seinen zarten Berührungen, drückte Maeve ihn vorsichtig nach hinten, bis er auf dem Rücken lag. Er beobachtete, wie sie sich in Position begab, dann packte er das Bettlaken mit beiden Händen, wie um sich daran festzuhalten.

Maeve richtete sich auf und musterte seine Brust und seinen Bauch, während sie überlegte, wo sie ihn als Erstes küssen wollte.

»Maeve«, stieß Aubrey durch zusammengebissene Zähne aus. »Willst du bloß gucken, oder hast du vor, mich von meinem Elend zu erlösen?«

»Sag mir, was dir gefällt. Ich tue, was immer du willst.«

Als er scharf die Luft einsog, schaute sie hoch und bemerkte, dass sein Gesicht ganz angespannt war. »Ich stehe kurz davor, zu kommen, nur von der Vorstellung deiner Lippen an meinem ...«

Sie beugte sich vor, legte eine Hand um seinen Schaft, wie er es ihr gezeigt hatte, und nahm dann die Spitze in den Mund, um sanft, aber beharrlich daran zu saugen.

Aubrey vergrub seine Finger in ihren Haaren, hob die Hüften an und gab Geräusche von sich, die sie noch nie zuvor von ihm gehört hatte. Ermutigt nahm sie mehr von ihm in den Mund und umspielte ihn mit ihrer Zunge.

Er stöhnte auf, und sein Griff in ihren Haaren wurde beinahe schmerzhaft.

Maeve ließ ihn langsam aus ihrem Mund herausgleiten.

»Hör nicht auf«, bettelte er verzweifelt.

»Das habe ich nicht vor.« Sie setzte sich zwischen seine gespreizten Beine und beugte sich wieder vor. Dieses Mal umfasste sie seine Hoden, bevor sie ihn wieder in den Mund nahm.

»Großer Gott«, stöhnte er. Seine Beine zitterten heftig, als sie ihn mit wachsender Begeisterung weiter verwöhnte. »Maeve, Süße, hör auf. Das ist genug.« Er zog an ihren Haaren, um ihre Aufmerksamkeit zu erregen.

Doch sie ließ nicht davon ab, ihm das gleiche Vergnügen zu schenken, das er ihr bereitet hatte.

»Scheiße!«

Nie hatte sie so ein Wort von ihm gehört, und zu wissen, dass sie ihn dazu gebracht hatte, trieb sie an, ihm alles zu geben. Sie saugte und leckte die weiche Haut, bis er in ihrem Mund explodierte und eine heiße Flüssigkeit ihr die Kehle hinunterrann.

»Mein Gott«, stöhnte er, während er sich auf die Matratze sinken ließ.

Maeve ließ ihn langsam aus ihrem Mund gleiten und fuhr fort, ihn zu streicheln, während Nachbeben seinen Körper durchliefen. Als sie schließlich zu ihm hochschaute, sah sie, dass er sie mit einem beinahe raubtierhaften Ausdruck in den Augen betrachtete. »Habe ich das richtig gemacht?«

Er lachte auf. »Wenn du es noch richtiger gemacht hättest, wäre vermutlich mein Herz stehen geblieben.« Er griff nach ihr und zog sie auf sich. »Du bist umwerfend, und ich will nichts mehr, als deine geschwollenen Lippen zu kosten.«

Diese Sachen, die er immer sagte! Sie spürte, wie ihr die Hitze in die Wangen stieg, als er sie fast bis zur Besinnungslosigkeit küsste.

»Wie kannst du erröten, nachdem du meinen Schwanz bis zur Explosion geleckt hast?«

»Musst du so vulgär sein?«

»Es ist nicht vulgär, mit seiner Frau über die Dinge zu sprechen, die im Ehebett passieren. Und jetzt beantworte meine Frage. Wie kannst du nach all den Dingen, die wir getan haben, immer noch verlegen sein?«

»Ich bin weniger verlegen als vielmehr geschockt von meinem Verhalten.«

»Das ist ja auch ziemlich schockierend.«

Sie stieß ihm einen Finger in den Bauch, was ihn zum Lachen brachte.

»Aber ich wollte dich nicht anders haben. Du bist absolut perfekt.«

»Freut mich, dass du das so siehst.«

Er zog sie an sich und strich ihr mit den Händen über den Rücken, um schließlich ihren Po zu umfassen. Zwischen ihnen zuckte sein Schwanz und wurde wieder hart.

»Du hast dich ja ziemlich schnell erholt.«

»Das ist allein deine Schuld. Du bist so süß und weich, und ich will dich ununterbrochen.« Er drückte ihren Po. »Setz dich auf mich.«

Aubrey half ihr auf, bis sie auf ihm saß, die Beine um seine Hüften geschlungen. Sie war nicht so von Sinnen, dass ihr nicht sofort die Unanständigkeit der Position auffiel. Sie hätte gerne ihre Schenkel zusammengedrückt, doch Aubrey hielt sie davon ab.

»Aubrey ... Du kannst unmöglich ...«

»Still. Vertrau mir. Heb die Hüften ein wenig an.«

»Nein ... Was ... O mein Gott.«

Mit den Händen an ihren Hüften zog er sie langsam auf sich herunter. »So ist es gut«, sagte er angespannt. »Genau so.«

»Das ist nicht schicklich.«

»Oh, und wie schicklich das ist.« Er hob seine Hüften und drängte sich tiefer in sie hinein.

»Aubrey ...«

»Ja, Liebste?«

»Wir können nicht ...«

»Wir können.« Er hielt sie fest und stieß erneut zu. »Und wir machen es. Reite mich.«

»Wie bitte?«

»Du hast mich gehört. Bewege deine Hüften wie auf einem Pferd.«

»Das kann ich nicht.« Allein bei dem Gedanken wollte sie vor Verlegenheit sterben.

»Doch, kannst du.« Er führte sie und half ihr, einen Rhythmus zu finden, der sich schockierend gut anfühlte.

»Ich kann nicht glauben, dass ich das tue.«

»Glaub es ruhig.« Mit seinen Händen ermutigte er sie, sich schneller zu bewegen, dann griff er zwischen sie und brachte sie mit seinen Fingern zu einem Orgasmus, der wie ein Flächenbrand über sie hinwegrollte.

Sie ließ den Kopf in den Nacken fallen und ergab sich ganz dem, was er mit ihr anstellte.

»Du bist einfach perfekt.« Seine Finger gruben sich tief in ihre Hüften, um sie still zu halten, während er sich weiter in sie stieß und schließlich seine eigene Erlösung fand.

Danach zog er sie an sich, sodass sie auf seine Brust zu liegen kam.

»Du hast eine Dirne aus mir gemacht.«

Seine Brust bebte unter seinem Lachen. »Ich bete meine Frau, die Dirne, an.«

Maeve lächelte, weil sie diese Bemerkung hatte kommen sehen. »Ich wusste gar nicht, dass das möglich ist.«

»Warte nur ab, bis du siehst, was noch alles möglich ist.«

»Es gibt mehr?«

Aubrey strich ihr mit den Fingern durch die Haare. »So viel mehr. Und die gute Nachricht ist, wir haben den Rest unseres Lebens dafür, alles auszuprobieren.«

Einen Tag nach dem anderen, eine Nacht nach der anderen, ein zärtliches Wort nach dem anderen, einen explosiven Höhepunkt nach dem anderen ließ er sie glauben, dass sie dieses gemeinsame Leben wirklich vor sich hatten.

Eliza wartete, bis sich alle für die Nacht zurückgezogen hatten, bevor sie ihren Plan in die Tat umsetzte. Sie schlich nach unten in die Küche und verließ das Haus durch den Dienstboteneingang. Dann ging sie die lange Auffahrt zum vereinbarten Treffpunkt hinunter. Ihre Zofe hatte all ihre Anweisungen zur Vereinbarung dieses spätabendlichen Termins präzise ausgeführt.

Die Kutsche wartete samt Fahrer vor dem Tor auf sie. Der Mann nickte und streckte die Hand aus, um ihr beim Einsteigen zu helfen. Als Eliza saß, schloss er die Tür, und kurz darauf rollten sie in Richtung Stadt.

Elizas Haut kribbelte vor Aufregung und Vorfreude. Es hatte volle zwei Wochen gedauert, dieses Treffen zu arrangieren. Während dieser Zeit hatte sie keine andere Wahl gehabt, als abzuwarten und die ehemalige Haushälterin, die ihr Sohn geheiratet hatte, so weit wie möglich zu ignorieren. Und sie war auch noch Irin. Eliza schauderte. Alle wussten, dass die irischen Frauen gut fürs Kochen, Putzen und Betreuen von Babys waren. Aber man *heiratete* sie nicht.

Nie würde sie Aubrey verzeihen, dass er sie in die Position gebracht hatte, die Wahl seiner Ehefrau vor der feinen Gesellschaft von Newport verteidigen zu müssen. Überall, wo sie in dieser Saison hinkam, sprachen die Menschen sie darauf an, und jedes Mal, wenn sie diese Fragen beantworten musste, wurde sie noch wütender als zuvor. Wie konnte er es *wagen*, ihr so etwas anzutun? Ihr Zorn war so allumfassend, dass sie kaum an etwas anderes denken konnte.

Sie hatte ihm alles geboten, darunter zwei Saisons in London, in denen er sich eine aristokratische Frau hätte suchen können. Aber zu ihrem großen Bedauern war er mit leeren Händen heimgekehrt. Doch er hatte einflussreiche Freunde gefunden, und den Herzog und die Herzogin im Haus zu haben war das Einzige, was dafür sorgte, dass dieser Sommer für sie nicht komplett ruiniert war.

Ohne ihre illustren Gäste wären Eliza und ihre Familie von der Gesellschaft geschnitten worden. Sie wären zu keinem der exklusiven Feste oder Bälle eingeladen worden, und die Leute hätten den Blick abgewandt, wenn sie die Familie Nelson hätten kommen sehen. Sie wurden in dieser Saison dank ihrer Gäste toleriert, aber was wäre nächstes Jahr?

Das wollte sie lieber nicht herausfinden. Nein, sie musste etwas unternehmen, und zwar sofort.

Die Kutsche fuhr vor dem Marlborough Inn vor und blieb stehen. Nachdem der Kutscher – sie konnte sich nicht an seinen Namen erinnern – die Tür geöffnet hatte, beugte er sich hinein. »Sind Sie sicher, dass Sie hier aussteigen wollen, Ma'am?«

»Ja, ich bin sicher.« Eliza schätzte es nicht, wenn irgendjemand ihr Tun infrage stellte, schon gar nicht, wenn es ein Dienstbote war. Sie gestattete ihm, ihr aus der Kutsche zu helfen. »Warten Sie hier. Es wird nicht lange dauern.« Sie rauschte hinein und schaute sich um. Ihr Blick blieb an dem Mann im schwarzen Anzug hängen, der im Salon saß und ein Glas mit bernsteinfarbener Flüssigkeit in der Hand hielt. Sie betrat den Raum. »Mr Dunleavy?«

Er stand auf, um sie zu begrüßen. »Mrs Nelson, nehme ich an?«

»Korrekt. Bitte sagen Sie mir, dass Sie die gewünschten Informationen haben.« Der ehemalige Pinkerton-Detektiv war ihr wärmstens empfohlen worden.

»Bitte sagen Sie mir, dass Sie das abgesprochene Honorar dabeihaben.«

Sie reichte ihm einen Bankwechsel und dankte im Geiste ihrem Vater, der dafür gesorgt hatte, dass sie nach ihrer Heirat mit »dem Amerikaner«, wie sie ihren Ehemann auch nach über vierzig Jahren Ehe immer noch nannte, weiterhin selbst über ihr Geld verfügen konnte.

Aufmerksam studierte Dunleavy den Wechsel, bevor er ihn einmal faltete und in die Innentasche seines Rocks steckte. »Ihr Sohn ist mit einer Mörderin verheiratet.«

Eliza starrte ihn an. »Wie bitte?«

»Maeve Sullivan, auch bekannt als Maeve Brown, verheiratete Maeve Nelson, hat ihren ersten Gatten, einen Mann namens Josiah Farthington, getötet und wird in Irland wegen Mordes gesucht.«

Der Boden unter Elizas Füßen schien zu schwanken. Sie hatte gewusst, dass es in Maeves Leben irgendetwas geben musste, aber *Mord?* Das wäre ihr nie in den Sinn gekommen. »Das kann unmöglich Ihr Ernst sein.«

Er reichte ihr eine Mappe. »Hier finden Sie alle schändlichen Einzelheiten.«

Eliza setzte sich in einen der billigen Ohrensessel und öffnete die Mappe. Sie überflog den dreiseitigen Bericht, in dem der Fall gegen die Frau ihres Sohns dargelegt wurde.

»Da ist noch mehr«, sagte Dunleavy. »Der Besitzer des Inns hat mir erzählt, dass vor ein paar Wochen ein Mann namens Tornquist hier war, der von der Familie Farthington dafür angeheuert worden war, die fragliche Frau zu finden. Offensichtlich hat Ihr Sohn ihm eine beträchtliche Summe ausbezahlt mit der Auflage, der Familie Farthington zu erzählen, dass er sie bisher nicht hätte finden können. Tornquist war nicht sonderlich diskret und hat mit dem Geld nur so um sich geworfen. Er hat sich keinerlei Zurückhaltung dabei auferlegt, zu erzählen, wie er dazu gekommen ist. Nach allem, was ich gehört habe, spielt er ein doppeltes Spiel, denn er steht weiter in den Diensten der Farthingtons und lässt sie in dem Glauben, dass er noch immer nach der Dame sucht.«

Eliza wand sich innerlich. Das war alles so schäbig, doch andererseits hatte sie damit gerechnet. Eine Mutter von sieben Kindern entwickelte eine gewisse Intuition, was solche Dinge anging. »Also weiß Aubrey, dass sie«, Eliza schluckte gegen die Galle an, die ihr die Kehle hochstieg, »ihren Ehemann umgebracht hat?«

»Es sieht so aus.«

Sie konnte nicht glauben, was sie da hörte. Wie hatte Aubrey eine Frau heiraten können, die wegen Mordes gesucht wurde? War er von allen guten Geistern verlassen? »Sie waren sehr hilfreich.«

»Eine Sache noch.«

Noch mehr? »Was für eine Sache?«

»Ich habe ein paar diskrete Erkundigungen eingezogen, und nach allem, was ich gehört habe, ist Ihr Sohn sehr angetan von der Frau, die er geheiratet hat. Vielleicht liebt er sie sogar.«

Eliza blickte ihn finster an. »Er liebt sie nicht. Ihn gelüstete nach einer irischen Hure, die gerade zur Verfügung stand. Ich hätte ihn nie vorausschicken dürfen, damit er das Haus vorbereitet. Das war mein Fehler, aber einer, der eiligst korrigiert werden wird.«

»Wie Sie meinen, Ma'am. Doch vergessen Sie nicht: Ich bin nur der Bote.«

»Unser Geschäft ist abgeschlossen. Ich kann auf Ihre vollständige Diskretion vertrauen?«

»Natürlich. Wenn ich eines bin, dann diskret.«

Eliza erhob sich. »Danke und einen guten Abend.«

»Gleichfalls.«

Eilig verließ sie das armselige Inn und fühlte sich schmutzig, obwohl sie bloß wenige Minuten darin verbracht hatte. Sie ließ sich in die Kutsche helfen und sich dann den Hügel hinauf in den exklusiven Teil der Stadt fahren, wo sie hingehörte. In all den Sommern, die sie in Newport verbracht hatte, war sie nie auch nur in die Nähe des Marlborough Inn gekommen. Noch ein Grund mehr, zornig auf Aubrey zu sein, dessen unverantwortliches Handeln sie zu so einer Maßnahme gezwungen hatte.

Vor Jahren schon hatte sie akzeptiert, dass Anderson und Alfie wohl niemals heiraten würden. Ihre zwei älteren Söhne waren schüchtern im Umgang mit Frauen, was so weit ging, dass sie sich von der feinen Gesellschaft zurückgezogen hatten, bevor sie überhaupt offiziell eingeführt worden waren. All ihre Hoffnungen hatte sie deshalb darauf gesetzt, dass Aubrey den Familiennamen fortführte, den sie in der Gesellschaft prominent gemacht hatte. Und er hatte sie genauso im Stich gelassen.

Sie musste handeln, und zwar schnell, bevor er die irische Hure schwängerte. Unter keinen Umständen würde sie ein halb irisches Enkelkind akzeptieren. Der Gedanke daran ließ sie vor Wut schäumen, noch während sie erkannte, dass es vielleicht schon zu spät war, um diese Katastrophe zu verhindern. Aubrey und diese Frau ergriffen jede Chance, um allein zu sein, selbst nun, wo seine Freunde da waren. Zumindest kam es Eliza so vor.

Gott sei gedankt für den Herzog und die Herzogin, dachte sie. Sie waren die Einzigen, die verhinderten, dass diese Saison ein totaler Reinfall wurde. Es war ein Drahtseilakt für Eliza, einen Weg zu finden, die irische Hure loszuwerden, ohne bei Aubreys illustren Freunden in Ungnade zu fallen. Denn die würden bei einem Streit natürlich seine Partei ergreifen. Was an sich schon lachhaft war. Er war nur ein Amerikaner, sie hingegen die Tochter eines Earls. Zu ihrer Zeit hatten sich die Mitglieder der führenden Gesellschaftsklasse umeinander gekümmert, aber das war heute anders. Egal, was passierte, sie musste den Herzog und die Herzogin bis Ende August bei sich im Haus behalten.

Im nächsten Sommer wäre Aubreys Indiskretion hoffentlich von einem anderen Skandal abgelöst, und alles konnte wieder so laufen, wie es in der Vergangenheit gewesen war – mit ihr als einer der am meisten respektierten Damen der Newporter Gesellschaft. Auch wenn ihre

Familie eher als zweitklassig galt, weil ihr Vermögen neu war, hatte man ihr den Respekt erwiesen, der ihr als Tochter eines britischen Earls zustand. Doch das konnte sich schnell ändern, wenn sich das Triumvirat gegen sie wandte.

Der Gedanke daran, dass ihre Töchter und Enkelkinder gemieden werden könnten, weil Aubrey so etwas Dummes und Egoistisches getan hatte, ohne auch nur einen Gedanken daran zu verschwenden, was das für Auswirkungen auf seine Familie hatte, machte Eliza krank.

Nein, sie konnte das nicht zulassen, selbst wenn er sich inzwischen einredete, »glücklich« mit dieser Frau zu sein. Als hätte er irgendein gottgegebenes Recht darauf, glücklich zu sein. Sie wusste nur zu gut, wie es war, jemanden von ganzem Herzen zu wollen, den man nicht haben konnte, und dann gezwungen zu sein, eine schlechtere Verbindung einzugehen.

Aubrey war ein Narr, dass er sich von dieser mordenden Hure hatte einfangen lassen. Das war zwar sehr enttäuschend, aber er war nicht der erste Mann, der seinen primitiven Instinkten folgte. Dabei hatte sie so große Hoffnungen auf ihn gesetzt, auf ihren jüngsten und liebsten Sohn. Ihr Ehemann würde bald nicht mehr da sein, und dann wäre sie das Oberhaupt der Familie. Als solches musste sie die entsprechenden Schritte einleiten, um den Namen Nelson zu schützen.

Die mordende irische Hure loszuwerden würde alles wieder geraderücken, solange es ihr gelang, ohne dass der Herzog und die Herzogin vertrieben wurden.

Nun musste sie also bloß noch einen Weg finden, beides gleichzeitig zu tun – und zwar schnell, bevor Aubrey diese schreckliche Frau schwängerte.

KAPITEL 19

Den Ausdruck »trunken vor Liebe« hatte Aubrey nie verstanden, bis es ihm selbst passiert war, mit der unglaublichen Maeve Sullivan Nelson. Er war ganz einfach besessen von seiner wunderschönen Frau. Egal, wie oft sie einander liebten, er wollte immer mehr. Wenn er nicht mit ihr zusammen war, dachte er an sie und zählte die Stunden, bis er wieder mit ihr allein sein konnte.

Da seine Freunde zu Besuch waren, sah er sich gezwungen, all das zu tun, was ein Gastgeber eben tat – und natürlich bemühte er sich, dafür zu sorgen, dass seine Gäste glücklich waren und sich gut unterhalten fühlten. Doch obwohl er sich über ein Jahr lang auf ihre Ankunft gefreut hatte, war er jetzt an nichts mehr wirklich interessiert, woran Maeve nicht teilnahm.

Zum Glück waren Derek und Simon von ihren Frauen ebenso hingerissen und verstanden Aubreys Problem. Sie zogen ihn freundschaftlich mit seiner offensichtlichen Vernarrtheit gegenüber seiner Frau auf. Die drei Paare und Justin hatten einen herrlichen Sonntagnachmittag auf Aubreys schnittigem, klassischem Segelboot in der Narragansett Bay verbracht, das er *Sundowner* getauft hatte, bevor er Maeve kennengelernt hatte. In der nächsten Saison würde er den Namen ihr zu Ehren ändern.

Früher am Morgen hatte er sie zur Messe in der St. Mary's Church an der Ecke Spring Street und Memorial Boulevard begleitet. Auch wenn er Protestant war, hatte er seiner katholischen Frau diesen Gefallen getan, was bei seiner Mutter vermutlich einen weiteren Anfall ausgelöst hatte, als sie davon erfuhr. Aber das war ihm egal. Was immer Maeve wollte, wollte er ebenfalls. So einfach war das.

»Verratet mir eins«, bat Aubrey seine Freunde an jenem Abend bei einer Partie Billard. »Nimmt der eheliche Wahnsinn im Laufe der Zeit eigentlich ab?«

»Bei mir bisher nicht.« Derek legte den Queue mit der Präzision an, die dazu geführt hatte, dass er bei ihrem Billardturnier in diesem Sommer mit zehn Spielen vor Simon führte. Wenig überraschend fand Aubrey sich auf dem letzten Platz, denn es hätte ihm nicht gleichgültiger sein können, ob er eine Partie gewann oder nicht. Ihm war nur wichtig, die Spiele zu *beenden*, damit er sich so schnell wie möglich im Bett zu seiner Frau gesellen konnte. »Wenn überhaupt, dann ist der Wahnsinn stärker geworden, je länger wir zusammen sind.«

»Das geht mir genauso«, bestätigte Simon. »Ich bin immer noch vollkommen hingerissen von meiner süßen Maddie.«

»Was für ein Haufen peinlicher Narren ihr doch seid«, sagte Justin mit seiner üblichen Verachtung für verliebte Paare.

»Es tut mir leid, dich enttäuscht zu haben, lieber Freund«, erwiderte Derek mit einem breiten Lächeln. »Und ich kann es gar nicht erwarten, dass du die eine kennenlernst, die dich in einen genauso großen Narren wie uns verwandelt.«

»Das kann dauern«, murmelte Justin.

»Wir haben einst genau wie du gedacht«, rief ihm Simon in Erinnerung. »Bis es uns wie ein Blitz aus heiterem Himmel getroffen hat.«

Justin, der neben dem Tisch stand, stützte sich auf seinen Queue. »Warum, glaubt ihr, ziehe ich es vor, drinnen zu bleiben?«

Derek lachte laut auf. »Wenn du glaubst, man könne dieser Art von Blitz entgehen, indem man sich im Haus aufhält, bist du der größte Narr von allen.«

Simon nickte. »Er hat recht. Mich hat es in einem Ballsaal erwischt, wie du weißt, denn du warst dabei.«

»Ja, das war ich, und es war das Jämmerlichste, was ich je mit angesehen habe. Nun ja, bis ich hier ankam und miterleben musste, wie Aubrey der armen Maeve hinterherhechelt.«

Aubrey zupfte theatralisch an seinem Kragen, amüsiert vom Schlagabtausch zwischen seinen Freunden. »Es ist diesen Sommer ziemlich *heiß* hier, findet ihr nicht?«

»O ja«, fiel Simon ein. »Etwas an der Seeluft sorgt dafür, dass meine Frau noch zugänglicher ist als sonst.«

»Und das will was heißen«, merkte Derek trocken an. »Zumindest nach allem, was ich zu Hause mitbekommen habe.«

»Ja, sie liebt mich eben.«

»Irgendjemand muss es ja tun«, meinte Justin lakonisch und brachte die anderen damit zum Lachen.

»Pass besser auf, Justin«, warnte Derek ihn. »Du fängst an, wie ein alter Griesgram zu klingen.«

»Ich bin lieber ein alter Griesgram als ein mitleiderregender, liebeskranker Narr wie der Rest von euch.«

»Wir müssen eine Frau für ihn finden«, stellte Aubrey fest. »Wenn er ein wenig Zuneigung erhält, ist er vielleicht nicht mehr so ...«

»Griesgrämig?«, schlug Derek vor.

»Frustriert?«, warf Simon ein.

»Beides«, bestätigte Aubrey.

»Hört auf«, verlangte Justin. »Das Letzte, was ich gebrauchen kann, sind weibliche Komplikationen.«

»Aber das sind die *besten* Komplikationen«, widersprach Aubrey.

Justin verdrehte die Augen. »Klar, dass du das sagst, du musst dich ja auch jeden Tag dreimal ›wegen Kopfschmerzen‹ zurückziehen.«

Aubrey musste lachen, weil er Justins Worte nicht widerlegen konnte. Er hatte sich sehr bemüht und war teilweise sogar unhöflich zu seinen Gästen gewesen, nur um mit seiner Frau allein sein zu können. Doch trotz der Neckerei wusste er, dass keiner der Männer ihn geringer schätzte, weil er sie ab und zu Maeves wegen vernachlässigte. Immerhin waren sie alle frisch verheiratet.

Als er sich von seinem Lachanfall erholt hatte und seine Aufmerksamkeit wieder auf den Billardtisch richtete, hatte er das nagende Gefühl, dass selbst inmitten ihrer Fröhlichkeit irgendetwas nicht stimmte. »Es war zu leicht«, sprach er seine Sorge zum ersten Mal laut aus.

Verwundert über den plötzlichen Wechsel in seinem Tonfall zog Derek die Augenbrauen zusammen. »Was war zu leicht?«

»Maeve zu heiraten.«

Justin beugte sich über den Tisch und nahm die Kugel mit der Nummer acht ins Visier. »Wie meinst du das?«

»Versteht mich nicht falsch. Ich freue mich, dass Maeve bei den verschiedenen Gesellschaften so warmherzig empfangen worden ist und dass meine Schwester und ihre Kinder sie ins Herz geschlossen zu haben scheinen.«

»Wo ist dann das Problem?«, wollte Derek wissen.

»Meine Mutter.«

»Was ist mit ihr?«

»Sie ist zu still.«

»Könnte es sein, dass der Gesundheitszustand deines Vaters sie voll in Anspruch nimmt?«, fragte Justin.

»Ich wünschte, ich könnte das glauben, doch sie interessiert sich nicht besonders für ihn. Seit Jahrzehnten hat sie mit ihm kaum einmal über etwas anderes als ihre gesellschaftlichen Verpflichtungen gesprochen. Selbst nachdem Nelson Industrial so erfolgreich wurde, hat sie so getan, als hätte er ihr keinen Gefallen damit getan, weil sie nun zu den Neureichen gehört. Wie ihr wisst, gibt es nichts Schlimmeres als ›neues Geld‹.«

»Autsch«, sagte Simon. »Das ist hart. Wie haben sie es eigentlich geschafft, sieben Kinder in die Welt zu setzen, wenn sie kaum miteinander reden?«

»Wir stammen alle aus den ersten zwölf Jahren ihrer Ehe, die, wie wir glauben, die beste Zeit waren.«

»Ah, ich verstehe.« Simon nickte. »Es ist ja aber nicht so, als könnte deine Mutter irgendetwas unternehmen. Du bist offiziell mit der Frau verheiratet, ob ihr das nun gefällt oder nicht.«

»Oh, es gibt jede Menge, was sie unternehmen kann, um unsere Verbindung zu torpedieren. Ich fürchte, sie wartet nur auf den richtigen Zeitpunkt, um zuzuschlagen, damit sie den größtmöglichen Schaden anrichtet.«

Derek neigte den Kopf. »Was genau könnte sie denn tun?«

»Ich weiß es nicht, und das ist es, was mich so beunruhigt. Mir ist klar, dass sie irgendetwas plant, doch nicht zu wissen, was genau, treibt mich noch in den Wahnsinn. Ich schätze, Maeve ist genauso besorgt, sagt aber aus Respekt nichts, weil es um meine Mutter geht.«

»Hast du mal daran gedacht, dass sie vielleicht gewillt ist, deine Wahl zu akzeptieren und zu respektieren?«

»Nicht eine Sekunde lang.«

»Das ist tatsächlich ein Dilemma.« Derek schaute nachdenklich drein. »Catherine hat mir erzählt, dass Maeve bisher überall sehr freundlich empfangen wurde.«

»Maeve glaubt, das liegt daran, dass Catherine und Madeleine es sich zur Aufgabe gemacht haben, sicherzustellen, dass niemand ihr gegenüber unhöflich ist.« Der Gedanke, dass irgendjemand, selbst seine Mutter, zu Maeve gemein sein könnte, reichte, um Mordgedanken in Aubrey zu wecken.

»Ja, die beiden sind wirklich großartige Bodyguards«, erklärte Simon, was seinem Cousin ein Lachen entlockte.

»Das stimmt. Ich würde mich nicht mit den McCabe-Schwestern anlegen wollen«, meinte Derek.

»Ich hoffe, ihr wisst, wie dankbar wir euch allen dafür sind, dass ihr Maeve so warmherzig aufgenommen habt. Das bedeutet uns sehr viel.«

»Du liebst sie«, antwortete Derek. »Mehr müssen wir nicht wissen.«

»Ist das so offensichtlich?«, fragte Aubrey.

»So offensichtlich wie die Nase in deinem Gesicht«, sagte Justin. »Wenn sie in der Nähe ist, benimmst du dich wie ein liebeskranker Welpe.«

»Das stimmt nicht!«

»Äh, irgendwie doch«, erwiderte Simon lachend.

Aubrey wollte gerade protestieren, als Plumber den Salon betrat. »Entschuldigen Sie die Störung, aber gerade ist ein Telegramm eingetroffen.«

Aubrey nahm es ihm ab. »Danke, Mr Plumber.«

»Natürlich, Sir.« Der Butler drehte sich um und verließ den Raum.

Angespannt öffnete Aubrey den Umschlag so vorsichtig, als

enthielte er eine Stange Dynamit. Was war passiert? Er las die Nachricht, und das Herz wurde ihm schwer.

»Was ist los, Aubrey?«, fragte Derek.

»Mein Gott.« Aubrey warf Justin einen Blick zu. »Es tut mir unglaublich leid, dir mitteilen zu müssen, dass dein Vater und dein Bruder gestern bei einem Reitunfall ums Leben gekommen sind.«

Justins Miene wurde völlig ausdruckslos. »Wie bitte?« Er schüttelte den Kopf, als hätte er Aubrey nicht richtig verstanden.

»Mehr Einzelheiten stehen hier nicht.«

Justin suchte sich den nächstbesten Sessel und ließ sich schwer hineinsinken. Dann vergrub er sein Gesicht in den Händen.

Derek und Simon setzten sich neben ihn, und Derek legte ihm eine Hand auf die Schulter.

»Es tut mir so leid, Justin«, sagte er.

»Was können wir für dich tun?«, fragte Simon.

»Was für eine Art Reitunfall soll das sein, der sie beide getötet hat?«, fragte Justin, und Fassungslosigkeit schwang in jedem seiner Worte mit.

»Ich kann es mir nicht vorstellen«, gab Derek zu.

Mit einem Mal schaute Justin auf. Seine blauen Augen wirkten riesig. »Großer Gott, das bedeutet, dass ich jetzt der Earl bin. Das kann nicht sein.« Er ließ den Kopf in die Hände sinken.

Derek legte einen Arm um seinen Freund, während Simon ihm den Rücken rieb.

Aubrey stand dabei und wusste nicht, was er machen sollte. Gleich morgen früh würde er sich darum kümmern, dass Justin so schnell wie möglich nach England zurückkam. Das war das wenigste, was er tun konnte.

»Tut mir leid«, sagte Justin, nachdem er sich wieder gefasst hatte. »Es ist nur so ein Schock.«

»Natürlich ist es das«, tröstete Derek ihn. »Und es muss dir nicht leidtun. Du bist hier unter Freunden. Ich wünschte bloß, wir könnten dir irgendwie helfen.«

»Ich werde euch dafür brauchen, dass ihr mir erklärt, wie man ein Earl mit einem so großen Besitz ist, dass ich den Rest meines Lebens benötigen werde, um alles zu verstehen.«

»Ich bin für dich da, egal wann, du musst nur Bescheid sagen.«

»Danke.« Mit zitternder Hand strich Justin sich durchs Haar. »Ich schätze, ich muss abreisen und nach Hause.«

»Ich werde gleich morgen alles arrangieren«, verkündete Aubrey. »Ich würde dir einen Platz im Zug nach New York reservieren, aber von hier aus geht es schneller, wenn man mit dem Fall-River-Boot fährt. Von dort buche ich dir eine Passage auf dem ersten Schiff, das nach England ausläuft. Du musst dir um nichts Gedanken machen. Ich erledige das.«

»Das ist sehr nett von dir. Sorry, dass ich die Party ruiniere.«

»Du hast gar nichts ruiniert«, versicherte Aubrey ihm. »Es tut uns nur so leid, dass dich und deine Familie diese schreckliche Tragödie heimgesucht hat.«

»Es ist eine Katastrophe«, murmelte Justin. »Vater und Richard sind diejenigen, die sich um die Geschäfte, die Ländereien, das Management, einfach alles gekümmert haben, wovon ich nicht den Hauch einer Ahnung habe. Mit mir an der Spitze wird meine Familie innerhalb eines Jahres ruiniert sein.«

»Das ist nicht wahr«, widersprach Derek. »Du kannst dich auf meine Hilfe verlassen, genau wie auf die deiner anderen Freunde. Du musst damit nicht allein fertigwerden, das verspreche ich dir.«

Justin schluckte trocken und nickte schließlich. »Vielen Dank. Ich glaube, ich ziehe mich jetzt lieber zurück.«

»Natürlich«, sagte Derek. »Ich bin gleich nebenan, wenn du in der Nacht irgendetwas brauchst.«

Justin ging zum Sideboard, schenkte sich ein Glas Whiskey ein und drehte sich zu seinen Freunden um. »Macht euch keine Sorgen, ich komm damit klar. Irgendwann. Gute Nacht.«

»Gute Nacht, Justin.« Als ihr Freund den Salon verlassen hatte, ließ Aubrey sich in einen Sessel sinken. »Wie schrecklich.«

»Es ist furchtbar«, erklärte Derek geradeheraus. »Mir fällt niemand ein, der schlechter darauf vorbereitet wäre, diese Rolle auszufüllen.«

»Es gibt auch niemanden«, sagte Simon. »Justin hat sich immer große Mühe gegeben, jeglicher Verantwortung aus dem Weg zu gehen. Sein Vater und sein Bruder waren sehr ehrgeizig bei ihren Anstrengungen, den Einfluss der Familie zu vergrößern. Er muss da in ziemlich große Fußstapfen treten.«

»Noch schlimmer ist«, ergänzte Derek, »dass er keinerlei Interesse daran hat, in diese Fußstapfen zu treten.«

»Kann er nicht jemanden einstellen, der sich um alles kümmert?«, fragte Aubrey.

»Natürlich kann er sich Hilfe suchen«, meinte Derek. »Aber er kann sich nicht komplett heraushalten. Was jedoch genau das ist, was er am liebsten tun würde.«

»Und all das zusätzlich zu dem Verlust von Vater und Bruder.« Aubrey schüttelte den Kopf. »Standen sie sich nahe?«

»Auf ihre eigene verquere Art durchaus«, erwiderte Derek. »Justin und Richard hatten im Prinzip keine Gemeinsamkeiten, kamen allerdings trotzdem gut miteinander aus. Und sein Vater war ein großartiger Mann. Es ist ein schrecklicher Verlust.« Derek straffte die Schultern. »Mir fällt gerade ein, dass Richard im Frühling heiraten sollte.«

»Auch das noch.« Aubrey seufzte. »So eine Tragödie für alle Beteiligten.«

»Ich wüsste wirklich gern, was genau passiert ist«, sagte Simon.

Derek nickte. »Ich genauso. Aber ich schätze, wir werden es noch früh genug erfahren. Ich gehe jetzt ebenfalls ins Bett. Wir sehen uns morgen früh.«

»Ich auch, Cousin. Gute Nacht, Aubrey.«

»Gute Nacht.« Als er allein war, schenkte Aubrey sich einen Drink ein und nahm das Glas mit nach oben. Nachdem er die grauenhaften Neuigkeiten aus England gehört hatte, sehnte er sich danach, mit Maeve zusammen zu sein, selbst wenn sie schon schlafen sollte.

Auf dem ersten Treppenabsatz begegnete er seiner Mutter, die in einen Morgenmantel gewandet die Treppe herunterkam. »Du bist noch spät auf, Mutter.«

»Dein Vater hat eine schlimme Nacht. Ich dachte, ein wenig warme Milch könnte ihm vielleicht helfen.«

»Ich kann mich zu ihm setzen, bis du zurück bist.« Er besuchte seinen Vater häufig, was der allerdings meist verschlief.

»Das ist nicht nötig. Harrison ist bei ihm.«

»Wir haben schreckliche Nachrichten aus England erhalten.« Er erzählte ihr von dem Tod von Justins Vater und Bruder.

»Sie reisen doch nicht ab, oder?« Die Aussicht, dass ihre illustren Gäste sie vorzeitig verlassen könnten, schien sie zu entsetzen.

»Justin wird morgen früh aufbrechen, aber die anderen haben nichts davon gesagt, dass sie ihn begleiten wollen.«

»Gott sei's gedankt.«

»Mein Freund hat bei einem tragischen Unfall zwei Familienmitglieder verloren, Mutter. Ich finde es enttäuschend, dass du in so einem Moment nur an die Saison denkst.«

Ihre Augen verengten sich zu diesem zornigen Ausdruck, bei dem er als kleiner Junge am ganzen Körper gezittert hatte. »Wollen wir jetzt über Enttäuschungen sprechen, Aubrey?«

Zum Glück war er nicht länger ein kleiner Junge. »Liegt dir etwas auf der Seele, Mutter?«

»Ich will wissen, was zum Teufel du dir dabei gedacht hast, diese Frau zu heiraten.« Sie sprach mit leiser, beinahe zischender Stimme.

»Ich habe sie geheiratet, weil ich es wollte. Aus keinem anderen Grund.«

»Ach ja? Die Tatsache, dass sie in Irland wegen Mordes gesucht wird, hatte also nichts damit zu tun?«

Kurz war sein Gehirn völlig leer, doch er erholte sich, bevor seine Mutter es mitbekam – das hoffte er zumindest. »Natürlich hast du Ermittler angeheuert, die etwas suchen sollen, um sie in Misskredit zu bringen. Ich sage es bloß noch ein letztes Mal: Halte dich von mir und meiner Frau fern, sonst ...«

»Sonst was? Vielleicht bist du dir nicht bewusst, dass dein Vater sein Testament vor einem Jahr geändert hat. Sobald er verstirbt, kontrolliere ich alles – die Firma, das Geld, einfach alles. Also solltest du dich ziemlich schnell entscheiden, was dir wirklich wichtig ist.«

Aubrey war nicht überrascht, dass seine Mutter für eine Aktualisierung des Testaments seines Vaters gesorgt hatte, sobald sich die ersten Anzeichen seiner Krankheit gezeigt hatten. »Ich weiß bereits, was mir wichtig ist, Mutter. Und ich fürchte, ich werde dich schon wieder enttäuschen, indem ich jetzt Gute Nacht sage. Meine Frau wartet in unserem Bett auf mich, und ich wäre wesentlich lieber bei ihr, als mich hier mit dir zu streiten.«

Er ließ sie auf dem Treppenabsatz stehen und stieg die Stufen weiter hinauf. Die unschöne Begegnung hinterließ einen bitteren Nachgeschmack, und die Warnung seines Vaters hallte ihm durch den Kopf. Vielleicht sollte er seinem Rat folgen und von hier verschwinden, bevor seine Mutter etwas tun konnte, das für ihn und Maeve alles zerstörte. Doch die einzige Art, wie seiner Mutter so etwas gelingen könnte, wäre die, bei der sie es zuließen. Und er hatte nicht vor, irgendetwas zuzulassen, das seiner Ehe schadete.

KAPITEL 20

Immer noch aufgewühlt betrat Aubrey leise das Schlafzimmer und schloss die Tür hinter sich. Dann lehnte er sich kurz dagegen, um einen Schluck von seinem Whiskey zu nehmen. Er schloss die Augen und spürte, wie die Flüssigkeit durch seine Kehle rann und ihn von innen wärmte.

»Aubrey?«

Diese Stimme. Eine unter Millionen. »Ich bin hier, Liebste.«

»Ist alles in Ordnung?«

Nein, wollte er antworten. *Nichts ist in Ordnung. Meine Mutter ist ein Monster und versucht, uns auseinanderzubringen.* Doch stattdessen sagte er: »Justin hat schlimme Nachrichten von zu Hause erhalten.« Er drückte sich von der Tür weg, durchquerte den Raum und setzte sich auf die Bettkante.

»Was ist passiert?«

»Sein Vater und sein Bruder sind bei einem Reitunfall ums Leben gekommen.«

»O nein. Armer Justin.«

»Zusätzlich zu der Trauer bedeutet das, er ist der neue Earl. Eine Aussicht, die ihn, gelinde ausgedrückt, ziemlich überwältigt.«

»Es tut mir so leid für ihn.«

»Mir genauso. Er ist ein feiner Kerl. Ich hasse es, dass ihm so was passieren musste.«

»Wird er abreisen?«

»Ja, morgen früh.«

»Man weiß nie, was das Leben einem als Nächstes präsentiert.«

»Das stimmt. Was aber auch oft zu wunderschönen Dingen führen kann.« Um seiner Behauptung Nachdruck zu verleihen, griff er nach Maeves Hand und verschränkte seine Finger mit ihren. »Allerdings nicht immer.«

»Nein, nicht immer.« Nach einer kleinen Pause fragte sie: »Möchtest du ins Bett kommen?«

»Sehr gerne.«

Sie überraschte ihn, indem sie sich aufsetzte, die Decke beiseiteschlug und auf die Knie ging, um ihm das Hemd aufzuknöpfen. Ihre Fürsorge berührte ihn tief, und er genoss die zärtlichen Berührungen.

»Leg dich hin.«

Aubrey stellte das Whiskeyglas auf dem Nachttisch ab und ließ sich aufs Bett sinken. In ihm brannte das Verlangen, zu erfahren, was sie als Nächstes tun würde. Und sie enttäuschte ihn nicht. Sie zog den Gürtel aus den Schlaufen und knöpfte ihm die Hose auf. Er hob die Hüften an und erlaubte ihr, ihn ganz auszuziehen, sodass er nackt vor ihr lag.

»Sie sind sehr gut gebaut, Mr Nelson.«

Er liebte es, dass sie ihn inzwischen aus Zuneigung und nicht mehr aus Förmlichkeit so nannte. »Freut mich, dass Sie das so empfinden, Mrs Nelson.«

»Das finden alle. Ich habe gehört, wie Abigail Gish auf der Krocket-Party von den Coddingtons über dich gesprochen hat. Sie meinte, du hättest einen knackigen Hintern, und sie hat sich laut gefragt, ob der ohne Hose wohl genauso gut aussieht wie mit. Ich habe ihr versichert, dass das der Fall ist.«

Aubreys Wangen wurden ganz heiß. »Das hast du nicht getan.«

»Aber natürlich. Ich lasse sie doch nicht über das Hinterteil meines Mannes spekulieren, als wäre ich nicht da.«

Sein Herz schien sich in seiner Brust auszudehnen, als er die Arme um sie schlang und seine Finger in ihrem seidigen Haar vergrub. »Du hast mich glücklicher gemacht, als ich je zuvor gewesen bin.«

»Wirklich?«

»O ja. Du darfst mich nie verlassen. Ohne dich wäre ich vollkommen verloren.«

»Ich ... Du ...«

»Ich liebe dich. Ich, Aubrey Nelson, habe mich bis über beide Ohren in meine wunderschöne Frau Maeve Nelson verliebt, und ich kann mir meine Tage – verdammt, selbst eine *Stunde* – ohne sie nicht vorstellen.«

Mit Tränen in den Augen schaute sie ihn an, offensichtlich überwältigt von seiner Erklärung.

Die nagende Sorge, ob er seine Karten zu früh auf den Tisch gelegt hatte, trieb ihn dazu, sie zu küssen, anstatt darauf zu warten – zu hoffen –, die gleichen Worte von ihr zu hören. Was, wenn sie nicht so empfand? Er würde es nicht überleben, wenn sie ihn nicht liebte. So einfach war das. Doch angesichts dessen, wie sie ihn küsste, konnte es da eigentlich keinen Zweifel geben.

Er zog sie enger an sich und rollte sich dann herum, sodass er auf ihr lag. Kurz unterbrach er den Kuss, um sie anzusehen – das bezaubernde Gesicht, die Augen, die direkt in sein Herz zu schauen schienen. Während er sie liebte, schenkte sie ihm ihren Körper, aber er wollte auch ihr Herz und den ganzen Rest. Weniger wäre einfach nicht genug.

AM MORGEN ZOG MAEVE SICH AN, UM FRÜH MIT AUBREY NACH unten zu gehen und Justin eine gute Reise zu wünschen. Er sah fürchterlich aus. Seine Augen waren rot gerändert, seine Züge verrieten, dass er eine schlaflose Nacht hinter sich hatte. Ihr Herz schmerzte für ihn, als sie ihn umarmte. »Du bist in unseren Gebeten.«

»Danke, Maeve. Ich bin froh, dass ich die Frau kennenlernen durfte, die Aubrey so glücklich macht.«

»Ich bin ebenfalls froh, dich kennengelernt zu haben.« Sie trat zurück, damit die anderen sich verabschieden konnten.

Als sie an die Worte dachte, die ihr Ehemann im Dunkel der Nacht zu ihr gesagt hatte, klopfte ihr Herz schneller, und ihre Gedanken überschlugen sich. Er liebte sie. Er ertrug es nicht, auch nur eine Stunde von ihr getrennt zu sein. Was als Schutz für sie begonnen hatte, war so viel mehr geworden, als sie sich je hätte träumen lassen.

Aber trotz seiner Worte war sie nicht überzeugt, dass die Menschen, die wirklich zählten – darunter seine Mutter –, sie jemals als seine Frau akzeptieren würden. Da Catherine und Madeleine in diesem Sommer immer an ihrer Seite gewesen waren, war es für die anderen unmöglich gewesen, unhöflich zu ihr zu sein. Da war es leichter, sie in ihrer Mitte zu dulden.

Doch was würde im nächsten Sommer sein, wenn Catherine und Madeleine nicht da wären, um ihr den Weg zu ebnen? Bei der Vorstellung, sich der Gesellschaft ohne ihre beiden Freundinnen stellen zu müssen, erschauerte Maeve. Von der morgendlichen Ausfahrt bis zum mittäglichen Sonnenbad am Bailey's Beach, wo sich alle über die Steine und den Geruch der Algen beschwerten, von den Picknicks und Lunches über die Nachmittagstees, die Besuche im Casino und die Dinnerpartys bis hin zu den formellen Bällen hatte sie alles nur wegen der beiden Frauen überlebt.

Die McCabe-Schwestern waren hervorragende Verbündete, und sie sorgten dafür, dass immer eine von ihnen an Maeves Seite war, selbst wenn das bedeutete, auf Tänze mit ihren Ehemännern verzichten zu müssen. Sie ließen sie nie allein.

Maeve hatte noch nie in ihrem Leben solche Freundinnen gehabt, und sie würde ihnen für ihre Unterstützung in diesem Sommer immer dankbar sein. Ihr graute schon vor dem Tag ihrer Abreise, nach dem sie dieser gnadenlosen Gruppe von Menschen allein gegenübertreten musste. Natürlich würde Aubrey da sein, aber bei vielen Veranstaltungen trennten sich Männer und Frauen.

Bei dem Gedanken drehte sich ihr der Magen um. Schnell drückte sie eine Hand darauf. Da inzwischen jeder Morgen mit dieser Übelkeit begann und sie auch länger keine Periode mehr bekommen hatte, glaubte sie langsam, schwanger zu sein. Aubrey hatte schon vor längerer Zeit aufgehört, aufzupassen, und so lag das durchaus im Bereich des Möglichen. Sie wünschte nur, sie könnte sich auf das Gute in ihrem Leben freuen – auf die Liebe eines guten Mannes und nun vielleicht ein eigenes Kind.

Doch unter allem war da die Gewissheit, dass nichts, was so wundervoll war, andauern konnte.

Während sie Justins abfahrender Kutsche hinterherwinkten, legte Aubrey ihr einen Arm um die Taille. Sie lehnte sich in seine tröstende Umarmung und wollte jeden Moment mit ihm festhalten, solange es noch möglich war.

Als sie wieder ins Haus gingen, trafen sie auf Eliza, die ihren kalten, unerbittlichen Blick auf Maeve richtete.

Sah Aubrey, wie seine Mutter sie anschaute? Falls ja, so sprach er es nicht an, aber die Feindseligkeit, die ihr von ihrer Schwiegermutter entgegenschlug, ließ Maeve das Blut in den Adern gefrieren.

»Guten Morgen, Mutter«, sagte Aubrey.

»Guten Morgen«, erwiderte Eliza. »Er ist also fort?«

»Ja. Ich konnte ihm gleich für morgen eine Passage von New York nach England buchen.«

»Es ist schade, dass er schon abreisen musste. Es wäre schön gewesen, einen Herzog *und* einen Earl im Haus zu haben, vor allem für den Ball der Russells heute Abend.«

Das leichte Anspannen der Muskeln in Aubreys Arm an Maeves Taille war das einzige Anzeichen dafür, wie sehr ihm diese Bemerkung seiner Mutter missfiel. Maeve musste ihm zugutehalten, dass er nichts darauf antwortete. Und was hätte man darauf auch sagen sollen?

»Komm, meine Liebste«, wandte er sich an Maeve. »Lass uns frühstücken.«

Sie gesellten sich am Frühstückstisch zu Derek, Catherine, Simon und Madeleine und verbrachten dann auf der Terrasse etwas Zeit mit Aubreys Nichten und Neffen sowie mit der Tochter von Derek und Catherine. Dabei beschlossen sie, die morgendliche Ausfahrt und die anderen üblichen sozialen Verpflichtungen ausfallen zu lassen, um ausreichend Zeit zu haben, sich für den Ball am Abend vorzubereiten.

»Ich habe in der Morgenzeitung gelesen, dass ein gewisser Dr. Ernst Pfenning aus Chicago der erste Besitzer eines Fords Modell A ist«, erwähnte Aubrey. »Die Leute spekulieren, dass es nicht mehr lange dauert, bis jeder, der etwas auf sich hält, ein Automobil hat.«

»Das wäre doch was«, meinte Derek.

»Ich könnte mir vorstellen, dass es ziemlich chaotisch wird und es erst mal jede Menge Kollisionen gibt«, sagte Aubrey.

Alle lachten.

»Bis die Regierung einschreitet und einen Weg findet, wie man das Chaos regelt«, warf Simon ein.

Maeve lauschte der Unterhaltung interessiert, aber aus irgendeinem Grund machte die Aussicht auf den Ball am Abend sie schon den ganzen Tag nervös. Während Aubrey seinen Vater besuchte, zog sie sich in ihr Zimmer zurück, um ein wenig dringend benötigte Zeit allein zu haben, bevor sie sich der Gesellschaft stellen musste.

Sie hatte nicht erwartet, einzuschlafen, und erwachte einige Zeit später, als sie die Lippen ihres Mannes an ihrem Hals spürte. Maeve lächelte mit geschlossenen Augen. »Ich hoffe, du bist mein Ehemann.«

»Wer sonst würde deinen Hals küssen?« Er arbeitete sich von ihrer Kehle zu ihrem Ohr vor und jagte ihr einen wohligen Schauer über den Rücken. »Wer auch immer es ist, ich töte ihn mit dem schärfsten Schwert, das ich finden kann.«

»Ist es schon an der Zeit, uns fertig zu machen?«, fragte sie, und wieder überkam sie dieses unbestimmte Grauen.

»Noch nicht, aber ich habe gute Neuigkeiten, die ich dringend mit dir teilen will.«

Neugierig schlug Maeve die Augen auf und sah, dass ihr Mann übers ganze Gesicht strahlte. »Was für Neuigkeiten?«

»Derek hat ein Telegramm von seinem Kontakt bei Scotland Yard erhalten. Auf seine Bitte hin hat der Inspektor die Behörden in Irland kontaktiert und über Farthingtons Angriff auf eine Prostituierte in London in Kenntnis gesetzt. Des Weiteren hat er ihnen deine Seite der Geschichte übermittelt, darunter auch Farthingtons Unfähigkeit im Bett und seine Wut, wenn er versagte. Das, zusammen mit Dereks Leumundszeugnis, hat sie dazu gebracht, alle Anklagepunkte gegen dich fallen zu lassen.«

Noch lange nachdem er aufgehört hatte zu sprechen, konnte Maeve ihn nur anstarren, während sie versuchte, das Gehörte zu verarbeiten.

»Hast du mich verstanden, meine Süße? Es ist vorbei. Du bist frei. Wir können nach Irland reisen, um deine Familie zu besuchen.«

Maeve brach in tiefe, herzzerreißende Schluchzer aus, die sie beide überraschten. Aubrey zog sie in seine Arme und hielt sie, bis es vorbei war. Maeve hatte keine Ahnung gehabt, wie sehr sie sich vor dem gefürchtet hatte, was mit ihr passieren könnte. Wenn Tornquist sie so leicht gefunden hatte, was hätte jemand anderen davon abhalten sollen, sie aufzuspüren? Jetzt konnte sie sich entspannen, und das verdankte sie allein Aubrey und seinen Freunden.

Als ihre Schluchzer schließlich verebbten, löste sie sich von Aubrey. »Ich werde dir oder Derek nie angemessen für das danken können, was ihr für mich getan habt. Ich war davon überzeugt, dass ich diese Anklage unmöglich loswerde und dass ich meine Familie nie wiedersehen würde.«

Er strich ihr die Haare aus dem Gesicht und küsste die verbliebenen Tränen fort. »Du bist frei. *Wir* sind frei. Es gibt nichts mehr, worüber wir uns Sorgen machen müssen.«

Wenn sie das nur glauben könnte. Aber zumindest gab es nun eine Sorge weniger. Ihr kam ein Gedanke, den sie mit Aubrey besprechen musste, auch wenn er ihm vielleicht nicht gefallen würde. »Du hast mich geheiratet, um mich zu beschützen. Jetzt, wo ich diesen Schutz nicht länger benötige …«

»Beende diesen Gedanken ja nicht«, warnte er sie. »Hast du gehört, was ich letzte Nacht zu dir gesagt habe?«

»Ja«, antwortete sie, und Hitze stieg ihr in die Wangen. »Ich habe es gehört.«

Er legte ihr einen Finger unters Kinn und zwang sie, ihn anzusehen. »Ich habe jedes Wort davon ernst gemeint, Maeve. Dich zu heiraten war das Beste, was ich je getan habe, und es ist mir völlig egal, *warum* ich dich geheiratet habe. Das war nur eine bequeme Ausrede für mich, um das zu kriegen, was ich wollte, nämlich *dich*.« Er küsste sie sanft. »Ich liebe dich. Ich bin dir verfallen. Ich bekomme nicht genug von dir.«

»Ich liebe dich auch.«

Wie könnte sie diesen gütigen, großzügigen Mann nicht lieben, der dafür gesorgt hatte, dass ihre Probleme verschwunden waren?

»Wirklich?«

»Wirklich.«

»Maeve ...«, stieß er erstickt hervor und ließ seinen Kopf auf ihre Schulter sinken.

Sie strich ihm mit den Fingern durch die Haare und wünschte, sie müssten nicht ausgehen, sondern könnten diesen Abend gemeinsam zu Hause verbringen und das Ende ihres Albtraums feiern.

Aber das sollte nicht sein. Ein paar Minuten später kam ihre Zofe, um den langwierigen Prozess zu beginnen, sie für den Ball vorzubereiten.

»Wir werden diese Unterhaltung später beenden«, sagte Aubrey so leise, dass nur Maeve es hören konnte.

»Ich freue mich schon darauf.«

Er küsste sie noch einmal. »Mit dir allein zu sein wird alles sein, woran ich denken kann, bis es so weit ist.« Auf dem Weg nach draußen nickte er Kathleen zu.

Die warf nur einen Blick auf Maeves tränenüberströmtes Gesicht und übernahm das Kommando. »Kommen Sie, Mrs Nelson. Wir müssen sofort anfangen.«

Maeve musste sich zwingen, aufzustehen, und kämpfte gegen die Erschöpfung an, die sie in den letzten Wochen immer um diese Zeit zu überwältigen drohte.

Während sie vor der Frisierkommode saß und Kathleen ihr die Haare kämmte, dachte Maeve über Aubreys Neuigkeiten nach und die Erleichterung darüber, dass sie zu Hause nicht weiter unter Anklage stand. Aber würde ihre Familie sie nach allem, was passiert war, überhaupt wiedersehen wollen? Oder wäre es ihnen peinlich, mit einer Frau in Zusammenhang gebracht zu werden, die beschuldigt worden war, ihren Ehemann umgebracht zu haben? Hatte sich ihretwegen das Geschäft ihres Vaters mit der Reederei der Farthingtons zerschlagen, und würde er ihr das je verzeihen? Diese Ungewissheiten quälten sie.

Die Routine des Ankleidens war ihr inzwischen vertraut. Bevor sie Kathleen erlaubte, ihr in das Abendkleid zu helfen, steckte sie den Rest von Farthingtons Geld in ihr Korsett, wie sie es bisher jeden Abend getan hatte. So hatte sie es immer bei sich, für den Fall, dass etwas passierte und sie fliehen musste. Sie hatte Albträume davon, dass sie von Eliza aus dem Haus ausgesperrt wurde und nicht an ihre Habseligkeiten kam, vor allem an das Geld, das sie auch nach der Hochzeit versteckt hielt.

Da sie schon einmal in aller Eile hatte entkommen müssen, verspürte sie den Drang, auf alles vorbereitet zu sein, besonders angesichts dessen, wie Aubreys Mutter sie seit ihrer Ankunft in Newport jeden Tag ansah – als wollte sie sie ausweiden und ihre Innereien an die Möwen verfüttern.

Maeve hatte genug Grund, zu glauben, dass Eliza zu allem fähig war, selbst dazu, ihre eigene Schwiegertochter umzubringen. Eine irische Schwiegertochter passte ihr überhaupt nicht, und Maeve zweifelte nicht eine Minute daran, dass diese Frau vorhatte, sie loszuwerden. Die Grübeleien darüber, wann Eliza zuschlagen würde, und das Warten auf das Unvermeidliche führten dazu, dass Maeve ständig auf der Hut war – und deshalb verließ sie das Haus nie ohne ihren Notgroschen.

Kathleen drehte ihr mit der Brennschere Locken und steckte sie dann zu einer komplizierten Frisur hoch, die von einigen wohlplatzierten Nadeln gehalten wurde.

»So viele Haare«, sagte Kathleen, wie jedes Mal, wenn sie Maeve frisierte.

»Zu viele Haare«, erwiderte Maeve. Doch Aubrey mochte ihre langen, dicken Haare sehr. Der Gedanke an ihn entlockte ihr ein Lächeln. Er liebte sie. Er dachte jede Minute an sie, in der sie getrennt waren. Niemand war je liebevoller zu ihr gewesen als er, und die Vorstellung, dass sie ihn vielleicht eines Tages würde verlassen müssen, machte sie so traurig, wie sie nie zuvor gewesen war.

Kathleen schnürte ihr das Korsett und half ihr dann in die pflaumenfarbene Seidenrobe, die sie extra für diese Gelegenheit zurückgehalten hatte. Der Ball der Russells war jedes Jahr *das* Ereignis der Saison, und Kathleen wollte, dass Maeve dieses Kleid trug, weil es ihren Teint so wundervoll betonte – behauptete sie zumindest.

Da Maeve keine Ahnung hatte, was sie wann tragen sollte, überließ sie sich ganz den Händen der erfahrenen Kathleen, die ihr bisher noch keinen schlechten Rat gegeben hatte. Während des mehrmaligen Umziehens jeden Tag wusste Kathleen immer genau, was zu welcher

Gelegenheit das Richtige wäre, und hatte außerdem immer ein frisches Paar Handschuhe für Maeve parat. Und die Hüte! Sie hatte einen eigenen Schrank nur für die großen Hüte, die gerade der letzte Schrei waren. Dank Kathleen war sie also zumindest immer angemessen gekleidet, selbst wenn alles andere an ihr nicht so recht passen mochte.

»Darf ich dich etwas fragen, was vielleicht ein wenig seltsam wirkt?«, wollte Maeve wissen, als sie fertig angezogen war.

Kathleen räumte im Zimmer herum, hob Kleidungsstücke auf und schuf Ordnung auf der Frisierkommode. »Natürlich. Was immer Sie wollen.«

»Ich habe mich gefragt, ob du irgendetwas gehört hast ...« Maeve schluckte schwer. »Im Ort ...«

»Worüber?«

»Über mich.« Zu ihrem Entsetzen merkte Maeve, wie ihre Wangen rot wurden, und sie wünschte, sie hätte die Frage nicht gestellt.

»Die Leute sind fasziniert davon, dass Mr Nelson eine Haushälterin geheiratet hat, da will ich Ihnen nichts vormachen. Vor allem eine von Ihrer Art.«

»Irisch, meinst du.«

»Aye. Wir gehören hier zur Arbeiterklasse, auch wenn wir aus den wohlhabendsten Familien Irlands stammen.«

»Sind sie mir gegenüber ... unfreundlich?«

»Soweit ich gehört habe, nicht. Aber sie wissen, dass ich Ihre Zofe bin. Da werden sie vor mir nicht schlecht über Sie reden.«

»Stimmt.«

»Es wurde viel über Mrs Nelson gesprochen und darüber, was die Dienstboten vom letzten Jahr getan haben.«

»Das war schlimm.«

»In der Tat. Die Geschichten über die Missus sind legendär.«

»Sie hasst mich«, flüsterte Maeve, aus Angst, jemand könnte sie hören.

Kathleen riss schockiert die Augen auf. »Woher wollen Sie das wissen?«

»Sie sieht mich an, als wünschte sie, ich wäre tot.«

»Nein!«

»Doch! Sie ist entsetzt darüber, dass Aubrey mich geheiratet hat, und ich fürchte mich vor dem, was sie deswegen unternehmen wird.«

»Was soll sie schon tun? Sie sind offiziell verheiratet.«

»Ich weiß es nicht, aber ich habe keinerlei Zweifel daran, dass sie irgendetwas vorhat.« Maeve kämpfte gegen ihre aufsteigende Übelkeit, und sie legte sich eine Hand auf den Bauch. »Mein Magen spielt schon seit Tagen verrückt.«

»Sie sollten sich nicht so viele Sorgen machen. Ich habe gesehen, wie Ihr Gatte Sie anschaut. Wie ein Mann, der verliebt ist. Er wird nicht zulassen, dass Ihnen etwas zustößt.«

»Nein, das wird er nicht, doch er kann nicht jede Minute bei mir sein.«

Kathleen tätschelte ihr den Arm. »Versuchen Sie, nicht darüber nachzudenken. Ihr Ehemann ist ein guter Mensch. Das sagen alle. Sie können darauf vertrauen, dass er sich um Sie kümmert.«

Da sie merkte, dass die Unterhaltung Kathleen unangenehm war, nickte Maeve. »Du hast recht. Danke fürs Zuhören.«

»Natürlich.« Kathleen trat einen Schritt zurück und betrachtete Maeve noch einmal kritisch. »Sie sind wunderschön. Ganz bestimmt werden Sie die Ballkönigin sein.«

»Das bezweifle ich.«

»Ich nicht«, erklärte eine Männerstimme von der Tür her.

Maeve wirbelte herum und sah ihren Ehemann dort stehen. Er musterte sie mit diesem hitzigen Blick, unter dem ihr gesamter Körper kribbelte.

»Danke, Kathleen«, sagte Aubrey.

»Ich wünsche Ihnen einen wunderbaren Abend.« Kathleen ging und schloss die Tür hinter sich.

Aubrey kam auf Maeve zu und blieb einen Schritt vor ihr stehen. »Du bist nie schöner gewesen.«

Sie schaute zu ihm auf. Er sah in seinem formellen Aufzug selbst großartig aus. »Das Gleiche könnte ich von dir behaupten.«

»Ich wünschte, ich müsste dich heute weder mit der feinen Gesellschaft von Newport noch mit sonst jemandem teilen.«

»Das wünschte ich auch, aber wir dürfen die anderen nicht warten lassen.«

Er reichte ihr den Arm.

Sie hakte sich bei ihm unter und blickte ihm direkt in die Augen.

»Ich bin der glücklichste Mann auf der Welt, weil ich mit dir verheiratet bin, meine Liebste.«

»Und ich bin die glücklichste Frau. Danke für alles, was du für mich getan hast. Ich kann dir gar nicht sagen, wie dankbar ich dir bin.«

»Ich habe den Hauch einer Ahnung, weil ich dir genauso dankbar bin, wenn nicht sogar noch mehr.«

Während sie gemeinsam die Treppe hinuntergingen, stritten sie sich weiter neckend darüber, wer wem dankbarer war.

»Einigen wir uns auf ein Unentschieden, ja?«, schlug Aubrey vor, als sie in dem großen Foyer ankamen, wo die anderen bereits warteten.

Sie lächelte ihn an. Das Geplänkel hatte ihr gefallen. Mit ihm zusammen zu sein war immer so ein großer Spaß. Nach dem Elend der Monate mit Mr Farthington war Aubrey wie eine frische Brise an einem sonnigen Tag.

Er war für sie die Sonne, der Mond, die Sterne, das gesamte Universum. Er war alles, was sie je gewollt, wovon sie aber nie zu träumen gewagt hatte.

Aus Angst, zu verlieren, worauf sie so lange gewartet hatte, verstärkte sie den Griff um seinen Arm.

»Geht es dir gut?« Er sah sie unter zusammengezogenen Augenbrauen an.

»Mir ist ein wenig flau im Magen.« Das stimmte, war allerdings nicht ihre Hauptsorge.

»Das scheint in letzter Zeit öfter der Fall zu sein. Ist es möglich, dass du …« Seine Stimme brach, und er musterte sie eindringlich. »Maeve …«

»Es ist möglich«, flüsterte sie.

»Wann wissen wir es mit Sicherheit?«

»In ein oder zwei Wochen.«

»So lange halte ich das nicht durch. Die Neugierde wird mich umbringen.«

»Sag doch so etwas nicht!« Die Möglichkeit, dass irgendetwas – oder irgendwer – ihn ihr nehmen könnte, war für sie so entsetzlich, dass sie kaum die Tränen zurückhalten konnte.

Während die anderen miteinander plauderten und gegenseitig ihre Abendgarderobe bewunderten, führte Aubrey seine Frau für ein Wort unter vier Augen in eine Ecke des Foyers. »Maeve, Liebste, was ist los?«

»Ich ... ich weiß es nicht.« Mit dem Taschentuch betupfte sie sich vorsichtig die Augen. »Ich bin in letzter Zeit so angespannt und gefühlsduselig.«

Sein zärtliches Lächeln wärmte Stellen in ihr, die aus Angst vor seiner Mutter zu Eis erstarrt waren. »Ich erinnere mich noch, als meine Schwestern in anderen Umständen waren. Audrey hat sogar geweint, wenn die Katzen sich miteinander gekabbelt haben. Ihr Ehemann hat sich immer über sie lustig gemacht.«

»Jetzt geht es mir ein bisschen besser. Ich bin also nicht die Einzige.«

»Definitiv nicht. Fühlst du dich unwohl? Sollen wir heute zu Hause bleiben?«

»Nein, natürlich nicht. Es ist alles in Ordnung, solange du nicht darüber sprichst, dass irgendetwas dich umbringt.«

»Das war der Auslöser?«

Schüchtern schaute sie zu ihm auf und nickte.

Aubrey ignorierte die anderen und hob ihr Kinn, um ihr einen zärtlichen Kuss auf den Mund zu geben. »Ich werde so lange leben, dass du mich irgendwann anflehen wirst, zu sterben, damit du ein wenig Ruhe hast.«

Sie schüttelte den Kopf. »Das wird nie geschehen.«

»Nun, wir werden sehen. Bald wirst du meines Verlangens, es dreimal am Tag zu tun, überdrüssig werden.«

»Auf keinen Fall.«

»Das sagst du jetzt.«

»Das sage ich für immer. Ich liebe dein Verlangen.«

Er schlang die Arme um sie und hielt sie so fest, wie es nur ging, ohne dass er ihr das Kleid zerdrückte. »Und ich liebe dich. Keine Tränen oder Sorgen mehr, sondern nur noch Spaß und Fröhlichkeit, in Ordnung?«

Nickend erwiderte sie: »Es tut mir leid, dass ich so albern bin.«

»Du bist nicht albern. Aber ich glaube, du bist wirklich schwanger, und das macht mich so glücklich, dass ich das Gefühl habe, zu schweben.«

»Mir geht es genauso.« Sie hielt sich an dem Mann fest, der zum Mittelpunkt ihres Lebens geworden war. Wie war es nur möglich, dass sie ihn erst seit sechs Wochen kannte?

»Komm. Lass uns die Nacht durchtanzen.«

Sie ließ ihn los und wandte sich zur Tür, wobei ihr Blick mit dem von Eliza kollidierte, die sie mit einem derart unverhohlenen Hass anstarrte, dass Maeve vor Angst zitterte.

KAPITEL 21

Aubrey hatte sich einen Moment genommen, um Maeves Rock glatt zu streichen, und so war ihm der hasserfüllte Blick seiner Mutter entgangen. Aber Maeve würde ihn nie vergessen.

Eliza gesellte sich zu ihnen, als sie zur Kutsche gingen. Die anderen waren bereits vorgefahren, sodass sie bloß zu dritt waren, was Maeves Nervosität nur noch verstärkte. Die ganzen letzten Wochen hatte sie versucht, zu vermeiden, in Elizas Nähe zu kommen, und nun saß sie ihr auf der − Gott sei Dank kurzen − Fahrt zu den Russells genau gegenüber.

»Vater schien es heute ein wenig besser zu gehen, findest du nicht?«, brach Aubrey das angespannte Schweigen.

»Nein. Finde ich nicht. Ich weiß, du hoffst auf ein Wunder, Aubrey, doch das wird nicht eintreten. Ich bin überrascht, dass er so lange durchgehalten hat. Die Ärzte in New York haben uns gesagt, dass er von Glück reden kann, wenn er den Independence Day erlebt, ganz zu schweigen vom Ende des Monats.«

Nur weil Aubrey vom Knie bis zur Schulter an Maeve gepresst dasaß, spürte sie, wie er sich unter den herzlosen Worten seiner Mutter verspannte. Maeve griff nach seiner Hand und drückte sie.

»Wir müssen darüber reden, was passiert, wenn dein Vater gestorben ist«, fuhr Eliza ohne jegliches Feingefühl fort.

»Darüber sprechen wir, wenn er von uns gegangen ist«, erwiderte Aubrey.

»Du bist genauso weich wie er.« Eliza schüttelte angewidert den Kopf.

»Ich bin lieber so weich wie er als so hart wie du.«

Diese Antwort gefiel seiner Mutter nicht.

»Du enttäuschst mich, Aubrey.«

»Das hattest du bereits erwähnt, Mutter. Aber ich habe festgestellt, dass es mich nicht länger interessiert, ob du große Stücke auf mich hältst. Ich war dir und Vater immer ein ergebener und guter Sohn. Allmählich stelle ich jedoch fest, dass ich jeglichen Respekt vor dir verliere. Großvater hat immer gesagt, wir sind nur so gut, wie wir unsere Mitmenschen behandeln. Ich glaube, er wäre entsetzt davon, wie du mit anderen umgehst.«

Während Eliza vor Wut noch förmlich kochte, kam die Kutsche zum Stehen, und die Lakaien der Russells öffneten die Tür, um ihnen hinauszuhelfen. Eliza reichte dem ersten Lakaien ihre Hand. »Ich bin froh, dass wir diese Unterhaltung hatten, Aubrey. Das hat einiges für mich geklärt.« Damit verschwand sie in der Menge, die ins Château de la Mer strömte, das »Meeresschloss«. Es war wesentlich größer als das der Nelsons und hatte einen Ballsaal, in dem bequem fünfhundert Gäste Platz fanden. Eine Einladung zum Ball der Russells zu erhalten war das Ziel einer jeden Dame der feinen Gesellschaft, wie Maeve gehört hatte.

Sie umklammerte Aubreys Arm ein wenig fester, weil sie fürchtete, im Gedränge von ihm getrennt zu werden. Derek und Catherine befanden sich direkt vor ihnen, Simon und Madeleine hinter ihnen. Zu ihrer Linken sah sie Aubreys Schwester Adele und ihren Mann Edward, der für das Wochenende aus der Stadt hergekommen war.

Die große Menschenmenge verstärkte Maeves Nervosität, die während der angespannten Unterhaltung mit Eliza in der Kutsche schon ein beinahe unerträgliches Maß erreicht hatte. Sollte sie noch die geringste Hoffnung gehegt haben, dass ihre Schwiegermutter sie doch irgendwann akzeptieren würde, war diese in den letzten Minuten endgültig zerstört worden. Die Frau führte etwas im Schilde, und was immer es war, es würde hässlich für Maeve werden.

Spürte Aubrey es ebenfalls? Sie wünschte, sie könnte ihn fragen, aber sie hatte versucht, nicht allzu viel über seine Mutter zu sagen, weil sie ihn nicht verletzen wollte. So schlimm sie auch sein mochte, Eliza war immer noch seine Mutter, und selbst wenn Maeve nun seine Ehefrau war, kannte sie ihn erst kurz. Wie sollte sie da mit seiner Mutter konkurrieren können?

Ihr Magen zog sich zusammen, und ihr war schrecklich warm. Wellen der Übelkeit verstärkten ihr Unbehagen, und sie fürchtete, sich gleich hier im Foyer der Russells übergeben zu müssen.

Ihre Knie gaben ein wenig nach, und Aubrey schaute sie an.

»Süße, du bist so blass. Geht es dir gut?«

Maeve schüttelte bloß den Kopf, weil sie Angst hatte, den Mund zu öffnen.

Schnell drängte Aubrey sich mit ihr am Arm durch die Menschenmenge, um sie eiligst zu den Waschräumen zu bringen. Maeve ging hinein und hoffte, dass er ihr nicht folgte, denn vor dem Spiegel an einem langen Frisiertisch stand eine Gruppe Damen.

Maeve huschte an ihnen vorbei in eine der Kabinen, deren Tür glücklicherweise offen stand. Sie beugte sich über die Toilettenschüssel und erbrach den nachmittäglichen Tee. Ihr gesamter Körper schmerzte, so sehr bemühte sie sich, keinen Laut von sich zu geben.

»... die irische Haushälterin.«

»... das wäre ein schrecklicher Skandal, wären da nicht der Herzog und die Herzogin.«

»... weicht ihr nicht von der Seite.«

Das aufgebrachte Getuschel der anderen Frauen ließ Maeves Wangen vor Scham glühen. Natürlich sprachen sie über sie. Mit Catherine und Madeleine an ihrer Seite hatte sie wenig davon mitbekommen, doch sie hatte sich selbst etwas vorgemacht, wenn sie geglaubt hatte, irgendwie vom Klatsch verschont worden zu sein. Vermutlich war es hinter ihrem Rücken schon die ganze Zeit so gegangen.

»... wenn sie schwanger ist, wird das Elizas Tod sein.«

Maeve wischte sich den Mund mit einem Stück Papier ab und hoffte, dass sie ihr Kleid nicht ruiniert hatte.

»Meine Damen, wenn Sie mich für einen Moment entschuldigen würden, ich möchte nach meiner Frau sehen.«

Aubrey. Großer Gott. Er konnte nicht hier sein.

»Natürlich, Mr Nelson«, sagte eine der Klatschtanten. »Wir hoffen, sie ist nicht krank?«

»Das hoffe ich auch.« Er trat zu ihr in die Kabine und legte einen Arm um sie. »Geht es dir gut, Liebste?«

»Gleich wieder.«

»Was kann ich für dich tun?«

»Ich muss mich frisch machen. Und ein Glas Wasser würde helfen.«

»Ich hole es dir. Kommst du für ein paar Minuten allein klar?«

Maeve nickte. Sie brauchte Zeit, um sich zu sammeln und ihre Fassung zurückzugewinnen.

Aubrey gab ihr einen Kuss auf die Stirn. »Bleib hier. Ich bin sofort zurück.«

Nachdem er gegangen war, ließ Maeve sich vorsichtig auf einen der Sessel vor dem Spiegel nieder. Ihr Magen schmerzte immer noch, und sie war ganz verschwitzt und fühlte sich unwohl. Sie hatte keine Ahnung, wie lange sie dort gesessen und einfach nur durch den Schmerz hindurchgeatmet hatte, als sich die Tür öffnete und wieder schloss und das Vorschieben des Riegels sie aufschreckte.

Sie wirbelte herum und sah ihre Schwiegermutter, die sie böse anfunkelte. »Wir müssen reden.«

Eliza Nelson war der letzte Mensch auf Erden, mit dem Maeve sprechen wollte, aber ihre Schwiegermutter hatte den Zeitpunkt genau abgepasst und hatte Maeve nun genau da, wo sie sie haben wollte – mit ihr in einem Raum eingesperrt, ohne eine Möglichkeit, dass Aubrey oder seine Freunde ihr zu Hilfe eilen konnten.

»Dir mag es nicht bewusst sein, doch der Mann, den du geheiratet hast, ist brillant«, sagte Eliza.

»Das weiß ich.«

»Halt den Mund, und hör zu.«

Maeve ärgerte sich über die Hitze, die sich von ihrem Hals bis in beide Wangen ausbreitete. Sie hasste es, dass ihre Gefühle, die sie vor der anderen Frau verbergen wollte, so offensichtlich zutage traten.

»Er ist *brillant.* Er war einer der Ersten, die das Potenzial von Kühlwaggons erkannt haben, und er hat damit den Lebensmitteltransport revolutioniert. Dank ihm steht der Name Nelson in einer Reihe mit den Vanderbilts, Astors und Russells. Anderson und Alfie sind fähige Geschäftsmänner, aber Aubrey ist ein Genie. Er weiß es nicht, doch wenn sein Vater aus dem Leben geschieden ist, wird er zum neuen Vorsitzenden von Nelson Industrial ernannt.«

Maeve hörte dem, was Eliza sagte, mit wachsendem Grauen zu. Warum erzählte die Frau ihr diese Dinge?

»Unter keinen Umständen kann er eine irische Frau haben, die einst Dienstbotin in seiner Familie war. Er braucht eine Frau, die die Anforderungen seiner neuen Rolle versteht und die ihn angemessen unterstützen kann, wenn er die Firma in noch größere Höhen führt. Diese Frau wirst *nicht* du sein.«

Maeve hatte gewusst, dass so etwas kommen würde, trotzdem schnitten ihr die Worte wie ein Messer ins Herz.

»Wie teuer wird es, dich loszuwerden?«

»W-wie bitte?«

»Du hast mich gehört. Wie viel willst du?«

Maeve starrte sie fassungslos an.

»Bist du jetzt auch noch taubstumm geworden? Tu nicht so, als wüsstest du nicht, was ich frage, oder als ob das nicht genau das wäre, was du dir von der Hochzeit mit meinem Sohn erhofft hast.«

»Ich ... ich will Ihr Geld nicht.«

»O bitte«, schnaubte Eliza. »Beleidige nicht meine Intelligenz. Nenn mir deinen Preis, und zwar schnell. Ich habe nicht die ganze Nacht Zeit. Ich habe Besseres zu tun, als mich mit jemandem wie dir herumzuärgern.«

»Ich habe keinen Preis.«

»*Jeder* hat einen Preis.«

»Ich nicht.« Maeve zwang sich, der anderen Frau direkt in die Augen zu schauen. »Ich liebe Aubrey. Er liebt mich. Das ist alles, was ich will.«

Eliza lachte. »Das ist ja köstlich. Er *liebt* dich nicht. Er liebt es, dich zu *vögeln*. Bist du zu dumm, um den Unterschied zwischen Liebe und Lust zu erkennen?«

Bis ins Mark erschüttert und entsetzt über die vulgäre Ausdrucksweise, konnte Maeve ihre Schwiegermutter bloß anstarren.

»Was werden die Leute sagen, wenn sie herausfinden, dass du deinen ersten Mann umgebracht hast?«

Woher wusste sie das? Maeve schwirrte der Kopf, und sie versuchte abzuschätzen, was für Auswirkungen es haben würde, dass Eliza ihre Vergangenheit kannte. »Ich habe ihn nicht umgebracht. Das war Notwehr ...«

»Spar dir das. Wenn das Gerücht die Runde macht, dass du einen Mann umgebracht hast, wirst du von jedem, der zählt, gemieden werden. Und Aubrey auch. Ist es das, was du für ihn willst?«

»Wie sollte das bekannt werden?«

Eliza winkte ab. »Lass es mich so ausdrücken – wenn du ihn nicht verlässt, und zwar auf der Stelle, wird er die Gelegenheit seines Lebens verpassen. Der Vorsitzende von Nelson Industrial zu sein wird seinen rechtmäßigen Platz als Titan der Geschäftswelt und der Gesellschaft zementieren. Er wird Geschichte schreiben. Du sagst, du liebst ihn. Würdest du ihm eine solche Gelegenheit verwehren wollen?«

Maeves Herz brach, und der sengende Schmerz ließ sie atemlos zurück.

»Nun? Würdest du?«

»Nein«, sagte Maeve leise. Sie würde ihm gar nichts verwehren.

»Dann wirst du sofort verschwinden. Noch heute Nacht.«

Maeve drückte sich eine Hand auf die Brust, wo sie Mr Farthingtons Geld genau für einen Augenblick wie diesen versteckt hatte.

Eliza trat mit ausgestreckter Hand auf sie zu.

Maeve zuckte zurück und wünschte, sie könnte dieser Frau irgendwie entkommen.

»Hier, nimm das.« Eliza streckte ihr ein Bündel Geldnoten hin. »Geh zurück nach Irland, wo du hingehörst.«

Maeve betrachtete den Stapel Scheine und schaute dann zu Eliza auf. »Sie haben nichts, was ich will oder brauche.«

»Wie du meinst.« Eliza schloss ihre Finger um das Bündel. »Aber wenn ich dich je wiedersehen sollte, werde ich ihn ruinieren. Und außerdem werde ich dafür sorgen, dass jeder, der hier und in New York was zu sagen hat, weiß, wie deine erste Ehe geendet hat. Falls du glaubst, das würde ich nicht tun, stell mich ruhig auf die Probe.«

»Ich habe keinen Zweifel, dass Sie das tun, denn Sie sind vermutlich der herzloseste Mensch, der mir je begegnet ist. Und ich habe viele herzlose Menschen getroffen.«

Elizas Lippen wurden weiß, und ihr Gesicht rötete sich vor Wut. »Unser Geschäft ist abgeschlossen. Geh und komm nie wieder. Sonst ...« Damit schloss sie die Tür auf und verschwand.

Während Maeve ihr hinterherschaute, setzte das Grauen ein. Sie würde Aubrey nie wiedersehen. Sie würde nie wieder aufwachen und sein Gesicht auf dem Kissen neben ihr erblicken. Sie würde nie wieder das Glück erleben, ihren Körper mit seinem zu vereinen, seine Lippen zu küssen oder in seinen Armen sicher und beschützt einzuschlafen.

Ein Schluchzer entrang sich ihren fest zusammengepressten Lippen, als sie diese Gedanken beiseiteschob – zumindest für den Moment. Es lag ein ganzes Leben vor ihr, in dem sie das betrauern konnte, was sie verloren hatte. Doch im Moment musste sie hier weg, bevor Aubrey wiederkam und es ihr unmöglich machte, zu gehen.

DIE MENSCHENMENGE, DIE ZWISCHEN AUBREY UND DEM TISCH MIT den Erfrischungen stand, frustrierte und nervte ihn. Er konnte es nicht erwarten, zu Maeve zurückzukehren, also entschuldigte er sich bestimmt hundert Mal, bevor er aufgab und anfing, sich mit den Ellbogen zwischen den Leuten hindurchzudrängen.

Ein *Umpf* neben ihm ließ ihn den Blick heben, um sich bei dem Getroffenen zu entschuldigen. »Mutt! Tut mir leid, Kumpel.«

Matthew rieb sich die Stelle an seinem Bauch. »Das ist ein verdammt tödlicher Ellbogen, den du da hast, Aubrey.«

»Meiner Frau geht es nicht gut, und ich versuche, ihr ein Glas Wasser zu besorgen, was in diesem Gedränge eine unmögliche Aufgabe zu sein scheint.«

»Ich bin froh, dass ich dich treffe. Ich wollte sowieso vorbeikommen.« Matthew lallte leicht, und sein aufgedunsenes Gesicht zeugte davon, dass er mehrere Tage durchgemacht hatte. »Ich war ein wenig beschäftigt, muss jetzt allerdings dringend mit dir sprechen.«

Aubrey warf einen Blick über seine Schulter und bemerkte, dass der Waschraum, in dem er Maeve zurückgelassen hatte, inzwischen außer Sicht war. »Worüber?«

Matthew legte seine Finger um Aubreys Arm und zog ihn aus der Menge in einen dunklen Flur.

Aubrey wollte ihn abschütteln, um zu Maeve zurückkehren zu können, doch Matthews Griff hielt ihn an Ort und Stelle. »Was immer es ist, spuck es aus, Matthew. Ich muss zurück zu meiner Frau.«

»Es geht um sie.«

»Was ist es?«

»Es gibt da etwas, das ich dir nach meinem Gespräch mit Tornquist nicht erzählt habe. Ich wollte es, aber du wirktest so ... glücklich mit ihr.«

»Ich bin auch glücklich mit ihr, und ich weiß bereits, was mit ihrem vorigen Ehemann passiert ist. Ich bin mir nicht sicher, wie viel du getrunken haben musst, um dich nicht mehr daran zu erinnern ...«

»Darum geht es nicht, sondern um etwas anderes.«

Eine düstere Vorahnung beschlich Aubrey.

»Ein anderer Mann, der ihr den Hof gemacht hat, ist tot aufgefunden worden. Angeblich vergiftet. Das war ein Jahr, bevor sie Farthington geheiratet hat.«

Aubrey starrte seinen Freund an und fragte sich, ob er richtig gehört hatte.

»Ich wollte es dir nicht sagen, weil du so glücklich warst, doch dann habe ich angefangen, mich ernsthaft zu sorgen, dass dir etwas passieren könnte und ich mich dann schuldig fühlen würde.«

»Du ... du denkst, ich bin bei ihr nicht sicher?«

»Männer scheinen in ihrer Gegenwart zu sterben, Aubrey. Es wäre klug von dir, auf der Hut zu sein.«

»Bei meiner Frau? Die ich liebe und die mich liebt? Ich muss bei ihr nicht auf der Hut sein. Sie stellt für mich keine Bedrohung dar.«

»Zwei Männer sind tot, Aubrey. Du darfst nicht zulassen, dass die Liebe dich blind macht für die Möglichkeit ...«

Aubrey hob eine Hand, um ihn zu unterbrechen. »Es reicht. Dein

Gewissen ist jetzt rein, und ich muss zu meiner Frau zurück. Genieß den Abend.«

»Aubrey …«

Was auch immer Matthew sonst noch zu sagen hatte, Aubrey hörte nicht mehr zu. Selbst wenn ein anderer Mann aus Maeves Vergangenheit einem vorzeitigen Tod erlegen war, hatte er keinen Grund, zu glauben, dass sie etwas damit zu tun hatte. Und er wusste ohne den geringsten Zweifel, dass sie nicht in der Lage wäre, jemandem wehzutun, außer ihr eigenes Leben war in Gefahr. Er dankte Gott jeden Tag dafür, dass sie sich gegen Farthington gewehrt hatte und es ihr gelungen war, nach Amerika zu fliehen. Diese Kette von Ereignissen hatte sie zu ihm geführt, und dafür würde er immer dankbar sein.

Auf dem Weg zurück zum Tisch mit den Erfrischungen begegnete er Derek und Catherine.

»Ah, da bist du ja«, sagte Derek. »Das hier ist wie der erste Ball der Saison in London, wenn jeder gesehen werden will.«

»Es ist lächerlich.« Aubrey gelang es endlich, ein Glas aus einem der Krüge mit Eiswasser auf dem Tisch zu füllen. »Maeve fühlt sich nicht gut, und ich versuche seit einer Viertelstunde, ihr ein Glas Wasser zu besorgen.«

»Wo ist sie?«

»Im Waschraum.«

»Gestatte uns, dir den Weg frei zu machen«, bemerkte Derek.

»Dafür wäre ich euch sehr dankbar.«

Vor Derek und Catherine, die vorausgingen, teilte sich die Menge, um den Herzog und die Herzogin durchzulassen. Dank ihrer Hilfe schaffte Aubrey es in der Hälfte der Zeit zu dem Raum, in dem er Maeve zurückgelassen hatte.

»Es hilft wirklich, hochrangige Freunde zu haben«, erklärte er.

Derek lachte. »Was auch immer ich für dich tun kann, mein Freund.«

»Macht es dir etwas aus, wenn ich bleibe, um mich zu vergewissern, dass es Maeve auch wirklich gut geht?«, fragte Catherine, als sie sich der geschlossenen Tür näherten.

»Natürlich nicht. Gib mir nur eine Minute, um sie zu holen.« Aubrey klopfte an und betrat den Raum, wo er zwei Frauen vorfand, die er nicht kannte, aber keine Spur von seiner Gattin. »Ich suche nach meiner Frau.«

»Der Irin?«

»Ja«, presste Aubrey zwischen zusammengebissenen Zähnen hervor. »Haben Sie sie gesehen? Vor ein paar Minuten war sie noch hier.«

»Als ich hereinkam, ist sie in Richtung Eingangstür gegangen. Meine Freundin hat noch was darüber gesagt, wie die richtige Kleidung jeden elegant wirken lassen kann.«

Bei der gehässigen Bemerkung stellten sich ihm die Nackenhaare auf, doch er hatte keine Zeit für eine angemessene Antwort, denn er hatte größere Probleme. Er drehte sich um, das Wasserglas in der Hand, und verließ den Raum mit wachsender Sorge. Wo konnte sie nur hingegangen sein?

Derek und Catherine warteten draußen auf ihn.

»Sie ist weg«, erklärte er.

»Wohin?«, fragte Derek und runzelte die Stirn.

»Ich weiß es nicht. Eine der Frauen hat gesagt, sie habe sie zum Ausgang gehen sehen.«

»Dann los.« Catherine raffte ihre Röcke und marschierte in Richtung Haupteingang.

Derek und Aubrey folgten ihr.

Aubreys Herz schlug so schnell, dass er schon fürchtete, ihm würde gleich schwarz vor Augen werden. Er musste einfach nur Maeve finden, dann wäre alles wieder gut. Mehr brauchte es nicht. Als sie sich eilig durch die Menge drängten, die sich ein wenig verlaufen hatte, nun, da die meisten im Ballsaal waren, ließ er seinen Blick hin und her wandern auf der Suche nach dem einzigartig rotbraunen Haar seiner Frau.

Aber er konnte sie nirgends entdecken, und mit jeder Minute, die verstrich, wurde seine Sorge größer. Sie hatte sich nicht gut gefühlt, als er sie verlassen hatte. Hatte sich ihr Zustand so sehr verschlimmert, dass sie beschlossen hatte, nach Hause zurückzukehren? Und warum hätte sie gehen sollen, ohne ihm etwas zu sagen?

Sie eilten durch die Eingangstür, und die Lakaien nahmen Haltung an, als sie den Herzog und die Herzogin erkannten.

»Wie können wir Ihnen helfen, Euer Gnaden?«, fragte einer von ihnen.

»Wir sind auf der Suche nach Mr Nelsons Frau«, erwiderte Derek. »Wir hörten, sie wäre in diese Richtung unterwegs gewesen.«

»Mrs Nelson ist vor ungefähr zehn Minuten gegangen.«

»*Gegangen?*«, wiederholte Aubrey ungläubig. »Wohin?«

»Tut mir leid, Sir, das hat sie nicht gesagt.«

»Hat sie die Kutsche genommen?«

»Nein, Sir, sie ist zu Fuß aufgebrochen.«

Die Worte waren kaum über die Lippen des Lakaien gekommen, als Aubrey schon losrannte und in seiner Eile, sie einzuholen, das Wasserglas auf die Auffahrt fallen ließ.

»Wir treffen uns am Haus!«, rief Derek ihm nach.

Aubrey hob einen Arm, um zu zeigen, dass er ihn gehört hatte, rannte aber weiter durch das Tor und in Richtung seines Hauses. Zum Glück lag zwischen beiden Anwesen nur eine halbe Meile, sodass es nicht lange dauerte, die Strecke zurückzulegen. Als sie ihn kommen sahen, traten Wiggie und Kaiser aus dem Haus.

»Mr Nelson, ist alles in Ordnung?«, fragte Wiggie.

»Ist Mrs Nelson hier?«

»Keine der Mrs Nelsons ist derzeit anwesend«, erwiderte Kaiser.

Wenn er nicht krank vor Sorge gewesen wäre, weil Maeve verschwunden war, wäre er von der höflichen Antwort des Lakaien beeindruckt gewesen, der offensichtlich gut aufgepasst hatte, als Plumber das neue Personal angelernt hatte.

Aubrey stemmte die Hände in die Hüften und versuchte, zu Atem zu kommen, während er sich seinen nächsten Schritt überlegte.

»Ich brauche sofort mein Pferd.«

»Natürlich, Sir.« Wiggie rannte los in Richtung Stallungen.

»Ist alles in Ordnung, Sir?«, fragte Kaiser.

»Nein.« Aubrey fuhr sich mit der Hand durchs Haar, während Frust und Sorge ihn fest im Griff hielten. »Nichts ist in Ordnung.« Und wenn er Maeve nicht fände, würde nie wieder alles in Ordnung sein.

KAPITEL 22

Wie schon beim letzten Mal, als sie um ihr Leben gerannt war, wandte Maeve sich in Richtung Hafen, in der Hoffnung, dort eine Überfahrt zu einem Ort buchen zu können, der möglichst weit von Newport entfernt lag.

Auf dem Festland hätte sie in einen Zug steigen und in Richtung Westen fahren können. Hier blieb ihr nichts anderes übrig, als ihr Glück im Hafen zu versuchen, doch um diese Uhrzeit lag alles verlassen da. Was sollte sie tun, wenn heute kein Schiff mehr ablegte?

»Was macht denn eine feine Lady wie Sie mitten in der Nacht allein hier?« Beim Klang der rauen Stimme fuhr sie herum und sah einen Mann, der an einer Mauer lehnte.

»Ich suche nach einem Schiff, das mich so schnell wie möglich von hier wegbringt. Können Sie mir helfen?«

»Na, heute werden Sie keines mehr finden.«

Verzweiflung erfasste Maeve, während sie den Blick auf der Suche nach einer Lösung über die großen Backsteingebäude gleiten ließ, zwischen denen der vom Meer heraufziehende Nebel waberte. Ein Krampf durchzuckte ihren Unterleib, und sie begann zu zittern.

»Kann ich Ihnen sonst irgendwie helfen, Süße?« Die raue Stimme kam nun von rechts, und als Maeve sich umdrehte, um den Mann anzusehen, wünschte sie sofort, sie hätte es nicht getan.

Er war in Lumpen gekleidet und starrte sie aus gelblichen Augen an. Als ihr sein fauliger Atem entgegenschlug, wäre sie beinahe ohnmächtig geworden. Sie wich einen Schritt zurück, wobei sie über einen Stein stolperte. Ein weiterer Mann tauchte aus dem Nebel auf und stützte sie mit einer Hand am Arm, damit sie nicht hinfiel.

»Verschwinde, Leon«, sagte der zweite Mann mit einem Grollen in der Stimme, das Maeve Gänsehaut verursachte. »Siehst du nicht, dass sie eine feine Lady ist?«

»Sie ist *Irin*«, erwiderte der Mann namens Leon gehässig.

»Sie ist die Ehefrau von jemandem, und der wird dich in der Luft zerreißen, wenn du sie auch nur anschaust.«

»Und du bist so viel besser?«

»Verschwinde, oder ich schlitz dir die Kehle auf.«

Maeve war sich nicht sicher, ob der zweite Mann besser war als der erste, aber zumindest roch er nicht so widerlich.

»Geht es Ihnen gut, Miss?«, fragte er, nachdem der andere sich getrollt hatte.

»Ich ... ich weiß es nicht.« Der Schmerz in ihrem Unterleib beanspruchte ihre gesamte Aufmerksamkeit. Er wurde immer heftiger und kam in übelkeiterregenden Wellen, die sie verschwitzt und zittrig zurückließen.

»Was machen Sie hier unten, ganz allein?«

»Ich hatte gehofft, eine Überfahrt nach Boston oder New York buchen zu können.« In New York konnte sie zu der Frau des Kapitäns gehen, die nach ihrer Ankunft in Amerika so nett zu ihr gewesen war.

»Heute Abend legt kein Schiff mehr ab. Sie sollten besser heimkehren, bevor etwas Schlimmes passiert.«

»Das kann ich nicht.« Sie dachte an Aubrey, fragte sich, ob er sich Sorgen um sie machte, und musste die Tränen zurückblinzeln, die ihr in die Augen stiegen.

»Hier können Sie nicht bleiben. Sie würden die Nacht nicht überleben.« Er stieß einen tiefen Seufzer aus. »Kommen Sie mit.«

»Wohin?«

»Von hier weg. Ich wohne bei meiner Schwester. Wir können Sie für eine Nacht aufnehmen. Bei uns sind Sie sicher, das verspreche ich.«

Da ihr nichts anderes übrig blieb und der Schmerz in ihrem Unterleib immer schlimmer wurde, beschloss sie, dem Mann zu vertrauen. Wenn sie sich in ihm täuschte, würde sie schon irgendwie entkommen können. Das hatte sie schon mal geschafft und würde es vermutlich wieder schaffen.

Sie sehnte sich nach Aubrey, bei dem sie sich so sicher gefühlt hatte. Zu wissen, dass sie ihn nie wiedersehen würde, brach ihr das Herz, aber es war besser so. Seine Mutter würde sie nie akzeptieren, und Maeve liebte ihn zu sehr, um ihm die Gelegenheit zu versagen, die Firma der Familie zu leiten. Er wäre ein brillanter, moderner und zukunftsorientierter Unternehmer.

Ihre gemeinsame Zeit war kurz, doch wunderschön gewesen, und sie würde die Erinnerungen daran für den Rest ihres Lebens in sich tragen. Nie würde sie Aubrey vergessen, und sie würde ihn immer lieben. Ein Schluchzer entrang sich ihrer Kehle, die wie zugeschnürt war. Ein scharfer Schmerz, intensiver als der davor, packte sie, sodass sie sich krümmte, und dann spürte sie einen Schwall Feuchtigkeit zwischen ihren Beinen.

»Miss! Was ist los?«

Maeve hörte die Stimme des Mannes, konnte ihm aber nicht antworten oder auch nur durch den brutalen Schmerz hindurchatmen, der sie innerlich zerriss. Schwärze wirbelte am Rande ihres Sichtfeldes, hüllte sie ein und zog sie mit sich in die Tiefe. Ihr letzter bewusster Gedanke galt Aubreys geliebtem Gesicht.

WO KONNTE SIE BLOß SEIN? AUBREY HATTE DIE UMGEBUNG ZU Pferde durchstreift, während das Personal jeden Winkel des Hauses nach ihr abgesucht hatte. Wieder daheim, lief er in der Eingangshalle auf und ab und kam sich unendlich hilflos vor, während er auf Nachricht von ihr wartete.

»Ich muss wieder raus und persönlich notfalls jeden Stein umdrehen«, sagte er zu Derek und Simon, die bei ihm waren.

»Wir haben Leute im ganzen Ort«, erwiderte Derek. »Sie werden sie finden.«

Aubrey wünschte, er könnte sich da genauso sicher sein.

»Ich hasse es, das zu fragen ...«

Aubrey funkelte Simon an, der unbehaglich wirkte. »Was zu fragen?«

»Was ist, wenn sie nicht gefunden werden will?«

»Warum sollte sie das nicht wollen?«

»Vielleicht ist etwas vorgefallen, woraufhin sie beschlossen hat, sich zu verbergen.«

Bevor Aubrey darauf etwas erwidern konnte, kehrten seine Mutter, seine Schwestern und deren Ehemänner vom Ball zurück. Sie blieben abrupt stehen, als sie Aubrey, Derek und Simon im Foyer sahen.

»Wie konntest du nur so früh aufbrechen?« Elizas Augen blitzten vor Wut. »Dora Russell war zu Tode beschämt, weil der Herzog und die Herzogin vor dem Dinner gegangen sind! Sie war in Tränen aufgelöst, die Arme.«

»Maeve ist spurlos verschwunden.«

»Das ist mir völlig egal. Man kann nicht einfach *das* gesellschaftliche Ereignis der Saison vor dem Dinner verlassen.«

Aubrey starrte sie fassungslos an. »Das ist dir egal? Hast du das wirklich gesagt, als ich dir erzählt habe, dass meine Frau vermisst wird?«

»Achte auf deinen Ton, wenn du mit mir sprichst, junger Mann.« Ihr arroganter britischer Akzent weckte in ihm den Wunsch, sie anzuschreien.

»Meine Frau wird vermisst, Mutter. Bis ich sie wieder sicher bei mir habe, wirst du entschuldigen müssen, dass mich das gesellschaftliche Ereignis der Saison einen feuchten Kehricht interessiert.«

Eliza wollte gerade antworten, als Alora sich einschaltete. »Aubrey hat recht, Mutter. Maeves Sicherheit ist im Moment das einzig Wichtige.«

Elizas Miene verriet deutlich, wie wenig ihr an Maeves Sicherheit lag.

Ein unheilvoller Verdacht beschlich Aubrey, und er musterte seine Mutter genauer. »Hast du irgendetwas damit zu tun?«, fragte er leise, während ihm sein Herzschlag immer lauter in den Ohren dröhnte.

»Was meinst du damit?«, fragte Eliza von oben herab.

»Ich meine, ob du irgendetwas gesagt oder getan hast, das meine Frau dazu gebracht hat, wegzulaufen.«

Seine Mutter verzog das Gesicht, während ihr eine fleckige Röte in die Wangen stieg und sie die Augen zu Schlitzen zusammenkniff. »Ich kenne die Frau kaum. Was sollte ich zu ihr sagen?«

»Ach, ich weiß nicht. Vielleicht so etwas wie das, was du letzte Saison zu den Bediensteten gesagt hast und was sie dazu gebracht hat, das Haus zu verwüsten?«

»*Die* Geschichte schon wieder. Du bist inzwischen genauso ermüdend wie dein Vater, Aubrey.«

»Pass gut auf, Mutter. Deine gehässigen Bemerkungen über Vater will ich nicht mehr hören.« Wieder musste er an die Warnung seines Vaters denken. Er hatte Aubrey geraten, wachsam zu sein – und doch hatte er diesen Worten nicht Folge geleistet. »Was hast du ihr angetan?« Jetzt war er sicher, dass sie irgendetwas unternommen hatte. Die Frage war nur, was und wie viel Schaden dabei entstanden war. Aubrey packte seine Mutter an den Schultern und schüttelte sie. »Sag es mir!«

»Aubrey«, ermahnte ihn Adele.

»Ich schwöre bei Gott, Mutter … Sag mir auf der Stelle, was du getan hast.«

Während seine Schwestern geschockt zusahen, wurde das Gesicht seiner Mutter weiß vor Angst. Gut. Sie sollte auch Angst haben. Wenn sie an Maeves Verschwinden schuld war, würde es keinen Ort geben, an dem sie vor seinem Zorn sicher wäre.

»Ich habe ihr gegenüber bloß erwähnt, dass du der neue Vorsitzende von Nelson Industrial wirst, wenn dein Vater stirbt. Und dass es dann umso wichtiger ist, dass du die richtige Frau an deiner Seite hast.«

»Ich habe die richtige Frau an meiner Seite!« Aubrey sah vor Wut rot, und er musste sich zwingen, keine Gewalt gegen seine Mutter anzuwenden.

Die Ehemänner seiner Schwestern zogen ihn von Eliza weg.

»Schafft sie mir aus den Augen, bevor ich etwas tue, das ich später bereuen könnte.«

»Aubrey«, rief seine Mutter tränenerstickt. »Du verstehst das nicht!«

»Ich verstehe das sehr gut, Mutter. Aber eines solltest *du* verstehen: Ich werde keinen einzigen Tag mehr für Nelson Industrial arbeiten, und sobald ich meine Frau gefunden habe, werden du und ich einander nie mehr wiedersehen.«

»Stoß keine leeren Drohungen aus!«

»Ich habe nie etwas gesagt, das ich nicht gemeint habe, und du, liebste Mutter, bist für mich gestorben.« An seine Schwestern gewandt fügte er hinzu: »Bringt sie bitte von hier weg, bevor ich mich zu einem Verbrechen hinreißen lasse.«

Mit Tränen in den Augen taten seine Schwestern, was er verlangt hatte.

Nachdem sie fort war, merkte Aubrey, dass seine Hände zitterten. »Ich muss Maeve finden.«

»Wir begleiten dich«, verkündete Derek, und Simon nickte zustimmend.

Plumber ging, um in den Stallungen Bescheid zu geben, dass drei frische Pferde benötigt wurden. Zehn Minuten später machten sich die Männer auf den Weg – und jede dieser zehn Minuten fühlte sich für Aubrey an wie ein ganzes Jahr.

»Es tut mir leid, dass ihr so etwas Hässliches miterleben musstet«, sagte Aubrey zu seinen Freunden.

»Ach bitte«, erwiderte Simon. »Hast du die Geschichten über meinen Vater und seine Taten nicht gehört?«

»Doch.«

»Wir kennen so etwas leider nur zu gut«, antwortete Derek. »Bitte mach dir deswegen keine Gedanken, Aubrey. Jede Familie hat ihre Probleme.«

»Ich wusste immer, dass meine Mutter eine ehrgeizige Frau ist, die an ihre Kinder unmögliche Ansprüche stellt. Doch nie im Leben hätte ich gedacht, dass sie absichtlich meine Ehe sabotiert.«

»Wirklich nicht?«, fragte Derek. »Du hast gewusst, dass sie wütend sein würde, wenn du Maeve heiratest, aber du hast es trotzdem getan.«

Aubrey sank in seinem Sattel ein wenig in sich zusammen. »Ja, ich wusste, dass sie wütend sein würde, und ja, ich habe es trotzdem getan.«

»Was bloß die Tiefe deiner Gefühle für Maeve beweist«, warf Simon ein.

»Ich werde sie bis zum Ende der Zeit lieben«, sagte Aubrey und spürte die Wahrheit dieser Worte.

»Das ist für jeden offensichtlich, der auch nur fünf Minuten mit euch beiden verbracht hat«, erklärte Derek. »Und das schließt deine Mutter mit ein.«

»Sie weiß, dass du Maeve wirklich liebst. Deshalb fühlt sie sich von ihr so bedroht.«

»Ich hasse es, dass ihr ihre Position in der Gesellschaft wichtiger ist als das Glück ihres Sohnes«, meinte Aubrey.

»Das kannst du nicht verstehen, weil du nicht in der britischen Aristokratie aufgewachsen bist, wo der soziale Status *alles* ist«, stellte Derek fest.

»Er ist wichtiger als deine Kinder?« Während sie weiterritten, ließ Aubrey seinen Blick in jede Ecke und Nische gleiten, an der sie vorbeikamen, in der Hoffnung, die einzigartig roten Haare seiner Frau zu entdecken. *Flüssiges Feuer.* Die Erinnerung daran, wie sie ihm erzählt hatte, dass ihre Mutter es immer so genannt hatte, presste ihm das Herz ab.

»Manchmal schon«, sagte Simon. »Mein Vater hätte mich, ohne eine Sekunde zu zögern, für die Möglichkeit geopfert, Herzog zu sein.«

»Dein Vater hat keine Ahnung, was ihm entgangen ist, indem er dich dein ganzes Leben lang nicht beachtet hat«, erwiderte Derek mitfühlend.

»Das ist nett von dir, Cousin.«

»Ich meine es ernst, und das weißt du. Ich wäre ohne dich verloren, also darfst du nie zulassen, dass dir seine Meinung wichtiger ist als meine.«

»Diesen Fehler würde ich nie begehen.« Simon grinste seinen Cousin an.

Die Unterhaltung half Aubrey, nicht vollkommen verrückt zu werden. Er betete für Maeves Sicherheit. Sie konnte inzwischen überall sein, und der Gedanke schnürte ihm die Kehle zu. Wie hatte sie sich nur von seiner Mutter dazu treiben lassen können, wegzulaufen? Hatte sie so wenig Vertrauen zu ihm, zu dem, was sie miteinander hatten, dass sie glaubte, er würde ihr die Firma vorziehen?

»Was denkst du, Aubrey?«, fragte Derek.

»Dass ich nicht fassen kann, dass sie lieber wegläuft, als zu mir zu kommen.«

»Wirf ihr das nicht vor. Nach der Begegnung mit deiner Mutter war sie vermutlich völlig verstört und hat reagiert, bevor sie nachdenken konnte.«

»Vielleicht. Aber trotzdem ... Ich wünschte, sie hätte mehr Vertrauen zu mir.« Ein weiterer Gedanke kam ihm und raubte ihm die Luft. »Was ist, wenn ich sie nie wiedersehe?«

»So darfst du nicht denken«, ermahnte Simon ihn.

»Wir geben nicht auf, bis wir sie gefunden haben«, versicherte ihm Derek.

»Danke. Ich hatte nie bessere Freunde als euch und Justin.«

»Geht mir genauso«, meinte Derek, und Simon nickte zustimmend.

Sie ritten stundenlang jede Straße in Newport ab. Es dämmerte schon, als sie den Hafen erreichten, der von morgendlichen Aktivitäten summte.

Aubrey fragte jeden, den sie trafen, ob er Maeve gesehen hätte. Er beschrieb sie in allen Einzelheiten, einschließlich des pflaumenblauen Kleids, das sie getragen hatte.

»Pflaumenblau, sagen Sie?« Der dreckige Mann hatte blutunterlaufene Augen und drei verrottete Zähne.

Aubreys Magen zog sich zusammen, als er sich vorstellte, dass Maeve jemandem wie ihm begegnet sein könnte. »Haben Sie sie gesehen?«

»Möglich.«

»Verraten Sie mir, was Sie wissen. Sofort.«

Derek versuchte es freundlicher. »Bitte, Sir. Die Frau meines Freundes wird vermisst, und wir müssen sie dringend finden.«

Der Mann ließ den Blick über Dereks feine Kleidung schweifen. »Wie dringend?«

Derek griff in seine Tasche, zog ein paar Geldscheine heraus und drückte sie dem Mann in die Hand.

Die trüben Augen leuchteten in unverhohlener Gier auf. »Scroogey hat sie mit nach Hause genommen.«

Ein scharfer Schmerz durchfuhr Aubreys Brust, und er fürchtete, gleich einen Herzinfarkt zu erleiden. »Sie ... ist mit einem fremden Mann nach Hause gegangen?«

»Scroogey ist okay. Er ist ein guter Kerl. Wohnt mit seiner Schwester in der Grafton Street.«

Aubrey gab seinem Pferd die Sporen und lenkte es in Richtung der Grafton Street, die von der Lower Thames abging. Hufgeklapper verriet ihm, dass Derek und Simon direkt hinter ihm waren. Wenn dieser Scroogey seiner Maeve irgendetwas angetan hatte, konnte Aubrey für sein Handeln keine Verantwortung mehr übernehmen.

In der Grafton Street angekommen, stieg Aubrey vom Pferd, band es an einem Eisengitter fest und begann trotz der frühen Stunde, an Türen zu klopfen. »Wo ist das Haus von Scroogey?«, fragte er die erste Frau, die ihm öffnete.

»Zweites Haus von oben auf der linken Seite.«

Aubrey schwang sich in den Sattel und sprengte den Hügel hinauf, den Blick fest auf das weiße Holzhaus gerichtet, das die Frau ihm gezeigt hatte. Dort angekommen, sprang er vom Pferd und überließ es seinen Freunden, sich um das Tier zu kümmern. Er rannte die steinernen Stufen hinauf und hämmerte mit der Faust gegen die Tür. Er war schon kurz davor, sie einfach einzutreten, als sie endlich geöffnet wurde.

Die Haare des Mannes standen in alle Richtungen ab, und er kniff die Augen zusammen. »Was woll'n Sie?«

»Ich suche nach meiner Frau. Ich habe gehört, Sie hätten sie mit nach Hause genommen.«

»Wer ist Ihre Frau?«

Aubrey zwang sich, ruhig zu bleiben, obwohl er nichts lieber getan hätte, als diesen Mann zusammenzuschlagen. »Maeve Nelson. Sie trägt ein pflaumenblaues Ballkleid.«

»Ihre Maeve war ziemlich verzweifelt, als ich sie letzte Nacht gefunden habe. Lag das an Ihnen?«

»Nein, natürlich nicht«, versicherte Aubrey dem Mann. »Ich liebe sie und würde ihr nie etwas tun.«

»Es geht ihr nicht gut«, erklärte Scroogey.

Aubrey keuchte auf. »Bitte, lassen Sie mich zu ihr. Ich muss sie sehen.«

Scroogey musterte ihn erst noch einmal von Kopf bis Fuß, bevor er beiseitetrat. »Oben, erste Tür rechts.«

Aubrey eilte an dem Mann vorbei und nahm drei Stufen auf einmal. Er stürmte in das Zimmer, in dem Maeve von einer anderen Frau umsorgt wurde, die bei Aubreys plötzlichem Auftauchen erschreckt aufsprang.

»Ich bin ihr Ehemann. Was ist los?« Das Erste, was ihm auffiel, war Maeves beinahe geisterhafte Blässe.

»Ich glaube, sie hat ihr Baby verloren.«

Ein Messer in seiner Brust hätte nicht mehr schmerzen können als diese Worte. Nie würde er seiner Mutter hierfür vergeben.

Aubrey ließ sich neben dem Bett auf die Knie fallen und streckte die Hand aus, um Maeves feuchte Stirn zu berühren. Sie hatte hohes Fieber. »Maeve, Süße. Ich bin's, Aubrey. Ich bin hier, bei dir, und ich liebe dich.«

Ihr Stöhnen traf ihn mitten ins Herz.

»Sie hat sehr viel Blut verloren«, sagte die Frau. »Das ging den Großteil der Nacht so.«

Aubrey bemerkte das zusammengeknüllte Ballkleid auf dem Boden und das schlichte Baumwollnachthemd, in das Maeve gehüllt war. Es musste der Frau gehören, die sich um sie kümmerte. Er würde dafür sorgen, dass sie für ihre Hilfe großzügig belohnt wurde. »Ist sie ... Wird sie ...« Er brachte die Worte nicht über die Lippen.

»Sie braucht einen Arzt«, sagte Scroogey von der Tür her. »Aber sie hat uns letzte Nacht keinen holen lassen.«

Aubrey schaute zu Derek und Simon, die in der Tür standen.

»Wir kümmern uns sofort darum«, versprach Derek.

»Er wohnt in der Spring Street.« Scroogey ratterte die Adresse herunter.

»Beeilt euch.« Aubrey wandte sich wieder der Frau zu, die er mehr als das Leben liebte. »Bitte beeilt euch.«

Ihre Schritte auf der Treppe hallten durch das gesamte Haus.

Während er auf ihre Rückkehr wartete, tupfte Aubrey Maeve das

Gesicht mit nassen Tüchern ab, die Scroogeys Schwester ihm reichte, und betete darum, dass Maeve die Augen öffnen und mit ihm sprechen würde. Er würde alles dafür geben, ihre bezaubernde Stimme zu hören. Jede Minute, die er mit ihr verbracht hatte, ging ihm durch den Kopf, angefangen mit dem Tag, an dem er sie mit dem riesigen Staubwedel in der Hand inmitten des totalen Chaos erblickt hatte. Er erinnerte sich an ihr erstes Picknick am Strand, daran, wie er sie aufgefangen hatte, als sie von der Leiter gefallen war, an ihren Hochzeitstag, an das erste Mal, dass sie sich geliebt hatten, und an jeden wunderschönen, von Freude erfüllten Moment, der die letzten Wochen zu den besten seines Lebens gemacht hatte. Wenn er sie jetzt verlor, würde er das nicht überstehen.

Er legte eine Hand auf Maeves Brust. »Bitte komm zu mir zurück, Maeve. Verlass mich nicht. Ich brauche dich mehr als alles andere.« Er würde alles aufgeben, was er besaß, wenn er nur einen weiteren Tag mit ihr haben könnte.

Er hatte keine Ahnung, wie lange Derek und Simon fort gewesen waren, doch schließlich kehrten sie mit dem Doktor zurück – einem weißhaarigen Mann mit weisen braunen Augen.

»Sie müssen ihr helfen«, flehte Aubrey den Arzt an. »Sie ist meine ganze Welt.«

»Ich werde alles tun, was in meiner Macht steht. Bitte geben Sie mir ein paar Minuten, damit ich sie untersuchen kann.«

Derek nahm Aubrey am Arm und zog ihn sanft zur Seite. »Komm, Aubrey. Lass den Arzt seine Arbeit verrichten.«

Aubrey fürchtete, wenn er sie auch nur für eine Minute allein ließe, würde er sie für immer verlieren. Allein Dereks Hartnäckigkeit sorgte dafür, dass er in den Flur hinaustrat.

Während er wartete, fühlte Aubrey sich wie ein Tiger im Käfig, ohne Raum dafür, auf und ab zu gehen oder gegen das Schicksal aufzubegehren, das ihn an den Rand dieser Katastrophe geführt hatte.

»Sie ist jung und stark«, versuchte Simon ihn zu trösten. »Es braucht mehr als ein bisschen Blutverlust, um Maeve zu besiegen.«

Die Worte erinnerten Aubrey daran, was Maeve schon alles durchgestanden hatte. Sie war dem sicheren Tod entronnen und nach Amerika geflüchtet. Sie hatte die schreckliche Krankheit nach ihrer

Reise überlebt und ihren Weg nach Newport gefunden, wo sie ganz allein die Verwüstung im Haus der Nelsons in Angriff genommen hatte. Sie ließ sich von nichts so leicht unterkriegen.

Er hoffte nur, dass ihr Glück noch ein Weilchen länger anhalten und sie auch durch diese neue Herausforderung bringen würde.

»Warum dauert das so lang?«, fragte Aubrey nach gefühlten Stunden des Wartens.

»Er ist erst seit einer Viertelstunde bei ihr«, sagte Derek.

»Wie kann das sein?« Aubrey fuhr sich wieder und wieder mit der Hand durch die Haare, bis diese vermutlich in alle Richtungen abstanden, doch das war ihm egal. Er würde anfangen, sie sich auszureißen, wenn er nicht bald etwas über ihren Zustand erfuhr.

»Was können wir für dich tun, Aubrey?«, fragte Simon.

Er dachte einen Moment nach. »Ich möchte, dass ihr zum Haus zurückkehrt und meine Schwestern anweist, meine Mutter rauszuschmeißen. Wenn sie Widerstand leistet, lasst sie wissen, dass ihr die Behörden ruft. Richtet ihr aus, dass ich vor nichts zurückschrecken werde, um sie zu vernichten, wenn sie nicht sofort abreist. Sobald sie fort ist, kommt mit der Kutsche zurück, damit wir Maeve nach Hause bringen können, wo sie hingehört und wo sie sich erholen kann. Und nehmt mein Pferd gleich mit. Ich fahre mit Maeve zusammen.«

Die beiden Männer machten sich sofort auf, seine Wünsche umzusetzen. Da sein Vater so schrecklich krank war, weigerte Aubrey sich, sich aus dem Haus vertreiben zu lassen. Nein, seine Mutter war diejenige, die gehen musste, und er bedauerte nur, dass er nicht da war, um sie persönlich des Grundstücks zu verweisen. Sie würde wütend sein. Er hoffte, sie wusste, dass die Schuld dafür einzig bei ihr lag.

Er legte den Kopf gegen die Tür des Zimmers, in dem seine Frau lag, und betete stumm für ihre Genesung. Er bot alles, was er hatte, wenn sie bloß überleben würde. Er brauchte nichts – nur sie.

Als sich die Tür endlich öffnete, war er ein nervliches Wrack. »Geht es ihr gut?«

»Das wird es wieder«, versicherte der Arzt. »Sie braucht ein wenig Zeit.«

Aubrey war so erleichtert, dass seine Knie einknickten und er sich gegen die Wand sinken ließ, das Gesicht in den Händen vergraben.

»Aubrey.«

Ein Wort von ihr war alles, was nötig war, um sein Herz in schwindelerregende Höhen steigen zu lassen. Er hob den Kopf, erkannte, dass sie ihn anschaute. Er eilte um den Doktor herum zu ihr und schloss sie bebend in seine Arme.

»Still, Liebster. Es ist alles gut.«

Sie tröstete *ihn*? Nein, das ging nicht.

»Es tut mir so leid, Maeve. Du wirst sie nie wiedersehen. Was auch immer sie zu dir gesagt hat, es ist egal. Es gibt nichts, was ich mehr will als dich und ein Leben mit dir. Bitte verlass mich nie, nie wieder. Ohne dich kann ich nicht sein.« Er küsste die Tränen fort, die ihr über die blassen Wangen rollten. »Ich liebe dich mehr als alles andere auf der Welt. Das musst du mir glauben.«

»Das tue ich.« Ihre Stimme war nur mehr ein Flüstern, doch der Klang aus Irland, den er darin hörte, war wie Balsam für sein Herz.

Während er sich an sie klammerte, war es ihm egal, dass sie von Fremden umgeben waren. Nichts zählte für ihn, außer sie. Er würde dafür sorgen, dass sie alles hatte, was sie brauchte, um wieder vollständig gesund zu werden.

Er hielt sie, während sie schlief, und tröstete sie, wenn sie stöhnte. Später, als Derek und Simon mit der Kutsche kamen, trug er sie nach unten, nachdem er sich bei Scroogey und dessen Schwester bedankt hatte, und hielt sie auf der gesamten Fahrt den Hügel hinauf nach Paradis Trouvé in den Armen.

Obwohl mehrere Bedienstete herausgeströmt kamen, um sie in Empfang zu nehmen, weigerte er sich, sie jemand anderem zu überlassen, und trug sie selbst ins Haus und die Treppe hinauf. Erst als sie sicher in ihrem Bett lag, wo sie hingehörte, stieß er den Atem aus, den er seit gefühlten Stunden angehalten hatte.

Derek und Simon erschienen in Begleitung von Catherine und Madeleine auf der Schwelle.

»Wie geht es ihr?«, wollte Catherine wissen. Ihre Augen waren rot vom Schlafmangel und von den Tränen, die sie um ihre Freundin vergossen hatte.

»Sie ist erschöpft und braucht Ruhe, um wieder zu Kräften zu kommen«, erklärte Aubrey. »Aber der Arzt hat mir versichert, dass sie vollständig genesen wird.«

»Wird sie weitere Kinder haben können?«, fragte Madeleine.

»Er sagte, es gäbe keinen Grund, etwas anderes anzunehmen.«

»Gott sei Dank«, sprach Derek aus, was alle dachten.

»Und meine Mutter ...?«

»Mit ihr musst du dich nie wieder befassen«, erklärte Derek. »Wir haben ihr unmissverständlich klargemacht, dass wir sie auf dieser und unserer Seite des Atlantiks vernichten werden, wenn sie dich oder Maeve je wieder belästigt. Deine Schwestern waren über das, was sie Maeve angetan hat, entsetzt und stehen voll hinter dir.«

»Danke«, antwortete Aubrey. »Ich kann euch gar nicht genug für all das danken, was ihr für Maeve und mich getan habt.«

»Ihr beide seid für uns wie Familie«, erwiderte Derek. »Und in einer Familie kümmert man sich umeinander.«

»Wir lassen euch jetzt allein, damit ihr euch ein wenig ausruhen könnt«, sagte Catherine und drückte Aubreys Arm. »Jetzt wird alles wieder gut.«

Aubrey schaute zu Maeve, die schlafend im Bett lag. Solange er sie hatte, hatte er alles, was er im Leben brauchte. »Ja, das wird es.«

EPILOG

Essex, England, September 1904

Auf der Fahrt in dem Automobil vom Bahnhof nach Westwood Hall, dem Landsitz von Derek und Catherine, hielt Aubrey seinen sechs Monate alten Sohn auf dem Schoß, während Maeve ihn amüsiert dabei beobachtete, wie er versuchte, der endlosen Energie des Kleinen Herr zu werden.

Die hatte er von seiner Mutter, die sich von dem Verlust ihres ersten Kindes schnell erholt hatte. Trotzdem trauerten sie beide weiter um das Baby, das sie in jener lang zurückliegenden schrecklichen Nacht verloren hatten.

»Er hat schon die Oberhand«, sagte Maeve, deren melodischer Akzent nach einer glückseligen Woche bei ihrer Familie in Dingle noch ausgeprägter war.

»Gott sei Dank ist es nur eine kurze Fahrt.« Von dem Tag seiner Geburt an hatte Maximilian Sullivan Nelson seinen eigenen Kopf gehabt. Nachdem Aubrey und Maeve herausgefunden hatten, dass sie beide einen Großvater dieses Namens hatten, hatten sie gar nicht erst weiter über eine Alternative nachgedacht. Max oder Maxi, wie sie ihn nannten, hatte ihr Leben mit unbeschreiblicher Freude erfüllt, die half,

Aubreys Trauer über den Verlust seines Vaters im vergangenen Herbst zu lindern.

Wie er seiner Mutter angedroht hatte, hatte er den Vorsitz bei Nelson Industrial abgelehnt und sich mit Derek und Simon zusammengetan, um deren Geschäfte in den Vereinigten Staaten zu führen und den Ausbau ihrer Interessen in anderen, vielversprechenden Bereichen voranzutreiben. Darunter fiel unter anderem die Investition in bemannte Flugapparate, nachdem es Wilbur und Orville Wright im vergangenen Dezember gelungen war, ein motorisiertes Flugzeug in die Luft zu bringen und sicher wieder zu landen.

Aubrey und seine Freunde aus England glaubten fest daran, dass die Möglichkeiten für den Flugverkehr unendlich waren, und sie waren entschlossen, Vorreiter dieser Entwicklung zu sein. Sie arbeiteten gut zusammen, weil sie in vielem einer Meinung waren und einander restlos vertrauten. Auch wenn Aubrey es vermisste, mit seinen Brüdern im Familienunternehmen tätig zu sein, genoss er die Freiheit, sich mit Projekten zu befassen, die ihn faszinierten. Außerdem war es ihm so möglich, von seinem Büro in seinem Haus in New York aus zu arbeiten, sodass er selbst tagsüber immer in der Nähe von Maeve und dem Kleinen war.

Als sie nach der letzten Saison in die Stadt zurückgekehrt waren, hatten sie zunächst sehr zurückgezogen gelebt. Das Letzte, was Aubrey nach dem katastrophalen Sommer in Newport gewollt hatte, war, seine schöne Frau weiteren Anfeindungen oder gesellschaftlicher Ächtung auszusetzen.

Doch es war etwas Lustiges passiert. Je mehr sie die Oberschicht mieden, desto mehr Einladungen erhielten sie – was zu einem Großteil natürlich mit ihrer Freundschaft mit dem Herzog und der Herzogin zu tun hatte, die sich ein Haus an der Fifth Avenue gekauft hatten, um mehr Zeit in Amerika verbringen zu können.

»Möchtest du Onkel Derek und Tante Catherine wiedersehen?«, fragte Aubrey seinen Sohn.

Die Antwort bestand aus einer Unmenge Gebrabbel. Er wischte dem Kleinen die vom Zahnen verursachte Spucke vom Kinn. Er erfreute sich an allem, was mit dem Kind zu tun hatte, und fürchtete, dass er es nach Strich und Faden verwöhnen würde, gäbe es nicht Maeve, die das verhinderte.

»Er will Gracie sehen.«

Ihr Sohn und die Tochter der Eagans hatten sich auf den ersten Blick gemocht und somit Spekulationen über eine zukünftige Ehe und ähnliche Albernheiten hervorgerufen.

»Ich kann es gar nicht erwarten, Robert und Isabel kennenzulernen«, sagte Aubrey über Dereks und Catherines neugeborenen Sohn und Simons und Madeleines vier Monate alte Tochter.

Er hielt seinen Sohn mit einem Arm fest und legte die andere Hand auf die kleine, aber stetig wachsende Kugel unter Maeves Kleid. »Ich kann es ebenfalls kaum erwarten, ihn oder sie kennenzulernen«, erklärte er und küsste sie.

»Noch fünf Monate.«

»Ich weiß nicht, ob ich so lange warten kann.«

»Geduld ist definitiv nicht deine Stärke.«

»Das hast du von Anfang an gewusst.«

»Stimmt, das habe ich.« Ein Lächeln ließ ihr Gesicht aufstrahlen. Es gab nichts, was er nicht tun würde, um sie zum Lächeln zu bringen.

Mit etwas Abstand zu der schrecklichen Nacht letzten Sommer hatte er ihr erzählt, was er von Mutt gehört hatte, und daraufhin die tragische Geschichte ihres Freundes Padraig erfahren, die sie bis zum heutigen Tag verfolgte.

Der Fahrer bog nach rechts ab und fuhr durch das Tor von Westwood Hall. Aubrey fühlte sich, als wäre er nach Hause gekommen. Gleich würde er seine besten Freunde und Geschäftspartner treffen. Vor beinahe zwei Monaten hatten sie in New York das letzte Mal miteinander gesprochen, und er freute sich schon seit Wochen auf dieses Wiedersehen.

Derek, Catherine, Simon, Madeleine und der gesamte Haushalt standen draußen vor dem Haupteingang, um sie in Empfang zu nehmen. Derek, Catherine und Madeleine hielten alle Babys in den Armen, also half Simon Maeve auszusteigen, bevor er sie liebevoll umarmte. Aubrey würde nie die Worte finden, um seinen wundervollen Freunden dafür zu danken, wie herzlich sie Maeve in ihrer Gruppe willkommen geheißen hatten.

Er keuchte überrascht auf, als Justin mit einem Drink in der Hand aus dem Haus geschlendert kam. Aubrey und Maeve hatten ihn seit seiner Abreise aus Newport im letzten Sommer nicht mehr gesehen, und niemand hatte ihnen verraten, dass er hier sein würde. Sie hatten schließlich erfahren, wie sein Vater und sein Bruder gestorben waren: Sie waren in eine unter Strom stehende Leitung geritten, die der Sturm am Tag vor ihrem Ausritt heruntergerissen hatte. Im letzten Jahr hatte Justin sein Bestes gegeben, um in seine neue Rolle als Earl hineinzuwachsen, doch es war für alle offensichtlich, wie schwer er an der Last trug.

Aubrey reichte Maeve seinen Sohn und umarmte Justin. »Was für eine schöne Überraschung, Mylord.«

Justin bedachte ihn mit einem finsteren Blick, genau wie Aubrey es erwartet hatte, als er Justin so angesprochen hatte. »Hör bloß auf, Nelson. Ich bin für ein paar gesegnete Tage ohne formelle Verpflichtungen hier.«

Sie lachten alle über Justins komische Grimasse, dann begrüßten sie einander mit Umarmungen und gingen ins Haus, um die Babys bei den Kinderfrauen abzugeben, damit ihre erschöpften Eltern das Mittagessen mit ihren Freunden genießen konnten. Aubrey und Maeve hatten sich entschieden, ohne eine Nanny zu reisen, weil sie sich lieber selbst um Maxi kümmerten.

»Werden sie Bescheid sagen, wenn er sich nicht benimmt?«, fragte Aubrey mit Blick auf die Treppe nach oben.

»Natürlich werden sie das«, versicherte Catherine ihm. »Genieß die Atempause, solange du kannst.«

Aubrey ließ sich von ihr auf die Terrasse auf der Rückseite des Hauses führen, wo die Haushälterin Mrs Langingham das Küchenpersonal überwachte, das ein ungezwungenes Picknick auf der langen Tafel auftischte. Als sie Aubrey sah, stieß sie einen glücklichen Aufschrei aus und umarmte ihn fest. Seitdem er und Justin ihr geholfen hatten, sich während seiner schweren Erkrankung um Derek zu kümmern, behandelte Mrs Langingham ihn wie einen lange verloren geglaubten Sohn. War es da ein Wunder, dass er Westwood Hall so gerne besuchte?

»Mrs Langingham, darf ich Ihnen meine Frau Maeve vorstellen?«

Auch sie wurde von Mrs Langingham umarmt. »Ich freue mich, Sie kennenzulernen, meine Liebe. Nach allem, was ich gehört habe, haben Sie Aubrey zu einem sehr glücklichen Mann gemacht.«

In Maeves Wangen stahl sich die Röte, die er so liebte, und sie warf ihm einen Blick zu. »Er hat das Gleiche für mich getan.«

»Kommen Sie«, sagte die Haushälterin. »Der Lunch ist serviert.«

Das Essen war wie ein Buffet aufgebaut – Fleisch und Käse, Brot und Obst. Der Wein war süffig und löste die Zungen, es wurde viel gelacht, und es war ein perfekter Nachmittag mit all den Menschen, die ihm lieb und teuer waren.

Trotz der immer noch vorhandenen Spannung von Aubreys Streit mit seiner Mutter stand er seinen Geschwistern, den Nichten und Neffen nah. Im Gegensatz zu Aubrey hielten die anderen weiter Kontakt zu ihrer Mutter, respektierten aber zum Glück seine diesbezüglichen Wünsche. Er hätte es gehasst, wenn es zwischen ihm und seinen Geschwistern zum Bruch gekommen wäre, und er war jeden Tag dankbar, dass sie ihn – und Maeve – unterstützten.

Stunden später, als er bemerkte, dass Maeve ein Gähnen unterdrückte, stand Aubrey auf und streckte seiner Frau die Hand hin. »Lass uns vor dem Dinner ein wenig ausruhen, Liebste.«

»Ein Nickerchen vor dem Dinner?« Simon warf seiner Frau einen Blick zu. »Das klingt nach einer wunderbaren Idee.«

»Dem kann ich nur zustimmen«, sagte Derek.

Die Frauen verdrehten gleichzeitig die Augen, was eine Welle des Gelächters auslöste.

»Ich nehme an, wir haben unser übliches Zimmer?«, fragte Aubrey.

»Korrekt«, erwiderte Catherine. »Und Maxi ist im Kindertrakt im zweiten Stock, aber ich wusste, dass ihr ihn nachts bei euch haben wollt, also haben wir eine Wiege neben euer Bett gestellt.«

»Danke, dass du daran gedacht hast«, erklärte Maeve.

»Unser Heim ist euer Heim«, antwortete Catherine. »Was immer ihr braucht, ihr müsst es nur sagen.«

Auf dem Weg nach oben legte Aubrey Maeve einen Arm um die Taille und zeigte ihr das Porträt von Dereks Eltern, das einen besonderen Platz an der Wand einnahm.

»Er sieht genauso aus wie sein Vater«, stellte Maeve fest.

»Stimmt. Das tut er wirklich. Er war erst sechs, als er ihn durch einen Unfall verloren hat, der von seinem machthungrigen Onkel arrangiert worden war.«

»So etwas kann ich mir kaum vorstellen.«

»Ich auch nicht. Es ist schwer zu glauben, dass Derek seit dem zarten Alter von sechs Jahren Herzog ist.«

»Wenn uns irgendetwas zustößt, möchte ich, dass sie Maxi aufziehen.«

»Wirklich?«

»Ich kann mir niemanden vorstellen, der besser geeignet wäre, ein verwaistes Kind ins Erwachsenenleben zu begleiten, als jemand, der Ähnliches durchgemacht hat und ein so wunderbarer Mann geworden ist.«

»Das ist ein sehr gutes Argument, Liebste. Ich werde ihn fragen, ob er dazu bereit wäre, auch wenn ich nicht daran zweifle, dass sie ihn lieben würden wie ihr eigenes Kind.« Er führte sie in das Zimmer, das ihm von seinen vorherigen Besuchen vertraut war, und schloss die Tür hinter sich. Dann drehte er den Schlüssel herum, um sicherzustellen, dass sie von niemandem gestört werden würden. »Wie auch immer, ich möchte an einem so schönen Tag nicht über unser vorzeitiges Dahinscheiden reden.«

»Worüber würdest du denn lieber reden?« Sie schenkte ihm dieses Lächeln, das sein Blut immer noch zum Kochen brachte. Eigentlich hatte er angenommen, dass sein Verlangen nach ihr im Laufe der Zeit nachlassen würde, doch das Gegenteil war eingetreten. Je mehr er von ihr bekam, desto mehr wollte er.

Er ging zu ihr, drehte sie um und begann, die Knöpfe ihres schlichten Reisekleids zu öffnen. »Ich würde gerne über meine bezaubernde Frau sprechen und darüber, wie sehr ich sie liebe.«

»Das Thema gefällt mir. Bitte fahr fort.«

Lächelnd küsste er ihr den Nacken. Zu wissen, dass dieser wunderschöne Hals und alles andere an ihr nur ihm gehörten, war das Beste in seinem Leben. »Ich liebe sie mehr als alles andere auf dieser Welt, abgesehen von unserem zauberhaften Maxi, den ich genauso liebe.«

»Das gestatte ich. Sprich weiter.«

Aubrey lachte. »Ich liebe ihren herrlichen Hals und ihre cremig weiße Haut.« Ein Kleidungsstück nach dem anderen streifte er ihr ab und enthüllte ihren Körper seinem hungrigen Blick. »Ich liebe ihre kecken Brüste und die Art, wie sie größer werden, wenn sie mein Kind unter dem Herzen trägt.« Er umfing ihre Brüste und strich mit den Daumen über die sensiblen Spitzen, was Maeve ein Keuchen entlockte. »Ich liebe es, mit ihr zu schlafen, mit ihr Liebe zu machen, Babys mit ihr zu haben, mit ihr zu lachen, zu streiten, sie zu küssen.«

Sie schlang ihm die Arme um den Hals und erwiderte den Kuss mit der Hingabe und Begeisterung, die er inzwischen von ihr kannte.

»Mit ihr zusammen liebe ich alles.« Sanft drückte er sie rückwärts aufs Bett, befreite sich von seiner Hose und glitt mit einer geschmeidigen Bewegung in sie.

»Aubrey«, flüsterte sie.

»Hm?«

»Mit dir liebe ich auch alles.« Eine Hand an seine Wange gelegt, sah sie ihm in die Augen und schien direkt in sein Herz zu schauen, wie nur sie es konnte. »Ich werde nie vergessen, wie du mich am Tiefpunkt meines Lebens beschützt hast. Ich weiß nicht, was aus mir geworden wäre, hättest du mich nicht gefunden und dir in den Kopf gesetzt, dass es uns bestimmt ist, zusammen zu sein.«

»Ich habe mein ganzes Leben bei dir gefunden, und ich werde immer dankbar sein, dass du eingewilligt hast, die Meine zu werden.«

»Das war das Beste, was ich je getan habe.«

»Dem kann ich nicht widersprechen, Liebste.«

DANKSAGUNG

Ich danke Ihnen, dass Sie »Eine betörende Braut« gelesen haben. Ich hoffe, Sie haben Aubrey und Maeve genauso lieb gewonnen wie ich, während ich ihre Geschichte geschrieben habe, und sich gefreut, Derek, Catherine, Simon, Madeleine und Justin aus »Die getäuschte Herzogin« wiederzutreffen. Kommen Sie doch gerne in die »Eine betörende Braut«-Lesergruppe auf Facebook unter www.facebook.-com/groups/DeceivedbyDesire, um über Aubreys und Maeves Geschichte zu diskutieren. Und unter www.facebook.com/groups/GildedSeries gibt es immer wieder Updates und Neuigkeiten zu der gesamten Serie.

Das zweite Buch dieser Reihe hat mich auf eine aufregende Reise durch die historische Vergangenheit meiner geliebten Heimatstadt Newport, Rhode Island, geführt. Jahrelang habe ich über das »Gilded Age« – das »Vergoldete Zeitalter« – und die herrlichen Sommerhäuser in Newport schreiben wollen, die immer noch von der Preservation Society of Newport County gemanagt werden. Ich empfehle einen Besuch auf der Website des Vereins, www.newportmansions.org, wo Sie die Pracht mit eigenen Augen sehen können. Ich liebe diese umwerfenden Villen, aber The Breakers ist mein Favorit. Einige der Häuser, auf die ich mich in diesem Roman bezogen habe, haben fiktive

Namen erhalten, so wie die der Nelsons und der Russells, die in Wahrheit nicht existieren.

Wenn Sie je in dieser Gegend sind, empfehle ich, einen Tag in Newport damit zu verbringen, diese Villen und andere historische Stätten zu besuchen, wie zum Beispiel das Newport Casino, das die Heimat der International Tennis Hall of Fame ist. Außerdem sind von historischem Interesse: die Redwood Library, die Trinity Church, die Touro-Synagoge und die St. Mary's Roman Catholic Church, in der Präsident und Mrs Kennedy – genau wie Mr and Mrs Force – geheiratet haben. Newport, lange Zeit Gastgeber des America's Cup, ist auch als »Segelhauptstadt der Welt« bekannt und bietet wunderbare Geschäfte, Restaurants und erstklassige Strände.

Mein verstorbener Vater George Brown Sullivan ist in Newports Fifth Ward aufgewachsen, wo viele Iren gewohnt haben. Dieses Viertel ist immer noch als das »irische Ende der Stadt« bekannt. In seinen jüngeren Jahren hat mein Vater in der Grafton Street gewohnt und für T. J. Brown Landscaping gearbeitet, eine Firma, die von seinem Großvater Timothy J. Brown im Jahr 1901 gegründet wurde und während der Zeit meines Vaters in dieser Firma von seinen Onkeln William »Wiggie« Brown und Timothy J. »Kaiser« Brown geleitet wurde. Meine Großmutter mütterlicherseits, Margaret Mary Pauline Brown Sullivan, war ihre Schwester und hat jahrelang die Bücher der Firma geführt. T. J. Brown ist eine der ältesten Firmen in Newport und wird heute in vierter Generation unter anderem von Wiggies Enkel T. J. Brown geführt. Nebenbei bemerkt weist meine dreiundzwanzigjährige Tochter Emily eine verblüffende Ähnlichkeit mit meiner Großmutter Margaret auf. Wenn man Jugendfotos der beiden nebeneinanderlegt, kann man sie kaum auseinanderhalten.

Der Vater meines Dads, der starb, als mein Vater gerade einmal neunzehn war, war im Fifth Ward als »Scroogey« bekannt, nachdem er einmal in einer Schulaufführung den Scrooge gespielt hatte. Nach allem, was ich gehört habe, war er ein gütiger und großzügiger Mann, der im Gegensatz zu seinem Namensvetter von allen, die ihn kannten, geliebt wurde. Die geliebte Cousine meines Vaters, Wiggies Tochter Eileen Brown, war in unserer Kindheit eine konstante Präsenz. Ihre Mutter war eine Irin namens Bridget, die alle bloß »Bridie« nannten.

Bridie hat Wiggie geheiratet, nachdem sie sich bei der Arbeit auf dem Anwesen von Nicholas Brown kennengelernt hatten – diese Browns sind leider nicht mit mir verwandt, aber sie sind die Gründer der Brown University. Wiggie und Kaiser hatten eine Nichte namens Kathleen, die als »Heine« bekannt war. Diesen Spitznamen bekam sie von ihren Geschwistern verpasst, als diese den Namen Kathleen noch nicht aussprechen konnten.

Mein Dad hat mir Geschichten über seine Arbeit auf all den stattlichen Anwesen in Newport erzählt, in denen es von interessanten Leuten nur so wimmelte. Er war sehr vertraut mit den Häusern, die ihren Dienstboten mittags üppige Mahlzeiten zur Verfügung stellten, selbst dem Jungen, der das Gras mähte – und er hat sehr viel Gras gemäht, bevor er eingezogen wurde, in den Koreakrieg musste und seine Berufung als Flugzeugmechaniker fand. Er hat davon erzählt, wie er für die Millionäre, für die er arbeitete, Cadillacs nach Florida gefahren hat. Er war immer noch stolz darauf, bei der Hochzeit der Kennedys auf der Hammersmith Farm in Newport die Wagen der Gäste geparkt zu haben. Die Hammersmith Farm gehörte Jacqueline Kennedys Stiefvater Hugh D. Auchincloss und wurde während Kennedys Präsidentschaft als das »Weiße Haus für den Sommer« bekannt. Seine Jacht, die *Honey Fitz*, lag oft vor ihrem Haus vor Anker.

Ich hatte viel Spaß dabei, die Geschichte meiner Familie – und ihre vielen Spitznamen – in dieses Buch einzubauen sowie die Namen Brown und Sullivan in Maeves Charakter hochleben zu lassen. Es ist eine Art Liebesbrief an diesen Ort, an dem ich aufgewachsen bin, und an meine Vorfahren.

Um diese Geschichte schreiben zu können, habe ich mich auf einige Bücher über Newport gestützt, darunter vor allem »To Marry an English Lord: Tales of Wealth and Marriage, Sex and Snobbery« von Gail McColl und Carol McD. Wallace, sowie »Gilded: How Newport Became America's Richest Resort« von Deborah Davis. Beide bieten viele erhellende Einblicke in Newports prächtige Vergangenheit. Mehr Informationen über die Fall River Line, die New York und Boston verband und Reisende am Anfang des Jahrhunderts nach Newport brachte, finden Sie auf www.cruiselinehistory.com/the-old-fall-river-

line-everyone-from-presidents-to-swindlers-sailed-the-sound-on-
mammoth-palace-steamers-in-the-heyday-of-the-side-wheelers/.

Der geplante Abgabetermin für dieses Buch war nur wenige
Monate, nachdem ich im Sommer 2018 meinen geliebten Vater
verloren habe, und ich möchte mich ganz herzlich bei meinem Lektor
bei Kensington Books, Martin Biro, und dem gesamten Team dafür
bedanken, dass sie mir die dringend benötigte Verschiebung des
Termins genehmigt haben. Ich weiß ihre Güte und ihr Verständnis in
dieser schwierigen Zeit sehr zu schätzen.

Ein großer Dank gebührt wie immer dem Team, das mich hinter
den Kulissen unterstützt und mir die Freiheit schenkt, meine Tage in
ausgedachten Welten mit Figuren zu verbringen, die bloß in meiner
überaktiven Fantasie existieren: mein Ehemann Dan sowie Julie Cupp,
Lisa Cafferty, Holly Sullivan, Isabel Sullivan, Nikki Colquhoun und
Jessica Estep. Dank geht ebenso an meine Beta-Leserinnen Anne
Wodall und Kara Conrad, weil ihr euch immer Zeit für mich nehmt,
wenn ich euch brauche! Ihr seid die Besten! Und zum Schluss ein herz-
licher Dank an meine Cousine Sydney Mello, die ihren Collegeab-
schluss in Geschichte gemacht hat und eine Expertin für die
Geschichte Newports ist. Danke, dass du meinen stellenweise anzügli-
chen Liebesroman auf Fakten gecheckt hast!

Und zu guter Letzt ein großer Dank an meine treuen Leserinnen
und Leser, die mit mir gemeinsam reisen, egal, wohin meine Fantasie
uns trägt, selbst ins »Vergoldete Zeitalter« von Newport. Ich danke
Ihnen für Ihre Unterstützung für mich und meine Bücher. Sie werden
nie auch nur ahnen, wie viel mir jede/-r Einzelne von Ihnen bedeutet.
Mit Liebe
Marie

Weitere Titel von Marie Force

Die getäuschte Herzogin ("Vergoldetes Zeitalter"-Reihe 1)
Eine betörende Braut ("Vergoldetes Zeitalter"-Reihe 2)

Die McCarthys

DANKSAGUNG

Blütenzauber auf Gansett Island (Die McCarthys 19)
(*Finn & Chloe*)

Andere Bücher

Sex Machine - Blake und Honey
Sex God - Garret und Lauren
Five Years Gone - Ein Traum von Liebe
Mein Herz für dich
Nicht nur für eine Nacht
Take-off ins Glück
Dieses Mal für immer

Die Green Mountain Serie

Alles was du suchst (Green Mountain Serie 1)
Endlich zu dir (Green Mountain Serie 1/Story *1*)
Kein Tag ohne dich (Green Mountain Serie 2)
Ein Picknick zu zweit (Green-Mountain-Serie/Story 2)
Mein Herz gehört dir (Green Mountain Serie 3)
Ein Ausflug ins Glück (Green-Mountain-Serie/Story 3)
Schenk mir deine Träume (Green-Mountain Serie 4)
Der Takt unserer Herzen (Green-Mountain-Serie/Story 4)
Sehnsucht nach dir (Green-Mountain Serie 5)
Ein Fest für alle (Green-Mountain-Serie 5/Story 5)
Öffne mir dein Herz (Green-Mountain-Serie 6/Story 6)
Jede Minute mit dir (Green-Mountain-Serie 7)
Ein Traum für Uns (Green-Mountain-Serie 8)
Meine Hand in Deiner (Green-Mountain-Serie 9)

Die Neuengland-Reihe

Vergiss die Liebe nicht (Neuengland-Reihe 1)
Wohin das Herz mich führt (Neuengland-Reihe 2)
Wenn das Glück uns findet (Neuengland-Reihe 3)
Und wenn es Liebe ist (Neuengland-Reihe 4)

Die Quantum Serie

Tugendhaft (Quantum-Serie 1)
Furchtlos (Quantum-Serie 2)
Vereint (Quantum-Serie 3)
Befreit (Quantum-Serie 4)
Verlockend (Quantum-Serie 5)
Überwältigend (Quantum-Serie 6)
Unfassbar (Quantum-Serie 7)

Fatal-Serie

Mörderische Sühne (Fatal-Serie 1)
Verhängnis der Begierde (Fatal-Serie 2)
Jenseits der Sünde (Fatal-Serie 3)
Versprechen bis in die Ewigkeit (Fatal-Serie 3.5)
Wenn die Rache erwacht (Fatal-Serie 4)
Bittersüßer Zorn (Fatal-Serie 5)
Unbarmherzig ist die Nacht (Fatal-Serie 6)

ÜBER DIE AUTORIN

Marie Force ist die New-York-Times-Bestseller-Autorin von über fünfzig zeitgenössischen Liebesromanen, unter anderem den beliebten Romanserien »Gansett Island«, »Green Mountain« und der erotischen Quantum-Serie. Sie hat unterdessen weltweit über sechs Millionen Bücher verkauft. Die Autorin lebt zusammen mit ihrem Mann, zwei fast erwachsenen Kindern und zwei Hunden in Rhode Island.

Tragen Sie sich in Maries Mailingliste ein, um alles Wichtige über neue Bücher und Veranstaltungen zu erfahren. Folgen Sie ihr auf Facebook, Twitter @marieforce und auf Instagram.